原罪

遠藤武文

Contents

原　罪

カノンの章 Ⅰ 雪室《ゆきむろ》の柩《ひつぎ》 7
アポクリファの章 Ⅰ 聖夜の邂逅《かいこう》 74
カノンの章 Ⅱ ラザロ徴候の啓示 119
アポクリファの章 Ⅱ 骨髄バンクに託す冀望《きぼう》 186
カノンの章 Ⅲ 脳死殺人は可能か 227

アポクリファの章 Ⅲ
主の御前に　302

カノンの章 Ⅳ
「てるてる坊主」の見立て　364

アポクリファの章 Ⅳ
十字架の邂逅　428

カノンの章 Ⅴ
テニアンの空は晴れたか　492

［解説］円《えん》堂《どう》都《と》司《し》昭《あき》　537

カノンの章Ⅰ　雪室《ゆきむろ》の柩《ひつぎ》

§1

端麗な後立山《うしろたてやま》連峰の中でも、ひと際眼を惹《ひ》く鹿島槍《かしまやり》ヶ岳《がたけ》。その双《ふた》つの峰は、初夏の訪れに無頓着《むとんちゃく》で、六月になっても未《いま》だに白雪を湛《たた》えている。

長野県警捜査一課の城取圭輔《しろとりけいすけ》警部補は、助手席から、群青《ぐんじょう》色の峰々を見上げた。水色の空にくっきりと映えている。

「雪が多いな」

「そうですか」

運転席で石原靖訓《いしはらやすのり》巡査が気のない返事をする。石原が所轄の刑事課から異動して来たのは二年前のこと。一課で最も若く、未だ三十手前。一見、やさ男の印象を受けるのは、面《おも》差《ざ》しが柔和《にゅうわ》で、身体が細いから。

赤色のイタリア車は、田植えが済んだばかりの水田を左右に見ながら、一本道を進んでいく。フィアットの小型車、プントエヴォ。

鹿島川を越えると、道路は山中に入る上り坂になった。その勾配《こうばい》を進み、道なりに大きな弧を描いて右に曲がる。水田は途切れ、代わりに唐松《からまつ》の林が現れた。

「そろそろじゃないか」

「はい」

壁のように立ち並ぶ唐松の間を縫《ぬ》って、緩《ゆる》やかなカーブをふたつ三つ過ぎると、路傍《ろぼう》が開け、そこに数台のパトカーが停まっていた。

「ここみたいです」

「空《あ》いてるところに適当に停めろ」

石原は減速しながら路外に出た。

プントエヴォは、妻の麻美《あさみ》が気に入って購入したもの。麻美がいなくなってから、城取はそれを捜査に使うようになっていた。警務部長から叱責《しっせき》されたときには使用を控《ひか》えるものの、二、三日もすると悪びれることもなく捜査に使い続けた。仕舞には警務部に呆《あき》れられ、

「お前の車を乙号車両に指定したから、以後は好きに使え」

と言われていた。近ごろは石原に運転を任せることが多くなっている。

プントエヴォに乗る度に、苦い記憶が城取を苛《さいな》む。城取が送致し、極刑に処せられたのは、竹内正成《たけうちまさしげ》ただひとり。竹内は無実だったのかもしれないという僅《わず》かな疑念を抱いていた。その不安を善光寺《ぜんこうじ》の本尊公開を要求する男に突かれ、良いように振り回され、挙げ句に麻美を殺害されてしまった。疑念を残したまま、被疑者を送致することは二度としない。自分への戒《いまし》めのために、麻美の車に乗り続けている。

石原がサイドブレーキを引くと、すぐに車を降り、パトカーが並ぶ先に眼を凝《こ》らした。しかし唐松の梢《こずえ》に遮《さえぎ》られ、その先にあるものを見通せない。

右手を見ると、林が切れていて、大型車が往来できそうなほどの空間がある。そこまで行くのは煩《わずら》わしい。眼の前の湿った土に足を踏み入れる。

「向こうから入れるみたいですけど」

背中に石原の声を聞く。構わずに唐松林の中に分け入る。

そこかしこに突き出す枝を避《よ》け、縦横五十メートル四方であろうか、林を矩形《くけい》に切り開いた広場に出た。その一角に人群れがある。

鑑識の制服を着た男が城取に気付き、駆け寄る。

「城取警部補。これをお使いください」

靴カバーを受け取って、後に続く石原に顎《あご》を振る。

「彼にも頼む」

「諒解《りようかい》しました」

靴カバーを足に引っ掛け、大町署《おおまち》の捜査員が居並ぶ中に割って入る。

捜査員たちが眼前にしていたのは、高さ三、四メートルはあろうかという雪の山だ。その裾《すそ》から中腹に掛けて、鑑識課員たちがアルファベットの記号札を並べている。雪山の頂《いただき》付近の一角は大きく抉《えぐ》り取られ、幾つもの数字の記号札が重なり合うように並んでいる。それらの記号札を随身のようにして、その後ろに鎮座《ちんざ》するものこそ、所轄と県警の捜査員たちがこの地に集まらなければならなくなった不詳のもの。

それは、黒色のビロードで覆《おお》われた函状《はこじよう》のものだ。その上端は砕《くだ》かれ、ビロードは寸断されて剝《は》がれ落ちてしまっている。露《あら》わになった側板には、雪の水分が浸透してできたのか、幾条《いくじよう》もの染みがあり、それは函の一部というより廃屋から剝ぎ取って来た床板のよう。側板が砕かれた隙間《すきま》から白い花が覗《のぞ》く。その函が柩《ひつぎ》であることを主張するかのよう。

雪山の左にはショベルカー。アームを折り曲げた姿は首長竜のよう。バケットには、雪に交じって木片が入っている。

ショベルカーの後ろには、黒色の幕とアルミのマットが無造作に置かれ、その周囲にも記号札が広がる。

「お疲れさまです」

声に振り向くと、城取と同年輩らしい男が立っている。背丈は、百八十センチの城取より幾分、低い。

「大町署の者か」

「越谷《こしがい》といいます」

「捜査一課の城取だ」

越谷は神妙な顔で挙手の礼をする。

「ご一緒に捜査できて、光栄です。間近で勉強させていただきます」

大仰《おおぎょう》な越谷の世辞に思わず苦笑した。

「検視官はどうされた」

「お帰りになりました」

「ご遺体は」

「司法解剖に回しました」

死体の様子を見ておきたいと思ったが、ひと足遅かった。

「被害者の身元は？　割れたのか」

越谷は渋い顔で首を振る。

「所持品がひとつもないものですから」

「凶器は？」

「細長い刃物、検視官は柳刃包丁のようなものだろうとおっしゃってました」両手を胸の前に掲げ、刃物を突く動作をする。「それで心臓をひと突きです」

「心臓を？　肋骨《ろっこつ》があるだろ」

「肋骨の間をすり抜けています」

「すり抜けている？」鸚鵡《おうむ》返しに訊《き》く。

「はい。心臓に対して垂直に刺し込んでいます」

肋骨に当たらないように刃を入れ、心臓を貫《つらぬ》く。相手の抵抗にあえばほとんど不可能だ。

「被害者は熟睡していたのか」

「いえ、検視官の見解では、覚醒《かくせい》していたということです。掌《てのひら》に爪の傷が残るくらい固く、拳を握り締めているのと、歯を食いしばって奥歯が折れていることから、刺される瞬間、恐怖心で身構えたものと推定されるそうです」

「ならば、身動きできないよう、縛り付けられていたのか」

「いえ、そのような痕《あと》は身体のどの部位にもありません」

単に絶命させるだけなら、腹部の臓器を刺し貫くだけで充分。腰の高さに刃物を構えるほうが、胸の高さに構えるよりも力を込め易《やす》いのだから、腹部を狙《ねら》う事件が多いのは道理。実際、城取が関わった刺殺事件は、そのほとんどが、脇腹を含む腹部を刺したもののだ。ほかには、背部や頸部《けいぶ》を刺したもの、刺創が肋骨を折って心臓や肺に達していたものがある。しかし、巧《たく》みに肋骨の間をすり抜け、正確に心臓だけを狙った事件など記憶にない。人を殺すという極限下で、拳の大きさほどの小さな臓器の位置を正確に把握して、肋骨の間から刺し貫く。人間業とは思えない。

雪山に眼を凝らす。その雪山は、酒造会社が雪中酒を埋蔵するために積み上げた雪室《ゆきむろ》だ。被害者は西洋柩に入れられ、雪室に埋められていたのだ。

「銃創もありました」

「撃たれていたのか」

越谷は首を振った。

「いいえ。検視官はかなり古い傷だとおっしゃっていました」

「銃で撃たれた過去がある人間なんて限られるだろ。手掛かりになるかもしれない」

「はい。堅気《かたぎ》ではないのかもしれません」

越谷は険《けわ》しい顔で言って、口を真一文字に結ぶ。

城取は思案しながら、記号札を一覧し、柩に眼を留める。

「蓋《ふた》がないようだが」

「あの先です」越谷は鑑識課員が作業する先を指差した。「検視のときに降ろして、そのままにしてあります」

越谷が指し示すところに眼を向ける。ブルーシートが敷かれ、その上に柩の蓋が寝かせられている。一部がめくれ上がり、割れた板が櫛《くし》の歯のようになってビロードを突き破っている。もう少し先までビロードが裂けていたら、その先に見える金糸で刺繍《ししゅう》した十字架も寸断されてしまっていたに違いない。

柩に眼を戻し、割れ目に覗く花を凝視する。

「枯れてないということは、造花か」

「ドライフラワーです。死体の周りにぎっしり詰めてありました」

「手厚く葬《ほうむ》られていたということか」

「そうなりますね。胸の上で両手を組み合わせていましたし、髪の毛も衣服もきちんと整えられていました。胸を刺し貫いた痕がなかったら、そのまま葬式に使えそうなくらいです。死斑が尻と足の裏にできていましたから、柩に入れる前は座らされていたようです」

「死体が発見されたときの状況について訊きたい。酒造会社の人間と話せるか」

「向こうに待機してもらってます」

越谷の視線を追って林のほうを見る。四トントラックが三台停まっており、その前に座って足を投げ出す男が十人あまり。その両脇に脚を開いて立ち尽くす男が数人。合わせて二十人足らずの者たち。座っている者たちはポロシャツに前掛け、長靴を履《は》き、傍《かたわ》らにはヘルメットを置いている。立っている者たちは概《おおむ》ねネクタイに紺色の法被《はっぴ》、中にはスーツ姿の者も。

「実は、大北《たいほく》酒造の専務とは中学、高校と野球部でずっと一緒で。もっとも、奴は四番でチームの主力、自分は補欠でしたが。いまでも一緒に酒を呑《の》む仲です」

越谷が頭を掻《か》く。

城取は石原に目配せしてから、トラックの前に屯《たむろ》する彼らに向かって足を踏み出した。傍らにいた大町署の捜査員たちが身体を引き、途《みち》を開けてくれた。

石原を従え、雪山を迂回して近付く。煙草を吹かしたり、踵《かかと》で地面を掻いたり、所在なげにしていた男たちが顔を上げる。それらの眼を舐《な》めるようにひと通り見回す。決裁権を持つ者を探して、ネクタイを締めている者たちの顔を、ひとつひとつ順番に眺《なが》めていく。

「県警捜査一課の城取です。どなたか話を聞かせていただけますか」

すかさずスーツ姿の男が進み出て会釈《えしゃく》した。

「大北酒造の専務取締役をしております。塔原《とうのはら》です」

城取は、合点したことを伝えるためにひとつ頷《うなず》いた。

「刺殺体の入った柩を、雪の中に発見することになった経緯について教えてもらえますか」

塔原は困惑したように眉根を寄せ、唇を震わせた。

「また、ですか。向こうにいる刑事さんたちに話しましたけど……。新しい人が来る度に同じ話をしないといけないんですか」

「お願いします」しれっと言い返す。

塔原は城取を見つめる。

「弊社の雪中酒は、多くのお客様から大変好評を戴《いただ》いており、今年も多数のご予約を頂戴しています。お客様の期待を裏切るわけにはいかないんです。直ぐにでも、酒の状態を確認したいんですが」

「酒は諦めてもらうことになるかもしれません」

「冗談じゃない。あの中に、何本、埋めてあると思ってるんですか」

興奮気味に鼻から息を吐く。

城取はもう一度雪の塊に眼を遣《や》る。

「さあ、見当もつかないが、数百本というところですか」

「一升瓶換算で四千二百本です」

「ほお。結構な量ですね」

「一升瓶が六本入るケースが七百個です。ビニールシートで囲って、その上に雪を何層にも被せてあるんです。人が殺されたってときに、何を言ってると思うかもしれませんが、あの酒が売れないとなったら、我々にとっては死活問題なんです。お言葉ですが、決して諦めるわけにはいきません」

「死体の下にあったんだから衛生上、問題になるんじゃないですか」

「ならないでしょ。棺桶があったのは雪の上のほうで、うちの酒は雪の底でブルーシートに包まれているんです。大丈夫です」

衛生上、問題がないことが確認されたとしても、果たして消費者はどう考えるか。

「いつまで待っていれば、酒を掘り出すことができるんですか」

城取は塔原の眼を見据える。

「誤解しないでいただきたい。我々は人殺しを捕まえるためにここに来ているんです。そして、あなた方は我々に疑われる立場にいる」

座り込んでいた男たちの顔つきが変わった。一様に上体を起こし、顎《あご》を上げ、眉間《みけん》に皺《しわ》を刻む。

「俺らがやったって言うのか」

「ふざけるな」

「まあ、待てって」

塔原が彼らを宥《なだ》めるように、右後ろ、左後ろを順に見る。両腕を広げて気勢をそぐように地面を煽《あお》ぐ。誰もが上体を沈めたのを確認してから城取に眼を戻した。

「城取さんは酒がいつ仕込まれるかご存知ですか」

「冬でしょ」

塔原は渋面《じゅうめん》を作って頷く。

「設備投資に金を掛けられる大きな蔵元なら、四季醸造で通年出荷をすることもできます。しかし、うちのような小さな蔵元は寒仕込みに頼るしかない。通年出荷できないから、夏場は資金に窮《きゅう》することになります。それを何とかしようと思って、三年前から雪中酒を売り出すことにしました。雪中酒を呑んだことはありますか」

「いいえ」首を振った。

「大町には既に有名な蔵元がありますから、一度呑んでみるといい。日本酒は生き物ですから、貯蔵の仕方によって味はどのようにでも変わります。冬に搾《しぼ》った酒を雪の中に静かに眠らせておき、いまごろになって掘りだすと、搾りたての新鮮さは失われずに荒々しさだけが取れ、実にまろやかな味わいのある酒に仕上がるんです。雪の中は温度が常に零度前後で一定に保たれていますから、酒の貯蔵にはうってつけなんです」

「そんなものですか」

塔原は自信に満ちた面持《おもも》ちで頷く。

「今年のもきっと、そんな風に仕上がっている筈なんです。一月に埋めて以来、今日を待ち焦《こ》がれてきました」

「今日、掘り返すことは、以前から決まっていたんですか」

「二月には決めていました。暦《こよみ》を見て、大安の日を選んだんです」

「埋めた後で、雪を掘り起こしたことは？」

「一度もありません。一度埋めた酒は、掘り起こすまでそのままです。何があったって、酒の眠りを邪魔することなんてしません」

「柩を埋められたのは、酒にとってはいい迷惑ということですか」

塔原が憂鬱《ゆううつ》そうに眉を寄せ、城取の顔を見つめる。

「いま、蔵元が減っているのをご存知ですか」

「いえ」

「老舗《しにせ》の蔵元が次々に廃業しています。うちも雪中酒に社運を懸《か》けていますから、これが失敗したら、間違いなく潰《つぶ》れるでしょう。従業員全員が路頭に迷うことになります。それが判っていながら、途中で雪を掘り起こすような莫迦《ばか》をする者は、うちにはひとりもいません」

「なるほど。大切な酒を埋めた雪だから、そこに棺桶を埋めるようなことはしない、ということですか」

塔原が当然だと言うように口元を引き締めた。

「そういうことです」

顎を引いて、安堵《あんど》したように息を吐く。従業員たちに嫌疑が及ぶことはないと思ったのだろう。

しかし城取は塔原の期待を打ち砕く。

「私は、自分の勤務先や同僚を困らせようとした輩《やから》を何人も知っています」

「え？」

塔原の不安げな表情を無視して訊く。

「どんな具合に埋めてあるんですか」

塔原は何も応えず、不思議なものを見るような眼で城取の顔に見入る。

「犯人が酒瓶を掘り出してないとは言い切れない。どんな状態に埋めてあるのか、教えてもらえませんか」

塔原は驚いたように眼を見開き、直《す》ぐに真顔になった。困惑したように眉根を寄せ、雪の山を見る。

「どんなって……そんなことまで説明しないといけないんですか」口を尖《とが》らせて城取の顔に眼を戻す。「警察って面倒臭いんですね」

「先に穴を掘るんですか」

「ええ」

「何メートルくらい？」

「四メートルくらいです」

「深さが？」

「はい」

「大きさは？」

「七メートル四方ですかね」

「そこに六本入りのケースを並べるわけですか」

「そうです。中央に一升瓶の入ったケースを隙間なく並べます」

「縦横、何個ずつ？」

塔原はうんざりしたように鼻に皺を寄せ、中空に視線を彷徨《さまよ》わせる。

「縦に十四、横に十」

「それじゃ百四十個だ。さっき七百個だと言った筈です」

塔原は呆れたように口を開く。

「七百も並べられません。五段積みにしてあります」

「五段というと、結構な嵩《かさ》ですね。崩《くず》れませんか」

塔原は、城取が大北酒造を疑って、次から次へと質問するのだと思ったに違いない。明らかに不快に思っているようだ。煩瑣《はんさ》な質問を厭《いと》うように顔を顰《しか》めて、左右に首を振る。

「そんな心配は要りません。周囲を木枠で囲んでありますから。木枠で囲んだ上にシートを被せて、その周りにぎっしり雪を詰めてあります。崩れるわけはありません」頬《ほお》を紅潮させる。「私たちを疑うのなら、酒を掘り返してからにして貰《もら》いたい。その後だったら、幾らでも質問に答えます。疑いたいだけ疑えばいい」

感情の堰《せき》が切れたように声を荒らげたが、城取は涼しい顔でそれを聞き流し、更に質問する。

「雪を詰めて、その上にさらに雪を被せるわけですか」

塔原はうっとうしげに答える。

「そうです。いまは溶けて、あんなもんですが、埋めた直後は六メートルくらいありました。雪を積み上げたら、最後に遮光シートと断熱シートで覆うんです」

城取は、ショベルカーの裏側に黒色の幕とアルミのマットが、記号札とともにあったことを思い出した。

「判りました。では、雪を掘り起こしたときの状況について聞かせてください」

「またか」辟易《へきえき》したように溜息《ためいき》を吐く。「私は従業員とともに、三台のトラックと二台の重機で、今朝の十時にここにやって来ました」

塔原によると、従業員たちは直ぐにそれぞれの役割を分担して作業に取り掛かったらしい。

まず手分けして遮光シートをはがし、続いて断熱シートをはがした。雪山が現れると、従業員のひとりがショベルカーに乗り込んだ。そのバケットが頂の雪を掬《すく》い取って、九十度旋回し、リリースした。それが数度繰り返されて、何度目かの雪をバケットが掬おうとしたとき、木の折れる音がした。

「雪を被せたときにパレットを一緒に埋めてしまったのかもしれないと思いました。それをバケットで割ったか、そうでなければ、樹の枝か根っこが交じっていて、それをへし折ったのかと思いました」

しかし出てきたのは、それらのどれでもなく黒色のビロードで覆われた柩だった。塔原はそのときの感情を思い出したのか、口をすぼめた。

「何でそんなものがって、びっくりしましたよ」

塔原はゆっくりと従業員のひとりを振り向いた。

城取は塔原の視線を追って、その従業員に眼を向ける。二十代半ばか。肩幅が広く胸が厚い。

「彼は？」

塔原はやおら城取に眼を戻す。

「丸山《まるやま》です。ショベルカーを運転していました。最初に死体を見つけたのは彼です」

「そう。俺が見つけた」丸山が尻をついたまま、上体を伸ばす。「何だか知らねえが、変な函が出てきたもんだから、降ろさなきゃいけねえと思って、エンジンを切った。そうして、よくよく見たら、棺桶じゃん。びっくらこいちまってさ。しかもショベルカーのバケットが当たって、横のところが割れちまってて、そこから中の顔が見えてさ」

丸山は気味悪そうに顔を顰め、隣に座る同僚を顧《かえり》みた。

「ほれっ」不意に同僚の肩を衝《つ》いた。

同僚は、丸山の手から自分の肩に死体の霊が移ったとでも思ったのか、急に怯《おび》えた顔つきになり、もう一方の手で肩を打ち払った。

「丸山に死体があるって言われて、我々もバックホウのキャタピラに乗ったり、途中まで雪を上ったりして、柩の中を確かめようとしました。さすがに柩のところまで上る者は誰もいなかったが、それでも人間らしきものが入っているのは判りました。それで直ぐに通報しました」

「死体の顔に見覚えはありませんか」

塔原は激しく首を振る。

「見覚えなんて、全然」

「大北酒造にはこんなことをする者はいない?」

「当たり前です。何度も話したように……」

塔原が気負いこんで身体を突き出す。それを片手で制して言った。

「こんなことをするのは大北酒造の部外者ということですね」

「それはそう、当然です」拍子抜けしたように言う。しつこく詮議されると思っていたのか。

「大北酒造としては傍《はた》迷惑な話ですね」

「はい。こんな腹立たしいことはない。死んでいた人の冥福を祈るべきなんでしょうが、正直、そんな気にもなれません。従業員全員の生活が懸かっている」

「こんなことをされることについて、何か心当たりはありませんか」

「ありません」言下に否定する。

でも、城取は納得できない。

「いま聞いた通りだとすると、犯人は遮光シートと断熱シートをはがして雪を掘り返し、その中に死体の入った柩を埋めて、再び遮光シートと断熱シートを掛けたということになります」

「そうですね」

「結構な手間を掛けています。大北酒造と無関係だとは思えません」

塔原が眼を瞠《みは》って興奮気味に息を荒くした。

城取はその顔をまじまじと見つめながら、努めてゆっくりと話す。

「誰かに恨みを買うようなことがなかったかどうか、よく思い出してください」

塔原はハッとしたように眉を跳《は》ね上げたが、虚空《こくう》に視線を逸《そ》らした。

「うちは、他人《ひと》様から恨みを買うような商売はしていません」

思い当たることがありながら、悪評が立つことを恐れて言うべきかどうか逡巡《しゅんじゅん》し、最終的に白《しら》を切ることに決めたようだ。さまよう視線が雄弁に物語る。

「いずれにしても、酒は押収します」

「なっ……」塔原は眼を丸くして絶句した。

「調べて何もなければお返しします」

「調べるって、何処《どこ》でどうやって。掘り出した後の管理が大変なんだ」塔原は左右に首をひねって、従業員たちを見る。「みんな掘り出すつもりで、待ってるんですよ」

「任意提供して戴けるとありがたいのですが」

「冗談じゃない」

「判りました。差し押さえ令状を取ります」

塔原は眼を剝《む》いて、顔を真っ赤にした。

「城取警部補」

雪山の方で城取を呼ぶ声が聞こえた。塔原から視線を切って顔を向けると、大町署の制服警察官だ。駆けてくる。

「どうした？」

「署から電話がありまして。至急、署に来て欲しいそうです」

城取の前に立ち止まって、肩で息をする。

「私に？」怪訝《けげん》に思って訊き返す。

「はい。四月朔日《わたぬき》という人が見えているそうです」

「四月朔日？　知らんな。事件関係者か」

「いえ、違うようですが、至急、城取警部補と話したいと言ってるそうです」

「事件と無関係ならば用はない」

背中を向けかけると、慌てて付け足す。

「知事の特命だと言ってるそうです。公安委員の名前まで出されて、署では困っています」

城取がもう一度眼を向けると、懇願《こんがん》するような眼で見つめている。

§２

石原に聞き込みを続けるように言いおいて、自らプントエヴォのステアリングを握った。森林を貫く道を戻って、市街地を目指した。

何故、見知らぬ人間に呼ばれなければならないのか。訝《いぶか》る一方で、「知事の特命」には心当たりがあった。ひと月ほど前、捜査一課長の草間《くさま》にそれとなく言われたことがある。

草間は城取の席まで来て、耳元で囁《ささや》いた。

「民間の人間が捜査現場に顔を出すことになりそうだ」

「え？　どういうことですか」

振り向くと、草間が神妙な顔つきで見下ろしていた。

「諏訪部《すわべ》知事から一志《いっし》本部長に打診があった。話を聞いて、三井《みつい》刑事部長が腹を立ててる」

「勿論《もちろん》、断るわけですね」

草間は左右に首を振った。

「本部長は受けるつもりのようだ」

「部外者が来たら、現場は混乱します」

「だろうな」

「だったら……」

城取はクレームを言い掛けて、その言葉を呑み込んだ。一志県警本部長の思惑に思い至ったのだ。

「なるほど。現場が混乱しても、それは知事のせいだ。知事の思いつきを逆手に取って、責任論に持っていくつもりか。一気にセーフコミュニティの推進を白紙にさせようということか」

「上層部の腹を読むなって言ってるだろ」

もう一度、草間の顔を見上げると、険しい視線にぶつかった。

「割を食うのは、現場の人間ですから。本部長には節度ある振る舞いをしていただきたいものです」

「口を慎《つつし》め」


四月朔日という者は、その一件と無関係ではないだろう。

一年前、県議会本会議場で県議が射殺され、美《うつくし》ケ原《がはら》高原で爆破事件があって以来、諏訪部知事は、犯罪や事故を未然に防止できる社会の実現を、強く意識するようになった。もともと、県民の誰もが安全で安心の内に暮らすことのできる社会を築くことは、諏訪部の選挙公約であり、その公約実現のために、諏訪部はセーフコミュニティに取り組む専門チームを立ち上げることを考えていた。県警を含む各部局を横断的に統括して、指示を出せる権限を、そのチームに与えるつもりらしい。

県警上層部は、犯罪や事故に直接関与するのは警察の専権事項だと考えているので、当然、諏訪部のしようとしていることに反対している。近ごろは、県警上層部と知事の対立が表面化し、一志が本部長室に諏訪部を呼び付け、昂然《こうぜん》と批判したという武勇伝が膾炙《かいしゃ》して、石原のような若い警察官が感嘆しているくらいだ。

専門チームの立ち上げには、県警が抵抗勢力になると認識した諏訪部は、警察外部に県警を監察する機関を設置することを思い立った。公安委員会の下に、セーフコミュニティ推進協議会を置き、自らの諮問《しもん》機関とした。セーフコミュニティの認証制度を調査し、長野県で取り組むことを協議するというのは名目で、その実は、警察不祥事を暴き出そうとする者たちの集まり。諏訪部は、彼らに警察捜査に同行できる権限を与えるつもりのようだ。

知事の特命だという者が現れたということは、一志が諏訪部の提案を飲んだということだろう。城取にはそれが得策だとは思えなかった。腹の裡《うち》で舌打ちをした。

信濃大町《しなのおおまち》駅を左手に見て、大糸《おおいと》線をオーバーパスする高架を上って下って、信号を左に折れると、大町署が見えた。

署の敷地に入ると、夏服を着た警務課員が玄関から飛び出した。その前を通り過ぎ、駐車場に向かう。バックミラーを見ると、警務課員が映っている。血相を変えて追いかけて来るその姿は、プントエヴォの駐車を待つのも、もどかしくて仕方ないと言っているようだ。

車を降りて、警務課員を待つ。

「城取、警部補、ですね」

息を切らしながら漸《ようや》く辿《たど》り着いて、膝に手を置く。

「そうだ」

「公安、委員長から、電話が、ありました」息を吸いながら言う。

「何か言われたのか」

「四月朔日教授の、面倒をみてやってくれ、と」

四月朔日という者は教授なのか。ならばやはり、諏訪部知事に諮問する立場の者か。

城取はひとつ頷いて、了解の意を示してから訊《たず》ねた。

「その教授は何処だ」

「警務課で、お待ちです」

「判った」

玄関に向かって歩き出す。息切れした警務課員の声が追いかけてきた。

「案内します」

「大丈夫だ」

警務課員を置き去りにして、足早に玄関に向かう。

ホールに入ると、交通課のカウンターがあり、カウンターの内側で業務に従事していた者たちがちらっと城取を見て、決まりが悪そうな顔で壁際のガラスで覆われた部屋に眼を向けた。

城取が彼らの視線を追って、ガラスの先を見ると、若い女が年輩の警務課長の席の前に立ち、金切り声を上げている。ガラスが声の伝播《でんぱ》を遮《さえぎ》って、人の声ではなく獣の鳴き声にしか聞こえない。怒りをぶつけていることは明らかだ。警務課長のほうは辟易したように、女から視線を外して頭を振っている。残り少ない髪の毛が、はらりと額《ひたい》にまとわりつく。

カウンターに寄ると、女性警察官が立ち上がって、ガラスで覆われている部屋をちらっと見た。

「あれがそうか」城取もカウンター越しにガラスの部屋を見る。

「はい」

「取り込み中か」

「早く城取警部補を呼べって。入って来た時からあの調子で。もう大分、竹原《たけはら》警務課長が遣り込められています。早く行って、助けて上げてください」

右手を挙げて、期待に応えるつもりでいることを示す。女性警察官が、カウンターから身体を乗り出し、フロアの端に手を向ける。

「そちらから入れます」

指し示されたほうに歩いて行くと、カウンターが壁に変わり、そこにドアがあった。ノックすると、獣の鳴き声が途切れた。

直ぐにドアが開き、竹原警務課長が顔を出した。うんざりしたように口をへの字にしている。

「城取です」

「やっと来てくれたか」

安堵したように溜息を吐くと、部屋の中を振り向く。

「城取警部補がいらっしゃいました」

竹原の肩越しに様子をうかがう。女が腕組みをして突っ立っている。黒目がちで鼻筋が通っている。整った面立ち。みどりの黒髪の先を肩の高さで内に巻いている。城取と眼《の》が合うと、チーターが獲物に飛び掛かるような勢いで駆け寄って来た。竹原を押し退け、城取の前に顔を突き出す。

「あなたが城取さん？」眦《まなじり》を裂いて、棘《とげ》のある声で訊く。

ずいぶんと不躾《ぶしつけ》で不愉快。眉を顰《ひそ》め、口を結んだまま頷いた。

「信州《しんしゅう》大学の四月朔日香織《かおり》です。草間課長からお聞き及びのことと思うんですが、どういうことなのか、説明して戴けるかしら」

城取が全てを承知しているという前提で、我を通そうとする。諏訪部知事が送り込んできただけあって、一筋縄でいく相手ではないようだ。

「どうして私に声を掛けてくださらなかったんですか」

「掛ける必要があるのか」

「何ですって。捜査に出るときは、声を掛けてくださいって、お願いしてあった筈です。あなたはそれを無視して、出掛けてしまいました。その理由を説明してくださいって申し上げているんです」

上層部と諏訪部の間で、そういう話ができているのか。

しかし「知事の特命」にしては、眼の前の女はやけに若く、三十前後にしか見えない。駐車場まで駆けて来た警務課員に大学の教授だと聞いて、勝手に白髪頭の老人をイメージしていた。

城取は四月朔日の眼を見据える。

「これから捜査に出るってときに、いちいち声を掛けて回ってる暇はない。捜査現場に立ち会いたいのなら、自分で臭いを嗅ぎつけてついてくればいい。記者たちはみんなそうしている」

「私を記者と一緒にしないでください。私は社会心理学の研究者です。あなた方、警察組織のような閉鎖的な集団やコミュニティで発生する諸問題を科学的に分析しているんです。私を見くびらないでください」

「記者とおなじようにできないのなら、私の現場では無理だ。ほかの班に行ったらどうだ」

四月朔日は眉を顰める。

「あなたって面白いわね。一見、警察という階級社会に馴染《なじ》んでいるようだけど、多分、違う。日本人て、集団に忠誠を尽くし、集団の行動規範に従うものじゃない？　個人の意思なんかより集団の意思が大切。集団志向なの。警察官なんて、その典型だと思っていたけど、どうやらあなたは、私のフィールドワークに適任のようね」

城取は眼下に左手を突き出して、腕時計を見た。

「こんなところで時間を浪費するつもりはない」

話を打ち切って背中を向ける。

「ちょっと、待ちなさい」

四月朔日が追いかけてくるのが、足音で判った。

駐車場に戻ってプントエヴォのエンジンを掛けると、四月朔日が勝手に助手席に乗り込んで来た。仕方なく現場に連れて行くことにした。

「くれぐれも捜査の邪魔だけはしないで貰《もら》いたい。現場では私の指示に従って貰う」

四月朔日は不承不承《ふしょうぶしょう》といった風ではあったが、首を縦に振った。

現場に戻ると、先に車を降り、四月朔日が降りるのを待たずに、林に分け入った。途中で振り向くと、ぶつくさと文句を言いながら腰を屈《かが》め、枝を避けていた。林を抜けると鑑識から靴カバーを貰って、四月朔日を待つ。

「もう、やだ。何よ」

頭についた蜘蛛《くも》の巣を払いながら、漸《ようや》く四月朔日が出て来た。

彼女に靴カバーを手渡す。

「鑑識が遺留物を探している。彼らのいる所には決して近付かないで貰いたい」

「判ってるわよ」周囲を見回す。「鑑識だらけじゃない。ここから一歩も動くなってこと？」

城取は四月朔日を残して、雪の山に近付く。大北酒造のトラックの傍らまで行くと、石原が怪訝そうに眉を寄せ、林の方を見つめている。石原の視線の先を見ると、四月朔日が靴カバーを爪先に引っ掛けている。

「知事の特命らしい」

細かく説明するのが面倒だったので、それしか言わなかった。それで合点がいったのか、石原は眉を開いた。

「何か進展はあったか」

石原は口を結んで左右に首を振る。

「大北酒造が、酒を掘り起こしたいと言ってます」

「まだそんなことを言ってるのか」

「はい」

「凶器が出てないんだから、どのみち、雪は全部掘り起こさなければならない。酒は調べて異常がなかったら返すと言え」

「そう言ってるんですが、警察に任せておいたら売り物にならなくなるって……。賠償請求するって言ってます」

大北酒造が善意の第三者であれば、その言い分は判らなくもない。しかし大北酒造を当事者でないとすることは現時点ではできない。また、犯人に大北酒造を害する意図があるのなら、雪中酒そのものに手掛かりがあるのかもしれない。

「城取警部補」

呼び掛けられて振り向くと、越谷だ。塔原を後ろに従えて、小走りに駆け寄って来る。

「大北酒造が雪中酒を持ち帰りたいと言ってます。宜《よろ》しいでしょうか」

城取は、遅れて大股に歩いて来る塔原をちらっと見遣ってから、越谷に眼を戻した。

「酒は押収する。捜査方針に変更はない」

「でも……」

塔原が忌々《いまいま》しげに眉間に皺を寄せ、人差し指を向けてきた。

「あなたが決裁権を持っているのか。さっきはどういうことだ。話の途中で何処かに行ってしまって」

塔原は城取の前に立ち止まって、腰に手を当てると、眉間の皺を濃くした。

「いま直ぐ、酒を掘り起こしたい」

「それはできません」

「警察ってのは、情けも何もないのか。杓子定規《しやくしじようぎ》のことしかできないのか」

城取は昔、同じことを言われたことがある。

所轄にいた頃、窃盗犯の捜査で、被害者宅に行った。老女が独りで住んでいた。犯人の遺留物を探している内に、軍刀を発見した。

「連れ合いの形見だ」老女が言った。

老女の夫は旧日本陸軍の曹長で、テニアン島で戦死したのだという。自弁で九八式軍刀を誂《あつら》えて出征して行き、それまで佩用《はいよう》していた九五式軍刀を妻に託《たく》したようだ。

調べてみると、その軍刀は所持登録がなされていなかった。発見届出済証を交付し、県教育委員会に登録申請するよう案内した。

城取は知らずにいたのだが、九五式軍刀に美術価値が認められることは極めて稀《まれ》で、大抵は登録されることがないのだという。老女のところにも登録不可通知書が届いた。老女は困り果てて署にやって来た。

「廃棄するより仕方ありません」

途端に、老女は顔を真っ赤にして怒り出した。

「どうせ老い先短いんだから、泥棒に盗られたものなんか、どうでもいいが、刀は困る。

あの人の形見なんだ」

「刀身を外して、拵《こしら》えだけにすれば、お持ちいただけます」

「ふざけるな。そんなもんが刀って言えるか。軍人の魂だぞ。杓子定規で情けも何もあったもんじゃねえ」

猛烈な抗議を受け、何とか力になりたいと思った。

「如何《いかが》でしょう。博物館や美術館に寄付されては。一般の方にも、ご主人の刀をご覧いただけます」

老女は聞く耳を持たなかった。

「いままでずっと大事にしてきた刀だぞ。いま頃になって、何だって年寄りを苛《いじ》める」

どんなに説得しても老女は刀を手放そうとしなかった。

「年寄りの依怙地《いこじ》を許してたら、法秩序は保てない。いつまでも違法状態を放置してるんじゃねえよ」

上司に叱責され、城取は已《や》むなく老女を銃刀法違反で検挙し、軍刀を没収して国立博物館に寄付した。老女は起訴され、執行猶予付きの懲役刑が確定した。

城取が異動になった後も、老女は形見の返却を求めて署に通い詰め、生活安全課を困らせたようだ。その後暫《しばら》くして、執行猶予が明ける前に、老女は亡くなったらしい。亡くなる数日前にも署に現れ、恨み事を言って帰って行ったという。

きっと、城取を恨みながら息を引き取ったのだろう。自分の職務を忠実に実行しただけだが、後味の悪い思いをした。

以来、感情に流されないことを自己に強いている。老女に不公平なことをしたと思いたくないから。

塔原の眼をまじまじと見つめる。

「公安委員会から、捜査の監査に来てる人がいます。彼女に相談するといいでしょう」

塔原は、もの問いたげな顔をした。だが、捜査に関係のないことを細かに説明するのは煩わしい。塔原の視線から逃れるように、林に眼を向けた。

「四月朔日先生」大声で呼ぶ。

四月朔日は鑑識課員の傍らにしゃがみ込んで作業を見ていたが、直ぐに顔を上げた。右手を高く挙げて手招きすると、上体を伸ばした。

「四月朔日先生」

もう一度呼ぶと、やっと立ち上がって、駆け出した。傍らまで来ると、掌で塔原を指し示した。

「こちらの方が、捜査に苦情を申し入れたいそうだ」

彼女は塔原に眼を遣ると、神妙な顔で頷く。

「私がお伺いします」

「あなたが？」

塔原は声を大きくして、四月朔日に見入る。腹立たしげに城取を振り向き、口元を歪《ゆが》めた。四月朔日が若年なのを見て、心ない対応をされたと思ったようだ。

「あちらでお伺いします。どうぞ」

四月朔日には、自分のスキルを疑われていることに思い至る様子は微塵《みじん》もない。手を返して、塔原を導こうとする。

だが、塔原は従おうとしない。

「若く見えますが、大学の教授です。塔原さんの不安を解消してくれるでしょう」

城取の言葉に塔原は驚いたように眼を瞠《みは》り、四月朔日の顔を見つめた。眼を瞬きながら訊ねる。

「大学の先生ですか」

「人文科学研究科で社会心理学を研究しています。四月朔日と申します。この度はセーフコミュニティ推進協議会の委員に委嘱《いしょく》されましたので、ここに来ています」

四月朔日はにっこりと微笑む。

塔原は得心がいったというように頷く。

「そうですか。見た目が若いものだから……」

「実際に若いんです。飛び級で卒業しましたから」

四月朔日がわざとらしく頬を膨《ふく》らませ、鼻に皺を寄せるのを見ると、塔原はやっぱり頬にできないと言いたげに、首を振った。

城取にとっては、塔原のクレームに時間を割くのは時間の浪費でしかない。こんなときには、四月朔日は便利かもしれない。雑事を押しつけられる。

§3

三井刑事部長が大町署に到着したのは、アルプスの裏に陽が隠れた後だった。空の色は淡い縹《はなだ》色のままで、帳《とばり》の降りる気配が揺蕩《たゆた》うまでには、まだ幾ばくかの時間が必要な頃だ。

城取はそれまでには大町署に戻っていた。草間課長からスマホに連絡があり、三井を出迎えるように厳命されたので、矢木《やぎ》署長、高坂《こうさか》副署長、馬場《ばば》刑事課長らの大町署の幹部とともに、玄関先に並ばなければならなかった。

公用車が入って来ると、署長たちが身体を堅くして挙手の礼をし、それが合図であるかのように、場の空気は一瞬の内に凛《りん》と張り詰めたものになった。城取も署長たちに倣《なら》って、指先をこめかみに当てた。

後席のドアが開き、三井の顔がのぞく。そこに居並ぶ者たちを睥睨《へいげい》するように眼を剝くと署長らが慌てて駆け寄る。

城取は手を下ろして、未《いま》だ明るい空を見上げながら、三井の出迎えに時間を割かなければならないのを惜しいと思った。

「城取」

振り向くと、署長たちを従えて、足早に近付いて来る。

すぐに視線を外し、上体を前傾させる。アスファルトの地面を見たまま三井を待つ。

足音が、鼻の先で停まった。

「大学の先生には会ったか」

上体を倒したまま応える。

「はい」

「骨が折れるな」

三井が含み笑いをしたようだった。短く息を吐き出す音がした。

「パフォーマンスが好きな知事だからな。暫く付き合ってやってくれ」

「はい」

三井の靴先が向きを変えた。

砂利を踏む音が遠ざかって行く間も、城取はずっと頭を下げていた。

三階の講堂は、警務課が机や備品を運び込んで、捜査本部としての体裁を整えるように模様替えされていた。

警務課は机の列に神経を使い、壁から壁まで綱を張って、整然と列を正すのに腐心した筈だ。でも、現場から帰った刑事たちは彼らの努力を忽《たちま》ち無意味にしてしまった。ある者は椅子を引いて後ろの机にぶち当て、ある者は机を押し遣《や》って脚を組み、またある者は窮屈そうに椅子に座りながら机を押し出す。誰もがいとも呆気なく列を乱してしまっていた。

城取は窓際の席に座った。

アルプスの稜線に見える残照は、ガラスを越えて部屋の内側に入って来るだけの力を持っていなかった。机にノートを広げると、白い筈のページが薄墨色に霞《かす》んでいる。

壁に眼を遣ると、蛍光灯のスイッチの脇に警務課員が立っている。隣に座る戌亥《いぬい》が、城取の視線を追って、壁際の警務課員に眼を凝らす。

戌亥は捜査一課の捜査員たちの中で、最も年嵩《としかさ》で、短く刈りそろえた髪には白いものが交じっている。けれども、柔道で鍛《きた》えたずんぐりとした身体は、若い捜査員が束になっても、押し倒せそうにない。昇任試験を一度も受けたことがないという噂《うわさ》で、階級は巡査のままで、職位は巡査長だ。

「節電ですね。刑事部長が来るまでは、このままなんじゃないですか」

戊亥が警務課員を見たまま言う。戊亥の後ろに座る石原が即座に反応した。

「えっ、刑事部長が来てるんですか」

戊亥は身体を斜めにして、石原を振り向く。

「いま、署長と話し込んでるらしい」

「直ぐ帰りますよね」

戊亥がにやっと笑う。

「どうかな。ドラキュラが入るような柩に死体が入ってて、雪に埋まってたんだ。こんな耳目を集めそうな事件は、あの人が好みそうだろ」

「まさか、『天皇』自ら指揮を執《と》るつもりなんじゃ？」

石原の声が震えていた。

強権的な三井は捜査員たちに畏怖《いふ》され、陰では「天皇」と渾名《あだな》されている。石原のような若い刑事たちからは、ことさらに煙たがられている。

「御座所《おましどころ》で手柄をアピールできるなんて、良いことじゃないか」

戊亥の茶化す言葉に、石原が恨めしそうに返す。

「やですよ。監視されてるみたいで」

「『天皇』に四の五の言われる前に、被疑者を確保すれば良いだけのことだ」

城取は両肘を机に衝き、顎の下で両手を組み合わせた。

「それは、そうですけど……」

石原がぼやきかけたところで、蛍光灯が瞬いた。室内のざわめきが瞬時に止み、隣の席や後ろの席に顔を向けていた者たちが一斉に姿勢を正した。

出入口から三井が入って来て、ステージ前に設《しつら》えた幹部席に向かう。まだ昼の暑さが残っているというのに、黒色のスーツにネクタイをきっちり締め、暑がる素振りも見せない。三井の後には草間が続き、こちらは半袖シャツ姿で、額の汗を拭ったハンカチを尻のポケットに突っ込んだところ。草間の後には夏服の制服を着用する署長と副署長が続き、その後に田所《たどころ》鑑識課長が続く。

「気を付け」

三井らが幹部席に着いたところで、大町署の刑事が号令を掛けた。

「礼。直れ」

捜査員たちは身体の緊張を解《と》くと、それぞれの机に手帳を広げる。

幹部席では、草間が水色の紙製ファイルを開いていた。ファイルに眼を落としたまま、机のマイクを引き寄せる。

「捜査本部の陣容を発表する。捜査本部長、三井刑事部長。捜査副本部長、矢木大町警察署長ならびに田所本部鑑識課長、事件主任官、草間。広報担当官、高坂大町警察副署長、捜査班運営主任官、馬場大町警察署刑事課長、捜査班長、城取捜査一課主任」ファイルから顔を上げる。「捜査班の各班員は城取捜査班長の下、班員相互で具体的捜査方法を討議し、捜査活動について相互にその内容を承知し、全班員が協力しながら創意工夫し、積極的かつ活力ある一体的な捜査活動を展開されたい」

捜査員たちが一斉に返事をする。

「では、早速捜査会議を始める。先ず所轄、大町署。現状報告」

「はい」

聞き覚えのある声に眼を向ける。越谷だ。立ち上がって、手帳を胸の前に掲げる。

「大町署の越谷です。検視報告をします。被害者は男性。年齢八十代、もしくはそれ以上、身長百五十六センチ。頭髪短く、まばらに白変。死因は出血性ショック死。刺傷は前胸部から心臓に垂直に入射するもののみ。掌に被害者自身の爪がめり込んだ傷。外傷ほかになし。下顎右第一、第二大臼歯、上顎左右第一、第二小臼歯を残してほかの歯はすべて脱離」

越谷は顔を上げ、幹部席を見る。

「被害者は入れ歯《は》を嵌めていました。尚、下顎の左第一臼歯が破折して、口腔《こうくう》内に残っていました。これは、歯周病が進み、歯槽骨《しそうこつ》の吸収が進んでいたところ、被害者が歯を食いしばったため、折れたもののようです」再び手帳に眼を落とす。「腹部に虫垂炎のものと思われる手術痕あり。左大腿部膝上二十センチに裂傷、同膝裏上十五センチにも裂傷」越谷は再び顔を上げる。「これは、銃創であると思われますが、治癒《ちゆ》しています」

捜査員たちの間にざわめきが広がる。

「待て」マイクを通した草間の声が、ざわめきを破る。「撃たれていただと?」

「はい」越谷が草間の顔を見つめる。

「拳銃か」

「いえ、なにぶんにも古い傷なので……」

「特定は無理か」

「検視官はそうおっしゃってました」

草間は左隣に座る三井をちらっと見た。

三井は顎の前に両手を組んで、眼を閉じている。口を挟みそうな気配はない。

草間は越谷を見据える。

「古い傷なら、今回とは無関係か」

「そう思います」

「判った。ほかは?」

「身体的特徴は以上です。なお雪中であったため、ウジやカツオブシムシ等の蚕食《さんしょく》が見られず、また腐敗の進行がかなり遅いため、検視官は死後の経過時間は不明としています。死後経過時間については、司法解剖の鑑定書を待ってご報告いたします」

草間が三井の様子を窺うように、首を巡らせる。

三井は徐《おもむろ》にひとつ頷く。

越谷は三井が頷くのを見て、手帳に眼を落とした。

「次に、被害者の服装について報告します。上半身、白ランニングシャツに白無地ワイシャツ。下半身、猿股、ステテコの上に麻のスラックス着用。所持品なし。家出人、失踪人の捜索願と突き合わせていますが、いまのところ該当者はありません。以後は聞き込みを中心にして、身元確認を急ぎます」

「脚を撃たれてる者なんて、そうはいないだろ」三井の声がした。

城取はメモをしていた手を止め、顔を上げる。

三井は首の凝りを解《ほぐ》すように首を廻し、やおら眼を開けた。白目勝ちに越谷を見る。

「そんな奴を見つけるのに、何時《いつ》までも手間取るな」抑揚を付けずに、低く唸《うな》るように言う。

「はい、直ぐに見つけます」

越谷は険しい顔で唇を嚙む。

「太ももに弾丸が貫通したのなら、普段は跛行《はこう》してたんじゃないのか。杖を突いていたかもしれない。歩くだけで人目を引いてた筈だ。大体、脚を撃たれるなんてのは、堅気だとも思えない」

草間が三井を見て頭を下げる。

「ご賢察、痛み入ります。明日には、被害者を特定させます」

「当たり前だ」

草間の顔は幾分、蒼ざめていた。崩れるようにして背凭《せもた》れに身体を預けたが、直ぐにハッとしたように背筋を伸ばした。

「次」

「はい」

別の捜査員が返事をして立ち上がる。石原と同年代か。青いフレームの眼鏡は、ビジネスとカジュアルを区別する気がないのか。一方で、クールビズに逆らって、上着を着てきちんとネクタイを締めている。ちぐはぐな印象。

「大町署の千国《ちくに》です。柩について報告します」

千国は手帳を眼下に掲げた。「外寸、縦百八十センチ、横五十五センチ、高さ四十四センチ。内寸、縦百七十三センチ、横四十八センチ、高さ三十八センチ。業界で六尺柩と言われているサイズで、普及しているものの中では比較的小さなサイズになります。素材は桐で、檜《ひのき》に次ぐ高級品ということです。ただ、桐の中でも板の厚さでランク分けされており……」

「そんなことはどうでもいい」三井が重い声で言った。

千国は手帳から顔を上げ、眼を丸くする。

「いや、でも、僕的には」

「お前の意見なんか聞いてない。何処で作ってて、何処で売ってるものなのか、それを言え」

「それはこれから。というか、何処でも売ってる的な」

三井が舌打ちをした。ゆとり世代の千国に大分、苛立っているようだ。

「ビロードは?」

千国はきょとんとした顔をする。

「ありました」

「莫迦《ばか》か」三井が大声で怒鳴った。

千国はビクッと肩を震わせる。三井の顔を見たまま、蛇に睨《にら》まれた蛙のように微動だにしない。

「ビロードに十字架があったんだろ」

「あ、はい」

「柩のサイズなんか調べて捜査してる気になるな。それより十字架の意味を考えろ」

「はい」

千国は、身体が凍りついてしまったかのよう。

「死体は手厚く葬られていたんだろ」

「はい」

「ならば、葬られた奴か、あるいは葬った奴のどっちかがクリスチャンてことじゃないのか」

「はい」

「仏教なんかと一緒で、宗派によって葬り方が違うのかもしれん。神父でも牧師でも探し出して、専門家の話を訊いて来い」

「はい」

「下足痕《げそこん》は？」

「大北酒造の従業員が履いていた長靴と、ひとつひとつ照合させているところです」

三井は捜査員たちを見回す。

「敷鑑《しきかん》の担当は誰だ」

「いえ、まだ」草間が言った。「被害者の特定ができていませんので」

「莫迦か。逆から洗えばいいだろ」

「逆……ですか」

「大北酒造と無関係ってことはないだろ。大北酒造の社長とか関係者の身辺を洗っていけば、被害者にも被疑者にも辿り着けるだろ」

「さすがは刑事部長。御見識の高さに痛み入ります」

草間が世辞を言った。三井はそれに耳を貸す素振りも見せず、怒鳴りつける。

「まさか、大北酒造を調べてないのか」

草間が咽喉に何かを詰まらせたような顔をした。スラックスのポケットからハンカチを引っ張り出して、額に当てる。

「申し訳ありません。ほかの捜査に手間取っておりまして」忙《せわ》しなくハンカチで額を拭う。「直ぐに、行かせます」

「あのう……」

城取は、聞き覚えのある声にハッとした。

振り向くと、案の定、四月朔日だ。大町署の刑事たちが座る列の最後方で手を挙げている。どうして捜査会議にまで顔を出しているのか。見かけよりずっと太い神経をしているのかもしれない。

「大北酒造は関係ないと思います」

四月朔日が幹部席に首を伸ばす。

「話を訊いて来たのか」三井が言い返した。

「お酒が押収されるのは困るって言ってますから」

「何の話だ？」

話の筋が見えずに苛立ったのか、威圧的な声になる。

四月朔日のせいで三井の不機嫌の度が増し、捜査員たちが怒鳴り散らされるのは困る。気をもんで幹部席を見ると、草間が血相を変えて三井に耳打ちしている。

「彼女が例の？」三井の顔が忽《たちま》ち険しくなる。「部外者がどうしてここにいる」

眉間の皺を濃くして、草間を睨みつける。

草間は口を開きかけ、返答に窮したのか唇を歪めて、四月朔日に眼を移す。

四月朔日は草間が困っているとは夢にも思っていないような涼しい顔で、さっと立ち上がり、三井の顔を真っ直ぐに見た。

「私にはその権限があります。何なら、一志本部長に確認してみてください。許可を戴いていますから」

三井は眉間に皺を刻んだまま、唇の端に笑みを浮かべた。

「あなたのような若い方が、まさか知事の信任を得ているとはね。お見それしましたよ」

瞬時に口元の笑みを引っ込めた。「しかし、会議は見学するだけだ。発言は控えて貰う」

「勿論です。捜査会議に口出しするつもりは全くありません。私はただ、大北酒造の皆さんが困っているということを知っていただきたいんです」

「困ってる？」三井は上体を仰《の》け反《ぞ》らせ、背凭れに預ける。「どう困ってるんだ」

「雪中酒には社運が懸かっているんです。あれが販売できないと、不渡りを出すことになるそうです。大北酒造は倒産し、従業員は路頭に迷うことになります」

「ほう」

「どうしてもお酒を押収して調べなければならないのなら、品質管理をしっかりしてください。直ぐに調べて速やかにお酒を返却して、決して販売計画に支障が出ないようにしてください」

「あなたに指図される謂《い》われはない」

「指図ではありません。お願いです」

三井は城取を見た。

「城取」

「はい」

「今の話を聞いて、どう思う」

「大北酒造の捜索に行きたいと思います」

三井が四月朔日に眼を戻す。

「と、いうことですよ。先生」

四月朔日が三井に挑むように眼を剝いた。

「どういうことですか。捜索になんか行ったら、大北酒造はもっと困ります」

三井は苦笑し、鼻を鳴らす。

「別に困らせようとしてるわけじゃない。だが、警察は犯人を捕まえなきゃならない。そのために必要なことはする」

「必要だと言いきれるんですか」

「何でわざわざ雪の中に柩を埋めたと思う?」

四月朔日は虚を衝かれたように、顎を上げた。思案するように首を傾げる。

「それは……遺体の腐乱を遅らせるためとか」

「何のために腐乱を遅らせる?」

「死亡の日時を判らなくするためとか」

三井は憫笑《びんしょう》した。

「心理学の先生だか何だか知らないが、犯罪者の心理には疎《うと》いらしいな。そんなことのために、死体を柩に入れて、雪に埋める面倒をする奴がいるなんて、本気で思っているのか。俺たちは、そんな人殺しには会ったことがない。大学の先生ってのは呑気《のんき》なことを言うんだな」

笑いを嚙み殺す声が、室内のそこかしこに漏れる。

四月朔日は眉根を寄せ、唇を尖らせた。

「しかし……」

「柩を埋めた奴と、殺した奴が同一の人間であるとは限らない。しかし別人だとしても、埋めた奴が事件に深く関わっていることは間違いない。死体遺棄をするなら、土の中に埋めて、誰にも気付かれないようにするものだ。これから掘り起こそうっていう雪の中に埋める莫迦はいない。しかし、今回はそういう莫迦をしている。ならば、それには相応の理由があると考えるのが我々の仕事だ。大北酒造が困ってるっていうなら、まさにそれが理由だろうと考えるのが、警察だ」

「どういうことですか」

四月朔日が三井に向かって足を踏み出す。

「柩を埋めた奴は大北酒造を困らせたかったたってことだ。大北酒造を捜索すれば、柩を埋めた奴が自ずと浮上してくる」

「けど、大北酒造の塔原専務は心当たりがないって言ってました」

三井は口元を緩め、小莫迦にする笑みを浮かべた。

「関係者の言うことを、額面通りに受け取ってたら、犯人なんか捕まえられないだろ」

§4

灰色に煤《すす》けた漆喰《しっくい》が、来し方の星霜《せいそう》を知らしめる土蔵《どぞう》造り。軒《のき》の下には、赤茶色の杉玉がぶら下がる。

格子の引き戸を開けると、中は薄暗く、足元から奥に向かう細長い光の条《すじ》が戸を開けた幅で現れた。そこに敷き詰めた自然石を光の中に白く浮き立たせる。城取の影が落ちている石は、ぼんやりと濃い色になっている。

光の条は、先端が細く集束するくらいまで遠くに延びている。土間の広さは尋常ではない。上がり框《がまち》までは優に十メートルはありそうだ。

城取は中に足を踏み入れた。清涼な気が満ちていて、それを心地よく思う。
二、三歩踏み出すと、後ろで戸が閉まる音がして、光の条が細くなる。引き戸がぶつかり合う音で消失した。ほかにさしたる灯りはなく、城取の周囲は薄暗さの中に沈んだ。
「暗いですね。戸を開け放っておいたほうがいいでしょうか」

背中に石原の声。

「構わん」

石原を振り向く。石原は戌亥と大町署の刑事より後ろにいたが、そのシルエットはふたりより高く見えた。三人の顔つきは判らないものの、背格好で区別できる。

敷石を踏みつけて奥に進む。

上がり框の前に立ち、廊下の奥に眼を凝らす。高い位置から差し込む光があり、その光が床に落ちて、黒光りする板を浮かび上がらせている。

「ごめんください」

石原が隣に並んで、廊下の奥に声を掛けた。

「はあい」女の声が遠くで応える。

足早に床を踏む音が近付く。

高窓から差し込む光の下に、割烹着《かっぽうぎ》姿の中年の女が現れた。頭に手を遣って、姉さん被《かぶ》りにした手拭いを取りながら、頭を下げる。

「県警捜査一課です」

女は眼を大きくした。

「少しお待ちください。いま社長を呼んで参ります」

女は会釈して身体を返すと、大股で駆けるようにして、廊下の奥に消えた。

暫く待っていると、大柄な年配の男が現れた。禿《は》げた頭に豆絞りを巻き、でっぷりとした腹には前垂れを掛けている。面立ちは専務の塔原によく似ている。塔原を二十歳ほど老けさせたら、こんな風貌になるのか。その塔原が、男の後ろに付き従っていた。

男は険しい顔で、廊下の上から城取を見下ろす。

「県警捜査一課です」

警察手帳を開き、徽章《きしょう》を見せると、男は顎を突き出した。

「四人で来るなんて、大仰だな」皮肉めいた笑みを浮かべる。

城取は胸のポケットから捜索差押許可状を引っ張り出して、男に示す。

「雪中酒を差し押さえます」

男は苦り切った顔で城取を凝視する。

「どういう料簡《りようけん》だ」

「調べが済んだらお返しします」

「そんなもの、売り物になるか。うちを潰す気か」

「粛々と捜査を進めているだけのことです」

男は眼を剝く。

「酒は渡さん。帰れ」

「差押えは明日の朝、日の出とともに執行します。立ち会いをお願いします」

「知るか」

「立ち会われませんか。ならば市役所に立ち会いをお願いします」

男は苦り切ったように、口の端をつり上げ、舌打ちした。

「うちを殺す気か。お前らが人殺しだ」

捜査員たちはヘアーキャップを被り、不織布《ふしよくふ》の予防衣に身を包んで、雪山の周りに雁《がん》首《くび》を揃《そろ》えていた。灰白色の雲が空を覆って、日中には、じめじめとした蒸し暑さに悩まされそうだったが、まだ薄明の早朝なので、辺りには冷気が満ちている。

塔原ら大北酒造の従業員たちは、立ち入り禁止テープの外から恨めしそうに捜査員たちを眺めている。

「本当に押収しないといけないのかな」

越谷が気が乗らない顔で、大町署の同僚たちを見回す。

「僕的にはありだと思います。酒を調べれば、どうして雪に埋めたのか、動機が判るんじゃないかと」

千国は軽口を叩くような調子だ。

越谷は辛気臭い顔で首を捻る。

「お前、大北酒造が潰れて、『鹿島正宗《かしままさむね》』が呑めなくなってもいいのか」

越谷に怒鳴りつけられ、千国は餅を咽喉に詰まらせたような顔をして、身体を竦《すく》める。

雪山にはブルーシートが掛けられており、その一枚の端を大町署の捜査員たちが摑《つか》んだ。

捜査一課の捜査員たちは地面にスコップを突き立て、それに身体を預けて、シートが剝がされていくのを見守る。

最後の一枚が剝がされると、城取は一課の捜査員たちを振り向いた。

「始めてくれ。遺留物を見落としてしまわないよう、慎重に頼む」

「はい」

一課の捜査員と大町署の捜査員が入り交じって、雪山にスコップを突き刺した。

城取も、地面に並ぶスコップの一つを取り上げる。石原の隣でスコップを振り上げた。

「本当にこれを全部掘るんですか」

石原がうんざりしたように顔を顰め、雪山を見上げる。

「当然だ。敢《あ》えてこの雪を選んで、柩を埋めたんだから、何か理由がある筈だ」

「それは判りますけど」

「骨を惜しんでたら、『天皇』にどやしつけられるぞ」

若い捜査員に交じって、スコップを振り上げる戌亥が険しい眼で石原を見る。

「判ってます」

石原は慌ててスコップを雪に突き刺す。大きな塊を切り崩して、それを一輪車に抛《ほう》り入れる。直ぐにまた別の雪塊を切り崩しに掛かる。

「張り切るのはいいが、自分の汗を鑑定させるようなことをしたら、鑑識はいい迷惑だぞ」

戌亥が歯を見せて笑う。

石原は手を休め、顎の下に弛《ゆる》んでいたフェースガードをずり上げ、顔を覆った。

捜査員たちは時間を掛けて雪山を崩したが、目ぼしいものを発見することはできなかった。掘り返された雪は、次々に四トントラックに積まれ、科学捜査研究所に運ばれて行った。

「雪の中なら遺留物がないとも限らないけど、酒は持って行かなくともいいんじゃないか」

越谷は手を休め、暗鬱《あんうつ》とした顔で周りを見回す。誰も同意しないので、仕方ないという顔で、再び雪を掘り返す。

雪山はいまや切り崩され、その頂は地表と水平になる位置まで低められていた。捜査員たちはさらに雪を掘り進めて行き、先ほどまで山があったところに大きな竪穴《たてあな》ができていた。やがて、雪の下に青色のシートが顔を出し、安堵した声が上がった。それは雪中酒のケースを覆ったものに違いなかった。捜査員たちは、国宝級の埋蔵文化財を発掘するかのように、注意深くブルーシートから雪を除き始めた。

穴の雪をすっかり掻き出すと、後には、一辺五メートル強、高さ二メートルほどの方形がブルーシートに包まれて残された。ひとつだけ取り残された孤島のように見えた。

「全員、上がれ」

捜査員たちは、自分たちが露出させた土に手を掛け、機敏な動きで這《は》い上がる。

「後は鑑識に任せる」

本来の職務に戻るよう捜査員たちに命じた。捜査員たちが雪山から離れて行く。越谷だけが、立ち入り禁止テープの外にいる塔原たちを見つめて、動こうとしなかった。

「越谷」

城取が声を掛けると、曇った顔を向けた。

「どうしても雪中酒を押収しないといけないのなら、せめて大北酒造が困らないように取り計らっていただけますか」

微かに頷くと、越谷は挙手の礼を返して、ほかの捜査員たちを追った。

捜査員らと入れ替わりに鑑識課員たちが穴に飛び降りた。雪で濡れた地面に足を取られないように用心しながら、ブルーシートに手を伸ばす。

田所が城取の隣に立って、鑑識課員らを見下ろして言う。

「雪を掘り返した痕はないな。何も出ないいんじゃないか」

「それでも続けてください。酒は押収します」

「判ってる」

田所は神妙な顔で応えた。

「主任」

戌亥の声に、首を巡らす。

背の高い男を従えて、鹿爪《しかつめ》らしい顔で近付いて来る。

「どうした」

「この方が聞いてほしいことがあるそうです」

戌亥は肩を引いて、背の高い男に半身になる。

「聞かせて貰えますか」

「一四八号線沿いで酒商高田《さけしょうたかだ》という店をやっています。大北酒造さんの雪中酒が押収されると聞いて来たんですが」

「クレームなら無用にして貰いたい」

男は気色ばんで、言葉を継ぐ。

「いえ、そうじゃなくて、大北酒造さんの『鹿島正宗』に因縁をつけた客がいたことを思い出したものですから。ひょっとしたら、関係があるんじゃないかと」

「ほう」

「二週間ほど前なんですけど、うちで買った鹿島正宗に黴《かび》が混じっていて、具合が悪くなったと言われたんです」

「その客の人相を覚えていますか」

「いえ、来店したんじゃなくて、電話です。電話で言われました」

「誰が電話してきたのか判りますか」

男は眉根を寄せて首を振る。

「うちは馴染み客ばかりなので、電話の声だけでも誰なのか判るつもりでいますが、誰なのか全く思い当たりませんでした。それで名前を訊いたら、どういうわけかいきなり怒り出して、悪態をつき始めました。一方的に言うだけ言って、電話を切られました。おかしいと思って着信番号を見ると、市外局番が03でした」

「東京か」

「はい。たまに県外から来た観光客が地酒を買って行くことがあるんですが、電話があった前後に、そういう見知らぬ客に鹿島正宗を売った覚えはありません。きっと、ほかの酒屋と間違えているのだろうと思って、そのときはそのままにしたんです。ところが、翌日も同じ人から電話がかかってきました。何処の誰なのか、判らないことにはお詫びのしようもないから、名前を教えて欲しいと言うと、また悪態をつき出して、お前のところじゃ話にならないから蔵元に話すと言って電話を切られました。ひょっとしたら私の応対が悪かったのかと思って、気になっていたんです」

「03の後は判りますか」

「はい」

男は尻のポケットから紙片を引っ張り出し、広げる。

「控《ひか》えておきました。大きなトラブルになるんじゃないかと、心配でしたので」

男の手から紙片を取って、そこにある数字をちらっと見て、戌亥に手渡す。

「その番号を調べてくれ」

城取は立ち入り禁止テープの先に眼を遣る。塔原が絶望したような顔で、ぼんやりと穴を見ている。

塔原に駆け寄って、テープの内側から訊ねた。

「塔原専務、二週間前の電話について教えてください」

塔原は穴を見たままでいたが、その眼は焦点が合っていないようだった。

「塔原さん？」

きつい調子で名を呼ぶと、ビクッと肩を撥《は》ねさせ、やっと顔を上げた。城取を見て、驚いたように眼を丸くし、直ぐに眉を顰める。

「何か？」

「二週間前、クレームの電話を受けていますね。鹿島正宗に黴が入っていたと言う者がいた筈です」

塔原は左右に顔を振る。

「製造も貯蔵も工程の管理はしっかりやっている。黴の臭いがつくだけで、酒なんて呑めたものじゃなくなるから、蔵の何処にも黴が出ないように始終気を配ってるんだ。黴なんて入るわけないだろ」

「そういう電話はなかった？」

塔原は眉根を寄せ、城取を凝《じ》っと見据える。

「あったよ。毎日。一週間ほど」

「異常だな。どうしていままで黙っていたんですか」

「どうしてって、ただの言い掛かりだから。うちの酒に黴なんて入るわけないんだ。お客様の声には耳を傾けるっていうのが、うちの方針だから、丁寧に話を聞こうとしたんだ。けれども、興奮気味に文句を言うだけで、全然話にならなかった。ひと頻《しき》り文句を言ったら、勝手に電話を切っちまうし。どうせ言い掛かりだと思ったんだけど、一応、ほかの酒屋や卸業社にも電話して確認した。黴のことを言う者なんてひとりもいなかった。どうせ自分で保管状態を悪くして、黴を発生させたんだろう。それをうちのせいにされてもね」

「電話してきた者が誰なのか、教えて貰いたい」

「知るわけないだろ。名前を訊いたって怒鳴り返してくるだけだったから」


　捜査会議の開始予定時刻の十分前には、すべての捜査員が席に着いていた。めいめいが、周りの席の者たちと情報交換をしており、その声が重なり合って室内に反響していた。

　ドアの開く音がして、一瞬の内に反響が消失する。三井が入って来たと思って身構えた者たちの予想に反し、入って来たのは鑑識課員たちだった。片腕に書類の束を抱えている。

彼らは机の列の間に入って、書類を一部ずつ各員の机に置いて行く。

城取の机にも書類が置かれた。表紙のタイトルを見て、司法解剖の鑑定書の写しであることが判った。ページをめくって斜めに拾い読みする。検視官の見立てと矛盾することはないようだ。

鑑識課員たちが部屋を出て行き、入れ違いに三井が草間とともに入ってきた。

「気をつけ」大町署の捜査員が号令を掛けた。「礼、直れ」

三井は捜査員たちを睥睨して、机の書類に眼を落とした。

「まず、こいつからだな。報告しろ」

「はい」越谷が立ち上がる。

ほかの刑事たちは自分たちに配付された書類を繰った。

「被害者は心臓を刺されていましたから、直ちに血液の循環が停止し、死斑《しはん》が濃く出ていました。すべての死斑が鮮やかな紅色をしていましたが、これは酸素ヘモグロビンの色でした。冷温下ではヘモグロビンは酸素と結合し易くなります。死斑に色調差がほとんど見られないことから、死体は殺害後、ただちに埋められたと思われます。柩の中に血痕はほとんどありませんでした。刺されてから柩に入れられたものと思われます。死亡経過時間は、体表および内臓の乾燥の程度、腐敗および自己融解の程度を総合的に判断して、解剖医は、死後、一週間から十日と判断しています」

三井が鑑定書から顔を上げる。

「銃創について、何か判ったか」

「極めて稚拙《ちせつ》な外科処置がなされていたようです。解剖医は、相当未熟な医師が処置をしたのではないかと言っています」

「やましいことに関わって撃たれ、医者になんて診せられなかったんじゃないのか」

「そうかもしれません」

「身元は？　割れたのか」

越谷は鳩尾《みぞおち》に一撃食らったかのように顔を歪めた。しまったと言うように舌打ちする。

「申し訳ありません」すかさず草間が言う。立ち上がって三井に頭を下げる。

「まだ割れてないのか」声を荒らげる。

「はっ。申し訳ありません」

「お前ら、能なしか」越谷に向き直って怒鳴りつける。「早くしろ。被害者が誰なのか判らなきゃ、敷鑑もできない」

「はい」

越谷は右の拳で左掌を打ち、歯を食いしばりながら、着席した。

「次」三井が怒鳴った。

「はい」

戌亥が起立して、酒商高田と大北酒造から聞いたクレーマーの件を話した。

「電話番号の問い合わせをしました。契約者は布山《ふやま》享《とおる》という者です。住所は東京都練馬《ねりま》区です。警視庁に共助の依頼をします」

三井が無言で頷く。

「次」草間が言う。

千国が立ち上がる。手帳を胸元に掲げて、眼を落とす。

「大北から安曇野《あづみの》、松本《まつもと》までの葬儀社および共済会に話を聞いて来ました。今年になってキリスト教式で行われた葬式は十五件です。その内、本件の様な西洋式の柩を使ったのは三件。いずれも火葬で燃えています。キリスト教式の葬儀は一％ほどしかなく珍しいので、各社ともほとんど在庫を持っていないそうです。たまに、発注ミスで抱えていることがあるくらいだそうです」

「ということは、柩の盗難に遭った店はないんだな」

三井の問いに千国は緊張した面持ちで頷く。

「聞き込みを県下全域に広げます」

「カトリックとプロテスタントの件は？　何か判ったか」

「宗派ごとに違う柩を使う的なことはないようです。ただ、カトリックの場合、柩の中に十字架とかロザリオを入れるそうです」

「本件の柩には入ってなかったな」

「はい。県下のプロテスタントの教会に聞き込みをして、不審人物の情報を吸い上げます」

三井が満足気に顎を引く。千国が続ける。

「それと、鑑識から報告がありました。柩の蓋の裏側に指紋が残っており、シアノ法で採取に成功しました。検索すると前科《まえ》のある指紋でした」

三井が眉を寄せる。千国の顔に見入って眼を細める。

「前科があった?」

「住居侵入です。フリーライターをしている者の指紋でした」右手を開いて拇指《ぼし》を指差した。「右手の親指です。タレントのスキャンダルを取材していて、マンションに侵入し、現行犯逮捕されています」

「名前は」三井が怒鳴る。

「布山享です」

場内がざわついた。

千国は眼を瞬いて手帳から顔を上げ、同僚たちを見回す。何を騒いでるのか判らないようだ。

「どうして戌亥が話したときに知らん顔をしてた」

三井が怒鳴りつけた。

アポクリファの章Ⅰ　聖夜の邂逅《かいこう》

§1

東京の雪は重い。

仁科哲弥《にしなてつや》は紫黒色《しこく》の空を見上げながら思った。ネオンの灯りを受けた綿雪が、銀色の腹を見せながら落ちて来る。

つい先ほどまで、濡れて黒くなっていた歩道は、人の行き交った跡だけを残して、いまはすっかり白い綿毛に覆《おお》われている。

車道に落ちた雪は、往来する車両に踏まれ、あるいは弾《はじ》かれ、道路の全てを白く覆うことはできずにいたが、途《みち》行く車のフェンダーに付着して珈琲《コーヒー》色のみぞれとなり、シャーベットを削るときのような音を散らして、北国の冬のような景色を生み出している。

前方からふた組のカップルが、それぞれのパートナーに身体を密着させ、もつれ合うようにして近付いて来た。歩道の端に身体を寄せ、積もった雪に足を踏み入れ、彼らが通り過ぎるのを待つ。歳は仁科とさして変わらないようだ。仁科を顧《かえり》みることなく、談笑し、破顔して過ぎて行く。

歩道の中央まで戻って、雪のないところを選んで歩き出す。すれ違うのは、華《はな》やいだ表情をした者たちばかり。心なしか、カップルが多いような気がする。通りを見渡すと、どの店のショーウインドーにもクリスマスの飾り付け。

一九八七年のクリスマス・イブは、肩を寄せて囁《ささや》き合う恋人たちを祝福するかのような雪空だった。仁科は、人びとが暗黙の内に申し合わせて始めたイヴェントから、独り弾き出されてしまっているような気がした。勿論《もちろん》、予備校生が人生の悲哀を背負っていると は思わないけれども、青春の悲哀くらいは背負っているのだと思った。

内需拡大策と公定歩合の引き下げが奏功《そうこう》しているのか、好況感にかげりは見えず、人びとの消費意欲は高いままだ。恋人たちはクリスマス・プレゼントを用意するだけでは飽き足らず、恋人と過ごす空間を買うための出費さえも厭《いと》わないらしい。東京の喧騒はDCブランドを纏《まと》う者たちによって、華やかなものに変えられていた。

浪人生の仁科は、それら欣喜雀躍《きんきじゃくやく》とした催しには全く縁がなかった。しかし、彼にも恋心を抱く女性はいる。

河童忌《かっぱき》だったから、ちょうど五ケ月前、七月二十四日のこと。夏期講習に向から途を急いでいるときだった。赤信号に切り替わる前に横断したくって、点滅する青信号に駆け込んだ。

ほかの者たちが足早に駆けて行く中、ひとり悠々と歩く中年女がいた。忙《せわ》しく点滅する信号に急かされる様子が微塵《みじん》もない。

仁科は女を避けるために、右にステップした。そのまま傍《かたわ》らを走り抜けることができる筈《はず》だった。

ところが、女は不意に進路を変え、走り出した。

「駄目。そのタクシー、私が乗るんだから」

あっと思ったときには、ふたりでもつれるようにしてアスファルトに横たわっていた。

アスファルトの熱気がTシャツ越しに伝わった。その熱から逃れるようにすぐさま上体を起こした。右肘《みぎひじ》に鋭い痛みを意識したが、それを気にしている暇《ひま》はなかった。

「兄ちゃん、何処《どこ》見て歩いてるんだよ」女が喚《わめ》いたのだ。

顔を上げると、腹の砂を払いながらいまにも噛《か》みつきそうな顔で睨《にら》みつけている。

「すいません」

自分が一方的に悪いのかと思いながら、相手に気圧《けお》されて頭を下げる。

「あん？　そんなちっちゃい声で謝ってるつもり？」

「あ、いえ……」

彼女が現れたのはそのときだった。

「赤信号になってます。早く渡り切ってしまいましょう」

仁科はその刹那《せつな》、自分の置かれている状況を忘れ、彼女に見惚《みと》れた。その見目、肢体《したい》、声のすべてに魅せられた。ヘレニズム時代の彫刻《ちょうこく》のように、彫《ほ》りが深い均整のとれた面《おも》差《ざ》し。その肌は大理石のように白く、透き通るようだ。肩に掛かって背中まで伸びる栗色の毛髪は、陽光を受けて金色に輝く。彼女はペニー銅貨の山に紛《まぎ》れたソブリン金貨のようで、特に意識せずとも、誰もがその輝きに気付き、眼を留め、そして眼を瞠《みは》る存在だった。神保町《じんぼうちょう》の雑多な街にひとりだけ紛れ込んだアフロディテだ。彼女の周りにだけ錦《にしき》のベールが下りているような気さえした。

「さ、あなたも。早く」

彼女に促《うなが》されても、立ち上がることも忘れて、ただ、ただ見惚れていた。美しいだけではなかった。その柔らかな物腰が仁科の胸を打った。

「立てますか」アフロディテが中年女の顔を覗《のぞ》き込んだ。

中年女はアフロディテをちらっと見上げた。怪我《けが》の程度をアピールしないのは損だと思ったのか、突然腰に手を当て、大袈裟《おおげさ》に唸《うな》り声を上げた。

「痛、たたた」

「大丈夫ですか」

アフロディテが声を掛けながら手を差し伸べる。中年女は、子どもが母親に甘えるように両手を差し出した。ふたりはあまりにも対照的で、生物学上は寸分違《たが》わぬ同一の種族なのだと言われても、俄《にわ》かに信ずる気にはなれないほど。ふたりの間を隔《へだ》てているのは単に年月ではない。アフロディテがどんなに齢《よわい》を重ねようとも、中年女になることは決してないだろう。

歳は幾《いく》つくらいか。ちらっと彼女の横顔を盗み見る。仁科より二つ三つ上のような気がする。大学生か。

彼女は中年女に肩を貸して道路の対岸に向けて歩き出した。

「あなたも、早く」仁科を振り向く。

我に返って慌てて立ち上がり、自分のバッグと中年女のバッグを拾い上げ、ふたりを追った。

アフロディテは道路を渡り終えると、そっと中年女の肩を解《ほど》き、仁科を振り向いた。でも、眼を合わせるのが憚《はばか》られ、俯《うつむ》いたままでいた。横断歩道から通行人が消えるのを待ち兼ねていたのだろう、一斉に動き出す車両の音を背後に聞いた。

女は仁科の手からバッグを奪い取ると、きっと睨みつけた。

「どうしてくれんだよ。兄ちゃんのせいでタクシー、行っちまったんだよ」

「向こうの通りまで出れば、簡単に捕まると思いますけど」

「そんなことは知ってるよ。そんな所まで歩きたくないから、さっきのタクシー捕まえようと思ったのに」女は眉を寄せ、口を捩《よじ》る。「まったく余計なことしてくれたもんだよ。莫迦《ばか》じゃないの」

女は棄《す》て台詞《ぜりふ》を吐いて、もはや腰を痛がる素振りを見せず、歩き去った。

割り切れない気持ちを抱えて、溜息《ためいき》をついた。

「どうぞ」

透明感のある声にハッとする。アフロディテが真っ白なハンカチを差し出していた。

ハンカチの意味を訊ねようとして顔を上げる。澄んだ眼差しが仁科を見ている。吸い込まれそうな眼だ。その瞳を目《ま》の当たりにして、身体が震えた。

「肘。血が出ています」

彼女に肘を指差され、肘の痛みを思い出す。右腕を縦にして覗き込む。擦過傷《さっかしょう》があった。血が糊《のり》となって砂利《じゃり》を付着させている。

白いハンカチが伸びてきて、肘に当てられた。驚いて彼女の顔を見る。その美しさに胸が高鳴り、思わず眼を逸《そ》らした。

彼女はそっとハンカチを払って、仁科の肘から砂利を落とした。その間、仁科は全身を硬直《こうちょく》させて立ち尽くしていた。心臓だけが激しく鼓動していた。

「血が止まるまで、このままハンカチで押さえていてください」

一点の濁《にご》りもない眼に見つめられ、顔が熱くなるのを意識した。慌《あわ》てて俯《うつむ》き、彼女に言われるまま、ハンカチに左手を当てる。彼女の指に触れ、息苦しさを覚えた。そのまま傍らに彼女に付き添っていられたら、窒息してしまうに違いなかった。アフロディテはにっこり微笑むと、会釈して立ち去った。

暫《しばら》く、その場に立ち尽くしていた。

名前も連絡先も訊くことができなかった。二度と彼女に会うことができなくなると判っていたのに、訊ねたいことを口にできなかった。

後悔しながら夏期講習に行き、早大《そうだい》現代文の教室に入った。空いた席を探して室内を見回す。

――時間が止まった。

自分の眼を疑った。彼女の姿がそこにあった。てっきり年上だと思っていたので、彼女が受験生だと判ったのは青天の霹靂《へきれき》。

ハンカチの返却を口実にして、幾度彼女に話しかけようと思ったか知れない。しかし彼女が仁科の顔をすっかり忘れていて、怪訝《けげん》な顔をされたらどうしようと思うと、できなかった。焦《あせ》らなくても、同じ予備校に通うのなら、その内きっと、親しく話せる機会が訪れる筈だと期待した。しかし、夏期講習が終わると彼女は姿を見せなくなった。どうやら現役生だったらしい。

仁科は、それがまるで縁結びのお守りであるかのように、ハンカチを肌身離さず持ち歩いた。


雪の歩道を逸《そ》れて、喫茶店と書店に挟まれた階段に踏み入った。二階まで上って、階段から廊下に出る。靴の裏で砂利の擦《こす》れ合う音がした。常夜灯の光が辺りを檸檬《れもん》色に染め、それによってフロアが寂しげに見えるのはいつものこと。廊下を進んで、ビルメンテナンスの会社が事務所に使っているらしい部屋の前を通り過ぎ、突き当たりの二枚扉の前で立ち止まる。扉を押し開くと、蛍光灯の白い灯りが煌々《こうこう》とまばゆくて、反射的に眼を細めた。

プールホールに客の姿はなかった。恋人と過ごすべき日にビリヤードをしようという者は、いないのか。

壁に沿ってカウンターに向かう。

カウンター前のビリヤードテーブルには木村《きむら》がいた。キューを構えて羅紗《らしゃ》の上に身体を乗り出したまま、仁科をちらっと見た。すぐに手玉に眼を戻して、右肘を機械のように規則正しいリズムで揺り動かす。

木村に撞《つ》かれた白球は、赤い玉を鋭角に弾き、その先にあった9番のボールにポケットまで転がり込むだけの力を与えた。

木村は身体を起こしてキューの先端にチョークを擦りつける。

「勝負しようぜ。どうせ今日は暇だから」キューの先端を見たまま誘う。

「手加減してくれるなら、いいですよ」

木村は口の端を吊り上げる。

「浪人生からむしり取ろうなんて思ってないよ」

木村は慶應《けいおう》経済の二年生だから、横浜《よこはま》市港北《こうほく》区、日吉《ひよし》にいるのに、長い通勤時間を厭《いと》うことなく、ほとんど毎日シフトに入っている。ビリヤード好きが昂《こう》じてプールホールのアルバイトを始めたと言うだけあって、球を撞く腕は相当なもの。仁科が敵《かな》う筈もない。

仁科がプールホールでアルバイトを始めたのは、五月の模試の後のこと。早稲田《わせだ》政経の合格判定がBで、予想よりも良かったので心にゆとりができ、受験勉強から離れる時間があっても良いと思った。高崎《たかさき》から上京して下宿費用を親の世話になっているので、大学の受験料や入学金くらいは自分で何とかしたいという気持ちもあり、アルバイトを始めることにした。予備校からアパートに帰るまでの道沿いにあり、勤務時間の融通《ゆうずう》が利くところをアルバイト情報誌で探して、このプールホールに決めた。始めたときには、半年ほどで辞めて受験勉強に集中するつもりだった。合格判定でAが出るようになって、結局、未《いま》だに続けている。

事務室でコートとジャケットを脱ぎ、ワイシャツとベストに着替える。ジャケットのポケットからハンカチを抜いて、ベストのポケットに忍ばせる。

ホールに戻った。

球を撞く音が聞こえたのは、木村のブレイクで、やはり客はひとりもいなかった。

カウンターに入った。そこから木村の技量を眺《なが》める。見慣れたシーンなので直《す》ぐに飽きてしまった。

本来、営業時間中にすべきことではないが、メンテナンス作業をしようと思った。客が来なくて、あまりにも暇だから。カウンターの下から球の入ったトレイを一つ引き出す。

先日見たときのまま。球に艶《つや》がない。

事務室からバスタオルを取って来て床に広げた。トレイの球をひとつずつ拾い上げ、バスタオルの上にそっと置く。二セット分の球を並べて、家具用ワックスのスプレー缶を噴射する。三十個の球に満遍《まんべん》なくワックスを行き渡らせるため、バスタオルの両端を取って左右に揺する。ガラガラと小気味よい音。

バスタオルを床に置き、端をはらりと放すと、りんご飴《あめ》のような艶《つや》やかにコーティングされた球が現れた。その輝きに満足して、木村を見る。

「木村さん、見てください。完璧です」

木村はちらっと振り向いただけで、直ぐに手球に眼を凝《こ》らした。

「それくらい出来て当然」

木村がキューを突き出す。白い球が黄色の球に当たって、乾いた音をさせる。白球はその場に留まり、黄球は横に弾かれてポケットに向かう。

木村から視線を外し、何気なく天井を見上げた。十四インチのテレビが吊り下げてある。

画面の中では、何人もの歌手が合唱していた。画面の下に歌詞がスーパーインポーズされているが、それは仁科の知らないものだ。プレイする客の邪魔にならないように、テレビの音量を目一杯下げてあるから、彼らがどんな歌を歌っているのか判らない。

カウンターに戻って、テレビのリモコンを取り上げる。音量のボタンを押し続ける。スピーカーが合唱を流し出す。

今宵《こよい》　誰も見ていないから
I'll kiss you alright? So slight.

アフロディテの面影《おもかげ》が脳裡《のうり》を過《よぎ》った。

彼女に会うことは、二度と叶《かな》わないのかもしれないと思っていた。しかし、仁科のパースペクティブは良い方に外れた。一週間前、予備校で彼女を見掛けたのだ。冬期講習に現れた。

だからといって無論、ふたりの距離が縮まる筈《はず》もない。仁科は相変わらず、遠くから見ているだけで、話しかけることはおろか、近くに座ることすらできない。

いま予備校に戻ったら、彼女に会えるだろうか。

会える筈はない。今日の講義はすべて終了した。いま予備校には誰もいない。

You gotta be right. In this holy night.
今年の想い出にすべて君がいる

聖夜には予想外のことが起きる。テレビの中で合唱している歌手たちが、その通りだと言っているような気がした。

雪の舞うクリスマスの晩に、彼女の唇にそっと触れることができたら——。

そう思っただけで、胸に痛みが走り、息苦しさを感じた。

奇跡が起きても不思議じゃない夜だというのに、客のいないプールホールに木村とふたり。それで良いのか。

仁科は扉に向かって歩き出した。

気が付くと駆け出していた。

木村は仁科がどこに行こうと関心がないのだろう。球を撞く音が途絶えない。

扉を押し開け、走った。

階段を駆け降り、雪の歩道に飛び出す。

予備校に続く道を戻る。

雪に足を取られた。

片足を大きく前に突き出す形になり、背中をコンクリートに叩《たた》きつけられた。重い雪に服が湿って、頸筋《くびすじ》から入ったみぞれが身体を冷やす。でも、その冷たさに怯《ひる》んでなんかいられない。立ち上がって、再び走り出す。

予備校の校舎が見えて、地面を蹴る足を緩《ゆる》める。走るのを止めた途端に、額に汗が噴《ふ》き出す。肩で息をすると、口から朝靄《あさもや》のような白い凝集《ぎょうしゅう》が現れ、夜気に溶けるように消えた。

模試の成績表を開くときのような期待と不安を抱いて校舎の正面まで行き、うっすらと雪を纏《まと》う屋舎を見上げる。

灯りの見える窓はひとつもない。

左右に首をひねる。古書店の入るビルには皆シャッターが下りていて、往来する人の影もない。

奇跡が起きる気配は何処にもない。

それでも、雪が頬《ほお》を撫《な》で、頭と肩を濡らすのも厭《いと》わず、その場に暫く佇《たたず》んでいた。走って熱くなった身体は直ぐに冷やされた。さすがにワイシャツとベストだけでは、凜冽《りんれつ》な冷気を凌《しの》ぎ切ることはできず、忽《たちま》ち身体の芯《しん》まで冷やされる。

どれくらいの間、そうしていたか。

漸《ようや》く諦めた。期待と不安を抱いて走ってきた道を、諦念と無念を抱いてとぼとぼと戻る。

しかし、やはり聖夜だ。奇跡が起きる夜。

カフェやバーが並び、夜になっても人の往来が絶えない通りに出て、少し行ったときのこと。人込みの傘が行き交う中に、確かに彼女の影を見た。立ち止まって眼を凝らしたものの、ほんの数秒後には、彼女の姿は人の流れに呑まれてしまった。

けれども彼女が掲《かか》げていた朱色の傘を見逃さなかった。

走った。

人を掻《か》き分け、足をもつれさせながらも必死に走った。

再び、彼女の背中を見つけた。来る人をかわし、行く人を避けて、その背中に迫って行く。遂にアフロディテと仁科の間にいるのは、ひと組のカップルのみとなった。車道側にステップして、男の脇を駆け抜け、彼女の背中に踏み出す。

と、アフロディテが振り向いた。背後に迫る気配を異様に思ったのか、その顔には不安の色があった。

足を止め、彼女の顔を凝《じ》っと見つめる。ニットの帽子を被り、マフラーを首に巻き、寒気を寄せ付けない身支度をしているとはいえ、その頬は白かった。色白の面差《おもざ》しに、幾《いく》ばくかの翳《かげ》りがあるように思った。

彼女は右足を引いて、いまにも後ずさりそうな形のまま動きを止めた。怖れの混じった眼で仁科を見つめる。傘を背中にずらしたので、頬に雪が触れる。

何か言わなくては。彼女の不安を取り除かなくては。

必死に頭を巡らせる。

「あの、何でしょう」先に口を開いたのは彼女のほう。

ベストのポケットからハンカチを引っ張り出して、彼女に差し出す。

「ずっと借りっ放しで」

彼女は怪訝そうに眉を寄せ、ハンカチを見つめる。

腕を上下させ、ハンカチを取るように促《うなが》す。

彼女の白い指が伸びてきて、ハンカチを摘《つま》んだ。

仁科のお守りはアフロディテの手に戻って行った。唯一のつながりを失ってしまったような気がした。

「それじゃ」

仁科はひと言だけ言って、背中を向けた。

唯一の切り札だった。それなのに、彼女との隔《へだ》たりを縮める口実にすることもできないまま、呆気なくハンカチを返却してしまった。

「あの……」

背中にアフロディテの声を聞いたような気がした。

「あの」

確かに彼女の声。

振り向くと、澄んだ瞳を真っ直ぐ仁科に向けている。

「何処のお店ですか」

何を訊かれているのか判らず、彼女の瞳を見つめ返す。

「少し疲れてしまって。ご飯を食べて帰ろうと思います」

どうやらプールホールの制服とレストランの制服を勘違いしているようだった。

§2

ファミリーレストランに彼女を案内することにした。

思いがけず、彼女の傘に入って肩を並べることができた。

彼女の名は瀧川遥子《たきがわようこ》といった。高校卒業後、二年経ってから、大学への進学を志望したというから、年上だと思った仁科の第一印象は正しかった。二年の間、何をしていたのか訊くと、口を濁《にご》した。

「それじゃ、いまも長野にいるの?」

隣を歩く遥子をちらっと振り向く。

遥子はこくりと頷いた。普段は自宅で受験勉強をしているのだと言った。

「冬期講習を受講するために出て来たの。両国《りょうごく》に祖母の兄が住んでて、そこに厄介《やっかい》になってる」

細い声だった。

夏の日に、早く道を渡るように言われたときには、張りのある強い意志を感じさせる声だと思った。いま聞く彼女の声は、それとは全く対照的。

前方からスーツ姿の男が三、四人で笑い声を上げながら、歩いて来た。その一団を避けるため、左に寄った。遥子の顔が間近になり、胸が激しく脈打った。

遥子は少し首を捻《ひね》って仁科を見たが、直ぐにアスファルトに視線を落とした。涼しげな眼差しに、きゅっと口を結ぶ横顔は美しくもあったが、それ以上によそよそしさを感じさせた。その面差しには愁《うれ》いが宿り、夏に出会ったときとは別人のような印象を受ける。

遥子は自分のことを覚えているだろうか。忘れているとしたら、ハンカチを持って突然現れた男をどう思うだろう。当然、警戒するに違いない。しかし仁科を怪しむ気配がないから、初対面の相手だとは思っていない筈。

とはいうものの、肩を並べて歩いていても、彼女との心理的な距離は全く縮まっていない。その距離を一センチ、一ミリでも縮めるために、少しでも長く一緒にいたいと思ったが、ファミレスにはほんの数分で辿《たど》り着いてしまった。

「ありがとう」

彼女は傘を傾けて仁科を見上げた。

「いえ」

一緒に食事をしたいと思いながら、それを口にすることができず、ファミレスのドアに向かう背中を寂しく見送った。

彼女はアプローチの階段を上って自動ドアの前に立つと、仁科を振り向き、小さく手を振った。旧知の友人にするようなその仕種《しぐさ》は、仁科の胸に幸福の灯《ひ》を灯《とも》した。

仁科も胸の前に手を上げ、小さく振り返した。

彼女は、はにかむような笑みを浮かべて、手を下ろした。

その笑顔を見て、今夜は確かに奇跡の起きる晩なのだと思った。

翌日、教室に入るとき、仁科には少しばかりの勇気が必要だった。

ファミレスまで遥子と肩を並べて歩くことができたのは、聖夜がもたらす奇跡で、それはひと晩明けたら解けてしまう魔法のようなものではないかと疑っていた。教室に遥子の姿を見つけて、笑いかけたとしても、不可解そうに眉を顰《ひそ》められるのではないかと思っていたのだ。

それは、全く意に介する必要のない懸念だった。

俯き加減で教室に入り、ちらっと眼を上げると、遥子の姿があった。既に席に着いて、シャープペンのノック部をこめかみに当てている。昨晩と同じニットの帽子を被ったまま、テキストを見ているのか、その視線を机上に向けている。

仁科はすぐに眼を伏せるつもりでいたが、彼女の姿を見つけて、そうすることができなかった。遥子に吸い寄せられるように、その俯き加減の容貌に見惚れた。

と、不意に遥子が顔を上げた。

自然、眼が合って、耳が熱くなるほど甚《はなは》だしく狼狽《ろうばい》した。思わず、教室を飛び出そうとしたほどだった。

しかし遥子が微笑んだので、仁科の動揺と懸念は瞬く間に雲散霧消した。そればかりか彼女は仁科に向かって手を上げた。

仁科は努めて平静を装いながら、彼女の席に近づいた。しかし頬が熱を帯びているのを自分で意識したくらいだから、きっと真っ赤な顔をしていたに違いない。

通路側に座っていた遥子がひとつ奥にずれ、仁科のために席を空けてくれた。思いがけず、遥子と並んで座ることになった。

ときめいた。

テキストを机に出しながら、この奇貨をどう利すればいいのだろうと思い悩む。

「昨夜《ゆうべ》はありがとう」

遥子のほうから話し掛けてきた。

「ううん。別に」

もっと気の利いたことを返せればいいのに。何か付けくわえようと思って、言葉を探す。

「素敵だった」

「え？」

「あっ。いや。何でもない」また耳が熱くなる。

遥子が不審を抱いて、仁科の顔を覗き込んでいるような気がした。耳まで赤くなった顔を見られるのはばつが悪かったので、テキストから顔を上げなかった。

講師が入って来たので、やりとりはそれきりになった。

講義が始まっても、遥子の存在が気になって、その内容がちっとも頭に入らなかった。

ちらっと遥子を振り向くと、小さく肩で息をしていた。訝《いぶか》しく思って、その横顔に眼を留める。ハンカチを口に当て、眉根を隆起させていた。

「具合、悪いの?」声を落として訊ねる。

「……大丈夫」

言葉とは裏腹に、細く長い息を辛そうに吐き出した。右手の甲を額《ひたい》に当てて、顔を顰《しか》める。

「参ったな。熱、出ちゃったか」

彼女はそう言って十本の白い指で額を包むようにして頭を支えた。講義の間、耐えられるようには見えなかった。

早退を勧《すす》めたほうがいいことは判っていた。しかし、講義を受けるために長野から出て来ている彼女に、それを言えるほど親しくはない。どうしようかと逡巡《しゅんじゅん》している内に、彼女は糸の切れたマリオネットのように、机に突っ伏した。

「帰ったほうがいいよ」

彼女は机に突っ伏したまま、微《かす》かに顎《あご》を引いた。長い髪を揺らしながら、机に置いた前腕を支えにして上体を起こす。大きく息を吐くと、机の下から手提げバッグを引き出した。テキストとノートをまとめて、その中に滑《すべ》り込ませる。

彼女の頬は、前夜に出会ったときと同じく白く、熱を帯びているようには見えなかったが、教材を仕舞う動作は緩慢《かんまん》だった。

遥子は反動をつけるかのように肩を沈めて、やおら立ち上がった。ふらっと机の外に出て、腰を屈め、頭を低くして黒板に向かう。その足取りは確かなものではなかったが、受講生の視界を遮ることを後ろめたく思っているようなそそくさとしたものだった。

仁科は自分のテキストをデイパックに詰め込んで、あたふたと席を立った。遥子に駆け寄って、肩を抱くようにして彼女を横から支え、一緒に教室を出た。

歩道の端には昨夜の雪が残っていた。冬曇りの空に淡い陽光が覗《のぞ》いていたが、凛とした空気を和《やわ》らげるほどの暖かさは期待すべくもなかった。

遥子はちらっと空を見上げて、コートの襟《えり》を合わせると、身震いして身体を竦《すく》めた。幾分、猫背にした細い背中はあまりにも華奢《きやしや》で、いまにもくずおれてしまいそう。

駅まではまだしばらく歩かなければならず、仁科の胸に危惧《きぐ》が広がる。

地下鉄に乗っても、きっと席はなく、遥子は両国まで立ちっ放しでいなければならない。それに耐えられるだけの体力はなさそう。

数十メートル先の交差点に、信号待ちしている人の群れが見えた。車道と歩道を区切るガードパイプは、その手前で切れている。

遥子の手首を摑《つか》んで、車道側に引き寄せる。

遥子がバランスを崩《くず》し、前のめりになり、驚いたように眼を丸くする。

「タクシーを拾う」

「え。でも」

「地下鉄はきっと混んでる。年の瀬だから」

遥子がこくりと頷くのを確認して、車道に身体を向けた。走って来るタクシーに向かって手を挙げた。けれどもタクシーは、仁科を無視するかのように減速することなく通り過ぎて行く。走り去る車両を眼で追って、後席の客に気付いた。

その後に現れたタクシーも客を乗せていた。案外、タクシーを拾うのは難しいのかもしれない。この寒空に、発熱している遥子をいつまでも待たせておくことはできないので、少し苛立つ。

数台のタクシーにつれなくされ、やっと空車を捕まえることができた。遥子を乗り込ませてから、仁科も一緒に乗り込んだ。家までついて行ったら疎《うと》ましがられるかもしれない。でも、遥子の容態は見た目以上に悪いような気がして、ひとりにはしておけないと思った。

遥子に、仁科が一緒に乗ったことを気にしている様子はなかった。かすれた声で運転手に行く先を告げると、座席に沈み込むように背中を倒した。

「ご免。もっと早く拾えると思ってた。身体、冷えてない?」

遥子は左右に首を振る。

「大丈夫」

「兄ちゃんたちは、むしろ運がいいよ」運転手が話に割り込んできた。「近ごろは、ちょっと歩くような距離だと、すぐタクシーだろ。みんなタクシー使いたがるから、空車なんて滅多に走ってない」

「そうなんですか」

「そうさ。数百メートルでもタクシー呼ぶだろ。正直、そういうお客は乗せたくないんだけどな。そういうお客がいるから、もっと遠くに行きたいお客がタクシーを捕まえられなくって、迷惑するだろ」

「はあ」

両国に行くのは、この運転手にとって近いのか遠いのか判らない。曖昧に返事をして横を向き、外に眼を向ける。

タクシーは渋滞に巻き込まれ、少し進んでは停まり、また少し進んでは停まりを繰り返すので、外の風景はほとんど変わらない。

「夜なんか酷《ひど》いね」運転手が話を続ける。仁科が、外を見ていることに気付いていないようだ。「タクシーを拾うのに手を挙げるだけじゃなくて、壱萬円《いちまんえん》札をひらひらさせてるんだ。そんなのに限って、百メートル先の別の店までやってくれって言うんだからね。渋滞で窓なんか開けてると、壱萬円札を投げ込んで来るのもいるからね。昔の日本人はもっと、慎《つつし》みとか礼儀ってものを持ってたのにな」

歩道には、ダブルのソフトスーツを着た男たちが行き交っている。皆一様にコートの襟を立て、肩からマフラーをぶら下げている。商談に向かう途中なのだろう、小脇にセカンドバッグを抱え、足取りが忙《せわ》しない。

ニューヨークで株価が大暴落したのは、ほんの二ヶ月前で、日経平均株価もそれに連動して一時値を下げたが、翌日には反転上昇した。ブラックマンデーですらいまの日本経済に足踏みを強いることはできない。この好景気は、壱萬円札でタクシーを捕まえようとするビジネスマンたちによって、支えられているのだろう。

仁科は一瞬、将来の自分をイメージした。まだ合格もしていないのに、大学を卒業した後のことを考えた。この時代の日本に生まれ、世界を相手にビジネスをすることができる幸運を誇《ほこ》らしく思う。

遥子はどんな将来を描いているのだろう。彼女は高校を卒業してから、大学進学を考えたという。そう思うようになるきっかけがあったのか。ちらっと振り向くと、彼女は首を埋めるように顎を引き、眼を閉じていた。いま彼女に何かしら訊ねるのは得策ではない。

本所松坂町《ほんじよまつざか》公園を北に見る路地の入口でタクシーを降りた。車線のない一方通行の道を挟んで、五階建て程度の小さなビルが向かい合わせに立ち並び、その中のひとつが青い帆《はん》布《ぷ》の庇《ひさし》を突き出していた。遥子がその庇に眼を留めたまま、足元に眼を遣《や》ることなくおぼつかない足を踏み出し、ふらつく。咄嗟《とっさ》に腕を伸ばして、遥子の背中を支えた。そのまま肩を貸して、歩道を二、三十メートル行き、庇の下に入った。眼の前のガラス戸には白い文字で「菊原《きくはら》文具」とある。

右腕で遥子を支えたまま、左手でガラス戸を引いた。

と、男が飛び出して来て、仁科の肩にぶつかった。その拍子に遥子をガラス戸に押し遣ってしまい、いまにも割れてしまいそうな音を立ててガラスが揺れた。すんでのところで足を踏ん張り、遥子に体重を掛けてしまうのを堪《こら》えきった。すぐに身を退き、彼女の様子を窺《うかが》う。

「ご免《めん》。大丈夫」

「うん」

彼女はこくりと首を落とす。怪我はしていないよう。

遥子の背中から手を離し、飛び出して来た男に苦情を言うつもりで、キッと睨みつける。

男は黒いシャツに白地のズートスーツを重ねていた。濃茶色のレンズが入った眼鏡を鼻翼にずらし、上目を遣ってじろりと仁科に眼を据える。

一見して堅気《かたぎ》の者とは思えず、遥子に気弱なところを見せられないと思ったので、自らを鼓舞《こぶ》した。

「気をつけてください。危ないじゃないですか」

男は鼻を鳴らすと、眼鏡をずり上げ、顎を突き出す。

「莫迦が。てめえで気をつけろ」

言い返したところで、堂々巡りになって埒《らち》が明かないと思い、言葉を継げぬまま男を睨み返す。男の肩が動いたので咄嗟に遥子から離れる。

その瞬間、頭蓋骨を揺さぶられるような衝撃を受け、首を跳ね上げられた。次の瞬間には血の味が口中に広がっていた。

仁科の眼には、男の拳が見えなかった。死角から死角へ一瞬の内に消え去るほど素早いフックだったのか、単に仁科の注意が散漫だったのか、とにかく首を跳ね上げられて初めて、殴られたのだと気付いた。途端に左頬の内側が痛み出す。

唇に手を当てると血が付着した。足がふらつきガラス戸に凭《もた》れたので、またガラスが揺れる。

「仁科君。大丈夫」

遥子が仁科に縋《すが》りつく。彼女は怯《おび》えた眼で男を見上げる。

「帰って。早く帰ってよ」

「言われなくたって帰るさ。爺《じじい》に呼ばれたから来ただけだ。こんな時化《しけ》た店、来たくって来てるわけじゃねえ」

男は唾を吐くと、身体を翻《ひるがえ》し、車道に出て行った。

遥子はズートスーツの男に見せた気丈さを失い、まるで長い旅から帰って精も根も尽き果てたかのように、ふらふらと事務机まで歩いて行く。

「いま人を呼ぶから」

店の奥に眼を遣る。

テレビを観ているのか。ひと際大きな喚声《かんせい》が聞こえた。

「ご免ください」

土間から一段高いところにガラス戸があり、テレビの音はその先に聞こえる。しかし人の動く気配がない。

「あの、すいません」

大きな声で呼び掛け、中の気配を探るように耳を澄ます。テレビの音で気付かないのか、それとも仁科の声が届かないところにいるのか。

「ご免ください」

大きな声は遥子を安静にさせないのではないか。振り向くと、机に突っ伏したまま微動だにしていなかった。いや、よく見ると、息苦しそうに肩を小刻みに上下させている。

不意にガラっと戸が開いた。

ハッとして眼を戻すと、男が顔を出していた。頭髪には白髪が交じり、頬《ほお》から顎に白い髯《ひげ》が流れて虎の模様のよう。遥子の祖母の兄に違いないと思った。仁科と眼が合って、もの問いたげに眼を丸くし、口をすぼめた。

「あの」

後ろに指先を伸ばす。相手の視線を遥子に誘導する。

男はたちまち色を失い、裸足で土間に降り、遥子に駆け寄る。

「どうした。具合が悪いのか」

遥子は机に突っ伏したまま、幾分首を捻って男を見上げる。

「ちょっと、熱が出ちゃって」

「どうして直ぐ病院に行かなかった。待ってろ。いま救急車呼ぶからな」

男は険《けわ》しい顔で、黒電話の載る机に向かう。

「大丈夫だよ。ちょっと寝てれば治るから」遥子のかすれた声。

「医者に言われてるんだろ。直ぐに来いって」

「病院に行って、入院なんて話になったら受験できなくなっちゃう」

「どっちが大事だ」

男が遥子を顧《かえり》みて怒鳴りつける。

仁科は、間違ったことをしてしまったのではないかと思い始めていた。傍で聞いていると、遥子はまるで大病を患《わずら》っているよう。仁科がすべきことは、遥子が寄宿する文具店に彼女を連れて来ることではなく、救急車を呼んで救急隊員に任せることだったのではないか。仁科の軽率は、却って症状を悪化させてしまったのかもしれない。救急車を呼んでいれば、いまごろは病院で適切な処置を受けられていた。時間を無駄にした。あまつさえ、乗ったタクシーは渋滞に巻き込まれたのだから、なおさら。

先ほども軽率だった。ヤクザ風の男に突っ掛かって、遥子に気丈な振る舞いをさせてしまうことになった。遥子は辛うじて残っていた英気を遣い切って電池切れしたかのように、いまは机に突っ伏している。

男は救急車を要請して受話器を置くと、仁科をじろりと睨みつけた。

遥子がその気配を察したのか、机に突っ伏したまま細い声を出す。

「予備校で知り合ったの。送ってくれた」

男は仁科に眼を据えて威圧する。

「帰ってくれ」

不愉快気に眉を顰《ひそ》め、取りつく島もないといった様子。

「大伯父さん！」

遥子がハッとしたように顔を上げた。すかさず仁科に眼を向けて申し訳なさそうに眉を寄せる。

「ご免なさい」

仁科は男を見つめる。

「仁科です。仁科哲弥」

言って直ぐに、どうして名乗ったのか、我ながら奇異に思った。挨拶のつもりか、記憶して欲しかったのか。いずれにしても場違いだった。

しかし男はそうは思わなかったらしい。

「菊原邦文《くにふみ》だ」仁科の顔を見つめながら、不貞腐《ふてくさ》れたように口をへの字にする。

「菊原さん?」

鸚鵡《おうむ》返しに訊いたときには、遥子に眼を移していた。

菊原の険しい視線と遥子の懇願《こんがん》する視線が絡《から》み合った。菊原は嘆息した。張り詰めていた糸が断ち切られたかのよう。その面から険しさが消え、柔和な顔になる。着ていたMA-1タイプの黒色のジャンパーから腕を抜き、両手で広げて埃《ほこり》を払うようにパンと音をさせた。それをひらりと落とすようにして、遥子の肩を包む。

「直ぐに救急車が来る」

遥子は両手を胸の前で交差させ、MA-1の襟を寄せ合わせ、こくんと首を落とした。

菊原は仁科を振り返ると渋い顔に戻った。縄張りに入ったものを追い立てる牧羊犬のように他人を拒絶するのが自分の役目だと信じているかのような眼。すぐに立ち去れば害意を加えないが、そうでなければ力ずくで追い出して遣ると言っているかのよう。

それでも仁科はそこから動かない。

菊原は筋肉に漲《みなぎ》らせた力を零《こぼ》さないように用心するかのように、ゆるりとした足取りで仁科に近寄る。だが、途中で止まった。

「その顔、どうした」

「あの人よ。金森《かなもり》さんがしたの」

仁科の代わりに遥子が応える。

「勝海《かつみ》か」

菊原は唇を突き出し、眉を顰める。仁科の左の頬に見入る。

「痛むか」

「いえ」

「口を開いてみろ」

菊原が覗き込もうとして身を屈《かが》める。

「もっと大きく」

言われるままに更に大きく開ける。

「大丈夫そうだな。口の中を少し切っただけだ。歯は折れてない」

「はい」

菊原は透かして見るように眼を細め、値踏みするように仁科の顔を見る。その視線を仁科のデイパックに移した。

「お前、予備校生か」

「はい」

「なら、こんなところで油を売ってる場合じゃないだろ。早く帰って勉強しろ」

「でも」

遥子にちらっと眼を遣る。

菊原も仁科の視線につられたように、遥子を見る。

「お前が心配することじゃない」

吐き棄てるように言った菊原の顔は、牧羊犬のそれに戻っている。

「そうだね。ごめん」遥子の細い声が聞こえた。「……甘えちゃったね。講義に戻って」

遥子に向かって微かに頷き、徐《おもむろ》に踵《きびす》を返す。ガラス戸に向かうと、途端に言いようのない寂寥《せきりよう》感が胸に広がった。

表に出ると、サイレンの音が聞こえた。不安をかき立てるその甲高い音は、雑踏の中から確実に、仁科が立ち尽くすところに近づいていた。

§3

受験のときには、鉛《なまり》色の雲を背負って寒々としていた大隈《おおくま》講堂が、いまは早春の陽を受けて煌《きら》めいている。

遥子はあの日以後、講義に現れなかった。

冬期講習の最終日、仁科は遥子の面影を求めて両国まで行った。けれども、いざ文具店を目《ま》の当たりにすると、あまりに不躾《ぶしつけ》なことをしているような気がした。ガラス戸を開ける勇気を持てず、その前を通り過ぎてしまった。ガラス戸を開けるにも、開けずに帰るにも理由が必要だった。遥子は、冬期講習の間だけ東京にいると言っていた。ならば、既に郷里に向かう車中の人になっているのではないか。文具店の戸を潜《くぐ》るのは意味のないことではないか。結局、そう思い込むことにして、店の前を往復しただけで帰って来た。

入試日の昼休みには、彼女に会えることを密かに期待して構内を歩き回った。ついぞその姿を見つけられなかった。彼女が受験する学部と仁科が受験する学部が同じであるとは限らないし、そもそも予備校で早稲田対策の講義に出ていたからといって、早稲田を受験するとは限らない。仁科が知らないだけで、慶應対策、あるいは上智《じょうち》対策の講義にだって出ていたのかもしれない。そして本命は早稲田ではなく、そちらだったのかもしれない。

入学手続きを終えて学部要綱と講義要項の入った封筒を受け取ると、早大生になることの欣悦《きんえつ》がひしひしと込み上げて来て、早春の蒼い空のような爽快感で胸の裡《うち》が満たされた。一方で、遥子と再会できる機会は訪れないのかもしれないとも思い、晴れやかな胸にひと叢《むら》の雲が掛かっているような心地だった。

両国に行ってみようと思い立ち、正門を抜け、文学部のキャンパスの方角に向かった。「三朝庵《さんちょうあん》」前の交差点を渡って東西《とうざい》線早稲田駅に向かう階段を降りた。飯田橋《いいだばし》で総武《そうぶ》線に乗り換えたときには文具店に行くつもりでいたのに、両国駅で降りたときにはまたぞろ惰弱《だじゃく》が顔を出し、今度はどんな理由を見つけて引き返そうかという気になっていた。

本所松坂町公園の辺りまで行くと、進みたい心持ちと留まりたい心持ちが相半ばして、我知らず足が重くなった。それでもいまここで進まなければ、遥子との縁は完全に絶たれてしまうと思った。勇気が惰弱に辛うじて打《う》ち克《か》ち、文具店に続く小路に踏み入る。ガラス戸を引いて遥子の姿がなければ、文具を買いに来た客になればいいだけのこと。

それでも文具店の前に立つと逡巡した。遥子がいたら、むしろ困るのではないか。どんな顔をすればいい？　そう思ったら途端に足が竦んで、そのまま踵を返して逃げ出したくなる。

「邪魔だ。どけ」

振り向くと、眼つきの鋭い男。憂鬱《ゆううつ》そうに眉を寄せて仁科を睨みつける。慌てて端に避けると、舌打ちしながら、ガラス戸に手を掛けた。

――あいつだ。

確か金森勝海といったか、仁科を殴った男。セルリアンブルーのソフトスーツを着こなし、サングラスは掛けず、頭髪は丁寧にジェルで撫でつけている。一見すると業界人のようだ。だが、間違いない。ズートスーツを着ていた男。男のほうは仁科を覚えていないようだ。仁科を見ただけで、何も言わず、顔色を変えることもなく、ガラス戸の内に消えた。

ガラス戸をしっかりと閉め切らずに、拳ひとつほどの隙間を残した。その隙間からそっと中を覗く。セルリアンブルーの背中が見えた。

「余計な真似はするな」低く押し出すようなドス声。

「自分の暮らしを守ろうとしてるだけだ」

応えた声に聞き覚えがあった。男の背中に隠れてその姿は見えなかったが、声の主は菊原に違いない。

「命あっての物種《ものだね》だろ。あんたが一番判ってることじゃねえか。テニアンを忘れたとは言わせねえ」

「忘れるわけねえだろ」

「だったら、言うこと聞けよ。金のためなら何でもする連中だって言ってるだろ」

「何だってそんな連中の手先になってる」

「ほかにどんな生き方があったって言うんだ」

「自分だけが特別不幸だったなんて言い訳はするんじゃない。ひとりでドサクサを生き抜いてきた人間は五万といる」

「笑わせるな」

「誰が笑わせるか」

舌打ちをする音が聞こえ、セルリアンブルーの肩が右に流れた。しばしの沈黙の後、男は一転して懐柔《かいじゅう》するような穏やかな声になった。

「金を出すって言ってる内に、まとめちまったほうがいいぜ。組を相手にいつまでも我を通せるってもんでもねえし」

「帰れ。聞く耳は持たん」菊原の声が怒鳴りつける。

もう一度、舌打ちする声が聞こえ、男が背中を翻《ひるがえ》した。突進するような勢いでガラス戸に向かって来たので、咄嗟に横に飛び退いた。ガラス戸が荒々しく開け放たれ、男が飛び出して来た。仁科には眼もくれずに歩き去って行く。

ガラス戸は開け放たれたままだった。菊原が戸のところまで出て来た。戸に手を掛けて、仁科に気付いた。睨みつけるので、つい臆して俯いた。

「受かったのか」

「え」

顔を上げると、小脇の封筒を見つめていた。事務室で受け取ったもので、下部に早稲田大学と入っている。

思わず声を上げる。

「僕を覚えていますか」

「前に遥子を連れて来た奴だな」

「はい」

「入れ」

「え」

菊原はくるりと向きを変え、店の中に向かう。慌てて後を追う。ガタピシと大きな音をさせて戸を閉める。

「もっと静かに閉められねえのか」

「すいません」

菊原は事務机から、ががらと椅子を引き出してぎしぎしと音をさせながら座った。

その背後に立って、菊原の白髪交じりの頭部を見下ろす。

「遥子に会いたくて来たのか」

いきなり核心を突かれて狼狽《ろうばい》する。

「いえ、違います」

菊原は肩越しに仁科をじろりと睨む。

「じゃ、何しに来た？」

「何ていうか……」店の中を見回す。「文房具を揃《そろ》えようと思って」

「高田馬場《たかだのばば》には文房具屋のひとつもないのか」

「いえ」

菊原は首を戻して、鼻を鳴らす。

「まあいい。遥子ならいない」

「いえ、別に……」

「郷里に帰った。郷里で……」口を噤《つぐ》んで俯く。

「大学には……」

合格したんですか？　と続けようとしたが、単刀直入に訊くのを許さないような空気を感じて、口にできなかった。

菊原は机を見たまま呟いた。

「遥子の分まで学生生活を愉《たの》しんでくれ」

遥子の分まで？　菊原が言ったことを頭の裡《うち》で反芻《はんすう》する。合格しなかったということか。

「でも、また戻って来るんですよね」

簡単に諦めたりはしない筈。高校を出た後で受験勉強を始めたと言った。きっと心に兆《きざ》すものがあるに違いない。

しかし菊原は俯いたまま頭を左右に振る。

「もう東京に来ることはない」

「どうして。だって……」

「遥子は感謝していた。誰もが受験のことしか考えてない、一分一秒でも勉強していたいってときに、具合の悪いのを心配して送ってくれた者がいる。あのとき、ちゃんと礼を言えなかったから、もう一度会って、きちんとお礼を言いたい。そう言っていた」

ときめいた。遥子は自分のことを気に懸《か》けてくれていた。

「しかし、もう会えないんだ」

「どうして……？」

会ってお礼を言いたいって……。

「病気だ」

クリスマスの日、机の上に辛そうに突っ伏していた遥子の姿が脳裡を過る。あの日、たまたま体調が悪かっただけじゃなく、病気がまだ続いている？

「そんなに重いんですか」

「白血病だ」

「え」

頭を殴《なぐ》られたような気がした。胸にかかるひと叢《むら》の雲を打ち払いたくて来たのに、その雲は忽《たちま》ち雷雲のように大きく成長して、嵐のただなかに仁科を放り込んでしまった。

「慢性骨髄《こつずい》性白血病というらしい。他人に話すようなことじゃないし、実際、遥子に言われてなければ、こんな話はしない。遥子は、君が訪ねて来たらありのままを話すように言っていた。礼を言う機会もなく信州に帰らなければならない、その理由をくれぐれもしっかり説明して欲しいと言われた。あの子は自分の生命《いのち》としっかり向き合っている。そのことを君に判って欲しいのかもしれない」

菊原は座ったまま険しい眼を向ける。

「大分、気に入られたようだな」

頬が熱くなるのを感じた。

それを見て、菊原は鼻を鳴らして顔を背ける。

「高校三年の一月に発病したんだ。入院して、抗がん剤と放射線の化学療法で寛解し、去年の五月に退院した」

二年前に高校を卒業したと聞いていたが、まさかそんな事情があったとは露ほども思わなかった。夏に出会ったときのアフロディテこそが本来の遥子であって、冬にいまにもくずおれそうにしていたのはたまたまで、仮の遥子であると思っていた。仁科の中で、遥子と病気は決して結びつかない。

「夏に助けてもらったんです。横断歩道で転んでて、直ぐに立つように言われて。僕にぶつかった小母《おば》さんには手を貸して、横断歩道を渡るのを手伝っていた」

「夏の間は定期検査の結果は良好だった。なのに、一年もしないうちに再発してしまった。化学療法で治癒を期待するのは難しい」

「それは、つまり……」

声が咽喉に張り付き、言葉にならなかった。努めて咽喉を大きく開けるようにしてやっと声を出す。

「つまり、どういうことですか」

「骨髄移植ができればいいんだが。しかしＨＬＡの問題がある」

菊原は大きく息を吐き出し、肩を落とした。

「どんな問題なんですか」

「血液型みたいに白血球にも型がある。それが適合しないと骨髄移植ができない。兄弟なら四分の一の確率で適合するらしいが、遥子はひとりっ子だ」

「ご両親じゃ駄目なんですか」

菊原は首を振る。

「親子の間で、ＨＬＡが適合することはほとんどないらしい」

「調べたんですか」

「調べるも何も、遥子に両親はいない。何年も前に事故で他界している。遥子は僕の妹に育てられたんだ。その妹も去年の春、他界した。僕のＨＬＡは一致しなかった」

「何処かに、一致する人はいないんですか」

「いる。きっといる。一万人にひとりの確率でＨＬＡは適合する。日本人は一億二千万人もいるんだからな」

「適合する人を探し出せばいいんだ」

「簡単に言うな。赤の他人をひとりひとり捕まえて、検査してくれって頼むのか。そんなのは現実的じゃない」

「でも、それで助かるなら」

「ひとり検査するのに数万円の費用がかかる。一万人に検査したら、それこそ億単位の金が必要だ」

「しかし」

納得がいかず、抗議するように声を荒らげたが、それに続く言葉が出て来なかった。菊原を含めた遥子の親族、そして誰よりも遥子自身が、自分よりも遥かに大きな遣り切れなさを抱えているに違いない。いまさら仁科が憤《いきどお》ったところで何の足しにもならない。

　菊原が立ち上がって、仁科の眼をまじろぎもせずに見据えた。

「希望が皆無というわけではない」

　菊原の顔に見入る。

「何かあるんですか」

「日本にも骨髄バンクがあれば助かる可能性がある」

「骨髄バンク？」

「予《あらかじ》め白血球の型を登録しておく。それを必要とする人が現れたときに、改めて骨髄液を採取して移植する。献血の血液で命が救われるのと似ている。アメリカにはそういう仕組みができているらしい。日本でも同じ仕組みをつくればいいんだ。実際に骨髄バンクの設立を目指して、運動を始めた人たちがいる」

　前年十二月に「全国骨髄バンクの早期実現を進める会」が発足し、ひと月前には、厚生大臣に陳情に行っているということだった。仁科は受験勉強に没頭していたため、そんな流れが起きていることを知らずにいた。

　早稲田大学の学生数は四万人余ということだから、一万人にひとりの確率で一致するのなら、早稲田には遥子と一致するＨＬＡを持つ者が四人もいるということになる。雷雲の中に光を見たと思った。

「いつできるんですか、それ」

仁科は興奮気味に声を震わせた。

「それまで遥子《ご》がもてばいいが」

菊原は独り言ちてガラス戸の外に眼を遣り、春の陽光に眼を細めた。

カノンの章Ⅱ　ラザロ徴候の啓示

§1

厚い雲が広がって、朝から断続的に小雨が降り、新宿《しんじゅく》の高層ビル街は鉛《なまり》色に染まっていた。

窓ガラスに眼を遣《や》ると、数十メートル下で色とりどりの傘が水に漂《ただよ》う花弁のように、濡れたアスファルトをたゆたっている。

城取は店内に眼を移して、戌亥の様子を窺《うかが》った。テーブルにスポーツ紙を広げ、赤色のサインペンで忙しく頭を掻《か》いている。耳に入れたイヤホンに向かって、せめて次のレースくらいは当たってくれと必死に願っているように見える。勿論《もちろん》、競馬中継を聞いているわけではない。

そこから右の壁際まで眼を移す。越谷に眼を留めた。越谷は商談相手を待つ保険外交員のように、鹿爪《しかつめ》らしい顔で手帳に眼を落としている。無論、商談相手を待っているのでも、提案するライフプランを練っているのでもない。

越谷と背中合わせに座る男に眼を移す。幾分俯《うつむ》き加減になって、相手の視界に自分の面相を晒《さら》さないように用心する。

テーブルのカップはとうに空になっていた。白い陶器の底にコーヒーの染みがひと条《すじ》残って、それが妙に寂しげで、入梅間近の空のように寒々としたものに感じられる。

カップから眼を上げ、相手の様子を探るため、そっと首を伸ばす。

布山享は実年齢より老けていた。住居侵入で逮捕されたのは七年前で、そのときに撮影された顔写真を見ると、頭髪には白いものが交じっているものの、顔つきは二十代のそれ。七年の間に、頬骨《ほおぼね》が浮き、眼元口元に皺《しわ》が刻まれ、肌は土色に変わってしまっていた。若くして白くなりつつあった頭髪は、いまや枯尾花のよう。無精髭《ぶしょうひげ》も枯れたように疎《まだ》らで、埃と見間違えそう。紺無地のトレーナーにジーンズ姿で、身なりに無頓着《むとんちゃく》なのも、老齢に見える理由だろう。三十三歳には見えない。

布山は店に入って直ぐ、背負っていたデイパックからノートパソコンを引っ張り出してテーブルに置いた。さらにデジカメやらノートやら本やらを広げ、六人掛けのテーブルをそれらで占拠した。パソコンを起動させた後は、ノートに見入ってはキーボードを叩き、本を繰っては考え込むということを繰り返している。

先ほど、トイレに立つ振りをして、布山が広げているものを盗み見た。読みさして伏せた本があり、その表紙には『心臓移植』と書かれていた。ほかに重ねた本が二冊、背表紙にはそれぞれ『コーディネーターのための臓器移植概説』『レシピエント移植コーディネーターマニュアル』とあった。

パソコンにはワープロソフトが起動されていたが、布山の隣を通り過ぎるほんの一瞬では、さすがに何を打ち込んでいるのか読み取れなかった。脇に置いたノートには鉛筆の文字がぎっしりと並んでいたが、これも読み取れなかった。

「コーヒーのお代わり、いかがですか」

咄嗟《とっさ》に布山から眼を逸《そ》らし、テーブル脇のウェイトレスを見上げる。学生のアルバイトだろうか。近くに人殺しがいるなんて想像すらしたこともないような顔で、にっこりと微笑んでいる。

「ありがとう」

テーブルの端にカップを移す。ウェイトレスがサーバーのコーヒーを注ぐ。布山の行動確認をしていることを、ウェイトレスに気取《けど》られたくないので、窓の外に眼を向ける。

「ごゆっくりどうぞ」

ウェイトレスがテーブルを離れたところで、再び布山に神経を集中する。

布山の向かいにいるのは、三十代後半と思《おぼ》しき女だ。化粧っけのない女で、口紅すら引いていない。眼元が窪《くぼ》んで見えるのは、隈《くま》ができているからか。ひっつめ髪に、飾り気のない白のブラウスと黒いスカート。生真面目な事務員という印象を受ける。

女は布山より一時間遅れて現れた。

それまでの間、布山はパソコンに向かって難しい顔をするばかりで、電話のひとつもしなかった。なので、布山が待ち合わせをしていたとは露《つゆ》ほども思わず、女が現れたときには意表を突かれ、思わず女の顔に見入ってしまうところだった。

しかし会話が弾んでいる様子は微塵《みじん》もない。女は、布山の問い掛けに頷《うなず》き返すかひと言ふた言応えるだけでにこりともせず、オレンジジュースをストローでかき混ぜるばかり。布山がデジタルカメラの液晶画面を女に見せてもちらっとそれを見るだけで、直ぐにオレンジジュースに関心を向けてしまう。

十分ほど経ったところで、定型郵便サイズの封筒が布山から女の手に渡った。

女は拇指《ぼし》と示指《じし》を弾くようにして封筒の口を開き、中を覗《のぞ》いた。満足げに眼を細める。バッグに封筒を入れるとさっと立ち上がって、出入口のドアに向かった。

戌亥に眼を向ける。微《かす》かに頷き、目顔で了解の意を伝えてきた。赤ペンを耳に挟み、スポーツ紙を丸めて席を立った。

布山に眼を戻すと、パソコンを閉じて、デイパックを引き寄せている。

城取も席を立つ。伝票を持ってレジに行き、ぴったりの金額をカウンターに置く。越谷に目配せする。越谷は城取をちらっと見て、直《す》ぐに俯いた。仮に布山が予想外の行動をとったときには、越谷が対処してくれる。

店を出て左右に眼を配る。平日の昼下がりだというのに、百貨店のレストランフロアには行き交う人が多い。その中に石原の姿はない。配置に着いたらしい。ゆっくりとエレヴェーターに向かう。

エレヴェーターホールで店の出入口に眼線を投げた。会計に手間取っているのか、布山はまだ店から出て来ない。所在なげにエレヴェーターを待つ振りをしながら、ちらちらと店の出入口を窺う。

――時間が掛かり過ぎではないか。

廊下を少し戻って、ガラスウィンドー越しにレジを見ると、従業員が包装硬貨を角に打ちつけている。釣り銭が足りなくなって、布山の会計を待たせているだけのようだ。

エレヴェーターホールに戻って待つ。やっと枯尾花を載せた土色の顔が出入口に現れた。それを見て、エレヴェーターに近寄り、逆三角形のボタンを押す。

エレヴェーターのアルゴリズムは、城取の呼び出しを最優先にしてしまったらしい。ボタンを押して直ぐ、ベルの音がしていきなり扉が開いた。無論、布山は来ていない。

ケージには何人もの人が乗っていて、一様に急かすような眼を城取に向ける。

一歩踏み出したところで、ハッとしたような顔を作って、内ポケットに手を入れた。スマホを引っ張り出して液晶をちらっと見てから、ケージに向かって言う。

「すみません。行ってください」

スマホを耳に当てながら身体を翻《ひるがえ》し、五、六歩進んで頭を下げた。

「お世話になっています」

架空の相手に言うと、扉が閉まる音がした。

振り向いて、ケージが去ったのを確認してからスマホを下げ、廊下の先を見た。布山はまだ半分も歩いて来ていない。

スマホを持ち替え、適当にタップして、何かしらのデータを呼び出しているように装《よそお》いながら、布山が来るのを待つ。

布山が眼の前を過ぎた。スマホをポケットに滑《すべ》らせ、ボタンを押す布山の右後方に立つ。右足を引いて身体を斜めにする。肩越しに布山の様子を窺う。

アルゴリズムは布山を一番最後にしようと計算したのかもしれない。先ほどとは違って、ケージが来るまで優に数十秒は待たされた。その間、布山は身じろぎもせず、扉を見つめたままだった。

ケージには先ほどより多くの人が乗っていた。布山がデイパックを抱えて乗り込む。行先階表示のボタンをちらっと見て、右隅に割り込んで背中を丸める。城取は左隅に乗って、布山の姿を眼の端に捉《とら》えた。

ケージは途中の階に何度か停まって、下の階に向かって行く。五階に停止すると、布山は人を掻《か》き分けた。城取はほかの人の間に割り込む。布山がケージから出て行くのを確認してから、前の人を押し退けた。

布山は紳士ブランドのショップの前を抜けて、連絡通路に向かう。布山の歩調は、栄養が足りているのかと疑いたくなるほど、ゆっくりとしている。近付き過ぎないようにスピードを抑えることに腐心しなければならない。

布山はエスカレーターの前まで行くと、不意に立ち止まって、壁のフロアマップを見上げた。城取も一緒に立ち止まるわけにはいかないので、それまでの速度を維持したまま歩き続ける。布山はマップから離れないので、次第に距離が詰まる。

早く歩き出さないかと苛立《いらだ》っていると、布山が眼線を下げ、いきなり後ろを振り向いた。城取の視線と布山の眼がぶつかり合った。取り繕《つくろ》うのは得策ではない。眼を逸らさずに歩いて行く。布山は驚いたように眉を上げ、眼を瞬いて、城取を見つめ返す。

表情を変えずに布山に近づき、その隣に立って、フロアマップを見上げた。横目で布山の様子を窺うと、フロアマップと城取を見比べている。ばつがわるそうに頭を掻いて連絡通路に入って行った。城取は斜め方向に歩き出し、途中で進路を修正して布山の背中を追った。

ホテルのツインルームは、城取と戌亥、越谷と千国の四人が揃《そろ》うと、忽《たちま》ち蒸《む》し暑くなった。城取だけ椅子に座って三人と向き合っている。戌亥は手前のベッドの端に腰掛け、扇子《せんす》を煽《あお》いで額に浮いた汗を吹き飛ばそうとしている。越谷と千国はその奥のベッドに腰かけ、涼しい顔をしている。

戌亥が手帳を開いて眼を落とした。

「布山が会っていた女は、錦糸町《きんしちょう》のアパートに入って行きました。郵便受けの名前は、福田和美《ふくだかずみ》になっていました。アパート付近で聞き込みをかけましたが、いちいち誰が来て誰が出て行くのか、お互い気に懸けないのが東京のルールなんでしょうな。女を見知っている者はいませんでした」

戌亥が手帳から眼を上げるのを見て、城取は組んだ脚を下ろす。

「布山は五階の連絡通路を通って書店に入って行った。医学書の棚の前で暫《しばら》くうろうろして、結局何も買わずに店を出た。その後、新宿駅に行き、山手《やまのて》線に乗車。池袋《いけぶくろ》で西武《せいぶ》池袋線に乗り換えてアパートに戻った」

「まだ尾行を続けなければいけないんですか。意味があるのかなあ」

越谷は捜査方針を疑問視しているようだ。

千国が越谷に同調する。

「どうして逮捕しないんですか。僕的には、逮捕してから、自供を取ればいいんじゃないかと」

「否認されたらどうする?・」戌亥が後ろを振り返る。「自白を無理強いして通用する時代じゃない」

「僕はそんな時代は知りません」負けずに言い返す。「それより、指紋があるじゃないですか」

「数年前の鹿児島地裁の判決を知らねえのか。指紋ひとつで有罪になんか出来ねえんだよ」

「でも、行動確認しているだけじゃ、何も進展しませんよ。逮捕が駄目なら、任意で引っ張って来ればいいんじゃないですか」

「いや」城取が口を挟む。「任意で話を聞くにしても、もう少し、行動確認を続ける」

「何か気になることがあるんですか」越谷が身体を乗り出す。

「布山が被疑者だという確信を持てない」

越谷は、納得がいかないと言うように首を捻《ひね》った。

「布山がどういう経路で大町に行ったのかも判明していない。それを妙だと思わないのか」

信濃大町駅はおろか松本駅、長野駅の防犯カメラの映像を片端から調べた。だが、布山らしい男の姿をついぞ見つけ出すことはできなかった、布山は電車を使ったのではないと推定した。信濃大町駅の映像には、防犯カメラを意識してちらちらとカメラに眼を遣る不審な男の映像があったが、布山とは似ても似つかぬ男だった。布山に自家用車はない。だが、免許証は取得している。NシステムとTシステムでレンタカーを検索して布山らしい運転者を見つけ出そうとしたが、それも叶わなかった。布山が大町に行った痕跡を未だに発見できずにいる。

「タクシーを使ったとか、ヒッチハイクでトラックを摑《つか》まえたとか、いろいろ考えられるでしょう」

「それを証明するものがない」

「逮捕して吐かせればいいのでは?」

「被害者の身元が割れたんだから、布山との接点を洗ったほうが早いんじゃないのかなあ」

千国が腕を組む。考え込む仕草は似合わない。

「それも勿論、考えてはいる」

慥《たし》かに被害者の身元が割れた。越谷の手柄だと言っていいかもしれない。

一週間前、長野に戻って、捜査会議に出席したときのこと。

「未だに被害者が判らないって、どういうことだ」

三井が机を蹴飛《けと》ばして、捜査員たちを睥睨《へいげい》した。

「遣り方に問題があるんじゃないでしょうか」

越谷が意見したので、草間が血相を変えた。

「お前、何を言う」

三井は草間を片手で制して、越谷に眼を据えた。

「お前が、きっちり身元を割ってから東京に行かなかったから、こんなことになってるんだろ」

「東京行きは、自分が希望したわけではありません」

草間がぎょっとしたように眼を見開いて、恐る恐る三井を振り向く。

三井は越谷の抗弁するようなもの言いに、小莫迦《ばか》にするように口元を歪《ゆが》める。

「ほう。じゃ、聞くが、こっちに残ってたら、被害者が誰なのか突き止めてたって言うのか」

「はい。自分なら、大北から安曇野、松本の各戸にチラシを入れます」

草間は泡を食ったような顔をした。三井は眉を顰めた後、含み笑いをした。草間を振り向く。

「やらせろ」

直ちに被害者の似顔絵や身体的特徴を記したチラシが作成され、回覧板で回されることになった。コミュニティFMと有線放送でも被害者の身体的特徴を流して、情報を求めた。すると、四十九件の情報提供があり、それらをひとつひとつ潰《つぶ》す作業に入ることになった。

その中に有力な情報があり、遂に被害者の身元が判明した。ほかの捜査員たちは、被害者の身元が割れないのは県外の者だからに違いないと思っていたのに、越谷は地元に縁のある者だと読んで、それが当たった。

被害者は松本市のコンクリート工場を退職した後、北安曇郡池田《いけだ》町広津《ひろつ》の山峡にある姉夫婦の家に移り住んでいた男だった。義兄は八年前に亡くなり、姉は四年前に亡くなって、以後、ひとりでひっそりと暮らしていたという。

きっかけは、男の安否確認に行った民生委員。ドアの呼鈴を押しても応答がなく、郵便受けを見ると、年金の振込通知など数通の郵便物が溜まっていたので、孤独死かもしれないと、胸騒ぎを覚えた。郵便受けの下には自転車が停められ、そのかごに回覧板が入っていた。それを見て、数日前に自宅の回覧板で見た似顔絵を思い出した。かごから回覧板を取り上げ、似顔絵に見入る。似ているかもしれないと思って、直ぐに池田町警部交番に通報した。

交番の巡査が出向きドアを解錠、中に入ると、ドアの隙間から投げ込まれた新聞が二週間分、土間に落ちていた。室内に荒らされた痕《あと》はなかった。だが、台所のテーブルには食べ残しの食器がそのままになっている。ただならぬ気配を感じた巡査は、直ちに捜査本部に連絡した。

鑑識課員が臨場し、ドア、壁、テーブルから指掌紋《ししょうもん》を採取し、それを、吸殻《すいがら》、飲み残しの入った湯飲みとともに科学捜査研究所に送った。鑑定の結果、指掌紋、DNA、ともに柩《ひつぎ》の死体と一致した。被害者は澤柳駿一《さわやなぎしゅんいち》、九十三歳の者。本籍は大町市社《やしろ》で、昭和三十三年ごろまでは、本籍地に住んでいたらしい。その土地は人手に渡り、いまはスーパーの駐車場になっている。コンクリート工場に勤務していたときには、松本市の市営住宅に住んでいたようだ。

城取は気に懸かることを口にした。

「澤柳は心臓を貫かれていた。布山は心臓移植の本を持ち歩いている」

越谷は城取をちらっと見て、

「関係あるんでしょうか」

関係あるわけがない、というような口吻。

「無関係だとは思えない」越谷を見据える。

越谷は口を歪め、首を傾《かし》げる。

「ただの偶然でしょう。心臓を刺された死体と心臓移植の本?」嘲るように口の端を捩る。「どうして、そのふたつに繋《つな》がりがあると思うのか、自分には理解できません」

「肋《あばら》で護られている臓器を、敢《あ》えて選んで刺している。不思議だと思わないのか」

「確かにその点は妙だとは思います。人を殺そうと思ったら、大抵は腹を刺す。胸を刺そうなんてしないですけど、出鱈目《でたらめ》に振りかざしたら、たまたま肋骨を擦《す》り抜け、心臓まで貫いてしまった。そういうことだってあるでしょ」

「端《はな》から決めてかかるっていうのは、感心しねえな」戌亥が口を挟む。

「ふた組に分けたらどうでしょう」

「何だと?」

戌亥ががなって、扇子の手を止めたので、それまで城取の頬に吹きかかっていた風が止んだ。

「城取警部補と戌亥巡査長はいままで通り、布山の尾行を続けていればいいでしょう。自分と千国で、布山と澤柳の接点を探ります」

「考えてみる」城取は素っ気なく言い放った。

「主任!」戌亥が扇子を畳んで、もう一方の掌《てのひら》に打ちつける。「そんなの長野にいてもできます。折角、布山を眼の前にしてるんですから、徹底的に張り込んで追い詰めましょう」

城取は掌で戌亥を制し、越谷を見つめる。どうやって布山と澤柳の繋がりを探るつもりでいるのか。策を知りたくて身を乗り出す。と、内ポケットのスマホが振動していることに気付いた。スマホを取り出して画面を見ると、草間だ。

「城取です」

「凶器が出たぞ。両刃《もろは》の柳刃《やなぎば》包丁だった」草間の声は弾《はず》んでいる。

「両刃？」疑念が湧く。「何処にあったんですか」

「酒商高田だ。店の外に積んだビールケースの中にあった」

「酒商高田？」

「ああ。布山が最初にクレームを入れた店だ。油紙に包んで、セロテープをぐるぐる巻きにしてあった」

酒商高田には、相手に嫌がられるほど度々捜査員が話を聞きに行っている。いままで気付かなかったのか。

「誰が見つけたんですか」

「店主だ。空瓶《びん》を片付けようとして気付いたらしい」

「凶器に間違いないんですか」

「ああ。刃先が傷口とピッタリ合うし、血痕のＤＮＡは被害者のＤＮＡと一致した」含み笑いをしたのが受話器越しに判った。「それだけじゃない」

「何か？」

「布山の逮捕状を取った」

「どうしてまた?」思わず声が大きくなる。

「指紋が出た」

「え?」

「油紙にひとつ残っていた」

「どの指ですか」

「右手の親指だ」

「どうやって検出したんですか」

「ニンヒドリンだ」

ニンヒドリン法は皮脂《ひし》に含まれるアミノ酸をニンヒドリン試薬に反応させて遺留指紋を検出する方法で、簡便で安価なため、頻繁《ひんぱん》に用いられる。その分、精度に難点がある。

城取が黙り込んだので、草間は怪訝《けげん》に思ったのだろう。

「どうした」弾んだ調子が消えていた。

「酒屋なんだから空瓶なんて毎日片付けてるでしょ。いままでどうして気付かなかったんですか。最近になって誰かが棄《す》てたとしか考えられない」

「誰かじゃなくって、布山だろ」

「布山はこの三日間、東京を出ていません」

草間の唸り声が聞こえてきた。途方に暮れているのか、ひと頻《しき》り唸って黙り込む。

「酒屋付近の防犯カメラの映像は調べたんですか」

「いま、やってる」苛立った声。

「布山が付近にいたことが確認できてからでも……」

話し終える前に、草間に遮《さえぎ》られた。

「とにかく、逮捕状をそっちに送るから、逮捕しろ」

「できません。もう少し泳がせます」

「なっ……」

「酒商高田にこれ見よがしに棄ててあったというのは、どうにも解せない。柩の蓋《ふた》と油紙と、両方同じ指の指紋というのも、偶然の一致が過ぎる気がします。鑑識に柩の指紋と油紙の指紋が重なり合うのかどうか、訊いて貰えますか」

指紋は押圧の加減で変形するので、異なる場所から検出した指紋同士がきれいに重なり合うことは、まずない。異なる指紋が一致するかどうかは、指紋が描く線の分岐点や接合点などの特徴点で判定する。完全に重なり合う指紋であれば、むしろ信用できない。

溜息が受話器を通して聞こえた。

「お前、まだ竹内のことを気にしているのか」

城取が検挙した元死刑囚のことだ。無実を訴えていたが、一審、二審でも死刑判決が出た。上告は棄却《ききやく》されて刑が確定し、その三年後、執行《しっこう》された。城取は九分九厘《くぶくりん》、竹内が犯人で間違いないと思っている。しかし一厘でも冤罪《えんざい》の疑惑を残してしまったことを後悔している。

「凶器を棄てるために、わざわざ長野まで行ったというのは不合理です」

もう一度、溜息が聞こえた。

「判った。お前の判断に任せる。しかし長引かせるなよ」声に苛立ちが滲《にじ》む。

返事をする前に電話は切れた。

上着の内側にスマホを滑らせて、顔を上げると、三人の眼が城取に注がれていた。

「凶器が出た」

詳細を話す。めいめいの口から歎声《たんせい》が漏《も》れた。だが、越谷は眉を顰めただけだ。

「気持ち悪いな。ざらついた感じだ。今になって凶器が出た。しかも酒商高田から。雪室には毛髪ひとつなかったのに、右手の拇指の指紋がふたつ。あざとい演出を観せられてるようだ」

「そうかなあ」

越谷が天井を仰ぐ。

「何か言いたいことがあるのか」

越谷は城取に眼を据える。

「尾行に気付かれたんじゃないでしょうか。それで、東京に出張って来てる刑事たちを、大町に追い返そうって思いついたとは考えられませんか。捜査の撹乱《かくらん》。そういうことでは？」

「この三日間、布山は東京を出ていない。どうやって凶器を棄てたんだ」

「大町に協力者がいれば、自分で出向く必要はないですよね」

布山の動きを脳裡に描く。城取たちが気付かないところで、荷物を送ることができたか。外出している間に、アパートに宅配便の集荷に行かせた？　集荷依頼ならウェブからでもできる。

城取は越谷をまじまじと見つめる。天井の隅を見て、首を傾げる。

「越谷、どうやって布山と澤柳の関係を洗うつもりだ」

越谷は、天井に向けていた視線を、面倒くさそうに城取に定めた。

「国保連に問い合わせて、澤柳の通院歴を洗います」

被害者は高齢で、近隣住民との付き合いが薄かった。外出するとしたら、食材の仕入れか、病院くらいのものか。

「判った。任せる」

「はい」

城取に向けられたその瞳は、心なしか光を放っているように見えた。

§2

暗い雲が垂れ込め、不快指数は極みに達し、弱冷房の車内でひしめき合う通勤通学客たちの顔は一様に憂鬱《ゆううつ》げ。

城取は肌にまとわり付くワイシャツを忌々《いまいま》しく思いながら、布山の様子を窺っていた。行動確認に気付いていながら素知らぬ振りをしているのか、それとも並みの人間よりも鈍くて全く気付いていないのか、布山には尾行されていることを気に懸ける様子は未だに見受けられない。

新宿駅に着くと、排水溝に殺到する水のように、乗客たちが一斉にドアに向かって行く。布山がその流れに飲み込まれるのを確認してから、城取も流れに身を任せ、ホームに降り立った。

布山は南口コンコースに向かうエスカレーターに向かう。その背中を、別の車両にいた戌亥が、城取を追い越して足早に追う。戌亥は布山に近づいても速度を緩《ゆる》めず、エスカレーターに辿《たど》り着く前に追い付き、追い越した。エスカレーターには乗らず、階段を駆け上がって行く。上で待つのか。

布山はエスカレーターの左側に乗って、右側を駆け上がって行く人たちを遣り過ごした。城取は間に三人挟んで布山に続いた。

布山が頂まで運ばれ、頭部が死角に消えると、ステップの右側に足を踏み出した。弾かれた矢のようになって、一気に駆け上がる。

エスカレーターから降り立つと、二、三歩進む間にコンコースを見渡す。布山は構内の書店の方に向かっている。戌亥は洋菓子店の前に立って、エクレアを物色する振りをしている。

城取はコンビニの前まで移動すると身体を反転させ、発車標を見上げた。徐《おもむろ》に首を捻って、布山の背中に眼を留める。

布山は書店の雑誌棚の前にいた。平積みされた雑誌の一冊を取り上げると、ぱらぱらとめくって、途中で手を止めた。立ち読みする気なのか。だが、布山は直ぐにページを閉じて、雑誌を元に戻した。

布山の肩が動いたので、視線を外して発車標を見上げた。瞳だけ動かして、眼の端に布山の影を捉える。布山は戌亥の背後を通り過ぎて、改札に向かう。戌亥がエクレアのショーケースから離れて、追って行く。城取はもう一度首を捻って、雑誌棚を見る。何を見ていたのか。雑誌棚に向かう。

今日発売のコーナーにある週刊誌を見下ろす。雑誌名の下に、スクープ記事の見出しが大きな文字で書かれていた。「疑惑の心臓移植」とある。

狭いツインルームに五人が揃うと、相変わらず蒸し暑かった。

「移植目当てで偽装結婚？　ドナーとレシピエントが？」

越谷は週刊誌から顔を上げ、憮然《ぶぜん》とした面持《おもも》ちで言った。

心臓移植の記事は布山の署名記事だった。心臓に事件の核心があると信ずる城取は、週刊誌を四冊買って来た。

「布山はそう思ってるようだ」

それまで熱心に記事に没頭していた戌亥が顔を上げた。

「これだけじゃ、事実なのかどうか、何とも判断できませんね。次の回で、関係者の具体的な証言を出すって書いてありますけど」

「今週は証言的なものって、載ってないですね。僕的には、改正臓器移植法が施行されて早々っていうのが臭いって気はしますけど」

越谷が千国に茶々を入れる。

「そんなことで疑われるのなら、脳死もタイミングを気にしてなきゃならない」

千国が越谷に向かって口を尖《とが》らせる。

「いや、そういうことじゃなくって、施行された直後っていうのが、でき過ぎてるっていうか……」

越谷が、蝿《はえ》を打ち払うように千国に向かって手首を返す。千国は途中で口を噤《つぐ》んだ。

「城取警部補は、まさかこれと殺しが関係するなんて思ってるわけじゃないですよね」

「関係ないとする根拠はない」

越谷は鼻を鳴らす。

「無関係のものをひとつひとつ関係ないと証明しないといけないんですか。そんな呑気な捜査は聞いたこともない」

越谷が嘲《あざけ》るように言うのを無視して、訊き返す。

「国保連は通院歴を教えてくれたのか」

「いま、診療報酬、調剤報酬の請求書を取り付けているところです」

「通院歴の中に心臓移植を実施している病院がないか気をつけていてくれ」

「気をつけておきます」首を捻った。「しかし、心臓に拘《こだわ》り過ぎじゃないでしょうか」

越谷の言うことは正しいのかもしれない。心臓に拘るのは間違っているのかもしれない。しかし、敢えて心臓を突いたのは間違いない。凶器が両刃の柳刃だと判ったいま、それを確信している。肋骨の間を貫くために、その凶器を選んだのに違いない。とてつもなく難しい手段を、犯人は選択したのだ。敢えてそうしたのは何故か。殺害だけが目的であれば、腹部のもっと刺し易い臓器を狙えば良い。敢えて心臓を刺したことには、きっと理由がある。

とはいえ、心臓移植とはどう繋がるのか。

二〇一〇年一月一七日、改正臓器移植法が施行され、臓器を親族に優先提供することが可能になった。公平公正なレシピエントの選択を前提にした移植ネットワークシステムに修正が加えられることになったのだ。しかし優先提供できる親族の範囲は極めて限定的に規定されており、それは配偶者間、親子間のみ。配偶者は事実婚では認められず、婚姻届が出されていなければならない。親子間は普通養子縁組は認められず、実の親子か特別養子縁組の関係でなければならない。

布山が記事にしているのは、改正臓器移植法施行の二日後に行われた心臓移植手術のこと。布山の記事に拠れば、ドナーは蜘蛛膜下《くもまくか》出血で倒れた五十代の男性。ドナーカードを所持していたため、救急搬送された病院が日本臓器移植ネットワークに連絡した。第一回脳死判定後、メディカルコンサルタントが派遣され、ドナー評価をし、第二回脳死判定を経て死亡宣告がなされた。肺、肝臓、腎臓などの多臓器のレシピエント候補者を選定して、それぞれの移植実施施設に連絡がいった。

第一回脳死判定後、心臓の移植希望登録をしている女性の母親が現れ、娘と男性の婚姻関係の証明として、戸籍謄本《とうほん》を移植コーディネーターに提出した。男性は「親族優先提供に係る親族関係確認書」を日本臓器移植ネットワークに提出していたのだ。しかし、それは移植の行われる僅《わず》か一週間前のことだった。

二回目の脳死判定が行われ、男性の死亡診断書が作成された。内因死であったので検視は行われず、直ちに臓器を摘出する準備に入った。翌日の昼、妻の入院する病院から摘出チームが派遣され、心臓を摘出した。その後、肺を必要とする病院の摘出チームが肺を摘出し、他の臓器も、順次それぞれの摘出チームによって摘出された。心臓を含む各臓器は無事、レシピエントの元に搬送されて行った。

布山が問題にしているのは、心臓移植の件。レシピエントとドナーの関係に疑惑があるとしている。

ドナーの男性が五十三歳であるのに、レシピエントの妻は二十一歳。男性が盛《さか》んに求婚したのだろうと想像したくなるが、布山によれば、このふたりはお互いに面識がないという。心臓移植を容易にする目的で婚姻届を提出したとしか考えられないとしている。

戌亥が首を傾げた。

「臓器移植が適正に行われたのかどうか、それを調査する第三者機関てないんでしょうか」

「厚労省が一例ずつ検証会議を開いている」

戌亥が身体を乗り出す。

「それなら、そこで婚姻関係が問題にならなかったんでしょうか」

城取は首を振った。

「それは判らない。議事録も報告書も公表されていない」

「え」戌亥は面食らったような顔で、目を瞬く。「それは、問題があるということですか」

「検証結果が公表されるのは、遺族の同意があるものに限られる。この事例の場合、レシピエント本人が遺族でもあるんだから、もし不正に親族優先移植をしたのなら、公表を許す筈はない」

「なるほど。全件が無条件に公表されているわけではないんですね」

「しかし、都合良く脳死になんてならないよなあ」

越谷は開いた週刊誌を睨みつけている。

石原が腕を組んで難しい顔をする。

「脳梗塞《のうこうそく》とか、頭を強く打つとか、そういうことですよね？　脳死になる人ってのはどのくらいいるんだろ」

城取は医療書の専門店で、布山が持っていた本を探し出した。ひと通り眼を通している。

「国内で、年間七千人ほどらしい」

戌亥は眼を丸くする。

「結構いるんですね」

「推定値だ。脳死判定される人の数ではない。心臓死とされる人の中に、それ以前に脳死になっていたと推定される人がいるということだ」

「なるほど」

「現在、心臓移植を希望して移植ネットワークに登録している人は二百三十人あまりだろう。脳死者は心臓移植の適応患者数と比較すれば、多いと言えるのかもしれない。しかし年間の死亡者数の一パーセント弱でしかないから、一般論で言えば、ヒトは九十九パーセントの確率で心臓死するということになる。偽装結婚しても、脳死はほとんど期待できない」

石原が再び腕を組んで、顔を顰める。

「でも、それだけ脳死者がいるのなら、親族優先なんてしなくても、いずれ回って来る心臓がありそうですね」

「脳死者の全てが臓器提供の意思を持っているわけではないし、全ての臓器が移植適応になるわけでもない。心臓移植のできる施設は国内で九つしかないから、これらの病院に搬送できる距離で脳死者が出なければ駄目だ。この一、二年の間に、補助人工心臓の性能が良くなってきて、心臓移植をせずに、それで日常生活を行う人が出てきているほどだ。それだけ移植心は足りていない」

「例えば心臓移植を目的として、人為的に脳死させることはできるんでしょうか」

「頭をバットで殴るとか」

千国が両拳を胸の前で重ねて、素振りの真似ごとをした。越谷が千国を振り向く。

「頭を殴ったとしても、脳死するとは限らない。自発呼吸はできるが、眼を覚まさず眠り続けていることだってある。いわゆる植物状態だ」

「そうか」千国は眉を寄せ、小首を傾げる。「じゃ、どうすればいいんだろ」

城取は千国に眼を向ける。

「仮に頭を殴って脳死にできたとしても、検視で他殺とされれば司法解剖《かいぼう》が行われる。司法解剖が行われるのは心臓停止してからだ。ということは、臓器移植はできなくなるということだ」

「自殺を強いるとか？　自殺なら検視はあっても、司法解剖はない」

「自殺者に臓器提供の意思があれば、その意思は尊重される。しかし、親族優先移植を前提にした自殺は、倫理上許されるものではないから、自殺者からの親族優先移植は認められていない。自殺者がそれを望んでいたとしても、単に臓器移植の意思があったと看做《みな》されるだけで、レシピエントの選定は移植コーディネーターが行うことになる」

越谷が溜息を吐く。

「脳死にできないのなら、偽装結婚したって意味がない」

「そうだな」

戌亥が越谷に同意して頷く。

越谷の言うことは正論だと思う。しかし、行動確認を始めて以来、布山はほとんど毎日、人に会っている。その熱心さは、営業成績を上げたいセールスマンのそれと変わらず、話をする相手の数はひとりでも多いに越したことはないと思っているかのよう。あの熱心な取材は確実なネタに基づいているとしか思えない。

布山が会っている人たちは何処の誰なのか。次から次と新しい人が現れるのに、越谷と千国は別の捜査をしているので、戌亥と石原ふたりに彼等の素性を洗わせるしかない。なのに、その作業に未だ着手できずにいる。ただ、布山が複数回会って、会う度に封筒を手渡している福田和美という女については、その素性を把握することができた。女は大学病院に勤務する看護師で、その病院は、都内で心臓移植施設として認可されているふたつの病院のうちのひとつ。

件《くだん》の移植手術がどちらの病院で行われたのか、記事では伏せられているので判らない。恐らく、和美が勤務する病院で行われたのだろう。布山のネタ元はきっと和美だ。和美は職務上知り得た秘密を金と引き替えにしているのだろう。病院関係者から秘密の漏示《ろうじ》があったと考えれば、布山の熱心な取材は合点がいく。情報の裏を取る過程で、人を殺してしまったというのなら、布山は充分に被疑者たり得る。だが、その筋が全く見えないのが気《き》懸《が》かり。

戌亥が眉を寄せて城取を振り向く。

「和美が布山に情報を売っているのだとしたら、秘密保持義務に違反していますね。警視庁は捜査するでしょうか。訊いてみますか」

「訊いたところで、余計なお世話だと言われるのが落ちだ」

「看護師を引っ張って来て、尋問しますか」

「警視庁に縄張りを荒らしているとは思われたくない」

「放っておくんですか」戌亥が眉を跳ね上げる。

「東京に出て来てるのは、この五人だけだ。さらに仕事を増やせと言うのか」

「止めてください。布山の逮捕に専念しましょう」越谷はうんざりとした面持ち。

戌亥は腕を組み顔を顰める。

「いまの布山が必死になって追っかけてるのが、この移植なんだろ。布山が必死であればあるほど、殺しとこの件には、つながりがあるんじゃないかって気がするんだがな」

「でも、その筋読みの裏が取れない」

越谷が怪訝そうに首を傾げる。

「澤柳が記事の障碍《しょうがい》になっていた。例えば掲載に反対されて殺すしかなくなったとか、この記事が殺しの動機に絡《から》んでるってこともあり得るんじゃないか」

「どうだろう？　飛躍し過ぎのように思いますが」越谷が首を捻る。

「それじゃ、臓器移植を中止させようとしているとか？」千国が身体を乗り出す。「心臓を刺し貫いたのは、心臓移植を許さないというメッセージ的なものとか？」

「そんな単純な理由だとは思えない」

心臓を貫いただけではなく、キリスト教の柩《ひつぎ》を使ったこと、柩を雪に埋めたこと、すべて理由がある筈。脳死や臓器移植に反対の意思表示というだけでは、それらの説明がつかない。

「いずれにしても、布山が取材した人間からは話を聞いたほうがいいでしょうね」

戌亥が言うと、ほかのふたりも頷く。

「敷鑑の定石《じょうせき》ですね」越谷が言う。

「そうすると、やはり看護師にも尋問したほうがいいですか」戌亥が訊いた。

「それはまずい。看護師が布山に情報を売っているとしたら、明らかに捜査対象になる。警視庁の手前、それはできない」

「警視庁に気付かれないように、こっそり話を訊ければいいってことですね」千国が独り言《ご》つ。「隠密的に？」

城取は、雑誌に眼を落とした。

「この心臓移植について、もっと情報を収集したいものだな」

戌亥が眉間に皺を寄せ、低く唸《うな》った。

「難しいですよ。ただでさえ、移植の情報なんて厳正に管理されてるんでしょう。令状持って病院に行けるのならともかく、警視庁の手前、それができないとなると……」

「布山は、レシピエント本人や家族からも話を聞こうとするんじゃないか」

戌亥がハッとしたように眼を瞠る。

「真っ先に行くでしょうね」

「きっと断られている筈だ。レシピエント側では記事になんてされたくないだろうからな。しかし布山が諦めていなければ、しつこく会おうとするだろう」

「布山の取材を断り続けている人がレシピエントだ」

千国が大きな声を出した。

城取は、三井刑事部長を当てにするより仕方ないのかもしれないと思った。

§3

「傍受令状《ぼうじゅ》を取ってくれだと?」

スマホの受話口から、草間の裏返った声が聞こえてきた。眼を剝《む》いている草間の姿が、ありありと浮かぶ。

「お願いします」

「ちょっと待て、何言ってる。傍受令状なんて簡単に取れるもんじゃない。大体、組織的な犯罪じゃないだろ」

「組織的です」

城取は、偽装結婚して臓器移植をした者たちがいる可能性について、嚙《か》み砕いて説明した。

「レシピエントの両親が加担していると思われます。充分、組織的です」

草間の呆れ顔が浮かぶ。

「お前の想像か、布山の思い込みか、どっちでもいいけど、そもそも管轄が違うだろ。警視庁に文句を言われるぞ」

「勿論、心臓移植のほうには手を出しません。あくまで、布山を逮捕するための捜査です」

「順序が逆だっての。既に布山の逮捕状を取ってるのに、何で傍受令状が必要なんだってことさ。傍受令状なんて、刑事部長に請求して貰うしかないんだ。あの人に何と言って説明するんだ」

「それは課長にお任せします」

溜息《ためいき》が聞こえる。

「組織的な犯罪だと言ったな？　組織的ってどういうことか理解しているのか」

「指揮命令系統、予《あらかじ》め定めた任務を分掌《ぶんしょう》する構成員」

「その構成員に布山は入っているのか」

「入っているでしょう。ドナーやレシピエントの個人情報は厳正に管理されています。布山が関与しているからこそ、偽装結婚をして不正移植するまでの流れを知っているのだと思われます」

無論、布山が移植に関わっていたとは露《つゆ》ほども思っていない。しかし、それでは、傍受令状の請求に必要な要件を欠くことになる。

「そんな出鱈目《でたらめ》な理屈……刑事部長を説得する自信はない」また溜息が聞こえた。「あと指紋の件だがな、鑑識に訊いてやったぞ。重なり合うそうだ。田所鑑識課長がこんな偶然てあるのかって、首を傾げていた」

「偶然じゃないでしょう」

「偶然だろ。これ以上、おかしなことを言い出さないでくれ」

草間は投げ遣りな調子で言って、電話を切った。

布山の通信を傍受できないとなると、断られても断られても会いたがっている相手を探るのは難しい。レシピエントの特定ができない。

窓際の壁に固定されている机にスマホを投げ出して、ベッドに寝そべった。

いつの間にか雨になっている。ガラスを通して、雨垂《あまだ》れの単調なリズムが室内に届く。上の階に窓拭き機の清掃ユニットが止まっているのが見える。そこから落ちる滴が窓枠に当たっているのだ。

ビジネスホテルの殺風景な天井を見上げながら、いっそのこと、布山を逮捕してしまおうかと、ちらりと思った。しかし、直ぐにその考えを頭から追い払う。

遺留指紋が捏造《ねつぞう》されたものかどうか、争われた事件が二〇〇九年に鹿児島で起きた。老夫婦をスコップで撲殺《ぼくさつ》したとして起訴された被告は犯行を否認、検察側が提出した証拠は遺留指紋だけだった。翌年、鹿児島地裁は、指紋は捏造されたものだという弁護側の主張は斥《しりぞ》けたものの、無罪判決を出した。この裁判で、弁護側が指紋の偽造が容易であることを立証しようとした点は看過できない。事実、生体認証を用いる機器が増えるのに伴って、裏社会では指紋の偽造がビジネスになっている。柩の指紋と油紙の指紋が重なり合うというのは、指紋スタンプの存在を示唆《しさ》しているように思えてならない。仮に第三者が布山に濡れ衣を着せる目的で、指紋スタンプを作っていたとしたらどうなるか。

柩の蓋の指紋はシアノ法で検出された。これはシアノアクリレートが水分と結びついて固まる性質を利用する検出法。遺留指紋の皮脂に含まれる水分に反応して、シアノアクリレートがポリマーとなって固まる。仮に第三者がいて、指紋スタンプに水分を含ませて柩の蓋に押し付けたとしたら、その水分は雪の中で蒸発することはないから、シアノアクリレートに反応するだろう。柳刃包丁の油紙のほうは、ニンヒドリン法で検出した。これも指紋スタンプにアミノ酸を含ませて押し付けたら、ニンヒドリンがそれに反応する。

さらに凶器の出たタイミングがおかしいことも、逮捕に踏み切れない理由のひとつ。布山に否認されたら打つ手がないからではなく、誤認逮捕の可能性がゼロではないから、逮捕に踏み切れない。徹底した捜査が城取の信条。その目的は真犯人を逮捕すること。誤認逮捕は捜査が不充分だから起きる。信条に反することはできない。

城取は歯嚙みをした。

——擬律《ぎりつ》判断の能力を問われている。

ベッドから降りて、机の週刊誌に手を伸ばす。

取材の障碍になったから澤柳を殺したと考えるのは、都合が良過ぎるか。しかし布山の精力的な取材ぶりを見ていれば、殺しの動機がほかにあるとも思えない。布山はなぜ、心臓を貫いたのか。なぜ、執拗《しつよう》に心臓移植が不正に行われたと主張するのか。布山にとって、心臓は特別な意味を持つのか。

布山の記事に見入りながら、取り留めのない考えをあれこれ巡らせた。

思考はスマホの振動モーターの音に遮られた。バイブの振動音が、机に反響して、耳障りな音を立てる。液晶には草間のケータイ番号が表示されている。傍受令状の件を、三井が承諾してくれたのか。

「城取です」

「お前、明日、朝一で帰って来れるか」草間の声は沈んでいた。

朝一番の「あずさ」に乗っても、信濃大町に着くのは十一時近くになってしまう。

「いや、県警本部のほうだ」

ハッとして、訊き返す。

「何かあったんですか」

「大北酒造が頓挫《とんざ》した」

「それは……」

「融資を断られたらしい。民事再生手続に必要な予納金すら用意できないって話だ。それで塔原専務が農薬を飲んだ」

「え」息を呑んだ。

草間の沈痛な声が耳を突く。

「意識不明で五分五分だそうだ」

生きているということか。少し安堵した。

草間が帰って来いと言った意味を考えた。

「酒を押収したことが問題視されてるんですか」

「いや、まだだ。だが、そうなる前に、本部長に記者会見を開いて貰ったほうがいいだろうということになった。マスコミに突き上げられる前に、捜査の正当性を訴える必要がある」

ポジションペーパー、つまり声明書を作るから帰って来いということか。朝一番の「あさま」なら八時過ぎには長野に着ける。

電話を切って、舌打ちをした。顔を上げると、夜闇を背景にして窓硝子《まどガラス》が鏡のようになっている。そこに映し出された自分の顔があまりにも憮然としていて、たじろいだ。顔を背《そむ》けて、自分の人相を視界から消す。

背中が汗ばんでいることに気付いた。気温も湿度も一定に保つようにエアコンが調節してくれている筈だ。なのに、草間の電話を受けた後、急に蒸し暑くなったように感じられた。缶ビールでも仕入れようと思った。

部屋を出て自動販売機のコーナーに向かう。エレヴェーターホールの手前まで行くと、越谷がいた。いままで電話をしていたらしい。フィーチャーフォンをトラウザーズのポケットに突っ込みながら廊下に出て来た。擦れ違う間際、越谷が低い声で言った。

「塔原はずっと野球を続けていた。草野球のチームに入っていたし、少年野球のコーチもしていた。それなのに自殺だなんて」

立ち止まって首を巡らせた。越谷は進む先に顔を向けたまま立ち止まっている。

「未遂だ」

「たとえ人が死んでも、あなたは涼しい顔で捜査を続けるんですか」

「警察官が捜査を続けるのは当然だろ」

「酒を押収しても、大北酒造が困らないように手立てを考えて欲しいとお願いした筈です」

「酒は可能な限り早急に返すつもりだ」

「人ひとり死ぬかもしれないんですよ。自分の責任だとは思わないんですか。酒の押収なんかしなくても、捜査線上に布山は浮かんだ。逆に、酒の押収から布山が浮かんでくることはなかった」

「結果論だ」

「布山を逮捕してください」

「まだできない」

「一刻も早く逮捕して、大北酒造に報告すべきです。どうして大北酒造が迷惑を蒙《こうむ》ったのか、それを知りたがっていると思います」

「証拠が足りない」

越谷が、城取に向けて身体を捻る。

「自分には理解できません。逮捕して取り調べればいいだけじゃないですか。どうして善意の第三者を困らせて平然としていられるんですか」

言い争うつもりはなかったので、越谷を視界の外に追い遣り、歩を進めた。

もドアの開く音がした。多分千国だ。

「奥さんが死んで、清々してるんじゃないですか」

越谷の質問に足を止めた。肩越しに越谷を見据える。

「どういう意味だ」

「涼しい顔で捜査してるのは、清々してるからなんじゃないですか」

諍《いさか》う声が気になったのか、ドアが開き、戌亥が不審げな顔を覗かせた。城取の背後にもドアの開く音がした。多分千国だ。

「女房を亡くして清々する人間が世間にはいるのか？　私は違う」

「違わないと思います。あなたは人の生き死にに鈍感過ぎるんじゃないでしょうか」

「鈍感なつもりはない」

「もし、奥さんが生きていたらどうなっているでしょう」

越谷をまっ直ぐに睨む。

「叶うなら、生きていて欲しかったと心から思っている」

「取り敢えず言うでしょうね。そういう綺麗ごと」

越谷のほうも射るような眼で城取を睨んでいる。

「塔原に重い障害が残って野球を続けられなくなったら、それこそあいつは人生の目的を失うでしょうね。あなたには失望した」

絞り出すように言って、身体を反転させた。怒りが沸騰《ふっとう》して全身から湯気が立ち昇るかのよう。自分の部屋に入って荒々しくドアを閉めた。

戌亥は、ドア口に立ったまま、城取を見つめる。

「奴は、何が気に入らないんでしょう」

城取は小首を傾げる。

「いろいろ思うところがあるようだ」

「同じ夢を見た仲間だから」

背中に千国の声が聞こえた。悲しげで憫察《びんさつ》するような声。

振り向くと、身体の左半分をドアに隠して、平生の千国に似つかわしくない鹿爪らしい顔で立っている。

「どういうことだ」戌亥が訊く。

千国はドアの陰から滑り出て、城取に向かって足を踏み出す。千国の背後で、ドアがゆっくりと閉まる。千国は一度、口を真一文字に結んでから、告解でもするかのように神妙な顔で切り出した。

「前に越谷さんに訊かれたことがあります。お前は何のために仕事をしているのかって」

「何のため？　犯人を捕まえるためだろ」戌亥が一喝する。

「いえ、そういうことではなくって、もっと個人的っていうか、人生の目的っていうか」

「大仰《おおぎょう》だな」戌亥が口を尖らせる。

「越谷さんは贖罪《しょくざい》だって言っていました」

「贖罪? 何だそりゃ。そんなことをしたいのなら、坊さんにでもなれ」

戌亥は被疑者を追い込んでいくかのようだ。

「越谷さんたち、もう少しのところで甲子園に行けそうだったんです」

千国の話だと、越谷と塔原は高校の同級生で、ともに野球部に所属していたのだという。三年生のとき、塔原は正捕手で、越谷は三番手投手だった。その年、エースに抜群の安定感があり、チームは県大会の決勝まで進んだ。

越谷は非嫡出子で、母親とふたりで暮らしていた。子どものころは、妾《めかけ》の子と言われ、苛《いじ》めに遭《あ》っていたらしい。越谷の高校が勝ち進むと、母親は彼に退部するよう、泣いて迫った。チームが勝ち進んでいけば、球児のひとりひとりが注目されることにもなりかねず、それによって隠し子が発覚することになる事態を恐れた父親が、退部させろと命じていたという。それまでの母親は越谷を応援し、苦しい家計の中から、グラブを購入する費用を捻出《ねんしゅつ》していた。退部しろと言う母親に負い目を感じながら、越谷は退部できずに、決勝戦の日を迎えた。ところが、その日の朝、グラブもユニホームも灰になってしまっていた。追い込まれた母親が燃やしてしまったのだ。

事情を知った塔原の父親が、グラブとユニホームを手配してくれ、午後から始まる試合に間に合った。試合は投手戦になり、一点を争う展開となった。終盤、連投していたエースに疲れが見え、二番手投手に代わった。それまでの試合を、ほとんどそのふたりで投げてきていたので、二番手にも疲れが溜まっていた。九回に、越谷が投げることになった。一死一塁から決勝ホームランを打たれ、敗戦投手になった。打ったのは、ふたりのピッチャーが三振にうちとっていた選手だった。それまで、ボールにかすりもしなかった。

母親の言うことに従って、退部していれば越谷が投げることはなかった。チームは甲子園に行けたのかもしれない。所詮、自分は私生児、望まれない子なのだ。越谷はそう思って自暴自棄になっていたという。深夜に街を徘徊《はいかい》して、少年課の警察官に補導された。その後、警察官だけでなく、塔原の父親等、周囲の人たちの支えがあり、すんでのところで道を踏み外すことはなかった。色んな雑念が消えると、後には自分を私生児にした母親に対する恨みが残っていた。その恨みは、越谷の心にしっかりと根を張り、時を経ても消えて行かなかった。母親に感謝しなければならないことが多いことも、頭では判っている。けれども、どうしても恨みが募《つの》るのだという。

母親はいま、認知症を患《わずら》い、グループホームに入所しているという。面会にはほとんど行っていないらしい。

「警察官を言い訳にして、厄介《やっかい》ごとを施設に押し付けてるんだって言ってました」

城取は、麻美がどんな状態でも生きていて欲しかったと心から思っている。しかし、それを綺麗ごとだと言った越谷は、そう言い放つだけの惨苦を経験してきたのかもしれない。

「お母さんが認知症になったとき、越谷さん、警察を辞めようと思ったそうです。けれども、お母さんの介護をするのは、どうしても耐えられないと思ったそうです。だから、意地でも警察官でいようと思ったと言ってました。警察官を口実にして、お母さんをグループホームに押し付けておこうと思ったって言ってました。警察の職務に励《はげ》むのは、母親への贖罪なんだって言っていました。自分は母親の面倒も見れない卑怯者なんだって、自分を卑下するように言って」

「そんな理由で警察にいるのか。確かに卑怯者だ」

戌亥が言下に言い放つ。千国が取り縋《すが》るような眼を向ける。

「違います。越谷さんは警察官であることに誇りを持っています。意地だけで仕事をしているわけではありません。城取さんのことを心から尊敬もしていました。奥さんが被害者になりながら、冷静な捜査で犯人を逮捕した。自分にはとても真似できないと言ってました」

決して冷静ではなかった。激情を抑えられず、犯人の背中に向かって拳銃を構えた。犯罪捜査規範第十四条には、被害者と親族の関係にあり、疑念を抱かれる捜査をする惧《おそ》れのある場合は、上司の許可を得て捜査を回避せよとある。しかし草間も三井も、城取を外そうとしなかったし、城取自身、感情を押し殺して捜査に没頭できると思っていた。引き金を引かなかったのは、ほんのひとひらだけ、理性が残っていたからに過ぎない。私憤に駆られ、最後のひとひらの理性すら追い払ってしまっていたら、間違いなく人殺しになっていた。

越谷は、自分の母親に安らかに亡くなって欲しいと望んでいるのではないか。愛するがために、その人の死を望まなければならないというのは、幾ばくの辛苦であろうか。犯人を撃ち殺して終わりにしようとした城取の闇と、それは表裏をなすものではないか。誰だって悟りを開いたり、神になれたりするわけではない。誰もが、どうしようもなく深い深淵《しんえん》にすっぽりと嵌《はま》り込んでしまっているのかもしれない。

「越谷は外しましょう。ほかの誰かと替えて貰ったほうがいい」

戌亥が城取を見つめる。

「いや、越谷は優秀だ。このままでいく」

城取は、翌朝の八時二十分には長野県庁に着いていた。県庁舎の九階に県警察本部がある。九階でエレヴェーターを降りると、四月朔日が立っていた。

「何をしている？」

四月朔日は眉を八の字にして、愁《うれ》いを帯びた眼で見つめる。

「大北酒造の塔原さんが……」

言葉を濁《にご》したので、ハッとして訊き返した。

「死んだのか」

「え」

四月朔日は眉を跳ね上げた後、気色悪そうに口角を歪めた。

「いえ、不謹慎なこと言わないでください。頑張ってらっしゃいます。そうじゃなくて、塔原社長が捜査の責任者を連れて来いって言ってます。三井さんにも草間さんにも言ったんですけど、聞いて貰《もら》えなくて。城取さん、一緒に行って貰えますか」

「何のために？」

四月朔日は口を半開きにして、眼を瞠《みは》る。

「何でって、専務が自殺しようとしたのよ。お見舞いとか、謝罪とか、普通は行くでしょ」

「普通のことをしているわけではない。殺人犯を追っている」

「だからって、それではかの人たちが困ってもいいわけ？　捜査のためだったら、何でも許されるの？」

「違法なことはしていない」

「そうかしら。犯罪捜査規範には、差押えをするときには、必要以上に関係者に迷惑をかけることのないように特に注意しなければならないと規定されているのじゃなくって？」

「必要なことだった」

「嘘。大北酒造が困窮《こんきゅう》することは判っていた筈です。だったら、三井さんに逆らってでも、押収は止めるべきだったんじゃなくって？　こうなることは眼に見えていたでしょ」

「学者らしからぬことを言う。結果論を持ち出されても困る。予見可能性を問題にするなら、それはゼロだった」

四月朔日は唇を嚙んで俯いた。

「塔原さんは、酒を押収されたら会社は潰《つぶ》れるって言ってました。聞く耳を持たなかったのはどうして？　三井さんにそうしろと言われたから？」

「捜査に必要だから押収した。それだけのことだ」

「それだけのこと？　あなたは融資を潰したんですよ。大北酒造は、手形の決済資金と従業員の賞与資金を融資して貰える筈だったんです。ところが、警察が一本残らずお酒を持って行ったと聞いた銀行が、一方的に融資の中止を決めたんです。塔原さんはよっぽどショックを受けたんだと思います」

「問題に直面したときにどういう選択をするのか、それは当人の問題だ。それを責められても困る。それとも、あなたは生きることから逃げる人間なのかって訊いて回って、捜査方針を検討しなきゃならないのか」

四月朔日は、これ以上ないというくらいに眼を見開き、呆れ返ったように口を開けた。

「そんな言い方しなくたって。塔原さんだって、したくてしたことじゃないのよ。生きることから逃げたとか、そういうことじゃなくて、魔が差したのよ。発作的に農薬を飲んでしまっただけなの」

「魔が差した？　ならば、警察を非難するのは、尚更お門違いというものだ。一時的な感情に流されてしたことに、予見可能性はない」

城取は四月朔日から視線を切って、足を踏み出す。

「ちょっと、何処《どこ》行くのよ」

四月朔日が城取の腕に手を伸ばす。一瞬早く、その手を擦り抜けて、捜査一課に向かった。

「感傷に浸っていられる程、暇《ひま》じゃない。所用を済ませたら、直ぐに東京に戻らなければならない」

教授の金切り声が追いかけて来る。

「あなたのこと、買い被《かぶ》っていたわ。あなたの遣り方は見過ごせない。私も東京に行って、じっくり調査させて貰います」

「大学を放ったらかしにするのか」振り向かずに言った。

「大丈夫です。サバティカルを取りますから」

草間とふたりで刑事部長室に行き、応接セットのソファに並んだ。

三井は愛用の革張り椅子の背凭《せもた》れに身体を預け、幾分《いくぶん》顎を引き、射竦《いすく》めるような眼で城取を凝視した。

「捜査への批判をかわすのに、手っ取り早い方法がある。判るか」

「承知しているつもりです」

「言ってみろ」顎を振って促す。

「被疑者を確保することです」

三井は城取を睨みつけたまま、口元を緩める。

「判ってるなら、さっさと逮捕しろ」

応える代わりに唇を噛み締めた。

草間が慌てた様子で、口を挟《はさ》む。

「直ぐに逮捕します」

「いままで何してた？　どうしてまだ逮捕してないんだ」

草間に肘で突《つつ》かれた。傍受令状には触れるなということだと理解して、徐《おもむろ》に口を開く。

「二、三、気になる点がありましたので」

「そんなもの、逮捕してから潰していけばいいだろ」声に苛立ちが滲んでいる。

「はい」

三井は城取から視線を切って、立ち上がった。執務机を回って応接セットまで来ると、対面のソファにどかっと尻を落とした。

「酒から何か出たのか」射るような眼を草間に向ける。

「いえ、特には」草間が恐縮したように首を竦める。

「ひとつくらいあるだろ。指紋でも、髪の毛でも、何でもいい。あれだけの雪を掘り返して何もないってことはないだろ」

「はい」

草間がハンカチを取り出して、忙《せわ》しなく額《ひたい》に当てる。

「出たって言えばいい。詳しいことは捜査情報だから話せないってことにすれば、乗り切れるだろ」

「はい」

その後、三井の問い掛けに草間が答える形で、十分ほどの間にポジションペーパーがまとめられた。一志本部長の記者会見原稿とマスコミ向けリリース、想定問答集は、ポジションペーパーを叩き台にして、草間が作成することになった。

三井が左手を振って、スーツの袖口に腕時計を覗かせる。

「三時に会見をする。それまでに間に合わせろ」

「はい」

刑事部長室を退室すると、草間は大きく息を吸い込んだ。その面持ちは幾分、緊張しているように見えた。あるいは、課せられた使命に身震いしているのかもしれない。

「いいか、布山を逮捕しろ。これは命令だ」

草間が険しい顔を向ける。

もはや、城取が納得できるまで逮捕を先延ばしできる状況ではないということか。応えずにいると、草間が声を荒らげた。

「指紋が出てるのに何故、逮捕しない。ほかに被疑者がいるとでも思っているのか」

「いえ」

捜査線上に、ほかの被疑者は浮かんでいない。

「だったら、さっさと逮捕しろ」

取り調べで、灰色を黒色にしろと言うのか。それでは竹内事件の二の舞だ。

一課に戻ると、他班の刑事が自分の机から草間を振り向いた。

「大町の事件、被疑者を確保したようですよ」

「え」草間が驚いたように顎を突き出して立ち止まる。

城取も立ち止まって、その刑事を見つめる。

「聞いてるか」草間が城取を振り向く。

「いいえ」首を振る。

刑事は椅子の上で身体を捻って、下から仰ぎ見た。

「東京に行ってる者の中に、大町署の越谷っていますか」

刑事に頷く。

「彼が挙げたそうです」

逮捕状は城取が持っている。越谷に緊急執行されてしまったということか。

§ 4

越谷から「あずさ」に乗ったという連絡があり、捜査本部はその到着時間に合わせて松本駅にパトカーを待機させた。そのパトカーに乗せられて、布山が大町署に連行されて来たのは、午後二時過ぎだった。刑事訴訟法には、四十八時間以内に事件送致できないときは、直ちに被疑者を釈放しなければならないと定められている。状況証拠の指紋だけで送致するわけにはいかないから、是が非でも供述調書を取りたい。限られた時間で自供させなければならないから、連行に時間を消費してしまったことを惜しいと思った。

パトカーが到着したと聞いて、捜査員たちは講堂から飛び出した。城取も逮捕状を手に講堂を出て裏口に向かう。越谷が緊急執行してしまったから、速やかに逮捕状を布山に提示しなければならない。

裏口のガラス戸を押し遣って外に出ると、丁度、布山がパトカーから降ろされているところだった。布山の前に立って、その鼻先に逮捕状を広げる。

布山は眼を剝いて、土色の頰をピクッと震わせた。城取が逮捕状を翻して、罪名、被疑事実の要旨を告げると、枯尾花の頭をあらん限りに振って喚《わめ》き叫んだ。

「嘘だ。僕じゃない。これは国策捜査だ」

城取が逮捕状を胸に仕舞うと、越谷が布山の腕を取って歩くように促した。しかし、布山はその場に根を張るように踏ん張って、尚も頭を振り、大声で叫び続ける。別の捜査員がもう一方の布山の腕を摑み、越谷とふたりがかりで引っ張る。布山はふたりの力に抗《あらが》うことができず、意に反して歩かざるを得なくなった。

連行されて行く布山の背中を見つめながら、幾ばくかの危惧を抱いた。果たして自供させることができるか。

越谷が取り調べを希望したので任せることにして、城取は講堂に戻った。東京に残っている戌亥と連絡を取りながら、押収すべき物を指示した。その後、地検から電話があり、送致する証拠物について打ち合わせをした。

壁の時計を見ると三時を過ぎていた。本部長の記者会見は無事進行しているらしく、草間からは電話ひとつ架かってこなかった。布山を逮捕したことで、ポジションペーパーにも大幅な変更が加えられた筈だ。

取り調べが始まってから二時間が経過しても、越谷は戻って来なかった。少し気になって、様子を見に行くことにした。

二階のフロアに下りると、ドアに黒幕を張った取調室がひとつだけあった。黒幕に入って上半身を隠している者がいる。靴を見て、取調べ監督官に指名された竹原《たけはら》警務課長だと気付いた。黒幕を被る姿は、さながら記念写真を撮るカメラマンだ。

「どうですか」

小声で訊きながら、竹原の背中を軽く叩く。

竹原はビクッとしたように身体を硬直させ、慌てて幕から顔を出した。城取の顔を見ると、安堵したように目尻を下げた。

「驚かすなよ。巡察かと思ったぞ」

「すいません。ちょっと、いいですか」

竹原を押し退けるようにして、黒幕に頭を入れる。

透視鏡越しに布山が見えた。机に肘を突いて、両手で顔を覆《おお》っている。その手前に越谷の後頭部が見える。腕を組んで微動だにしない。どちらも無言で、我慢比べをしているかのよう。

黒幕から出て、竹原を振り向く。

「布山は何か歌いましたか」

竹原は難しい顔で首を振った。

「知らぬ存ぜぬの一点張りだ。澤柳なんて知らないし、指紋のことも心当たりが全くないと言ってる。警察が証拠を偽造してるんだろうって言い出す始末さ。国策捜査なんだとさ」

城取はドアに向き直って、ノブを摑んだ。ノブを回すとラッチボルトが外れる音がした。ドアを引くと、中のふたりがほとんど同時に見上げた。布山は直ぐに俯いて額と頰を指先で支えた。越谷は露骨《ろこつ》に不愉快そうな顔をする。

「何か用ですか」

「心臓移植の件だ」

布山がハッとしたように顔を上げ、両手を机に置いた。

布山の気配を察して、越谷が捻った身体を元に戻す。

「代わってくれ」

越谷はもう一度身体を捻って不貞腐《ふてくさ》れたような顔を向けた。城取が椅子の背凭れに手を掛けると、不承不承といった様子で立ち上がり、椅子を空けた。

その椅子に座って、布山の顔にまじまじと見入った。疲労が溜まっているのか、眼元が窪み、顔には脂汗が浮いている。しかし物怖じすることなく、城取の眼を真っ直ぐに見つめ返してきた。

「国策捜査とはどういうことだ」

布山は口の端を捻って苦笑する。

「最近、監視されているようだと思ってはいたんだ。まさか、人殺しにされるなんて思いもしなかった。僕の記事がよっぽど目障《めざわ》りってことだろ」

「何だと？　何を言ってる？」

「イスタンブール宣言だよ」

「臓器売買、移植ツーリズムの禁止か」

布山は憫笑する。

「二〇〇八年、イスタンブールで開催された国際移植学会で、移植目的の海外渡航が非難され、国内で移植臓器を賄《まかな》うべきだとされた。それで、子どもの臓器移植が国内でできるように法改正をしたっていうのに、あんな記事が世に出たら、法改正したのが間違いだったのか、いや、そもそも臓器移植は人道的に許される行為なのかって議論になる。そんなことになったら、困るんだろ」

「親族優先移植を目的に、偽装結婚した者がいる？　莫迦《ばか》げている」

布山は口元を緩める。

「とびきりの特ダネでね」

「臓器移植に関することは個人のプライバシーに関わるから、その情報は第三者が知り得る筈もない。あの記事は本当のことだとは思えない」

布山の癇《かん》に障《さわ》ったようだった。口を結んで、眼を剝く。

「だったら、人を殺したなんて荒唐無稽《こうとうむけい》な容疑で逮捕したりしないだろ。真実が書かれていることは、誰よりもあんたらが承知している筈だ」

「仮に事実だとしたら、ドナーもレシピエントも浅はかだとしか言いようがない」

布山の眼が据わった。

「浅はか？」

「都合良く脳死になる可能性なんて極めて低い。一か八かの賭けで偽装結婚する莫迦はいない」

「一か八かじゃない。現に心臓は移植された。脳死する蓋然《がいぜん》性があったってことだ」

城取は頭を斜めにし、眼を細めて布山の顔に見入る。

「脳死の蓋然性？　莫迦な」

布山は不敵な笑みを浮かべる。

「頭に疾患があれば脳死する可能性大だろ。例えば、脳血管造影検査で大きな脳動脈瘤があることが判っている者、蜘蛛膜下出血の既往歴がある者、脳梗塞の前兆がある者。そんな連中はいくらでもいる。そういう者を探し出して、婚姻届に署名させればいいだけのことだ」

「レシピエントは、そういう人を探し出したと言うのか」

「レシピエントじゃない。レシピエントの親が、だ。レシピエント本人が知らないところで、親が仕組んだ。レシピエントの友人、近隣、親戚、何人もの人に話を訊いた。レシピエントは移植を諦めている様子だったらしい」

「レシピエントの住所、氏名は？」

布山は口元に虚無的な笑みを浮かべた。

「教えられないね。僕は別にレシピエントやその家族を糾弾《きゅうだん》したいわけじゃないんだ。脳死移植のシステムを問題にしたいだけだから。レシピエントのプライバシーは徹底的に守るよ」

「レシピエントに会ったのか」

布山は、左右に首を振る。

「一度、会いに行って断られた。その後は、親子ともども行方をくらました」

「福田和美に金を渡してるな？」

看護師の名前をぶつけた。

「謝礼だ」

「金で和美をたぶらかしたということか」

「冗談じゃない。僕たちは問題提起したいだけだ。その点で意見が一致した。脳死なんて概念を持ち出さなきゃならないのは、臓器移植をしたいからだろ。その臓器移植に問題があるのに、脳死について議論を深めなくてもいいのかって話さ。僕たちは脳死を人の死とすることに反対している」

「元々面識があったのか」

「彼女は看護師の立場で、臓器移植にジレンマを感じている。ドナーカードを持った者が救急搬送されて来たら、救命治療じゃなく、ドナー管理をさせられる。移植実績を上げたいだけの医師には不信感を抱いてるのさ。彼女とは、『脳死と臓器移植に反対する市民集会』で知り合った」

「ネタを求めてその集会に行ったわけか」

「僕は妻を殺されたんだ」

城取は自分のことを言われたのかと思って、一瞬、狼狽《ろうばい》した。しかし布山には、城取の内心に思いを巡らせる素振りは微塵《みじん》もない。布山は記憶を呼び覚まそうとしているのか、机の一点を見つめて、眉を寄せた。

「僕の妻は、歩道橋のステップを踏み外して転倒し、頭を強打した。連絡を受けて病院に駆けつけると、既に救命治療は行われておらず、人工呼吸器が取り付けられているだけだった。

無呼吸でジャパン・コーマ・スケール三〇〇。医者は、脳死とされ得る状態だと言った。そうして、心ある者ならそうするのが当然だというような調子で、妻の臓器を提供してくれないかと言ってきた。僕は妻が生死の境にあるということを容易には理解できず、この医者はどうしてこんなことを言うのだろうと思った。僕は妻が死ぬという現実に向き合う準備もできていなくて、臓器移植の話なんかされたって、何をどうして良いのか判らず戸惑うことしかできなかったんだ。それなのに、医者の奴、まるで僕が気が動転している隙《すき》につけ入るかのように、移植コーディネーターを呼びましょうか、ときたもんさ。僕はそのときだって、どうして良いのか判らず、返事なんかしなかったと思うんだが、医者は、僕がコーディネーターの説明を求めているという方向に話を進めてしまった。

その後は、とてもめまぐるしい感じだった。病院の会議室に呼ばれると、医者と看護師がいて、コーディネーターを名乗る者が三人いて、僕はそんな話はちっとも聞きたくなんかなかったのに、脳死判定、臓器提供の手続きについて説明してくるのさ。連中は妻を脳死にしたくって仕方なかったんだろう。密室で五人で僕を取り囲んで、妻の臓器を寄越せって迫ってくるんだ。

僕が知りたいのは、どうすれば妻が助かるのか、助かった後、後遺症が残ることはあるのか、あったとしたら、日常生活にどの程度差し障りがあるかってことなのに、妻を助けるなんて話は全く出なかった。妻は助かるんでしょって訊くと、行い得る全ての適切な治療をもってしても回復の見込みはない、それが脳死なんだって、面倒臭い奴だなどでも言いたげに口を捩るのさ。

けれども、僕には病院が手を尽くすことを放棄して、妻の臓器を摘出することしか考えていないようにしか思えなかった。だから脳死判定と臓器摘出の承諾書を出されても、そんなものに誰が署名なんかしてやるもんかって思ったんだ。

そうしたら、医者の奴、何て言ったと思う？　果たしてそれが奥さんの意思でしょうかって言うんだ。僕は妻が臓器を提供したいなんて言ってるのを聞いたことがない。かと言って、勿論、臓器を提供したくないと言っているのだって聞いたことがない。実際のところ、妻は臓器を提供する立場になるなんて思いもしなかったんだと思う。

法律が改正される前なら、こういう場合に臓器摘出はできなかった。しかし法改正で、本人の意思が不明の場合は家族の承諾で臓器摘出ができることになってしまったから、医者は僕に承諾を迫っていたんだ。僕に向かって、妻は他人のためになることを望む人ではなかったのか、なんて言いやがった。そんな言われ方をされたら、臓器の提供を断ったら卑怯者みたいじゃないか。結局、僕は承諾書にサインしてしまったんだ。

直ぐにレシピエント候補者の選定が始められたらしい。それでも僕は迷っていた。というより後悔していたんだ。僕が承諾書にサインしてしまったせいで、救命治療を放棄する免罪符を病院に与えてしまったんじゃないかってね。けれども、僕の気持ちとは無関係に、病院は脳死判定の準備を粛々と進めていった。まずは一回目の判定だ。綿棒で眼を突いたり、安全ピンを顔に刺したり、頭を持って首を捻ったり、耳にも氷水を注入したり。あれは患者に、いや、人にすることじゃない。妻はモノとして扱われていた。それから二回目の判定。医者は法的脳死を宣言して、人工呼吸器を外した」

布山は土色の顔を上げると、窪んだ眼窩《がんか》の奥に収まる瞳をカッと見開いた。しかし、その焦点は何処に合っているのか判らなかった。瞬きひとつせず、物の怪《もののけ》にでも取り憑かれたかというような顔つきで、机に肘を突き、両手を組み合わせた。眼を閉じて、組み合わせた両手に額が当たるまで頭を傾けた。クリスチャンの祈りのポーズのようだ。十字架に向かって頭を垂《た》れているかのよう。布山は、いままでとは違う落ち着いた口吻になって、話を続ける。

「医師は法的脳死を宣言すると、人工呼吸器を外しちまったんだ。僕はそのとき見たんだ。妻は両腕を上げ、胸の上に両手を組み合わせた」

「え。脳死判定の後で動いた？」越谷が訝って呟く。

脳死の人が動作をする。多くは祈るように手を合わせるという。この衝撃的な事実は、一般に公開されて来なかった。専門家たちは、イエスに呼びかけられて生き返ったユダヤ人の名に因《ちな》んで、これをラザロ徴候《ちょうこう》と呼ぶ。脊髄反射と理解されているものの、脳幹の一部が生きているのではないかと疑う医師も少なくない。もう呼吸ができない筈なのに妻は祈りを捧《ささ》げたんだ。それを見て、僕は雷に打たれたような気がした。言い知れぬ神々しさに畏《おそ》れ慄《おのの》いた。体温が一気に十度も下がったんじゃないかってくらい、激しい寒気を感じて震えていた。

医者が慎重に脳死判定するのを、僕はこの眼で確かに見ていた。何をされても全く反応しなかった妻が、死亡宣告され、人工呼吸器を外された直後に祈りを捧げたんだ。そのとき僕は、妻がまだ生きてるんじゃないかとは微塵も思わなかった。そのとき僕が思ったのはむしろ逆のことさ。妻が祈るのを見て、ああ、妻が死んだのは本当のことなんだと思った。神の御前に行ったと思ったんだ。

妻が神の話をするのを聞いたことがない。僕だって、信ずる信じないの以前に、神を話題にすることすら思い付かないような人間だった。しかし僕はそのとき確かに、言い知れぬ力を感じて、それを畏怖《いふ》した。

僕はその大いなるものに向かって問わずにいられなかった。僕は間違ったのか。妻の臓器の摘出を許していいのかって。あなたに与えられた姿のまま、あなたの御前に送り届けなければならなかったんじゃないかってね。そうだとも、僕はそうすべきだったんだ。しかし手遅れだった。

僕は、臓器移植は取り止めだって喚《わめ》き叫んだんだ。それなのに誰も聞く耳を持たなかった。医者は看護師に向かって、ラザロ徴候を見て動揺してるんだろう。直ぐに連れ出せって命じただけだった。僕は必死で臓器摘出を中止するように懇願《こんがん》してるってのに、看護師は子どもでもあやすような顔をしながら、ロビーで少し休みましょうなんて言うんだ。それでも僕が泣き叫んでいると、男の看護師も交ざって、何人もの看護師で無理矢理僕を病室の外に追い出す始末さ」

布山は顔を上げ、組んだ手を解いて机の上に静かに置いた。城取を真っ直ぐに見つめる。

「だから僕は結局、何もできなかった。妻の臓器が持って行かれるってのに、会議室に閉じ込められて、地団駄《じだんだ》踏んで口惜しがっているしかなかったんだ。

そもそも連中は、臓器が欲しいだけだったんだろう。妻の生命を救うことなんて、端《はな》から頭になかったのさ。適切な治療を受けていれば、妻は助かったのかもしれないっていうのにね。それならば、僕が臓器の摘出を拒《こば》んだって、そりゃ無理ってものさ。

これは著《いちじる》しい人権侵害だからね。僕は病院相手に訴訟《そしょう》を起こす気でいたんだ。けれども味方になってくれる弁護士はひとりもいなかった。承諾書に署名している以上、勝ち目はないからって尻込みするのさ。妻は脳死なんだ、脳死なんだって言われて動揺していたんだ。まともな判断能力を欠いているときに署名させられたんだって言ったら、いまになってそんなことを言っても、賠償《ばいしょう》目的の言い掛かりだと見られるのが落ちだって言われた。だから訴訟は諦めた。しかし僕にはペンがある。とは言え、それまではゴシップ記事を書いてただけだったんだけどね。けれども、これは僕の使命だと思った。救命より移植の実績を上げたい移植医を糾弾してやるって誓ったんだ。それで『脳死と臓器移植に反対する市民集会』にも参加した」

布山の話では、その集会でたまたま例の看護師と知り合い、親族優先移植を実施するために偽装結婚したとしか思えない移植例があることを知ったのだという。

「脳死下の移植だって許せないってのに、優先移植を受けたくって偽装結婚した奴がいるなんて話を聞いたら、もう、どうしても許せなくってね。記事にしたいから詳《くわ》しい話を聞かせてくれって言ったんだ。しかし最初、彼女は乗り気じゃなかった。ま、看護師には守秘義務があるからね。立場上、言えないこともあるんだろう。しかし、小事に拘《こだわ》りて大事を忘るな、だよ。僕は丁寧に説いて聞かせてやったんだ。漸《ようや》く彼女は何が大切なのか気付いてくれた」

金で釣っただけであろう。そう思ったが、それを口にしなかった。恐らく布山は、話を裏付ける資料の提供を、看護師に求めたのだろう。金と引き換えに、それに見合うだけの情報を得ているに違いない。移植医が書いた記録簿のコピーくらいは手に入れているだろうか。あれば、戌亥たちがきっと家宅捜索で見つけてくれる。

「いや、彼女は臓器摘出の場にはいなかった。しかし、臓器移植には関わっていたんだ。

だって気管チューブに吸引カテーテルを挿入して、ドナー候補者の痰《たん》を吸い取ったんだからね。これはドナー管理の一環さ。本来は脳死判定が終わって初めてドナーとして扱われるべきなんだけど、実際には脳死判定のずっと前から、臓器の鮮度が落ちないように、血圧や輸液の管理が行われ、必要があればホルモンの投与だってしている。移植医たちにしてみれば、脳死に持って行けそうな患者がいたら、それはもう患者じゃないのさ。器、器だよ。患者の身体は、臓器を新鮮に保つための器でしかないってことさ。病理標本を漬けておくホルマリン液の濃度を保つみたいに、ドナー候補者の呼吸や輸液を管理している。彼女はそれを目の当たりにして、疑問を持つようになったんだ。自分がしていることは医療行為じゃない。そういうジレンマを抱えて吸痰をしていたのさ」

布山は無精《ぶしょう》髭《ひげ》に覆われた顎を上げて、ニヒルな笑みを浮かべた。何か意味ありげに問い掛けているかのようだったが、それを無視して訊ねる。

「心臓に拘りがあるのか」

布山は眉を顰めた。

「特定の臓器に拘ってるわけじゃない。脳死下で移植される臓器は、それが心臓だろうが肝臓だろうが、何だって駄目だって言ってるんだ」

「神の存在を信じているのか」

布山は下から舐《な》めるように、三白眼を城取に向ける。

「死んだ人間が祈るのを見たら、信じようって気になるでしょ」

「クリスチャンだという理解でいいのか」

「いや、聖書を読むわけでもないし、教会に顔を出すわけでもない。クリスチャンを名乗るなんておこがましい。僕はただ、人知を超えたものが存在するのだと感じただけさ」

城取は布山の顔にまじまじと見入った。

犯人は、敢えて被害者の心臓を刺し貫き、その亡骸《なきがら》をキリスト教の柩に入れた。どうしてそんなことをしたのか、必ず得心できる理由がある。心臓移植が不正に行われたことに憤慨《ふんがい》し、神の存在を信じている布山なら、得心のいく理由を持っていそう。人は自己のアイデンティティーを確立するためなら殺人ですら犯してしまう。県議を射殺し、美ケ原高原で爆破事件を起こした犯人がそうだったように。

城取は椅子から立ち上がると、傍らに突っ立ったままの越谷を振り向いた。

「後は頼む。指紋で徹底的に押すしかないが」

越谷は不貞腐れたような顔で会釈《えしゃく》を返した。

アポクリファの章Ⅱ　骨髄バンクに託す冀望《きぼう》

§1

五月の連休が明ける頃には、神田《かんだ》川沿いの桜は装《よそお》いを変え、きらきらと眩《まぶ》しいほどの翠色《すいしょく》が薫風《くんぷう》に揺らぐようになっていた。

連休は、学徒援護会で見つけた中華料理店のアルバイトで潰《つぶ》れた。菊原に話を聞いた直後、日赤に行ってＨＬＡの検査をして貰《もら》ったので、生活費はほとんど底をついていた。しかし高い検査費用は、遥子のためになることはなかった。検査したことを菊原に伝え、遥子の主治医に照会して貰った。適合しなかった。

仁科は、ボランティアサークルで骨髄バンク運動を始めることにした。大学のサークル勧誘がどれほど熱を帯びているのか。入学式の日にそれを知ることになった。

入学式は文学部キャンパスにある記念会堂で行われ、その後、学部オリエンテーションが行われる大隈講堂に移動した。その道すがら、沿道に居並ぶ学生たちに次から次へとビラを手渡された。オリエンテーションの後、構内を見学がてら散策するつもりで正門の内に足を踏み入れると、そこにはサークルの新勧ブースが連なっていた。本部キャンパスは新入生を待ち構える学生たちに埋め尽くされていて、歩くことすらままならない有様だった。彼らは数撃てば当たるとでも思っているのか、仁科の迷惑顔に気付く様子がなく、一方的にビラを押し付けてきた。

下宿に戻ると、新聞の拡張員が置いて行ったゴミ袋を早速引っ張り出して、勧誘ビラをまとめて押し込んだ。そのとき一枚のビラに「献血」とあるのが眼の端に入り、ハッとした。ゴミ袋を引っ繰り返し、詰め込んだばかりのビラを全部部屋にぶちまけ、一枚ずつ皺《しわ》を伸ばして広げ、「献血」の文字を探した。

それはボランティアサークルの勧誘ビラだった。「献血」の文字は活動内容の欄に書かれていた。学生赤十字奉仕団として献血の推進活動をしているとあった。

翌日、第二学生会館に行き、そのサークルが活動拠点にしている部室のドアを叩《たた》いた。

「新入生ですか。どうぞ」

痩《や》せぎすでセルフレームの眼鏡を掛けた男に招《しょう》じ入れられた。部屋の中央に長机を四つ寄せ合わせてあった。スナック菓子の袋や炭酸飲料の缶が散乱していて、ほんの少し前まで、何人もの人がその場にいたのではないかと察せられた。しかしいまは、仁科を招じ入れた男のほかは、テーブルの右手前と左奥の対角線に分かれて、ふたりの女が座るだけ。

手前は髪の長い丸顔の女性。白いブラウスの上に檸檬《れもん》色のカーディガンを羽織《はお》っている。仁科を見上げて、花が開いたかのような満面の笑みで微笑む。

奥の窓際に座る女性は、椅子の上で胡坐《あぐら》を組み、膝《ひざ》の上に本を開いている。眼鏡フレームがショートボブの髪に隠れている。仁科には全く関心がないといった様子で、本に落とした眼を上げることすらしない。

「幹事の人たちは、新勧ブースに行ってしまっていて」男が弁解するように言った。「さあ、どうぞ」掌《てのひら》を返して、丸顔の女性の向かいを差し示す。

椅子を引いて座った。

「入会希望ですか?」丸顔の女性が訊く。

「まあ」愛想笑いしながら返す。

「文学部二年の石田《いしだ》です。彼は商学部の二年、滝沢《たきざわ》君」

言いながら首を回して、男をちらっと振り向く。男は彼女の右隣に座ろうとしていた。

「仁科です。政経一年です」

「ボランティアの経験はありますか」

「いいえ」

「大丈夫。大学に入って始める人も多いですから」

石田は滝沢を振り向く。

「滝沢君、それ取って」

滝沢はテーブルに積まれる冊子に手を伸ばし、一部取り上げて石田に手渡す。

「どうぞ」

石田はそれを持ち替え、仁科に差し出す。手書きの文書をコピーしてホチキスで綴《と》じただけの簡単なものだ。開いてみると、ビラよりも詳細に活動実績を記してある。

具体的にどんなボランティア活動をしているのか、サークルの雰囲気はどうなのか、石田はいろいろ説明してくれた。それらのどれも、仁科が訊きたいことではなかった。冊子の中に知りたいことがあるのではないかと思い、石田の説明を聞きながら、ページを繰《く》って眼を走らせる。仁科が知りたいことはどこにも載《の》っていない。

きっと仁科は我知らず不満げな顔をしていたのだろう。石田は怪訝《けげん》そうに声を潜《ひそ》めた。

「馴染《なじ》めない感じですかね」

仁科は冊子から顔を上げた。

「こちらでは、骨髄バンクの実現を目指したりとか、してないんですか」

石田だけでなく、滝沢も、鳩《はと》が豆鉄砲《まめでっぽう》を食らったような顔をした。

「何かを目指すとかは……。ボランティアをするサークルですから。そういうのをしたいのなら、ほかに行ったほうが良いと思いますけど……」

「そうですか」

仁科は一気に消沈した。献血の推進運動をしているのならば、骨髄バンクの設立運動とも無縁ではないのかもしれないと思い込んだ。当てが外れた。腰を浮かし、席を立つ。

「待て」

窓際から呼び掛けられた。いままで関心なさそうにしていた女が本から顔を上げている。

「骨髄バンクの設立運動をしたいのか」

女は眼鏡の奥から険《けわ》しい眼を向けている。

「はい。僕にできることがあれば」

女はひとつ頷《うなず》いて、本を閉じて立ち上がる。スリムのジーンズに白いブラウス。飾り気のない身なり。それが良く似合っていて、粋《いき》に見えた。

「骨髄バンクの設立運動なんて、始まったばかりだ。何処《どこ》の大学に行ったって、それをやってるサークルなんて、きっとひとつもない」

「そうなんですか」仁科は唇を嚙《か》む。

「そうだ。だから誰かが始めなければならない。お前が、ここで始めたらどうだ」

体内の血が一気に全身を駆け巡ったような気がした。俄《にわ》かに心臓が早鐘《はやがね》を打ち、身体が熱くなる。

「僕に任せて貰《もら》えるんですか」

女は仁科を見つめて頷く。

「明日、一時にもう一度ここに来れるか。幹事たちには私が説明してやる。明日改めて幹事と話せ」

「はい」

翌日、指定された時間にもう一度部室を訪ねた。格子柄のカッターシャツを着た男が出迎えてくれた。

「幹事長の高城《たかしろ》です」

名乗りながら手を差し出す。その手を握り返すと、高城は鹿爪《しかつめ》らしい顔になった。

「昨日は、幹事学年で新勧説明会の打ち合わせをしていたものだから。留守にしていて申し訳ない」

「いえ」

「橘《たちばな》さんから話は聞いてる。僕もまだ不勉強で、どんな風に活動すれば良いのか判らないけれども、一緒に頑張っていこう」

そういう遣《や》り取りがあって、仁科はボランティアサークルに入会することになった。

一限のドイツ語を終えて六号館を出ると、銀杏《いちょう》並木の葉が昼前の柔らかな日差しを受け、鮮烈な濃緑色に輝いていた。この時間はまだ、キャンパスを往来する学生の数が少なく、葉の擦《す》れ合う音が耳に届くのを遮る喧騒《けんそう》もない。ベンチに腰掛け、初夏の陽気に包まれながら時間を潰すのも悪くはないと思った。だが、三限の英書研究まで空く時間は、ひとりベンチで遣り過ごせるほど短くはない。

中華料理店のアルバイトは連休中だけの短期だったから、新たなアルバイト先を探さなければならないが、いまから下落合《しもおちあい》の学徒援護会まで行っても徒労に終わるだけだろう。仁科が到着する頃には、目ぼしい求人票は応募者が決まって剝《は》がされていて、壁は閑散としているに違いない。日を改め、もっと早い時間に行き、求人票がぎっしりと壁を埋め尽くしている中から条件の良いものを選びたい。しばらく思案して、部室に行ってみようと思い立ち、第二学館に足を向けた。

正門を抜けて道路に出る。閑散としていて車の往来もない道路を斜めに横切った。柱《ちゅう》梁《りょう》で囲われた建物に入って、階段を上る。

部室のドアを開けると橘弥生《やよい》がいた。タイトスカートだというのに、見栄えを気にする様子がない。いつものように窓際の席で胡坐を組み、本を読んでいる。白い太腿《ふともも》が覗《のぞ》いていて、思わず視線を逸《そ》らす。

「就職活動ですか」

椅子の背凭《せもた》れに紺色の上着が掛かっていたので、会話の端緒にするつもりで訊いた。

「高校の校長に挨拶してきた。来月から教育実習だ」

「行くんじゃなくて、行って来たんですか」

「ああ。will go じゃなく、have come だ」

「こんな朝早くから」

「早くなんかない」

仁科はまだ入学して間もないので、世間一般に通用する時計を持っているが、たいていの学生はいつしか、学生にしか通用しない時計を持つことになる。挨拶に行った先から十時には帰って来たと聞いたら、ほかの学生たちはどんな顔をするだろうか。

「そんなことより」弥生が本から顔を上げ、仁科を振り向く。「骨髄バンクのほうはどうだ。何をするのか決めたのか」

「石田さんと滝沢さんに、手を貸して戴《いただ》けることになりました」

弥生は鼻に皺を寄せて眼鏡フレームをずらし、いたずらっぽい笑みを浮かべる。

「あのふたりじゃ、心配だな。大体、骨髄バンクのことを判ってるのか」

「僕が知っていることは話しました。興味を抱いて戴けたと思います」

「そうか。まずは共通の認識を持たないとな。そうじゃないと、方針も立てられない」

「はい」

弥生はフレームのテンプルを摑《つか》んで、眼鏡の位置を直すと、真顔に戻った。その瞳は深い愁《うれ》いを湛《たた》えていて、ハッとさせられた。

「家族に白血病の人がいるのか」

「いえ」

弥生が凝《じ》っと見入る。

「なら、どうして骨髄バンクなんだ」

「それは……」

遥子のことを何と言って説明すれば良いのか咄嗟《とっさ》に思いつかなかった。言い淀《よど》んで口籠《くちごも》ると、弥生は顔を背《そむ》けた。

「まあいい。プライベートに踏み込むつもりはない」

夏の日の横断歩道と、イブのファミレス、クリスマスのタクシー。遥子との接点はそれだけで、友人というのさえ憚《はばか》られる。「家族に」と訊われ、遥子のことを口にすることが躊躇《ためら》われた。病気の苦痛を分かち合いながら共に暮らしているわけではない。骨髄バンクを望むのはおこがましいことだと思わずにいられなかった。淡い恋心を抱いている人の力になりたいのだと言ったら、現実を知らずに英雄気取りの感傷に浸《ひた》りたいのかと詰《なじ》られそうな気がして、つい、弥生の厳しい眼ざしから逃げてしまった。

弥生はテーブルから紙コップを取り上げ、中の液体を含んだ。コップをテーブルに戻すと、本に視線を落とした。

「身近に罹患《りかん》している人がいないのなら、白血病について詳しく知らないんじゃないか」

「きっと、知らないと思います」

「一度、石田たちを誘って、何処かの血液内科にでも話を聞きに行ったらどうだ」

「何処かの……」

「ボランティアの活動を通じて、医学部のある大学とも交流があるから、彼らを頼ってみたらどうだ。伝手《つて》は石田が何とかしてくれるだろう」

「はい」

壁際の棚からサークル連絡帳を取り出す。手近の椅子を引いてそこに腰掛ける。連絡帳を開いて、新しい書き込みにざっと眼を通して、ペンを取る。

5／11
石田さん
滝沢さん
弥生さんに助言を戴きました。

白血病について理解を深めるために、血液内科のドクターに話を伺いたいと思います。医学部のある大学に通っている人から、どなたか紹介して戴けないでしょうか。コンタクトが取れ、了解が得られたら、勉強に行きましょう。興味のある方は是非、ご一緒に。

ペンを置いて、弥生をちらっと見る。仁科への関心は既に失せたといった様子で本に没《ぼっ》頭《とう》している。探るような思いで、その顔を見つめる。メタルフレームのレンズの裏で、睫《まつ》毛《げ》が切れ長の眼を覆って、瞳を隠している。

弥生の家族に白血病を発症している人がいるのかもしれない。そんな考えが脳裡《のうり》を過《よぎ》った。そうだとしたら、仁科が初めてここを訪ねた日に、骨髄バンクという耳慣れない言葉に即座に反応したことも頷ける。

弥生は一心に本に神経を集中させている。それ以上話し掛けられることを厭《いと》うような雰囲気を纏《まと》っている。先ほど瞳に見えた愁いが、見間違いでないことを確信したくって、彼女の顔に見入る。しかし彼女の白い頬は窓から差し込む陽を受け、従容としている。そこに何かを見出そうとするのは難しい。

仕方なく、訊きたいことを胸に押し込む。バッグから、文庫本を取り出す。

――弥生は何を読んでいるのだろう。

気になって、彼女の手元を盗み見る。アルファベットの羅列《られつ》が眼に入り、それがペーパーバックだということは判ったが、書名までは判らない。

外が騒がしくなった。ドアが開いて、先輩のサークル員が数人で連れ立って入って来た。二限が終わったのだ。すぐに別の先輩も現れた。限りある椅子は直ぐに埋まり、立ち見客が溢《あふ》れる劇場のようになった。仁科は文庫本をそそくさとセカンドバッグに入れ、席を空けるつもりで立ち上がった。窓際の席を見ると、いつの間にか弥生の姿はなく、別の先輩が腰掛けている。

「飯、行くか」

振り向くと、高城だった。高城はほかのサークル員たちにも声を掛けていて、五人で部室を出た。廊下を進んで階段を降りて行くと、ガラス戸の内から見える歩道は、仁科が来たときとは打って変わって、無尽蔵《むじんぞう》に往来する学生たちで賑《にぎ》わっていた。ガラス戸を抜け、仁科たちも彼らに加わって足早に歩道を進む。

「血液内科に行くのか」

二年の先輩が並び掛ける。

「はい。一緒に行きませんか」隣に顔を向ける。

相手は眉を寄せて小首を傾《かし》げている。

「白血病って、昔、山口百恵《やまぐちももえ》がやってたな」

「『赤い疑惑』だ」

三年の先輩が、後ろから口を挟んだ。

「あれって、どうなるんでしたっけ」

二年の先輩が振り返る。

「身体中の血液を入れ替えて、助かったんだよ」

「血液を入れ替えた？　そんなこと、できるんだろうか」

首を傾げて、仁科の顔を覗き込む。

「さあ」

単に不勉強なだけかもしれないが、仁科はそういう治療法があるということすら、耳にしたことがない。

「骨髄移植もしたぞ」

前を行く高城が振り向いて会話に加わった。

「そうだったか」

後ろに三年の先輩の不審げな声。

「ああ。それで助かったんだけど、脳腫瘍《のうしゆよう》になったんだ」

「え。白血病って脳腫瘍になるんですか」

二年の先輩が声を高くして高城を見つめる。

高城は前に向き直って首を傾げる。

「やっぱ、あれだな。俺たち、白血病のこと、良く知らないな。専門医の話を聞くってのは、良い考えだな」

「弥生さんはどうなんでしょう」

弥生は、きっと詳しいに違いないと思った。

「どうって？」高城が振り向く。

「弥生さんて、白血病に詳しくないですか」

高城は、仁科の言うことに合点したという顔になって、頷きながら顔を戻した。

「あの人は何でも詳しいから」もう一度振り向く。「それはそうと、野球のチケット頼むぞ」

「早慶戦《そうけい》ですね」

「ああ。学部事務所で売り出すからな。ひとり二枚まで買えるけど、先着順だから。競争率が高くって、毎年、サークルの人数分を揃えるのは大変なんだ。うちは土曜日の初戦に行くけど、日曜日のチケットでも良いから、買えたら買ってくれ。日曜日に行くサークルに交渉して交換して貰うから」

大隈《おおくま》講堂を背にして大隈通りに向かった。どの店の前にも学生たちが群れていて、入れる所はあるんだろうかと心配になる。待ち時間が長くなったら、三限に遅刻してしまう。

高城が蕎麦《そば》屋の前に立ち、暖簾《のれん》を撥《は》ね退け、中を覗いた。満足げに頷いて振り向く。どうやら、英書研究に間に合いそうだ。

§2

日本移植学会、日本血清学会らが厚生大臣に宛《あ》てて骨髄バンク設立の要望書を提出したのは、四月のことだ。それを新聞の記事で知って、仁科は積極的に啓発をしたいという専門医がいるのではないかと楽観していた。

石田に声を掛けられた他大学の学生たちは、骨髄バンク設立を目指す新しいトレンドが高まりつつあることに強い関心を示し、敏感に反応してくれた。毎週土曜日に持ち回りで会合を開き、そこで具体的な活動方針を話し合うことになった。

しかし彼らと交流を重ねている内に、そもそも骨髄とは何であるのか、それを移植するとはどうすることなのか、理解していない者があまりにも多いことに気付いた。

遥子の病気を知った後で俄《にわ》かに仕入れた知識を、交流会の席上で披露《ひろう》することになった。

「骨髄というのは、骨の中の軟らかな組織です。胸骨や肋骨《ろっこつ》、脊椎《せきつい》、骨盤などの体幹骨の骨髄には、白血球や赤血球の基になる細胞があるんです。これは造血幹細胞と言うんですが、骨髄移植というのは、この造血幹細胞を含んだ骨髄液を患者の静脈に注射することです」

「骨髄移植って、健常者の骨を切り取って患者の骨に埋め込むイメージだった」

「全然違います。骨髄液を点滴で注入するんです」

「それで治るのか」

「はい。移植する前に、抗がん剤や放射線で患者の造血組織を完全に破壊してしまうんです。そこに新しい造血幹細胞が入るんで、いままでとは違う別の血が造られるようになります。つまり白血病細胞のない血液ができるんです」

「血液型が合わないとそれができないってこと?」

「赤血球の血液型の一致は骨髄移植の要件ではありません。だから、O型の人にB型の骨髄を移植するということが普通に行われています。移植の後、B型の血液が造られるようになりますから、その人の血液がB型に変わるだけです」

「へえ」

「しかし白血球の型は合わせる必要があります。そうでないと、拒絶反応が起きますから、骨髄移植はできません。白血球の血液型というのは、何万通りもあるそうです。だから、いざ骨髄移植をしようと思っても、型の合う人を簡単に探し出すことはできません。なので、事前に白血球の型を広く一般の人に登録しておいて貰って、患者と合う人を容易に探し出せるようにしよう、というのが骨髄バンクです。一部の病院は、自前でバンクを持っていますが、絶対数が少ないですから適合する人がなかなか見つかりません。それでいま、全国を網羅《もうら》する公的なバンクの設立が叫ばれているわけです」

「型を登録するだけなの？　骨髄を採取して保管しておくんじゃないの」

「骨髄の保管はしません。移植の直前に、型が一致した人を病院に呼んで、採取するんです」

「なるほどね。献血とはちょっと仕組みが違うんだな」

その内、骨髄バンクの必要性を学生に認知して貰うことが先決だという話が出て、医師を呼んで講演して貰ったらどうかということになった。学内が早慶戦の話題で沸いている間も、それに関係のない他の大学では粛々《しゆくしゆく》と話が進んでいき、医科大学の学生が血液内科の医局に掛け合って、研修医を講師として招くことを決めた。新米の医師ではなく、教授や助教授の地位にある医師を呼ぶべきではないかという意見も出たが、学生を集めるには、年代が近く親しみやすい医師のほうが良いだろうということになった。

当初、石田と滝沢の三人で大学病院に行って、話を聞いて来るだけのつもりだったのに、大きな話になっていった。

早慶戦の前日、場所取りは一年生の仕事だと言われ、神宮《じんぐう》球場に泊まり込みに行った。早慶戦当日に予定されている会合で、講演会の日程を決めることになっていたが、それには出席することができず、石田と滝沢に全て託《たく》すことになった。試合が終わった後のコンパで、石田たちと合流して、六月の第四日曜日、二十六日に四谷《よつや》公会堂で開催することが決まったと教えられた。次の月曜日から、早速、講演会を周知するための捨て看板の制作に取り掛かった。

遥子の容態はどうなっているのか、ずっと気に懸かっていた。それを知るには菊原に会わなければならない。講演会の開催が決まったことは、両国を訪ねる口実にできると思った。来場者を学生だけに限定しているわけではないので、菊原を誘おうと思った。遥子の話もしたい。

講演会を告知するビラを持って、両国に行った。

菊原文具店の前に立つと、また金森がいるかもしれないと思った。ガラス戸を開けるのが躊躇《ためら》われた。

ガラスには、「急募アルバイト」と墨書された紙片が貼ってある。

ガラス戸に手を掛ける。前に来たときに、ガタピシと音を立てて怒られたことを思い出し、今回は静かに開けようとした。けれども、滑車の滑《すべ》りが殊《こと》のほか悪く、力任せに戸を押し込むようにしてしまった。結局ガラスが振動して大きな音がした。

菊原が事務机にいて、老眼鏡を鼻梁《びりょう》に沿って引き下げ、眉を顰《ひそ》めた。眼が合ってしまい、慌《あわ》てて頭を下げる。

「すいません。気をつけたんですけど……」

今度はガラス戸を引き寄せようとしても動かない。ぐいと力を入れて引っ張った。ガラスが激しく揺れて、また大きな音がする。

「それで気をつけてるんだったら、普段はよっぽど粗野なんだろうな」

恐縮して、もう一度、頭を下げる。

しかし、菊原はそれを無視するかのように、ぷいと顔を背け、机に覆《おお》い被《かぶ》さる。「とっとと失せろ」と言われているような気がしたが、怯《ひる》まずに菊原に近寄って行く。覗き込むと、帳簿らしきものを広げて、電卓を叩いている。

「あの」

「何だ」

菊原は顔を上げず、電卓を叩き続けている。

仁科はバッグからビラを引っ張り出す。

「これを」

ビラを差し出すと、菊原は手を止め、ハッとしたように眼を大きくした。直ぐに眉根を寄せ、睨むような眼つきになった。

「菊原さんにも来て貰えればと思いまして」

菊原は険しい眼つきで、仁科を見上げる。

「そんな言い方をするってことは、お前もこれに関わっているのか」

「はい」

「そうか」ビラに視線を落とす。「遥子の容態はあまり良くないらしい」

俄かに身体の芯《しん》が熱を帯びたような気がした。その熱が体表にまで昇ってきて、うっすらと汗が浮く。遥子の容態が悪化しているということは、当然考えておかなければならないことだった。けれども、敢《あ》えてそうしないようにしていた。楽天的であり過ぎたのかもしれない。遥子が完全寛解に近づいていることを夢想していたのだ。

「良くないって……」

どんな状態なのか確かめたい。一方で、不安が広がって、その先を口にすることが憚られる。

「寛解導入療法って聞いたことあるか」

「はい。抗がん剤を投与して、一兆個ある白血病細胞を百億個以下に減らすんです」

菊原はもう一度、顔を上げた。仁科を見据えるように眉を寄せる。

「少しは勉強したのか」

「はい」

菊原は渋い顔で頷いた。

「遥子の場合、抗がん剤が効かないらしい。完全寛解に入れない。近々、二回目の化学療法を実施するということだが、最初の化学療法の副作用がきついらしいし、全身の血管内の至るところで血が固まる症状が出てしまっているようだ」

「血管の中で血が固まるって……」

「血栓が多発して、臓器不全になるってことだ。血液の凝固を制御しながら、引き続き完全寛解を目指すわけだから、遥子が辛いのは当然だが、担当医の負担も大きい」

いま直ぐにでも遥子のもとに駆け付けて、彼女の手を握り締めたい衝動に駆られた。しかし彼女はいま、白血球が大幅に減少しているのだ。常在菌にすら感染してしまうから、彼女のところに行けても、それは叶わない。

「手紙を出してもいいですか」

菊原は頰《ほお》の白い髯《ひげ》を震わせて唇を嚙んだ。傍《かたわ》らのメモ用紙を引き寄せ、ペンを取り上げた。そこに何やら走り書きして、仁科に差し出す。

「遥子が入院している病院だ。そこに出せばいい。殺菌してから遥子に渡されるだろうから、病院の人間に中身を見られるのは覚悟しておけ」

宝物を受け取るような心持ちでメモ用紙を受け取り、丁寧に二つ折りにした。

奥でガラス戸が開く音がして、ハミングが聞こえた。顔を上げると金森だ。どうして金森が中から出て来るのか、それを不審に思うよりも、ざらっとした不快な感情が込み上げて、我知らず顔が強張《こわば》る。その表情が金森の癇《かん》に障《さわ》ったらしい。ハミングを止めた。

「何だ、お前。何、睨んでんだよ」

金森は、土間に掛かる板敷きのステップから駆け降りて、仁科の胸倉を摑んだ。

「止めろ」

菊原が怒鳴って、厳しい眼で金森を睨む。だが、金森はそれを気に留める様子もみせず、獣が獲物を値踏みするような眼で仁科の顔を睨《ね》め回す。

身体が竦《すく》んで指先が小刻みに震え、その震えを抑えることができなかったが、臆していることだけは悟られないようにしようと努め、金森の眼から視線を逸らさずにいた。

金森は嘲笑《ちようしよう》するように口角の一端を捻じ上げて、菊原に眼を向ける。仁科のポロシャツを引っ張り上げ、手を放した。菊原を見下ろして、事務机の脚を蹴飛ばす。

「委任状、書いてねえのかよ」

「ここは売らない。はっきりそう言った筈だ」

「良く考えろ。遥子の治療費だって莫迦《ばか》にならねえだろ」

「遥子を出汁《だし》に使うのか」

「何だと」顎《あご》を突き出して、拳を振りかざす。

「殴って気が済むのなら、殴れ」

菊原が凜《りん》とした声で言って、刺すような眼を向ける。

金森は憎々しげに鼻梁に皺を寄せる。だが、上げた拳は静かに下ろした。

「頑固爺《じじい》が」溜息《ためいき》をつく。

身体を捻り、その勢いで仁科を突き飛ばして、出口に向かって行った。ガラス戸の前で立ち止まって、肩越しに睨み付ける。

「もっと利口になれ。俺が来てるうちは、まだましだ。うちだって気の荒い連中が多い。俺が降ろされたら何をされるか判ったもんじゃない。それだけは心しておけ」

諭《さと》すような口調で言い、ガラス戸に向き直った。引手に手を掛け、肘《ひじ》を引くと、ガラス戸はさして音も立てずにすっと横に滑った。肩をいからせて外に出て、後ろ手にピシッと音をさせて閉め切った。

仁科は襟《えり》ぐりが伸び切ってしまったポロシャツの襟を左右から寄せ合わせながら、ガラス越しに金森の後ろ姿を見ていた。頭の内に金森のハミングがぐるぐると繰り返して谺《こだま》する。その内にそれが『てるてる坊主』のメロディーだと気付いた。金森の姿が、往来の先に消えるのを待って、菊原に向き直った。

「誰なんですか」

「ただの不良だ。気にすることはない」

「委任状とかって？」

「お前には関係ない」

吐き棄てるように言って、ビラに眼を落とした。それを取り上げて仁科に突き出す。

「ほかに持って行け」

「いえ、ほかにまだありますから。それは持っててください」

「俺が持ってたって仕方ない」

「講演会には来て貰えますよね」

「行かない」

「え」菊原の眼を見つめる。「どうして」

「俺の勝手だ。説明する必要はない」

黒い雲が湧くように、胸の内に不安と焦燥《しょうそう》が兆《きざ》すような気がした。菊原が講演会に対して素っ気ない態度を取るとは、よもや想像していなかったのだ。いまさら骨髄バンクの周知をしても無駄だと思っているのではないか。遥子の容態《ようだい》はそれだけ悪いということなのか。

菊原は、仁科の視線を避けるように顔を背けた。電卓を取り上げて帳簿に眼を凝《こ》らす。

「ほかに用がないのなら、帰ってくれ」

「でも」

「骨髄バンクができたからって、それで即、遥子が良くなるわけじゃない」

「それは勿論《もちろん》、判っています」にじり寄る。「適合する人が直ぐに見つからないといけないってことくらい」

「見つからなかったらどうする？　見つかって移植ができたって、その後、ＧＶＨＤが重症化したら結局同じことだ」

仁科の俄か仕込みの知識には、ＧＶＨＤのことも含まれている。移植片対宿主病と訳されている。移植後に起きる合併症で、造血幹細胞がレシピエントの身体を異物と認識して攻撃し始めるのだ。

「でも、骨髄バンクが希望だと教えてくれたのは、菊原さんじゃないですか」

「そうだ。だからこそ、どうせ他人《ひと》ごとだと思っている連中に徒《いたずら》に騒いでほしくなんかない」

「そんなことは」

菊原は険しい顔で仁科を見上げる。

「いいや。他人ごとだ。大体、患者の肉親が何を一番心配しているか、判っているのか」

「容態のこと以外に何かあるんですか」

「そんな抽象的な話をしてるんじゃない。遥子の場合は、以前、寛解に向かっていたときに俺の妹が本人に話した。今回は再発だから、告知されなくたって、本人が承知している。しかし大抵の家族は、白血病であることを本人に隠している。それを周りで骨髄バンクが必要だなんて騒いだら、本人に白血病だと気付かれてしまう。大抵の人は、そういうことを恐れているんだ。骨髄バンクで必ず助かるというのならともかく、そんな確証もなくて、どうしてそれを声高に叫ぶことができる？　そういう当事者の微妙な心理を判りもしないで、骨髄バンクがあれば助かる生命《いのち》があるなんてことを健常者が言うのは、偽善以外の何ものでもない。そういうのを身の程知らずって言うんだ」

言い返すことができなかった。結局、自己満足のお節介をしているだけなのか。善かれと思ってしていることは、実際に白血病に苦しんでいる人にとっては、迷惑なことなのか。

「浮かない顔をしてるじゃないか」

高田馬場駅の掲示板の前に立って、そこに貼られたメモ用紙の中に、サークルのマークを探していると、不意に声を掛けられた。顔を向けると、弥生だ。

「あ。どうも」

慌てて頭を下げてから、少し身体を退《ひ》き、掲示板の正面を譲《ゆず》った。しかし弥生は掲示板に眼もくれず、仁科の顔にまじまじと見入る。

「何ですか」

幾分《いくぶん》、顔が熱くなるのを意識しながら、弥生の視線から眼を逸らす。

「何かあったのか」

「え。いえ、まあ。大したことじゃありません。それより」強引に話題を変えようとして、掲示板に眼を遣る。「何処《どこ》ですかね」

三月に卒業した先輩がリクルーターとして遣って来て、部室に顔を出したらしい。骨髄バンクの講演会をやると聞いて、興味を示したのだという。

「馬場で高城さんたちと呑んでるから、顔出せってよ」

仁科が部室に行くと、残っていた先輩にそう言われた。店が決まったら、駅の掲示板に貼り出しておくということだった。

「あった。これ」

弥生がメモ用紙のひとつを指差した。そこには、サークル名のイニシャルを組み合わせた馴染みの図案があり、その上にはさかえ通りの居酒屋の店名が書かれている。

「ここにいるらしい」

ガード下の横断歩道を弥生とふたりで渡って、その店に向かった。霧のような細い雨が、ネオンの灯りに煌《きら》めく。傘を背負うように柄を傾けると、冷たい雨が顔に当たって心地良い。足を踏み出す度に、濡れたアスファルトがピシャピシャと音を立て、そのリズムについ耳を集中して、ひとりで歩いているかのように無言でいた。

「どうした」

弥生の声で我に返る。

顔を上げると、心配そうに眉を寄せている。

「溜息ばかりついてるぞ」

「え、そうですか」

弥生はくすっと笑った。

「自分で気付いてないのか」

「はあ」

弥生は口元に笑みを浮かべたまま、視線を外した。

「相談なら乗ってもいいぞ。人に話したら楽になることだってあるだろ」

少し躊躇ったが、意を決して訊いてみた。

「弥生さんて、家族に血液の病気の人がいるんですか」

弥生の眼は大きくなり、口は息を呑むように半開きになった。しかし直ぐに、本に没頭して周りを一切気に懸けていないときの顔になって、素っ気なく訊き返す。

「どうしてそう思う？」

「病気のこと、詳しそうだから」

「そう」

そう言ったきり、弥生は押し黙ってしまった。口にすべきことではなかったようだ。後ろめたさが兆す。一方で、少し安堵《あんど》する。弥生の無言は肯定を意味している。やはり弥生には白血病の親族がいるのだ。その弥生が講演会の開催を応援している。仁科がお節介をしていることは思っていないということだ。

§3

プールホールの二枚扉を押し開くと、そこかしこに球のぶつかる音がした。ビリヤードテーブルはすべて埋まっており、壁際の椅子には順番待ちの客までいる。ほうぼうで煙草の煙が揺れて、薄い靄《もや》がかかっているかのよう。

カウンターに眼を向けると、従業員のベストを着た男がいたが、それは仁科の知らない顔だった。新しいバイトか。首を巡らせ、ホールを見回す。窓際のテーブルにもベストの男がいる。眼を細くして容貌を確かめると、木村だ。木村は難しい顔をしてふたりの男と向き合っている。ふたりとも派手な柄のカッターシャツ。ひとりは背が高く太っていて、もうひとりは小柄ながら筋肉質な腕が半袖から覗く。

近寄って行くと、木村が気付いた。それに釣られたように、ふたりの男も仁科を振り向いた。ひとりが仁科に拇指を向け、顔を木村に向ける。

「誰?」

「前にいたバイト」

「ふうん」仁科を振り向いて、見つめる。

「こいつでいいじゃん」

仁科に向かって足を踏み出す。

「あ、俺が言います」

木村が慌てた様子で、駆け寄る。仁科の背中を軽く叩いて、壁際に誘う。

「賭け球に付き合ってくれ」

客から賭け球を持ちかけられることはしばしばあり、仁科も何度か相手をしたことがある。大敗して、一日分のアルバイト代が消し飛んでしまったのは苦い記憶。賭け球はしたくないのだが、店員なら断れない。しかしいまは違う。断ることのできる立場だ。とは言え、木村の機嫌を損《そこ》ねたら話を切り出しにくくなる。

「ちょっと、お願いしたいことがあって来たんですけど」

「何だ」

バッグからビラを抜き出して、木村に差し出す。木村は手に取って眼を凝らす。

「骨髄バンク？」

「講演会をするんで、来て貰えませんか」

「判った。行くから賭け球に付き合え」

木村は言いながら、ビラを四つ折りにして尻のポケットに押し込んだ。

木村が関心を持ったようには見えない。だが、やるからには注目されるイヴェントにしたい。ひとりでも多くの人を集めたい。木村にも来て欲しい。条件を飲むより仕方ない。

キューを選びにラックの前に移動すると、木村がついて来た。

「悪いな。あの客、しつこくってさ。この前、俺に負けたもんだからムキになってやがる。どうしても四人で遣りたいって言うもんだからさ」

点球をポケットに入れた人は、残りの全員から点を貰えるので、人数が多いほど点差が開き易くなり、儲けが大きくなるのだ。

「一点千円で遣るって言ってるけど、良いな」

「え。千円」

血の気が引いた。一点百円でプレイしてアルバイト代を失くしたことがあるのだ。千円なら数万円を失う可能性がある。

「そんな顔するな。大丈夫だって、俺がついてるから」

木村が軽い調子で言って、肩を叩く。

「撞《つ》くのは十セットくらいですか」

「五十マスだ」

仁科の不安は更に大きくなった。五十回もプレイするのであれば、ひとり負けした場合は十万単位の金を失うことになる。

五番球が一点で、九番球が二点。ほかの球は幾つ落としても得点にならない。落とすのがコーナーポケットなら基本点のままだが、サイドポケットなら倍の点になる。

　不安を抱えたままプレイに臨《のぞ》むことになった。ブレイクはジャンケンをして筋肉質の男に決まった。三番まで落として四番を外した。二番目は木村だった。木村の腕なら、残りの球を全てポケットに落とすだろうと思っていたら、五番をコーナーポケットにいれて一点獲得したものの、九番を残した。太った男がそれをサイドポケットに入れて四点を獲得した。仁科に順番が回る前に最初のラックは終了した。

　手玉はキッチンエリアに戻っていたので、次のブレイクは太った男になった。ふたりの男の腕前は仁科より上だったが、木村よりは遥かに劣っていた。にも拘《かか》わらず、九番を落とすのはふたりのどちらかで、しかもそれをサイドポケットに落とした。木村は五番だけは何とか確保していたが、半分はコーナーポケットに落としていたので、ふたりより少し負けていた。仁科だけ零点のまま。偶《たま》に落としても、それは五番、九番以外の得点にならない球ばかり。

　いつしか深夜になり、ほかの客たちはいなくなって、仁科のいるテーブルだけが球のぶつかり合う音をさせていた。二十セット終わったところで、ふたりの男が五十点ずつ獲得していた。木村が十点獲得、仁科ひとりが負けを背負い込み、それはマイナス百十点にまで達していた。この時点で、負けの金額は十万円を超えてしまっている。負けを返上するには撞《つ》き続けるより仕方なく、退くに退けない状況になってしまっていた。

顔に脂汗《あぶらあせ》が浮いていた。徹夜明けの朦朧《もうろう》とした頭で、仁科は負けた金額を反芻した。

——二十七万五千円。

「俺の分はいいから」

木村はそう言って、ひとり帰って行った。

ふたりの男は壁際の椅子に仁科を座らせ、自分たちは立ったまま、威圧するように見下ろした。

「ないものはない」

そう言って開き直るより仕方なかった。

筋肉質の男が掌を突き出した。顔を見上げると、不機嫌そうに眉を寄せている。

「学生証、出しな」

何をするつもりなのか判らなかったので、言われた通りにせず、男を見上げたままでいた。

「早く出せよ」

頭を小突《こづ》かれた。顎が上がって、後頭部が壁に打ち付けられる。

「この中に入ってるんじゃねえのか」

太った男が仁科のバッグを勝手に開けている。ビリヤードテーブルの羅紗《らしゃ》にバッグの中身をすべてぶちまける。

「あるじゃねえかよ」

太った男が筋肉質の男に仁科の学生証を手渡す。筋肉質の男は、不貞腐《ふてくさ》れたような顔で学生証に眼を凝らす。

「一週間やる。金を作ってここに持って来い」学生証を仁科の顔の前で振った。「こいつはそれまで預かっておく」

「困ります」

手を伸ばしたが、男が素早く手を下げたので摑み取ることができなかった。仁科の学生証は男のジーンズのポケットに収まった。

「一週間後、金を持って来なかったら、こいつを持って学生ローンに行け。そのときは一緒についていってやるから」

ふたりが帰った後も、仁科は椅子に座ったままでいた。眼を閉じると、そのまま寝入ってしまいそうだった。何も考えず、ただ眠りたかった。眼が醒《さ》めたとき、賭け球の一切がなかったことになっていることを願った。そんな都合の良いことが起きる筈がないことは勿論、承知していた。だが、そんな夢のようなことが起きることを夢想する以外に何の手立ても思いつかなかった。とにかく、眠ってしまいたかった。睡魔に身を任せ、いま、まさに睡眠の縁に立とうというとき、身体を激しく揺さぶられ、現実に引き戻された。眼を開けると、新人のバイトが眼の前にいて、肩を摑まれていた。

「ここで寝ないでください。早く帰って」

日中寝て過ごし、夕方になって起き出した。

バッグを開けて、学生証がないことを改めて確認し、自己嫌悪に陥《おちい》った。どうして断らなかったのか。木村ひとり講演会に誘うために、取り返しのつかないことをしてしまった。リスクを承知していたのに断る勇気を持てなかった。木村の援護を期待する甘い考えを持っていたのも事実だ。

——木村の援護？

あることに思い至って、雷に打たれたような気がした。逆だ。

——木村に裏切られた。

木村はマスワリ、すなわちブレイク・ラン・アウトを連続で行える腕がある。ブレイクした後、一度もミスを犯さずに九番までの全ての球をポケットに入れてしまうのだ。なのに、木村はマスワリどころか、途中で自分に順番が回ってきたときも、九番を残していた。よくよく考えると、ふたりの男が九番をサイドポケットに入れることができたのは、木村の演出だ。木村は撞いた球を九番に当ててサイドポケットの前に転がるようにしていたのだ。そうした後、八番でエラーをすれば次の順番は太った男だから、まず間違いなく太った男が四点を獲得する。太った男がミスをして仁科の順番になっても、仁科はミスを犯すから、その場合は筋肉質の男が四点を獲得する。仁科ひとりだけ、三人を相手に闘っていたのだ。

何故だ。一年の間、一緒に仕事をした仲だというのに、どうして罠《わな》に嵌《は》めるようなことをしたのか。居ても立ってもいられず、下宿を飛び出してプールホールに向かった。

扉を押し開けると、蛍光灯の光の中に紫煙が揺れている。球を撞く音がそこかしこに響き渡っている。カウンターの中に木村がいた。仁科を見て、意外そうに眉を跳ね上げたが、直ぐに皮肉めいた笑みを浮かべた。

仁科は激しい感情を抱えてカウンターの前に立ち、木村を見据えた。

「賭け球なら、相手を紹介するぜ」

「罠に嵌めましたよね」

木村はほんの一瞬だけ、真顔になって、苦笑した。

「人聞きの悪いこと言うなよ。罠なんてもんじゃない。お前にだってチャンスはあったんだぜ。ど真ん中のストレートを悉《ことごと》く空振りしておいて、逆恨みってのは筋が通らないだろ」

「俺がついてるから大丈夫だって言ったじゃないですか」

「だから乗ったって言うのか。俺の力を当てにしてたとしたら、それこそフェアじゃないな」

「僕は賭け球なんてやりたくなかったんだ」

木村は大袈裟《おおげさ》に両手を広げてみせた。

「いまさら何言ってる？　負けてそんなことを言うってのは、卑怯だぞ」

木村の言うことは、いちいち尤《もっと》もだったが、到底受け容れることができない。木村が涼しい顔で理に適《かな》ったことを言えばいうほど腸《はらわた》が煮え繰り返り、激情を抑え込むのが難しくなる。

「どうして……どうして僕なんだ。一緒に働いてきたのに……」

木村は唇を突き出して首を捻った。

「一緒にって。俺、そういうウェットな感じ、厭《いや》なんだよね。たまたま同じ時期に同じところにいたってだけだろ。それ以上でも、それ以下でもない。どうしてお前なのかって言うんなら、タイミングだな。あいつらに賭け球を持ちかけられて、正直、困ってたんだ。前に芝居してさ。俺、全然弱い振りして撞いてたんだ。あいつら鴨だと思ってレートを吊り上げるわけよ。途中から運が味方してる風な顔で、真面目に撞いたら、あっという間に逆転さ。それが、あいつら引っ掛けられたって気付いてなくってさ。たまたま俺が運で勝ったって思ってるものだから、それを取り返そうとしてしつこく誘って来て、辟易《へきえき》してたんだ。だから人身御供《ひとみごくう》が必要だった。それがたまたまお前だっただけのことさ。別にお前を罠に嵌めてやろうとか、そういうんじゃないよ。口惜しかったら、もっと腕を磨《みが》きゃいいんだよ。逆恨みってのは身の程知らずってもんだぜ」

――身の程知らず。

不意に菊原に言われたことを思い出した。

――当事者の微妙な心理を判りもしないで、骨髄バンクがあれば助かる生命《いのち》があるなんてことを健常者が言うのは、偽善以外の何ものでもない。

結局、自分は何時《いつ》だって身の程知らずのことをしているだけなのかもしれない。怒りを向けるべき相手は木村なんかではなく、自分自身ということか。

何も言い返すことができず、踵《きびす》を返した。足早にホールの床を踏んで、力任せに扉を押し開ける。階段を駆け降りてビルの外に出た。拳を握り締め、梅雨の合間の天を仰ぐ。ネオンの光が反射して空は茶色に染まっていた。

「あなたの健康と幸福を一分間、お祈りさせてください」

わざとらしい笑みを浮かべた青年が手をかざしている。それを無視して歩きだす。

――祈るだと？　何に祈るっていうんだ。身の程知らずを救ってくれる神様がいるとでも言うのか。

小汚い中華料理屋に入って、麻婆豆腐で腹ごしらえしながらどうすべきか考えた。どう考えても、一週間で二十数万円を工面するのは不可能だ。しかし無理だと言って、放っておくわけにもいかない。複数のアルバイトを掛け持ちしてでも、稼《かせ》げるだけ稼ぐしかない。いま直ぐにでも学徒援護会に行って掲示板を見たいと思った。しかし、こんなまっ暗な時間に開いているわけがない。

菊原文具店のガラス戸に「急募アルバイト」と貼ってあったのを思い出した。まだ募集しているだろうか。それとも誰かに決まってしまったか。あの貼り紙がそのままになっているかどうか、それだけでも今夜じゅうに確かめたいと思った。菊原の店で雇《やと》って貰えれば、ほかにふたつくらい掛け持ちすればいいだろうか。

両国駅の改札を出たところに金森が立っていて、思わず立ち止まった。改札にいる駅員が不審げな表情で仁科を見ている。慌てて改札に向かい、切符を手渡した。金森の視界に入らないよう用心しながら、大きく迂回《うかい》して出口に向かう。

金森は型に嵌《はま》ったようなワンレン、ボディコンの若い女と向き合っていた。ちらっと見遣ると、若い女は鼻の上に皺を刻んでおり、いまにも摑み掛かりそうな様子。金森の顔は死角になって表情を見ることはできないが、ワイシャツから覗く腕には筋が立っていて、湯気が立っているような気さえする。

「とにかく、あんたの子なんだから、面倒みなさいよ」

女の金切り声にビクッとして足を止める。

「ふざけたこと言ってんじゃねえよ。誰が産めなんて言った」

「いっつも、情けない声で俺には家族がないって言ってたくせに。あんたの家族を作ってやったんじゃない」

「莫迦野郎。ふざけたことぬかすな」

金森が女に向かって足を踏み出す。拳を振りかざしていた。しかし、女が身体を逸らすのが一瞬早く、金森の拳は空を切り、前のめりにバランスを崩した。女は慌てた様子でハイヒールを脱ぎ、それを摑み上げて裸足で逃げ出した。

「おい、待て。こいつ、どうするんだ」

金森は女の背中に向かって怒鳴りながら、傍らを指差した。ベビーカーがある。

足を止めたまま、ふたりの諍《いさか》いに見入ってしまっていたので、金森がベビーカーを振り向いたときに、眼が合ってしまった。

「何だ、お前。見てたのかよ」

「いえ」

「嘘つけ」

金森は一度視線を切ってから、もう一度、仁科を見据える。

「お前、ちょっと飯付き合え」

「いえ、食べて来ましたから」

「いいから、付き合えって言ってんだよ」

どうして自分ははっきり断ることができないのだろう。また自己嫌悪に陥った。金森は『てるてる坊主』のハミングを始めていた。

カノンの章Ⅲ　脳死殺人は可能か

§1

暫《しばら》く雨が続いて霧のような雲が垂《た》れ込め、アルプスの山容はミルク色の帳《とばり》の中に溶け込んでしまっていた。

城取は窓際に立って西の空を見上げていた。布山をどうすべきか、思いあぐねている。死体遺棄で改めて逮捕状を取って、それを執行し、留置期間を延長したものの、自供を取れずにいる。どうして自分の指紋が柩《ひつぎ》と油紙に残っていたのか全く判らないと言い、澤柳駿一とは一切面識がないと言い張る。

だが、三井には必ず送致しろと厳命されている。塔原専務の自殺未遂を乗り切るにはそれしかないと考えているようだ。現段階で立件できる被疑事実は、独立行政法人病院職員への贈賄《ぞうわい》および保健師助産師看護師法守秘義務違反の教唆《きょうさ》だけ。しかし、警視庁への仁義としてこれらを立件するわけにはいかない。殺人の取り調べの中で、新たに判明したことだから一緒に送致することにしたというのなら、警視庁も納得してくれる筈。しかし、殺人で送致せずに別件で送致したら、面子《メンツ》を潰《つぶ》されたと思われてしまう。今後、警視庁には共助の依頼をしにくくなる。それだけは避けたい。

壁を叩《たた》く雨の音が、講堂の静寂を際立たせていた。

大北酒造の塔原専務の容態は依然として予断を許さない状況にあり、警察批判の世論が高まる可能性は消えていなかった。そうなった場合に城取を矢面に立たせるつもりでいるのか、布山の身柄を確保したにも拘《かか》わらず、一志は捜査本部を解散していなかった。しかしながら、捜査が一段落したことに変わりはなく、ほとんどの捜査員たちが一時帰宅していた。

城取は戌亥と石原とともに、布山のアパートから押収してきたものを、机に並べていた。酒商高田店主の供述調書を作成していた千国が戻って来て、三人に加わる。

戌亥は、スニーカーやらローファーやら、トレッキングシューズやらを引っ繰り返して、難しい顔をしている。その顔を見れば、雪に残っていた下足痕《げそこん》と一致するものがそこにないのだと容易に知れる。

廊下に足音がしたので、ドアを振り向くと、鑑識課員だった。両手にノートパソコンを載せている。彼は石原に言った。

「起動パスワード解除できました。ドキュメントのフォルダに隠しファイルがありましたので、表示する設定にしておきました。ファイルにもパスワードが掛けられていましたが、それも解けました。付箋《ふせん》に書いて貼っておきました」

鑑識課員がパソコンを置いて出て行ってから、再び静寂が訪れる。雨の音が強まったように感じられた。

「主任」石原の大きな声が講堂内に轟《とどろ》く。

振り向くと、必死の形相で城取を見上げている。

「どうした」

「これを」机のノートパソコンに眼を向ける。「これを見てください」

石原のただならぬ様子に胸が騒ぐ。努めて平静を装って窓際を離れ、石原の席に行く。傍《かたわ》らに立ってノートパソコンの画面を覗《のぞ》き込む。

「酒商高田と大北酒造に電話したのは、布山じゃありません」

城取は液晶画面から、石原の顔に眼を移した。

「どういうことだ」

石原は机に向き直って、黄色の紙表紙のファイルを取り上げ、中から紙片を抜き出した。それを城取に差し出す。

「見てください」

紙片を受け取ると、電話番号らしい数字が上から下までずらっと並んでいる。黄色のラインマーカーを引いてあるものがふたつあり、ピンク色のラインマーカーを引いてあるものが九つあった。黄色のふたつは同じ番号で、九つの番号も全て同一。

「布山の発信記録を取り寄せました」

酒商高田と大北酒造にクレームを入れたのが布山の電話だと判明してから、通信事業者に布山の発信記録を開示するよう要望した。しかし、令状か契約者の承諾書がない限り開示できないと断られたので、刑訴法第百九十七条三項を盾にして、発信記録を保全するよう要請していた。布山を逮捕したので、通信記録の差押えに令状が必要でなくなり、漸《ようや》く発信記録を開示させることができたのだ。

「黄色が酒商高田の番号で、ピンクが大北酒造です」

城取は頷《うなず》いてから、ちらっと眼を上げ、石原を見て先を促《うなが》す。

「日付を見てください」

ラインマーカーの日付は全て五月中旬のものだ。

「これを見てください」

石原はパソコンの液晶画面を城取に向ける。

「布山のパソコンです。写真データが幾つも保存されています」

画面にはサムネールが並んでおり、どれも白衣を着た黒人を写したものだった。中にはその黒人と一緒に布山が写っているものもある。

「撮影日時だけでなく、位置情報も記録されています。酒商高田や大北酒造にクレームの電話があった日、布山はアメリカにいました」

「アメリカだと？」

「はい。フィラデルフィアです」

城取はサムネールの男を指差す。

「この黒人は誰だ」

「調べます」

石原がパソコンを引き寄せた。

「いや、本人に訊いて来る」

城取はノートパソコンを取り上げ、電源ケーブルを抜いた。左腕にパソコンを抱えて講堂から飛び出す。階段を駆け降りて、取調室の並ぶ廊下を足早に進む。黒い幕の下に竹原の下半身が見える部屋の前で立ち止まった。

「ちょっと、退《ど》いてください」

竹原を押し退けるようにしてドアを引いた。

越谷が肩越しに振り向いて、眉を顰《ひそ》める。

「また、あなたですか」

「おい、それ。勝手なことしやがって」

布山は城取が抱えているパソコンを見て、気色ばんだ。城取はそれを無視して、越谷の不貞腐《ふてくさ》れたような顔に見入る。

「席を空けてくれ」

越谷は唇を突き出して、渋々立ち上がった。それを搔《か》き退けるようにして、椅子に座る。机にノートパソコンを置き、画面を布山に向けた。

「この黒人は誰だ」

布山は眉間に皺《しわ》を刻んで、城取を睨みつけた。

「勝手なことをしやがって。その中にはな、取材したものがみんな入ってるんだ」

「ここから出られなきゃ、そんなもの全て無意味になる。ここから出たければ、訊かれたことに素直に応えろ」

布山は強張《こわば》った表情を幾分緩《ゆる》めた。

「五月の中旬、アメリカに行っていたのか」

布山は顎《あご》を引いて、城取に眼を据えた。

「ああ。出版社に原稿料の一部を前払いして貰って旅費にしたんだ。それでペンシルバニア大学に行った。彼はそこのラッセル・バーン博士だ。アメリカは脳死移植先進国だと思われてるが、中には反対してる医師もいるんだ。バーン博士は反対派の論客として知られている。だから話を訊きに行ったんだ。博士の話は連載三回目に書くつもりだ」

「ひとりで行ったのか」

「医療専門の通訳が一緒だった。俺ひとりじゃ、日常会話くらいしかできないからな」

布山の眼をまじまじと見つめる。嘘をついているようには見えない。

パソコンを抱えて講堂に戻った。

「法務省に布山の渡航履歴を問い合わせろ。それと、一緒にアメリカに行った通訳がいる。調べろ」

「はい」

城取は空いている席に座って、そこにあったパソコンから電源ケーブルを引き抜き、布山のパソコンに差し込んだ。ドキュメントを開いて、例の心臓移植について記したファイルがないか探した。「移植」というフォルダがあり、クリックするとパスワードの入力を求められた。画面の隅に貼りつけられている付箋の英数字を入力すると、ＰＤＦで保存されたファイルが幾つも現れた。ファイル名が「臓器摘出記録書」となっているものをクリックした。

「これは――」

心臓移植医が記した臓器摘出記録書のコピーだった。

臓器摘出記録書

摘出を受けた者

氏名　石曾根《いしぞね》隆夫《たかお》

住所　東京都江戸川《えどがわ》区中葛西《なかかさい》4-24-2

性別　男

生年月日　昭和31年3月10日生

死亡日時　平成22年1月18日午前5時23分

死亡の原因となった疾病及びそれに伴う合併症　蜘蛛膜下出血、脳ヘルニア、急性水頭症

主な既往症　無

摘出開始日時　平成22年1月19日午前11時48分

臓器摘出日時　平成22年1月19日午後3時56分

摘出が行われた医療機関（臓器提供施設）

名称　京橋《きょうばし》病院

所在地　東京都千代田《ちよだ》区富士見《ふじみ》3-18-21

摘出医
氏名　五十嵐克之《いがらしかつゆき》
住所（又は所属医療機関の所在地及び名称）　東京国立大学附属病院　東京都文京《ぶんきよう》区本郷９‐４‐18
摘出した臓器の名称　心臓
摘出した臓器の状態、臓器に対する処置
重量　３００ｇ
灌流状態　良好

まだ文書は続いていたが、そのファイルを閉じて、ファイル名が「親族優先提供に係る親族関係確認書」になっているものをクリックした。

親族優先提供に係る親族関係確認書

臓器の摘出を受ける者
氏名　石曾根隆夫

住所　東京都江戸川区中葛西4-24-2
上記の者は、脳死後又は心停止後、移植のために臓器を提供する意思を書面で表示し、その意思表示に併せて、親族に対し、当該臓器を優先的に提供する意思を表示しています。
私は、親族への優先提供について説明を受け、十分に理解しました。
移植希望登録をしている下記の者は、上記の者の配偶者であることに相違ありません。
なお、続柄について確認可能な戸籍の謄本《とうほん》又は抄本を、社団法人日本臓器移植ネットワークにすみやかに必ず提出いたします。
移植希望者
氏名　石曾根茉莉江《まりえ》
生年月日　昭和63年6月7日
住所　東京都江戸川区中葛西4-24-2
移植希望登録をしている臓器　心臓
社団法人日本臓器移植ネットワーク理事長殿
記入日　平成22年1月14日
確認者
氏名　早坂祐司《はやさかゆうじ》

臓器の摘出を受ける者との続柄　義父
氏名　早坂美智代《みちよ》
臓器の摘出を受ける者との続柄　義母
説明者
社団法人日本臓器移植ネットワーク　移植コーディネーター　野坂由紀子《のさかゆきこ》
立会人氏名（及び所属）
氏名　五十嵐克之（東京国立大学附属病院心臓外科）
氏名　佐伯須見子《さえきすみこ》（東京国立大学附属病院レシピエントコーディネーター）

そのファイルを閉じ、ファイルの一覧を見渡す。「脳死判定の的確実施の証明書」「脳死判定記録書」「臓器移植記録書」「移植実施の説明記録書」「脳死判定承諾書」「臓器摘出承諾書」等のファイル名が並ぶ。脳死移植に必要な書類の全てが揃《そろ》っているらしい。

それらの全てをプリントアウトする必要があると思った。

夜になって雨が上がった。

布山の犯行を示唆《しさ》するものがあれば直ぐに越谷に報せるつもりで、押収物を念入りに調べたものの布山に揺さぶりを掛けられそうなものは遂《つい》に見つけられなかった。澤柳との繋《つな》がりも判明しなかった。

補充捜査に備《そな》えさせるために一旦、石原たちを帰宅させたので、広い講堂には城取が残るだけになった。点灯する蛍光灯《けいこうとう》は城取の頭上のものだけなので、講堂のほとんどが杳《よう》として闇に沈んでいる。雨音が止んで、書類を繰る音が静寂を破る唯一の音になった。

半日の間に幾つかのことが明らかになったが、それらはどれも、思わしいものではなかった。

布山が五月十日に出国して五月二十六日に帰国していることが、法務省に問い合わせて判明した。また、布山のパソコンに残っていたメールから、一緒に渡航した通訳者の所在を突き止めることができ、連絡を取った。

「成田《なりた》を経ったのは五月十日です。日付変更線を通過して同じ日付にシカゴに着きました。そこでボストン行きに乗り継いで、その日はボストンに一泊。翌日フィラデルフィアに行きました。五月二十三日までフィラデルフィアにいて、二十四日にボストンに移動、午後、成田行きの飛行機に乗って二十六日に帰国しました」

布山の固定電話から酒商高田と大北酒造にクレームの電話が入った頃、当の本人が出国していたのは動かしようのない事実だった。

通信事業者に問い合わせて、合衆国から布山の固定電話を経由して、酒商高田や大北酒造に電話を入れることができるか訊ねると、技術的な問題があってそれは不可能だと言われた。つまり、酒商高田と大北酒造にクレームの電話を入れたのは布山ではないということ。共犯者がいて、わざわざ布山の固定電話を使ったとも考えにくい。むしろ第三者が布山を陥れようとしたと考える方が自然だ。

柩の指紋でいきなり殺人を立件するのは、強引すぎる。立件するなら、せいぜい死体遺棄だ。それで送致した後、殺人の立件を目指すのが無難。

――立件を目指す。

というより、補充捜査をしたとしても果たして立件できるのか。押収品を調べても、殺人の証拠になりそうなものは見当たらないし、布山と澤柳駿一の接点すら浮かんで来ない。

留置期限を延長したとはいえ、明日の八時四十六分には布山の身柄拘束は七十二時間に達してしまう。刑事訴訟法の時間制限で、これを超えると検察官は被疑者の勾留請求ができなくなる。

ぎりぎりまで待つか。いま決断するか。釈放するなら早いほうがいい。それとも、自供を強いるか。捜査がまだまだ甘くて、決定的な証拠を見つけられないだけなのかもしれない。

塔原の件がある。この上、送致できないとなれば、警察批判の声が止むことはない。それより、布山の行動確認に何日も費やしてくれた捜査員たちの努力を裏切ることになる。

ならば、地検に皮肉を言われるのを承知で、指紋だけで送致するか。その腹なら、ぎりぎりまで粘るしかない。

二十二時を少し回ったところで、ガラッと音がした。廊下の灯りを受けてドアに浮かび上がった黒いシルエットは、越谷のものだ。

「どうだ」

シルエットが首を振る。

城取は逡巡していた。越谷に何をさせるべきか。

——自供を得られなければ、釈放する。

——自供を得られなくても、送致する。

シルエットが中に入って来て、壁際の闇に消えた。ややあって、廊下側の蛍光灯の一部が点灯した。白い灯りの下に越谷の顔が浮かび上がる。

「今夜じゅうに調書を上げます」

ひと気のない夜の講堂を気にするかのような潜めた声だった。越谷は、布山を送致するつもりでいる。自供が取れた場合と取れなかった場合に備えて、ふたつの調書を予《あらかじ》め用意しておくつもりか。

城取は席を立ち、ドアに向かった。講堂を出る前に立ち止まって、振り向かずに言った。

「任せた」

およそひと月振りに帰る自宅は、しんとしていて、夜気を肌寒く感じた。ひと度事件が起これば、暫く家に帰れないのは常々のこと。久しぶりに帰ったときには、張り詰めていたものが和らぎ、安堵した気分になるのも常々のことだった。一年前までは——。

麻美が亡くなって以来、城取の留守を守る者は誰もいない。人の気配がない家は、干上《ひあ》がった窪地に立ち枯れている木を思わせる。触れただけで折れてしまいそうなくらいに乾いた幹を風に晒《さら》して、人眼を憚《はばか》るようにひっそりと佇《たたず》む木。城取の家もそんな風になってしまった。

部屋の中央にぶら下がる紐《ひも》を引っ張ると、蛍光灯が二、三度瞬いてから薄ら寒い光を放った。麻美がいた頃には、もっと温かく明るく感じた光が、いまは寂寥《せきりよう》感を演出するものでしかない。梁《はり》の上を見上げると、フレームの中で麻美が笑っている。その笑顔を見る度に、城取は自責の念に駆られる。犯人に踊らされたのは、自分が送致した男が間違いなく有罪であると十割の自信を持つことができなかったからだ。竹内の冤罪《えんざい》を疑って捜査の方向を誤っていなければ、もっと早く犯人に辿《たど》り着けた筈《はず》だった。

〈眉間、皺〉

麻美の声が脳裡《のうり》に甦《よみがえ》る。顰《しか》めっ面をすることの多い城取の気を紛らせようとして、自分の額《ひたい》を指先で掻《か》きながら茶化すように言ったものだ。

眉間にそっと指を這《は》わせる。両眉が盛り上がって、その間に溝ができている。麻美がいたら、きっと茶化されていた。麻美がいなくなって以後、皺を寄せることが多くなったような気がする。それと気付かぬ内に、眉の根元に力を込めている。ひょっとしたら、一日中、そうしていることもあるのではないか。

眉間に込めた力を緩め、額を楽にした。視界が少しだけ広がって、部屋の明るさが少しだけ増したような気がした。肩の力が抜け、同時に、組織の論理とか体面といった呪縛が剝《は》がれ落ちて行くような気もした。顎を上げて麻美の写真に見入る。

〈本当に良いの？〉

そう言われているような気がした。

——何を逡巡しているのだ。送致して良いわけがないではないか。

城取はスマホを取って草間の番号を呼び出した。数回の呼出音の後で、草間の眠たげな声が応えた。

「どうした。何かあったか」

「布山を釈放します」

「何だと」眠たげな声が驚くそれに変わった。「どういうことだ」

「澤柳との接点が浮かんできません」

少し間があって、草間が声を落とした。

「行きずりの殺しだとしたら、なくて当然だ」

「行きずりで、柩に入れて雪に埋めるでしょうか。被疑者は澤柳と何らかの接点を持っている筈です」

「だったら、それを捜せ」

「留置期限は明日です」

言外に捜している時間がないと伝えた。

「補充捜査で捜せばいい。取り敢《あ》えず指紋と身柄を送っておくんだ」

あくまで送致の方針を変えるつもりはないのか。しかし、まともな供述調書を作れる見込みはない。

「布山は完全否認です。自供が取れません」

「不本意なことだが、それらしい調書を作成しろ」

否認事件なら、弁護人は当然に供述調書の証拠採用に不同意なのだから、それを見越して虚偽調書の作成をするのは日常茶飯事だったが、取調べの可視化が進められているいま、あからさまな虚偽を書くわけにはいかない。

「前にも言いましたが、凶器が酒商高田にこれ見よがしに棄《す》ててあったというのは、納得がいきません。柩と油紙の指紋が同じ指のものだというのも不自然だと思います」

九分九厘間違いないと思っていても、一厘の疑念があれば送致すべきではない。竹内の場合は疑念を残してしまったために、善光寺の本尊公開を要求する者の事件を招来してしまった。一厘の疑念まで完全に潰《つぶ》した上で送致すべきだ。それが己の信条ではないか。捜査を徹底すれば、迷うことはない。

「それじゃ、布山は誰かに嵌《は》められたって言うのか」

「そうは言っていません。その可能性を残している段階で、送致すべきではないと言ってるんです」

「嵌められたのなら、誰に、どうして？」

「それはまだ判りません」

草間の溜息が受話口から漏れる。

「塔原がまだ重態だってのに、被疑者を釈放したなんて言ったら、それこそ非難囂々《ごうごう》だぞ。誰が責任を取れるって言うんだ。釈放なんて、お前ひとりの印象だけで決めて良いことじゃないんだよ。釈放はしない。送致する」

「そもそも、酒商高田にも、大北酒造にも、布山はクレームの電話を入れていません。その頃、布山はフィラデルフィアにいました」

「それで嵌められたってことにはならないだろ。布山が知人にクレームの電話を入れさせただけのことかもしれない」

「わざわざ自分の留守宅に行って、固定電話を使わせたってことですか」

「あり得ないことではない」

「しかし」

「駄目だ」

退く気はなく、まだ食い下がるつもりだったが、草間に遮《さえぎ》られた。

「釈放はしない。予定通り、明日、送致する」

草間は決定事項だと言うように断定的に言った。

スマホを切って梁の上を見上げた。麻美の笑顔に見入りながら、眉に力を込めていることを意識した。眉間の皺を指摘されるに違いないと思ったが、いまはそれを緩める気にはなれなかった。

§2

供述が取れないまま、布山を地検に送致した。もはや、補充捜査の徹底しかない。布山が白でも黒でも。捜査を徹底すれば、それが明らかになる。県警が勇み足を踏んだのか。それとも腰砕けを防いだのか。

越谷の作成した供述調書には、布山の犯行否認をそのまま素直に記してあった。しかし、布山が嘘をついているという印象を受けるように書かれてもいた。たとえ弁護人が不同意で供述調書が証拠採用されず、裁判員にそれが示されなくても、裁判官の心証を悪くするには充分な内容だった。これに布山が署名、指印したのは驚きだ。三日間の拘束で客観的で冷静な判断力を欠いていたのかもしれない。

クレームの電話があったという酒商高田店主の供述調書は、布山の固定電話の通信記録とともに証拠として送致した。塔原の供述は取れないので、代わりに大北酒造の従業員の供述を得ようとしたが、同社の警察への不信は予想以上に強く、遂に同意を得ることができなかった。

越谷が布山を送致するのを見届けてから、城取は補充捜査のために、十名の捜査員を率《ひき》いて署を出た。捜査車両に分乗して信濃大町駅まで行き、大糸線で松本駅に向かった。松本駅で電車を降り、「あずさ」に乗り換えるために二番線に行くと、そこに四月朔日の姿があった。ベンチでジュースパックのストローを咥《くわ》え、膝に広げた新聞に眼を落としている。

石原が訝《いぶか》しげに城取を見る。

「四月朔日教授です」

四月朔日がサバティカルを取って東京に行くと言ったのを思い出した。城取らの気配を察したのか、四月朔日が顔を上げた。城取を見て、不愉快そうに鼻梁に皺を寄せた。

「こんなところで会うとはな。偶然か」

「そんなわけないでしょ。草間課長に聞いて来たのよ」険のある声で言う。

「なるほど。東京までついて来て監視するということか」

「そんなところね」

四月朔日は甲で新聞を叩いた。

「今日、送検かって、出てる。送検したんでしょ？」

「した」

「なのにまだ捜査するの？」

「補充捜査だ」

「東京まで行かないと駄目なの？」

結局、心臓移植を洗うよりほかに突破口がないのではないか。城取はそう考えていた。二週間の行動確認で、布山の取材にかける情熱は充分に把握できた。その取材ぶりは、生活の全てを件《くだん》の心臓移植を追うことに捧《ささ》げていると言ってもいいくらいであり、それ以外のことは一切頭にないようにさえ見えた。ならば、事件前には、原稿料を前払いして貰った金を遣《つか》って、渡米までして取材しているのだ。ならば、事件の真相がそこに潜んでいると考えるのは至極妥当なこと。取材の過程でトラブルがあったのではないか。それが澤柳の殺害に繋がったのではないか。その見立てで捜査を進めるつもりでいた。

東京では四人の捜査員を石曾根茉莉江の住む中葛西に向かわせるつもり。戌亥には大町署の捜査員とともに赤坂《あかさか》の日本臓器移植ネットワークに向かって貰い、城取は石原と一緒に東京国立大学附属病院に行くつもりだ。

正面玄関から中に入ると、鉤型《かぎ》のカウンターに「文書受付」「初診」「予約」等のプレートを天井から吊り下げて、複数の窓口が並んでいた。その前に据えられた長椅子は患者で埋め尽くされ、ひとり分の隙間すらない。椅子にあぶれた人たちは柱の陰に突っ立っている。どの窓口に行くべきか思案しながら、フロアを見回すと、コンシェルジュデスクがあり、「総合案内」のプレートを掲げている。四月朔日がそちらに足を向けたので、石原と共に後を追った。

コンシェルジュデスクには、ふたりの事務員がいた。手前の事務員に、警察手帳を開き徽章《きしょう》と写真を見せる。事務員はハッとしたように眼を瞠《みは》って、頬を強張らせた。

「看護部の福田和美さんをお願いしたい」

「少々、お待ちください」

事務員はデスクから受話器を取り上げ、緊張した面持ちでそれを耳に当てた。口元を隠すように手を添えて、聞き取ることのできない声で二言三言話して受話器を置いた。

「いま参ります」

待合フロアに空いているソファはなかったので、コンシェルジュデスクの傍らで立ったまま待った。ナース服を着た女が、エスカレーターからデスクに歩み寄って来た。事務員が指を揃えて城島を指し示す。女が城取を振り向いた。眼が合うと、会釈して、駆け寄った。

「福田です」

眉宇《びう》を引き締めるようにして、まじまじと城取を見据える。

「福田和美さん？」

「はい」

「長野県警捜査一課の城取です」

警察手帳を開きながら名乗る。和美は眉を顰める。

「長野県警？」

「ええ。布山享をご存知ですね」

「はい」

「我々が逮捕した。殺人の嫌疑です」

「え」

和美は眼を大きくして息を呑んだ。

「少し、話を訊きたい」

「え？　ええ」

眼を大きくしたまま、心ここにあらずと言った様子で頷く。

「布山とはどういう関係ですか」

「え」眉を上げる。「何とおっしゃいました？」

「布山との関係を知りたい」

和美は首を徐に振る。

「関係なんて何も。彼が書いた記事のことはご存知ですか」

「脳死移植の件ですね」

和美は唇を嚙《か》んで頷《うなず》いた。周囲の眼を気にするように左右を見渡して、城取に眼を戻す。

「地下にカフェがありますから、そちらに行きませんか」

異存はなかったので、頷いた。

「先に行って、待っててください」

和美は、足早にエスカレーターに向かう。

その後ろ姿を見送って、石原が声を潜める。

「布山の逮捕を知らなかったんですかね」

「どうかな」

「ちょっと動揺してたわね」

四月朔日がエスカレーターを見上げながら、呟いた。

三人で階段を地下に降りて、カフェに入った。コーヒーを注文して、それを啜っていると、和美が息を切らして入って来た。白衣を脱いで、格子縞《こうしじま》のプルオーバーに着替えてい
る。

「すいません。階上《うえ》だと同僚の眼とかもあるんで」

和美は弁解するように言って、真っ直ぐ城取を見つめる。

「何をお訊きになりたいのでしょう」

「布山の記事について。あなたが果たした役割を聞かせて貰えますか」

和美はぎゅっと口を結んで、テーブルに眼を落とした。暫く思案するように、眉を寄せて首を傾げていたが、やがて重い口を開いた。

「実は、私は脳死移植にちょっと疑問を感じてまして」

「どういうこと？　看護師がそんなこと言っていいわけ？」

四月朔日が和美に眉を顰める。

「先生、黙っててくれ」

四月朔日は、三角にした眼を和美から城取に移す。

「何言ってるの。脳死移植はもはや社会に受け入れられたれっきとした治療法なのよ。そ

れで助かる生命がどれだけあると思ってるの」

素人が帯同する捜査なんて初めてだ。まともな捜査になるのか、少し不安になる。

四月朔日から顔を背《そむ》けて和美の顔に見入る。

「気にしないで、続けてください」

和美は眼を伏せた。

「確かに、看護師が何を言うんだって言われそうですけど」四月朔日をちらっと見る。「医療の現場にいるからこそ感じる疑問というものがあるんです。私は集中ケアの認定看護師資格を持っています。ＩＣＵに籍をおいて重篤《じゅうとく》な患者さんのケアをしていました。全ての患者さんに最適なケアを提供することだけを考えて仕事に励《はげ》んできました。ところが、ドナーカードを所持している患者さんが搬送されて来た場合、そこに違った空気が生まれるんです。外科の先生たちが患者さんの容態を気にしてＩＣＵに現れるんです。移植コーディネーターの人もやって来て、みんなで患者さんの脳死を待ち望んでいるような雰囲気になるんです。私はそれに違和感を覚え、看護師長に相談しました。そうしたら、その翌週からＩＣＵを外されました。一般病棟の勤務になったんです。集中ケアの認定看護師なのに一般病棟に追い遣られたんです」

和美は息を吸い込み、机の上に置いた手をぎゅっと握り締める。

「何だか脳死移植に疑いを差し挟むのは許さないと言われているような気がして、胡散臭《うさんくさ》いものを感じました。納得できなくて鬱々《うつうつ》としているときに、感染管理の看護師から親族優先移植が行われたらしいと聞きました。彼女が妙なことを言うんです。レシピエント移植コーディネーターをしている看護師が彼女の同期なんだそうですが、そのレシピエントコーディネーターが、移植を受けた患者さんは独身なんじゃないかって言ってたらしいんです」

手を上げて話を遮る。

「誰の話をしているんですか。石曾根茉莉江の話ですか」

和美は一瞬、眼を丸くしたが、すぐに肩を落とした。

「さすがですね。布山さんの記事には出ていなかったのに、患者さんの名前をご存知なんですね。そうです。石曾根さんの話をしているんです」

「その移植が行われたのは、三年前の一月だ。レシピエント移植コーディネーターの認定制度が始まったのは二年前の七月だから、石曾根茉莉江のときにはレシピエントコーディネーターはいなかった筈だ」

「仰《おっしゃ》るとおりです。しかし、レシピエントコーディネーターとして認定されるためには、実績が必要なんです。彼女は認定制度が始まるずっと以前からレシピエントのケアをしていたんです。だからこそ、認定されたんです」

「なるほど。石曾根茉莉江もその人がケアしていたということですか」

「はい」頷いて続ける。「ドナーからの移植を受けるかどうか、レシピエント本人に意思確認をするのも、レシピエントコーディネーターの仕事なんです。意思確認の前に、茉莉江さんの母親から強く言われていたことがあるそうです。ドナーのことは絶対に茉莉江さん本人に言わないこと、特に親族優先の件は、決して口にしないよう何度も何度もしつこく懇願されたそうです」

「それを不審に思ってる?」

「普通は、言われなくてもドナーの話なんてしません。守秘事項ですから。でもドナーが親族なら、レシピエントはいずれ気付くことになります。秘匿する意味がない。母親は動揺させたくないからだと言っていたそうです」

「確かに動揺するかも」四月朔日が口を挟む。「親族優先提供だって聞かされるのは、親族が亡くなりましたって言われているのと同じだから。お母さんの気持ちは理解できるわよ」

和美は首を振る。

「確かにあなたの言うことも一理あります。けれどもレシピエントコーディネーターは、それを含めてケアしているんです。移植してお仕舞いじゃないんです。移植後には拒絶反応との闘いが待っています。心移植のリスクが高まるのは移植後三ヶ月です。この時期に親族が亡くなったことを知って動揺するより、移植前に知って、覚悟を決めて移植に臨むほうがリスクを減らせる筈です」

「レシピエントコーディネーターは茉莉江さんに親族優先の話をしたんでしょうか」

「しなかったそうです。母親の様子が普通じゃなく、話したらきっとクレームになると思ったそうです」

「それで、親族優先提供を疑った？」

和美は慌てた様子で首を振る。

「違います、違います。退院して、その後検査で通院するようになったときのことです。旦那さんの分まで生きていきましょうって言ったらしいんです。そうしたら茉莉江さん、怪訝な顔で、私が独身だって知ってるでしょって言ったそうです。お母さんのほうはあたふたした感じでそうよ、何を勘違いしてるのかしらってレシピエントコーディネーターを睨みつけたらしいんです。それで、本当に婚姻関係のある移植だったんだろうかって疑うようになったそうです。私も話を聞いてそう思いました。けれども人づてに聞いた話ですからね。自分で確かめたわけではありませんから、誰にも話しませんでした」

「だったら、どうして記事になってるんですか」

和美は気まずそうに口の端を捻った。眼を伏せる。

「脳死移植に反対する市民集会があると聞いて、それに参加したんです。布山さんとはそこで知り合いました。隣の席に座っていたのが布山さんだったんです。布山さんは奥さんが脳死になったときの話をしてくれました。その話に同情して、移植の現場では不正も行われているって、言ってしまったんです。直ぐに軽率なことを言ったと思ったんですけど、布山さんに、どういうことだってしつこく訊かれて」

「なるほど。それで話した？」

和美はちらっと城取の顔を見上げ、すぐにまた眼を伏せる。

「ただの噂《うわさ》だからって言ったんですけど、事実かどうかは自分で確かめるからって言われて」

「布山のパソコンに脳死移植関連の書類が幾つもあった。あなたが盗み出して、布山に渡した。そういうことですね」

和美はハッとしたように眼を大きくして城取を見つめる。

「盗み出しただなんて。コピーしただけです」

「ちょっと、何言ってるの」四月朔日が身体を乗り出し、目角《めかど》を立てて和美を見据える。

「コピーなんかしちゃ駄目でしょ。医療情報は、最高レベルの個人情報ですよ」

城取は四月朔日に掌を向けた。

「先生。口出しは無用に願いたい。邪魔をするんだったら、席を外してくれないか」

四月朔日は何か言いたげに口を尖《とが》らせる。

それを見て、石原がすかさず身体を乗り出す。

「四月朔日教授、お願いします。ここはちょっとおとなしくしてましょう」

四月朔日は石原を睨みつける。石原が懇願《こんがん》するように手を合わせるのを見て、プイと横を向いてしまった。腕を組んで背凭《せもた》れにより掛かる。

改めて和美に向き直る。

「あなたは情報を盗んだわけですね」

和美は顔を歪《ゆが》め、咽喉を鳴らした。

「だって、布山さんにしつこく言われたから」

「コピーを渡す見返りに、金を受け取りましたね」

和美は抗議するように口を尖らせる。

「お金って言ったって、二、三万のことですから。実費です。コピーとか呼び出されたときの交通費とか」

「悪いことをしたとは思っていないわけですか」

「いえ、それは……。そうは言いませんけど、私は集中ケアの認定看護師なんですよ。それが何だって一般病棟なんですか。脳死移植と救急救命は相反《あいはん》するんじゃないかって言っただけですよ。それだけで、一般病棟勤務にさせられるなんて、病院側にやましいところがあるってことでしょ。病院のほうがよっぽど悪いことをしてるってことよ」

「逆恨みのように聞こえます」

「違うわよ」

城取は懐のポケットから写真を抜き、和美の前に置いた。和美はその写真にちらっと眼を遣って城取を見上げる。

「その男を知りませんか」

和美は目線を下げ、写真に眼を留める。

「知りません」

「澤柳駿一といいます」

「そんな人、知りません」

和美の眼に見入る。何かを隠しているような気配は見受けられない。写真を取り上げ、懐に入れながら椅子から立ち上がった。

「ご存知でないのなら結構。長野県警があなたに伺うことはもう何もないでしょう。しかし、警視庁はあなたに用があるかもしれません。いかがでしょう。警視庁の警官が遣って来る前に、あなたのほうから出頭してみては」


総合案内に戻って、五十嵐克之教授と話したいと言うと、事務員は再び、緊張した面持《おもも》ちで受話器を取り上げた。布山のパソコンにあったファイルで、石曾根の心臓を摘出したのは、五十嵐だと判明している。事務員は受話器を置いて城取を見上げた。

「三時までオペに入っております」

壁の時計を見上げると、まだ一時を回ったところ。

「出直します」

「はい。それでしたら来週の金曜日以降にお願いします」

城取は事務員を見据える。事務員はたじろいだ様子で慌《あわ》てて付けくわえた。

「明日から学会に出るため出張になるものですから」

そんなに先まで待っているわけにはいかない。地検は二十日以内に公訴を提起しなければならない。つまり城取らが、補充捜査に使える時間もそれだけということ。

「ならば三時まで待たせて貰う。オペが終わってから会って貰えるでしょうか」

事務員はもう一度受話器を取り上げた。口元に手を当てて二言三言話す。受話器を戻した。

「五十嵐はオペの後、十五階のレストランでランチを取る予定にしているそうです。それ以外はずっと予定が詰まっていて、お会いするのは難しいということです」

壁のフロアマップに眼を遣ると、十五階にはレストランのほかにラウンジがあった。

「ありがとうございます」

三時までラウンジで待つことにして、エレヴェーターで十五階に行った。

ラウンジに入って間もなく、中葛西に行った捜査員から電話が入った。

「石曾根茉莉江の家は、早坂祐司のものです」

「早坂祐司？　確か、親族確認書にその名前があった」

「はい。石曾根茉莉江の父親です」

「なるほど」

「近所の人の話ですと、茉莉江は両親と三人で暮らしていたようです。茉莉江が石曾根隆夫と結婚していたことを知っている者は、誰もいません」

「偽装結婚の可能性あり、か」

「それが、そうとも限らないようです」

「どういうことだ」

「茉莉江は白血病でずっと入院していて、祐司も美智代も病院に行くばかりで、近所付き合いをしなくなっていたそうです。それで誰に訊いても、詳しいことは判らないと言うんです」

「待て。白血病だと？　心臓病だろ」

「それが、誰に訊いても、白血病だって言うんですよ」

誰もが病名を勘違いしているのか。

「澤柳のほうは」

「誰に訊いても知らないですね。しかし布山のことはほとんどの人が知っていました」

「ほう」

「どうやら布山は、三月頃、茉莉江の心臓移植の件で、近所の人たちに何か知らないか訊いて回ったようです。みんな、白血病だと聞いていたのに心臓移植だと言われて面食らったと言ってます」

「茉莉江には会えたのか」

「いいえ。茉莉江も両親もいません。近所の人たちの話では、この数ヶ月、姿を見ていないそうです」

布山が、レシピエントは親子ともども行方をくらませたと言っていたことを思い出した。何かのトラブルに巻き込まれたのか。それとも単に布山から逃げただけか。

「判った。引き続き聞きこみを続けてくれ」

ソファに沈み込んでいる四月朔日の前に立って、正面から見下ろした。

「先生」

「何よ」

下から挑むように睨み上げる。

「捜査を監視したいのなら、そうすれば良い。しかし邪魔をして貰っては困る」

「邪魔なんてしてないじゃない」

「事情聴取しているときに、横から口を挟まれるのは迷惑だって言ってる」

「別に、警部補の言うことに逆らったわけじゃないでしょ。むしろ援護したつもりなんだけど」

「余計なことはしないでくれ」

命令口調で言うと、四月朔日は頬を膨《ふく》らませて顔を背けた。

「石原」

「はい」

四月朔日の隣で、石原が背筋を伸ばす。

「病院内に澤柳を見知っている者がいないか、探ってくれ」

「はい。行ってきます」

石原が弾かれたようにしてソファから立ち上がる。その勢いのまま、ドアに向かう。

「四月朔日教授をつれて行け」

四月朔日がギョッとしたように顎を突きだした。徐《おもむろ》に城取を見上げる。その眼を見つめ返すと、渋々といった様子で立ち上がった。

ふたりがラウンジを出て行くのを見届けて、ソファの前を離れた。心臓外科の看護師に話を訊こうと思った。

エレヴェーター前のフロアマップを見つめる。心臓外科の病室は五階の南側。

「何でしょう」

窓口に顔を出した二十代と思しき看護師に警察手帳を見せる。途端に彼女の表情が変わった。

「私たちじゃありません。私たちは誰も、患者さんの個人情報を外に漏らすようなことはしていません」

「その件で来たわけじゃない」

「それじゃや？」訝しげに眉を顰《ひそ》める。

布山のファイルにあったレシピエント移植コーディネーターの名前を思い浮かべる。

「佐伯須見子さんと話したい」

看護師は迷惑気に口を突き出した。会釈《えしやく》して奥に消える。暫く待っていると、壁のドアが開き、中年の看護師が廊下に出て来た。

「佐伯さんですか」

看護師は警戒するような眼つきで頷く。

「あなたが、石曾根茉莉江さんをケアしていたんですね」

「はい」須見子は城取に眼を据える。「やはり石曾根さんの件ですか。どこから漏れて、あんな記事になったのか」

和美に聞いた話をする。須見子は鬱々とした顔で、聞き入る。

「親族優先提供なんて初めての事例でしたから、まだマニュアルもないときのことで、旦那さんの心臓を貰ったんだって教えるべきかどうか、迷っていました。お母さんに、動揺して身体に障るといけないから、暫くは黙っていてくれと言われ、結局、入院中は旦那さんのことは全く話しませんでした。しかし退院したら、旦那さんが亡くなっているわけですから、いやが上にも知ることになるわけでしょ。だから退院後なら、旦那さんの話をしても構わないだろうと思って、話題に出したんです」

須見子の話と和美の話は一致した。

§3

三時になる前に十五階に戻った。レストランに入ると、石原と四月朔日が窓際のテーブルに向かい合っていた。石原はノートを広げて、難しい顔でそれに見入り、四月朔日のほうは調べものでもしているのか、タブレット端末をタップしている。

石原の隣に座って、声を潜めた。

「何か判ったか」

石原がノートから顔を上げて首を振る。

「澤柳を見知っている者はいませんでした。初診、予約、支払い、薬の各窓口に行って訊いてみましたが駄目でした。待合フロアの患者たちにも訊いたんですが、駄目でした。心臓外科のほうまでは、回り切れませんでした」

「患者として来ていたとは限らない。出入りの業者の関係者だとしたら、医療部門の者には判らない。事務の者にも訊いて回ってくれ」

「はい」

四月朔日をちらっと見る。

「大丈夫か。邪魔されなかったか」

石原はうんざりしたように鼻に皺を寄せる。

「直ぐに口出しするんで、いい加減、閉口しています」

城取は思わず含み笑いをした。

「そいつはいい」

「良くないですよ」

石原がむくれたように、投げ遣りに言った。四月朔日が顔を上げ、首を傾げている。自分の話だと気付いていないらしい。

暫くすると、ネクタイ姿の男が入って来て、入口近くのテーブルに着いた。注文を取りに行ったウェイトレスが、メニューを小脇に抱えたまま会釈する。男が破顔してウェイトレスに話し掛けた。目尻の皺から気安い印象を受ける。ウェイトレスも笑顔で言葉を返し、もう一度会釈して、厨房《ちゅうぼう》のあるほうに消えた。

城取は席を立った。背後で椅子を引き摺《ず》る音がしたのは、石原や四月朔日だろう。テーブルに近付く。男の正面に立って、テーブル越しに訊ねた。

「五十嵐先生ですか」

男はきょとんとした顔で、城取を見上げた。細面の顔に鉤鼻が目立つ。白髪交じりの頭髪は短く刈り揃《そろ》えられていて好感が持てる。

「ああ、そうだが、どなたかな」

男は、城取の後ろにも眼を向ける。四月朔日がまた口を挟んで来なければ良いのだが。

少し懸念を抱きながら、五十嵐を見つめる。

「長野県警捜査一課の城取です」

懐《ふところ》から警察手帳を抜き出し、開く。

それを見て、気の良さそうな男は急に顔を顰め、厭《いと》うような眼つきをした。

「雑誌の記事の件か」

「ええ。しかし先生を煩《わずら》わせようとして来たわけではありません」

五十嵐は城取から視線を外すと、口をすぼめて眼を天井に向けた。

「宜《よろ》しいですか」

手前の椅子に手を向ける。五十嵐の返事を待たずに、五十嵐の向かいに座る。石原が城取の隣の椅子を引いた。四月朔日は、隣のテーブルから椅子を引き摺り出して、通路を塞《ふさ》いでその椅子に座った。

　五十嵐は訝しげに四月朔日のすることを見ていたが、四月朔日が通路を塞ぐと苦笑した。

「どうぞ、こちらに。私の隣で良ければ」

「いえ、結構です」

「そう？」

「ええ、お構いなく」

　五十嵐はまだ何か言いたげに、四月朔日の顔に見入っていた。四月朔日が何者なのか怪しんでいるのかもしれなかった。刑事には見えないから。

「先生」

　城取が呼ぶと、五十嵐は漸く眼を向けた。城取の顔を見つめる。

「私を煩わせるつもりはない？」

「はい」五十嵐の眼にまじまじと見入る。「澤柳駿一という名前に心当たりありませんか」

　五十嵐は眉を寄せ、宙に視線を彷徨《さまよ》わせた。その眼を城取に戻すと首を傾げた。

「私の患者にそういう人はいないな」

「そうですか。先生は、週刊誌の記事を書いた記者を知っていますか」

「いや。取材させてくれって言って来たようだが、そんなものを受ける道理はないから断らせた。一度も会ってない」

「なるほど。布山享という者です。我々が逮捕しました」

「逮捕?」五十嵐は眉を顰める。「それはつまり、どういうことかな。情報漏洩の教唆ということか」

「いえ、違います。それについてはいずれ、警視庁が捜査に乗り出すでしょう。長野県警は殺人の嫌疑で布山を逮捕しました」

「ほう」

五十嵐は、首を伸ばすようにして上体を起こす。

「澤柳駿一というのは被害者の氏名です」

「そういうことか。それなら、週刊誌の件で私のところに来たわけじゃないのか」

「記事と殺人に関係があるのか、現段階では判っていません。しかし無関係だとは思えません」

「関係がある?」

「それを探っているところです。それで先生のところに参りました」

「何を訊きたい」

「石曾根茉莉江さんの所在をご存知ですか」

「石曾根？　ああ、結婚してるのなら、そうなるのか。私は退院後もずっと早坂さんと呼んでいた。所在というか、住所なら判るが」

「自宅にはいません。ずっと留守にしているようです」

「そうなのか」五十嵐は唇を噛んで首を振る。「住所が変わったのなら、言っておいて貰わないと困るんだがな」

「本当は、こちらにまだ入院しているとか」

探りを入れるように上目を遣って様子を窺う。五十嵐は首を横に振っただけだ。

「いまさら入院なんて必要はない。定期検査でも異状はなかった」

「親族優先提供がなければ、移植手術はずっと先になっていたでしょうか」

五十嵐は両手で顔を覆《おお》って鼻梁の上から下に人差し指を滑らせた。

「レシピエントの優先順位というのは、一元的に決められるものではない。まず、虚血許容時間を最優先に考える。摘出心は四時間以内に血流再開しなければならないから、レシピエントの入院施設がドナーから遠く離れていれば、当然優先順位は下がる。次に医学的緊急度だ。補助人工心臓が必要、大動脈にバルーンカテーテルが必要、人工呼吸が必要、集中治療室で強心薬点滴投与が必要、これらのひとつに該当すればステータス1として優先される。因みに彼女の場合は、どれにも該当していなかった。ステータス2だった。次にＡＢＯ式血液型だ。一致が原則だが、緊急度の高いレシピエントに一致する者がいない場合は、適合でも可となる。彼女はA型で、ドナーがO型だったから、一致はしていなかった。ドナーがOで、レシピエントがAなら適合だ。適合しただけだから優先度は低くなる。最後に待機期間だ。待機期間が長いほど優先される。彼女の場合は二年五ヶ月だった。平均待機日数は二年八ヶ月だ」

「つまり、石曾根茉莉江の優先順位は、下から数えたほうが早かったということになりませんか」

四月朔日が口を挟んだ。

城取が制する前に、五十嵐が彼女に身体を向けた。

「そういうことになるな」

四月朔日が身体を乗り出す。

「待機してる人って、どのくらいいらっしゃるんですか」

「二百五十を切るくらいじゃないかな」

「そんなに」四月朔日が身体を反らせる。「じゃ、彼女は二百人以上、飛び越えたってことね」

四月朔日を制するタイミングを完全に失した。石原が同情するような眼を城取に向けたが、四月朔日には城取の感情を慮《おもんぱか》る様子は全く見受けられない。彼女は五十嵐に重ねて訊ねる。

「石曾根隆夫さんと茉莉江さんは随分年齢が離れているけど、心臓移植に年の差って関係ないのかしら」

　五十嵐は四月朔日に微笑む。

「なかなか鋭いことを言うお嬢さんだ。臓器だって老化するから、勿論、年相応の臓器が一番良いに決まってる。しかしいま言った通り、二百数十人の人が心臓移植を待ってるというのが、実情だからね。優先順位で年齢差は考慮しない。しかし心移植の場合、ドナーの適応基準というものがある。カテコラミンの質、量、収縮期血圧に加えて、六十という年齢の上限があるんだ。五十歳以下が望ましいとされているが、これは上限ではない。彼女の夫は五十三だったから、上限の中には収まっている。男性の場合なら、四十五歳を超えていれば、冠動脈疾患がないことを冠動脈造影で確認することも要件だ。このドナーに疾患はなかった」

「それじゃ、石曾根隆夫さんの心臓は茉莉江さんにとって最適ではないけど、充分なものではあったってことでいいのかしら」

　五十嵐はほくそ笑む。

「最適じゃないけど充分。面白いことを言うね。心ドナーの適応基準というのは必要条件でね。実はこの基準に従うと半分以上のドナーが不適となる。だからこの基準に合わないドナーの中から移植可能な境界領域のドナーを評価するのが重要なんだ」

「それは誰がするんです?」

「メディカルコンサルタントさ。JOTの委嘱《いしょく》を受けた……」

「待って、JOTって?」

「Japan Organ Transplant Network、日本臓器移植ネットワークのことだ。そこから委嘱された専門医がメディカルコンサルタントとして、臓器提供病院に行って、検査し、データ確認して、移植に適する臓器かどうか評価している。我々移植医は、メディカルコンサルタントから評価した情報をファックスや電話で貰って、移植が実施可能かどうか判断するんだ」

「それで、移植を中止することもあるのかしら」

「勿論。臓器を提供したいという本人の意思に報えず、断念するより仕方ないという事例は、そうだな」思案するように天井に眼を遣る。「一割ぐらいかな」

「じゃ、親族優先提供って言っても、ドナーの状態如何《いかん》では駄目になったかもしれないってこと?」

五十嵐は、鹿爪《しかつめ》らしい顔で四月朔日の顔に見入る。

「そういうことだ。リンパ球交差試験を行って、Tリンパ球に対して陽性になったら、たとえ親族優先提供の意思が示されていたとしても、親族への移植を断念して別のレシピエントを選定することになる」

「リンパ球？」

四月朔日がぽかんとした顔で首を傾げる。

「レシピエントが移植される臓器に対する特異的抗体を持っていると、超急性拒絶反応を発症することがあり、それは免疫抑制剤で制御することが困難だから、術前にレシピエントが抗ドナー抗体を持っているかどうかを調べるんだ。抗T細胞抗体が検出されたらレシピエントには移植できないということだ。抗B細胞抗体が検出された場合は、各移植施設の判断に任される。抗B細胞抗体に関しては、国内で二例の陽性例の移植が行われているが、超急性拒絶反応は起きていない。どうも世間では誤解してる人もいるようだが、我々は移植の実績を積みたいわけじゃない。患者を助けたくて移植してるんだ。移植に向かない臓器であれば、当然、断念する」

「親族優先提供で評価が甘くなるってことはないのかしら」

「親族優先かどうかというのは、我々医師には関係のないことだ。それは移植コーディネーターが確認することで、現場の医師の領域ではないし、現場の医師が立ち入って良いことでもない。だってそうだろ？　レシピエントの選択に現場の人間が関わって公平な選択ができると思うかね。無理だろう。自分の患者を優先させたいというのが人情だから。だからドナーが親族優先提供の意思を持っていたのかどうか、そんなことにも、我々移植医は関心を向けちゃいけないんだ」

「それじゃ、先生は石曾根茉莉江さんが親族優先提供だったことを知らなかったんですか」

「知らなかった。優先順位は上のほうじゃないだろうと思っていたから、JOTから連絡がきたときには、正直、驚いた。しかし、どうしてこの患者になったのかなんて訊かないし、教えられもしない」

「おかしいな」石原が呟き、首を捻る。

「何がおかしい」五十嵐が眉を顰めた。

石原が慌てて背筋を伸ばす。

「看護師が親族優先提供だと知っていたんです。先生が知らないことをどうして看護師が知っていたのかと思って」

「レシピエントコーディネーターのことを言っているのか。彼女は全面的に茉莉江さんのケアをしていたんだ。知っていて当然だろう」

城取は、四月朔日が口を差し挟まないことを願って、五十嵐に訊ねる。

「退院した後、茉莉江さんはこちらに来てないんでしょうか」

「いや、定期検査に来ている。退院して三ヶ月は毎月一回、それから半年して一年後に一回。今年も一月の終わりに来た」

一月の終わりと言うと、布山が早坂の近隣の家を訪ね回る以前のこと。

「そのとき、何か変わったことはありませんでしたか」

「いや、別に。心機能、血行動態とも問題なかった。心臓超音波、心電図、末梢リンパ球の形態など、生検も問題なかった」

「そういうことではなく、落ち着きがないとか、不安げに見えたとか、あるいは激昂《げっこう》し易いとか、それまでと明らかに様子が違うというようなことはありませんでしたか」

五十嵐はきょとんとした顔になる。

「いつもと変わらなかったな」

「茉莉江の近隣住民が、彼女を白血病だと思っているようなんですが、どういうことでしょうか」

「その通りだ」

「え」四月朔日が五十嵐に向かって身体を乗り出す。「白血病って、心臓移植しなきゃいけないの」

「そうじゃない。白血病というのは、まず完全寛解を目指して大量の抗がん剤を投与するんだ。それで白血病細胞を大幅に減らして、血球数を正常値に戻す。しかしそうなっても、白血病細胞が完全に消失するわけではないから、そこから更に大量の抗がん剤を投与する地固め療法に入る。つまり、寛解導入療法でも寛解後療法でも大量の抗がん剤を投与することになる。人によって効果のある薬剤、副作用が強く出る薬剤というのは違う。個人差があるんだ。だから種類の違うものを投与して、相乗効果を高めたり、副作用の分散を図ったりする。けれども副作用をゼロにすることはできない。早坂茉莉江さんの場合、ドキソルビシンとダウノルビシンで心筋障害を起こした。アドリアマイシン心筋症になってしまったんだ。彼女の年齢で発症するのは珍しいが、縦隔への放射線照射がリスクを高めたものと思われる」

「それで心臓移植が必要になったのね」

五十嵐は残念そうに口を結んで頷く。

「いまも白血病の治療を続けてるのかしら」

「してない。彼女は骨髄移植を受けたから」

「心臓のほかに骨髄まで」四月朔日が口に手を当てた。「大変ね」

「移植って言っても、骨髄のほうは手術なんかしない。骨髄液を点滴するだけだから、心移植ほど難しい手技が必要とされるわけではない」

「いえ、医師の技量の問題ではなくて、茉莉江さんの負担のことを言ってるんですけど」

「ああ」五十嵐は眼を瞠った。「そっちか。骨髄移植に限らず、造血幹細胞移植というのは、末梢血幹細胞移植でも臍帯血《さいたいけつ》移植でも、前処置の苦しみというのは相当なものらしい。患者のほうはこんな苦しい思いをするくらいなら、中止したいと思うこともあるらしい。しかし一旦始めたら、造血幹細胞を移植しなければ、患者は死んでしまうから、途中で止めるわけにはいかない。彼女が心筋症を発症していると判ったときには、既に前処置が始められていた。後戻りできなかった。移植後の拒絶反応と感染症との闘いは、造血幹細胞でも心臓でも、壮絶を極めることがある。幸い彼女の場合は軽かった」

ウェイトレスが盆を持って来て、会話が中断した。彼女は、通路を塞いでいる四月朔日を見て、眉を顰めた。直ぐに真顔に戻って、五十嵐の前にその盆を置く。

「ごゆっくりどうぞ」

五十嵐に微笑んで戻って行った。

「ここの生姜《しようが》焼き定食はなかなかでね」

言いながら五十嵐が箸《はし》を取り上げた。椀を持って味噌汁を啜り、満足したように頷く。それを戻すと、今度は茶碗を取り上げた。箸で肉を摘《つま》んで言う。

「ところで、人を殺したというその記者はどういうつもりであんな記事を書いたんだろう。親族優先提供が不正の温床《おんしよう》だと言いたいのか、単に不正をする者を糾弾したいだけなのか」五十嵐は思案するように首を傾《かし》げた。箸の肉を口に入れ、咀嚼《そしやく》し始めた。飲み下すと再び口を開く。

「どちらも違うか。どうもあの記事からは脳死移植そのものへの反感が感じられる」

城取は五十嵐を見つめたまま頷いた。

「仰る通りです。布山は自分の妻が脳死して、ドナーになった体験から、脳死移植に疑問を抱くようになったようです。脳死を受け入れられず、医師が救命を放棄しているという印象を持ったようです」

「なるほど」

「しかし、それよりも布山が衝撃を受けたのは、ラザロ徴候です」

「それか」五十嵐は嘆息した。

「ラザロ？　ラザロって、キリストに生き返るように言われて墓から出て来た人よね」

四月朔日が城取の顔を見つめる。

「そうだ。ヨハネの福音書に登場する」

「そのラザロに因《ちな》んで名付けられた現象だ」五十嵐が箸を止めて四月朔日を見る。「人工呼吸器を外すと、血液のpHが低下して、脊髄前核細胞が刺激され、それによって、上位運動ニューロンが筋肉を動かすことになる」

四月朔日が眉間に皺を寄せる。

「もっと判り易く仰って戴《いただ》けないかしら」

「脚気《かっけ》の検査を知ってるか。いまどき脚気なんてあまり聞かないから、知らないかな」

「木槌《きづち》で膝を叩くんでしょ。知ってます」

「あれは、膝蓋腱《しつがいけん》への刺激で大腿四頭筋が収縮して膝関節が伸びるんだ。脊髄の反射中枢を介して起きる反射のひとつだ。あるいは解剖したカエルの脊髄に電気刺激を与えると脚が動くだろ。あれも脊髄反射だ。あれと同じことが死亡宣告された患者にも起きるということだ。つまりラザロ徴候というのは脊髄反射のことだ。脳が機能しなくなっても脊髄が機能していれば当然、脊髄反射は起きる。脊髄反射で心拍数や血圧に変化が見られることだってある。

脳死に特有の現象だと誤解されている向きもあるが、心停止した患者の病理解剖をしているときに腕が動くことだってある。病理解剖中なら驚いたで済ませられるが、脳死ドナーから臓器を摘出しようっていうときに、ラザロ徴候が起きたらそれじゃ済まされない。その動きが臓器の摘出を妨《さまた》げることになり兼ねないからだ。臓器が損傷しないように細心の注意を払わなきゃならないのに、ドナーが暴れたらそういうわけにはいかない。だから、摘出前にドナーに麻酔を打ってラザロ徴候が起きないようにすべきなんだ。脳死に懐疑的な人たちは、死んだ人に麻酔を打つのはおかしいって言うだろ。気持ちは判らないでもないが、我々医師は理に適《かな》ったことをしてるだけだ」

五十嵐が箸の先を城取に向ける。

「その記者はラザロ徴候を見て、まだ生きてる人間から臓器を摘出したと思っているんだな」

城取は首を振る。

「いえ。逆です。ラザロ徴候を見て、妻の死を納得したと言ってます。同時に人知を超えた存在に気付かされたと言ってます」

「なるほど。実際に見たら、それだけ衝撃的かもしれないな」

「どうも信仰心が芽生《めば》えたようで、人は死んだら、臓器を兼ね備えた生まれたままの姿で、神の許《もと》に行くべきだと考えているようです」

五十嵐は鼻を鳴らして、生姜焼きの皿に手を伸ばす。

「信仰の問題は自分の中だけに留めておくべきだ。他人に強いるべきじゃない。脳死移植を受け入れられないとしても、同じ考えを持てと、ほかの人に言うのは筋が通らない」

五十嵐がちらっと腕時計を見た。

「この後、小児循環器科との合同カンファランスがあるんだ」

「お忙しいところ、申し訳ありません。最後にひとつだけ、ご教示戴きたいことがあるのですが、宜しいでしょうか」

「何だ」五十嵐が眼を上げる。

臓器摘出記録書によれば、石曾根隆夫は蜘蛛膜下《くもまくか》出血で脳死した。

「外傷が残らないように人為的に蜘蛛膜下出血を起こすことは可能でしょうか」

五十嵐は箸を置いて、城取を見据えた。

「人を脳死にして殺す方法を知りたいのか」

「ええ。まあ」

「相手が刑事じゃなかったら教えられないが、方法はある」

　五十嵐の眼を見つめる。

「ありますか」

「蜘蛛膜下出血は、どうやって診断するか知っているか」

「CTですか」

　五十嵐は頷く。

「脳は脳脊髄液に浮いた状態で頭蓋《ずがい》に収まっている。蜘蛛膜下出血というのは、脳動脈瘤の破裂などで、脳脊髄液の中に血液が滲出することだ。CTの画像では、出血しているところが白く見える。しかし出血がごく微量の場合、CTの画像では診断がつかない。そういうときは腰椎《ようつい》に注射針を刺して、髄液を採取し、それを調べる。蜘蛛膜下に出血があれば、髄液は赤くなっている。髄液は循環しているから、蜘蛛膜下の出血が腰椎から採取した髄液で判るんだ。髄液は脊髄末端の方に下行してきて、脳の方に上行している」

　城取は雷に打たれたように感じて、五十嵐の眼をまじまじと見つめた。

「つまり、逆に、腰椎に注射針を刺してそこから血液を注入することもできるということですか」

「そうだ。そしてその症状こそがまさにSAH、蜘蛛膜下出血だ」

「まさか、石曾根茉莉江はそれをしたんじゃ……」

石原が、五十嵐を見つめたまま蒼ざめる。

五十嵐が険しい顔つきになって続ける。

「その場合、動脈瘤《どうみやくりゆう》の破裂を伴《ともな》っていないわけだから、その時点ではまだ、脳の虚血はないが、頭蓋内圧亢進《こうしん》という致命的な事態になる。脳ヘルニアを発症すれば脳幹が圧迫され、それによって血流が遮断され、行き場を失った血液が血管を破裂させる。動脈瘤の破裂といっしょだ。脳脊髄液の量というのは百五十ミリリットルでホメオスタシスを保っているから、血液を百ミリリットル、髄液に注入しただけで、そういうことになる」

四月朔日は、不気味な虫を眼にしたかのように、顔を引《ひ》き攣《つ》らせた。

「献血するときの採血量って四百ミリリットルなんでしょ。その四分の一を注入しただけで？」

「しかし、22ゲージくらいのやや太めの針を、棘上靭帯《きよくじようじんたい》、棘間靭帯《きよくかん》、黄色靭帯、硬膜、蜘蛛膜と貫かせなければならない。技量が必要だから、素人には無理だ」

「つまり、医療従事者なら可能ってことですね」

城取は五十嵐の眼を見つめた。

省エネでエアコンの設定温度を高めにしているのか、ホテルの会議室は少し蒸していた。

§4

捜査員たちはワイシャツのボタンを外し、鬱陶《うっとう》しい気象に怨《うら》みを抱くような顔で襟元《えりもと》を摘んで煽《あお》り、肌に風を送り込んでいる。それが涼感を得る役に立っていないことは、彼らの額に浮いた汗を見れば一目瞭然だ。机にはペットボトルの空が並ぶ。冷えたお茶が入っていた。どの捜査員も飲み干してしまったのだ。

ただひとり四月朔日だけが、すました顔で座っていて、ペットボトルのお茶もふた口ほど啜っただけ。

「それじゃ、石曾根隆夫は殺されたということも考えられるということですか」

戌亥が城取に憮然とした顔を向ける。

五十嵐に話を聞いた後、城取らはその足で京橋病院に向かって、脳神経外科の医師に面談を申し入れた。病院では、捜査機関が突然遣って来たことに戸惑い、困惑しているようだったが、石曾根を診た医師に話を通してくれた。医師は、カルテとCTの画像を用意して城取たちを診察室に迎え入れた。

医師によると、石曾根は救急搬送されたときには既に意識を消失しており、自発呼吸もままならない状態だった。瞳孔《どうこう》の対光反射が見られず、視神経に乳頭浮腫《にゅうとうふしゅ》が見られ、また収縮期血圧と拡張期血圧がともに高かったので、頭蓋内出血を確信して、直ぐにCTを撮った。すると、鞍上槽《あんじょうそう》、迂回槽、脳底槽、上小脳槽、両側シルビウス裂や両側大脳溝にそって広範囲に高吸収域を認めたので、内因性の蜘蛛膜下出血と診断した。脳ヘルニアを発症していて脳幹にも血腫が見られた。専門用語をまくし立てられ、ちんぷんかんぷんだったが、ひとつのことがはっきりした。要するに手の施《ほどこ》しようがない状態だった。

「三次元CTの画像を一覧すると、三ミリ大の脳動脈瘤の痕《あと》がありました。三ミリで破裂するとは不運でした」

「え」驚いて訊き返す。「普通は破裂しないんですか」

「症例に普通というのはありません。ひとりひとりできる部位も大きさも違います。大きい脳動脈瘤でも破裂しない人はしない。小さくても破裂する人はする。そういうことです」

「不運と仰いました。どういうことですか」

「破裂する人なんて、脳動脈瘤を持つ人の内、一パーセントないし二パーセントなんですよ。検査で脳動脈瘤が見つかった人が百人いたとしたら、破裂する人はその内、ひとりかふたりということです」

「低い確率に当たってしまったから不運だと？」

脳外科医は煩わしげに首を振った。

「いやいや、大きさですよ。大抵の医師は五ミリより小さい脳動脈瘤を見つけても、経過観察とします。破裂するかどうか判らないのに、開頭して処置するなんてリスクが大きいですからね」

「なるほど。経過観察の大きさなのに、破裂してしまった。そういうことですね」

医師は面倒臭そうに頷く。

「その程度の大きさで、死んでしまうほどの出血があるんですか」

「出血量というのは、動脈瘤の大きさに比例するわけではありません。出血量は瘤《こぶ》の形状より血管の形状に影響されます。三ミリだって死に至る量の出血はあります」

「その脳動脈瘤に、どういう処置をしたんですか」

「開頭してネッククリップをしました。血管と瘤の間をクリップで止めるんです」

「それは通常の治療法なんですか」

脳外科医は気分を害したようだった。不愉快そうに顔を雲らせた。

「勿論そうだよ。ほかに何があるって言うんだ。カテーテルのことを言ってるのか。あれは動脈瘤や血管を突き抜けてしまうリスクがある」

「最善を尽くしたが死んでしまった、ということですね」

脳外科医は更に機嫌を損ねたようだった。

「何が言いたいんだ」

「移植を急いだというようなことは？」

医師は顔を真っ赤にして声を荒らげた。

「あなたね、勘違いしてるのかもしれないが、我々医師は、移植を優先するために救命処置を放棄したりなんかしない」

「判りました。その点をはっきりさせておきたかっただけです。あと、もうひとつ確認しておきたいことがあります。腰椎穿刺の痕《せんしあと》はありませんでしたか」

医師は、質問の意味が解せないというように眉を顰め、軽侮《けいぶ》するような眼で城取を見つめる。

「腰椎穿刺なんてする必要ありませんでしたよ。CTの画像だけで蜘蛛膜下出血は明らかでしたから」

「そうではなく、ここに搬送されて来る前に腰椎穿刺をされていたかどうかを知りたいんです」

「はあ？」脳外科医は小莫迦《ばか》にするように、大きく口を開けた。「ここに来る前に、ほかの病院に行ったと言うんですか。それとも救急隊員がしたとでも？」

嘲笑《ちょうしょう》するように息を吐く。

城取は少し苛立って、強い口調になる。

「そうじゃない。石曾根の背中を見たのかどうか、それを知りたい」

城取のもの言いに、脳外科医はついに感情を爆発させた。

「そんなとこ、見るわけないだろ。蜘蛛膜下出血で一刻を争う患者だぞ。ったく、ど素人が何を言ってるんだ」

脳脊髄液に血液を注入されていたとしても、脳神経外科医は背中を見ていないのだから、気付く筈もない。動脈瘤が経過観察の大きさであったというのも気に懸かる。五十嵐の言った方法が取られたのではないかと勘繰りたくなった。

千国が釈然としないといった面持ちで言った。

「ムチウチの治療で血液を注射する方法があるって、テレビで観たことがあります。あれをすると死んじゃうってことですか」

城取は首を振る。

「ブラッドパッチだな。あれは脳脊髄液が漏れてるとされる人に血液を注入して、それで漏れ口を塞ぐんだ。蜘蛛膜下腔に打つんじゃない。脳膜の一番外、硬膜外に打つから、脳脊髄液に血液が混入することはない」

千国は城取が言ったことを咀嚼《そしゃく》するように二度、三度と首を縦に振る。

城取は戌亥を振り向いた。

「移植コーディネーターの方は何か収穫がありましたか」

「親族関係確認書の原本を見せて貰いました。ちょっと気になったのは、これが書かれた日です」

「もしかして、移植の後で書かれたとか?」

四月朔日が口を挟んだ。

「いえ。移植前です。しかし、あまりにも性急に書かれているんです。二〇一〇年一月一七日から親族優先提供が可能になったんですが、それに合わせて厚労省が臓器移植法の運用に関するガイドラインを改正し、親族確認書の雛型を通知したのが一月一四日なんです。それから各都道府県の衛生主幹部局に郵送していますから、一七日以降にこの雛型を入手したところも少なくありません」

「石曾根隆夫は雛型が通知された日に署名してるってわけね」

四月朔日が先読みするように言って、戌亥に眼を向ける。

戌亥は手元に広げたノートに眼を落としたままで、四月朔日の相手をしない。

「JOTに、石曾根が親族優先提供をしたいと言って現れたのが、二〇〇九年の九月一六日です。改正臓器移植法が公布されたのは七月一七日ですから、この時点で既に親族優先提供が可能になることは一般に知られていたわけです。しかし、施行はその六ヶ月後の一月一七日ですから、ＪＯＴは、いずれ厚労省がガイドラインを改正してから改めて連絡すると言って帰したそうです。その後、石曾根が、ガイドラインが示されたかどうか、問い合わせる電話をしばしばかけてきたそうです。次第にクレームに近いものになり、ＪＯＴは苦慮して、厚労省の健康局疾病対策課臓器移植対策室に、既に親族優先提供の意思表示をしている者がいることを連絡しました。すると、臓器移植対策室にもクレームまがいの電話が入っていると、聞かされたそうです。そういう経緯があり、雛型ができると、ＪＯＴは直ぐにそれを入手して、石曾根に連絡を入れました。その電話で、石曾根は直ぐに出向いて行くと言い、早坂祐司と美智代とともに三人で現れたそうです。厚労省が通知したまさにその日に記入がなされているのは、そういう事情に拠《よ》るんですが、この直後に脳死になってることを考えると、どうも腑に落ちない」

「確かにそうね。クレームまがいの電話を入れて催促してた人が、直ぐに脳死になったってことでしょ。偶然《ご》にしてはでき過ぎよね」

四月朔日が独り言ち、頷く。

「戸籍謄本は、一月一四日に提出されています。それによると、石曾根隆夫と茉莉江の間に婚姻関係が成立したのは、二〇〇九年九月一五日です」

「つまり、結婚した翌日にＪＯＴに行ったということですね」

石原が確認するように言って、戌亥に顔を向ける。

「そうだ」

「どう考えたって、茉莉江さんのために脳死する覚悟を決めていたとしか考えられないじゃない」

四月朔日が机を叩いた。

「因みに、その婚姻届で、石曾根隆夫、茉莉江の本籍地は長野県松本市美須々《みすず》六の一になっていました」

四月朔日がハッとしたように眼を大きくして、戌亥を見る。

「うちの大学の近くじゃない」

戌亥は鹿爪らしい顔を四月朔日に向け、頷く。

「信大の眼と鼻の先、長野縣護國《けんごこく》神社です」

四月朔日は戌亥を見て、首を傾げる。

「乱暴な言い方をすれば、護國神社って靖國《やすくに》神社みたいなものよ。何だってそこを本籍地に選んだのかしら。それに長野県て？」

「石曾根の出身地なのかもしれません。いずれにしても、石曾根を洗ってみます。護國神社との関わりも判ると思います」

城取は戌亥に頷く。

「その件は任せる。それと、話を戻して悪いんだが、ＪＯＴに出向いたのは、石曾根本人なんだな」

「はい。とは言え、ちょっと驚いたんですが、免許証とかパスポート等で本人確認をするシステムというのはないんですね」

「え？　どういうこと」四月朔日が眉を顰める。

「そもそも臓器提供の意思というものは実に単純に表示できるでしょ。ドナーカードとか免許証で。第三者に勝手に書き込まれたものであっても、判らないわけですよ。ＪＯＴのホームページで登録することもできます。これも、第三者がなりすまして登録してしまうことができてしまいますからね。善意に不正はないということを前提にしてるんでしょう。ホームページでは親族優先提供の意思を登録することもできます」

「それって、ちょっと怖くない？」四月朔日が首を伸ばす。「だって仮に仲の悪い親子がいて、子どもが臓器を必要としていたとするじゃない。そういう場合、子どもが勝手に親を親族優先意思を持つドナーとして登録してしまえるってこと？」

「可能でしょうね」

四月朔日がしかめっ面をする。

「それっておかしい」

「まあ、そもそも不正が行われるなんて考えてないんでしょう。だから石曾根が焦ってクレームの電話を入れなくても、一月一八日以後ならＪＯＴのサーバーに簡単に登録できたんです。ＪＯＴはその説明もしたらしいんですが、石曾根は聞き入れなかったようですね」

城取は戌亥に身体を向けた。

「仮に石曾根になりすました何者かが、ＪＯＴに行っていたとしたら、事件の様相が違うものになる。石曾根であれば自殺の可能性が出るということだし、なりすましであれば、他殺の可能性が出るということだからな」

戌亥はハッとしたように眉を跳ね上げた。

「なるほど。石曾根本人で間違いありません。というのは、移植コーディネーターの野坂由紀子がそう言ってますから。三人がＪＯＴに現れたときに、親族優先提供の意思表示をしていても条件に合わず、他人への提供になることもあるということを説明してるんです。京橋病院から連絡を受けてドナー評価に行ったとき、つい先月、説明をしたばかりの相手が本当に脳死になっていて、人生の儚《はかな》さを思ったと言ってましたから」

城取は五十嵐の話を思い出した。腰椎穿刺には相応の技量が必要らしい。石曾根にそれだけの技量があるのか。あったとしても、自分で腰椎に注射するなんてことができるのか。幇助《ほうじょ》した人間がいるに違いない。早坂夫妻か。

「イヌさん、石曾根と早坂に医学知識があるのか調べておいてください。腰椎穿刺は素人には無理らしい」

「了解しました」

城取は千国に顔を向ける。

「東京駅のほうはどうだ?」

石曾根は東京駅構内で倒れて搬送されたのだ。東京消防庁にも京橋病院にも確認している。千国には、石曾根の目撃者の洗いだしを命じている。

千国が顔を上げる。

「駅事務室で話を聞いてきました。石曾根は車椅子に座ったまま『銀の鈴』の前で意識を失っていたそうです」

「車椅子だと」

戌亥が怪しむ顔で千国を睨む。

「はい」

「銀の鈴」は幾つかある東京駅構内の商業スペースの内のひとつ、グランスタの中にある。天井から吊り下がる大きな鈴がガラスケースに入っていて、待ち合わせ場所として使われることで知られている。

「グランスタの洋菓子屋の店員の通報があって、駅員が駆け付けたそうです。そのとき、既に石曾根の意識はなかったそうです」

千国はその店員にも話を聞いていた。

四十前後の男が、八重洲《やえす》地下中央口改札のほうから、車椅子を押して「銀の鈴」まで遣って来たのだという。

男は肩に黒い大きなバッグを掛けていた。傍らに車椅子を停めて、バッグを床に降ろした。その中から黄色のセロファンとテープを取り出し、それを「銀の鈴」のガラスに貼り付けた。店員はそれを不審に思ったが、例えば、生活弱者がそこにいることを周知させるつもりでいるとか、何かしら意味がある行為なのだろうと思って、何も言わずにいた。グランスタを行き交う人たちは、セロファンに眼を留めても、格別関心を示すことなく通り過ぎて行った。男は車椅子を黄色のセロファンの下に移動させ、石曾根の膝掛けを整えてから、地下通路を丸《まる》の内《うち》口の方に歩いて行った。店員は、バッグを置いて行ったので、直ぐに戻って来るだろうと思った。

接客やショーケースの掃除をしなければならなかったので、車椅子をずっと気に懸けているわけにはいかなかった。三十分ほど経って眼を遣ると、置き去りにされてしまったかのように、車椅子がぽつんとそのままになっていたので少し驚いた。しかも、店員が眼を離したときのままの姿勢で座っていた。まさか、死んではいないだろうと思ったものの、少し胸騒ぎを覚え、それからは仕事をしながら様子を窺《うかが》っていた。

客が途切れたのを機に、カウンターから出て車椅子に駆け寄った。しゃがんで声を掛けたが反応がない。眠っているのではなく、意識がないのだと直感して、その場にいた人たちに、駅員を呼んで来るよう頼んだ。その間も、車椅子の男に声を掛け続けたが、全く反応しなかった。

俄《にわ》かに人だかりがして、皆で案じたが、相変わらず微動だにしない。誰かがＡＥＤを外して持って来たが、呼吸はしているようだったので使用しなかった。やがて駅員が駆け付けて来て、石曾根の様子を窺い、直ぐに救急車を呼んだ。

救急隊員は、石曾根をストレッチャーに乗せて搬送して行ったので、後には車椅子とバッグが残された。店員は、連れの男が戻って来たら、渡そうと思ってそれらを預かっていたが、結局戻って来なかった。

後日、石曾根の家族だという女性が礼に現れたので、彼女に車椅子とバッグを引き渡した。

「その女は早坂美智代と名乗ったそうです」

「立ち去った男というのは、早坂祐司じゃないのか」

千国は首を傾げる。

「判りません。石曾根の知人なのか、ただの通りすがりなのか、それも判りません。いずれにしても石曾根の身辺は洗ってみます」

店員は美智代から、石曾根が車椅子を使っていたのは坐骨《ざこつ》神経痛が酷《ひど》いときだったと聞かされた。付き添いの人が戻って来なかったがどうしたのだろうと訊ねると、どなたかしらと言って、美智代は首を傾げた。介助なしにひとりで何処にでも行ける人でしたから、と応えたという。

城取は千国に眼を向けた。

「早坂祐司の写真を入手して店員に見せるんだ」

「判りました」

戌亥が訝しげに眉を寄せ、千国を睨む。

「黄色のセロファンには何の意味があったんだ」

千国は首を左右に振る。

「判りません。駅員が剝がして棄てたそうです」

戌亥は渋い顔になる。

「棄てられちまったんじゃ、調べようがないな」

「はい」

「きっと黄色に意味があるのよ」

四月朔日が言って俯く。記憶を呼び起こそうとするかのように眉根を寄せる。

「黄色の意味?」戌亥が四月朔日に眼を据える。

「黄色は膨張色《ぼうちょう》、温暖色、興奮色でしょ。希望とか活発をイメージさせられる色だけど、一方で危険とか注意をイメージさせられる。黄色のものというと、レモン、ひまわり、太陽」

四月朔日は首を捻って唸ったが、直ぐに諦めたように顔を上げた。ペットボトルを取ってキャップを緩める。ひと口啜ってペットボトルを元に戻した。それに眼を遣って、そのまま動きを止めた。

「しかし妙ですよね」戌亥が思案するように眼線を上に向ける。「早坂と石曾根が企《たくら》んでしたことなら、自宅に救急車を呼べばいいのに、どうして東京駅に置き去りにしたんだろう」

「人目が多いほうが、疑われる心配がないじゃないですか。手遅れになって脳死しても、自分たちのせいじゃない、的な。救急車を呼ぶのをわざと遅くして、手遅れにしたなんて思われませんからね」

千国が、明快な考えだろうと自慢するかのように、捜査員たちを見回す。

「待って。違う」

四月朔日の声に全員が反応して、彼女に眼を向けた。四月朔日はペットボトルを注視したまま、その首を持って、顔の前にぶら下げた。

「私の顔、何色に見える?」

捜査員たちは質問の真意を理解できず、首を傾げる。

「ペットボトルの陰になって、顔が見えない」

城取が見たままを言うと、厳しい眼で睨みつけられた。

「違う。緑色でしょ」

緑色には見えなかったが、言わんとすることは判った。四月朔日はペットボトルを机に置き、一同を見回す。

「それじゃ、銀の鈴に黄色のセロファンを被せたら何色に見える？」

「黄色でしょ」石原が素っ気なく答える。

「違う。鈴は銀色なのよ。銀色に黄色を被せたら金色に見えるに決まってるじゃない」

石原は釈然としないといった顔で、首を捻る。

四月朔日には何か思いついたことがあるのか。城取は教授を見つめた。

「鈴が金色だと、どうなる」

四月朔日が憮然《ぶぜん》たる面持ちで、天井を仰いだ。

「呆れた。金の鈴と聞いて閃《ひらめ》くことがないの」

捜査員全員が首を捻った。四月朔日は机に身体を乗り出す。

「大町では死体がお酒と一緒に埋められていたでしょ。今度は金の鈴よ。こんなこと、子どもだって判ることよ」

城取は少し焦《じ》れた。

「教授、気付いたことがあるのなら、勿体ぶらずに話してくれ」

四月朔日は一同を見回して叫ぶ。

「『てるてる坊主』よ。誰もが知ってる童謡」

捜査員たちの誰もが拍子抜けしたような顔で、眼を瞬く。

「『てるてる坊主』って……」

石原が気の抜けた声で呟いた。四月朔日がそれを聞き咎《とが》めて、詰《なじ》るように声を荒らげる。

「晴れたら金の鈴を貰えるし、お酒を沢山呑ませて貰えるでしょ」

捜査員らは納得がいかないという顔をする。

「たまたまでしょ。そんなこじつけを真顔で言わないでください」

「失礼しちゃう。こじつけって何よ。莫迦にしてるの」

「『てるてる坊主』と同じだとして、だから何だって言うんですか。それで布山を起訴できるって言うんですか」

「それはあなたたちの仕事でしょ。私はただ、ふたつの事件に『てるてる坊主』が潜んでいることに気付いたから、それを教えて上げてるんじゃない。感謝されこそすれ、怒られる謂われはないわ」

捜査員らは面白くなさそうな顔で四月朔日を睨んでいる。言い合いをするのも莫迦らしいと思ったのか、失笑して顔を背ける者もいる。

「まあ、何だ」戌亥が口を差し挟む。「四月朔日教授の言う通り、『てるてる坊主』の歌詞になぞらえたのだとしたら、死体を雪に埋めたことも、東京駅の構内で救急車を呼ばせたことも一応、説明はつくけどな」

「でしょ?」

四月朔日は戌亥を見つめて微笑む。賛同者が現れたことに力を得たのか、一同を見回して、ほら、見なさいよと言わんばかりに顎をしゃくる。

『てるてる坊主』を作詞したのは、浅原鏡村《あさはらきょうそん》よ。池田町出身なの。澤柳さんも池田町に住んでいたのじゃなくって。きっと関係あるわよ」

「ただ、そうなると別の問題が出て来る」

戌亥が呟くように言う。四月朔日は慌てた様子で戌亥に視線を戻した。

「問題なんてあるかしら」

「ふたつの事件は繋がっているということになってしまう。犯人が別々にいるとは考えられないから、布山が澤柳を殺したのなら、石曾根を殺したのも布山だということになる。布山は脳死移植に反対しているというより、憎んでさえいるんだ。布山が石曾根を殺したなんてことは、あり得ない」

「なら、澤柳さんを殺したのも布山さんじゃないのよ」

捜査員たちがハッとしたように顔を上げ、一様に陰鬱な面持ちになった。四月朔日は、自分の言ったことが捜査員たちの間に作用していることを全く意に介さない様子で続ける。

「だって本人はやってないって言ってるんでしょ。だったらやってないんじゃないの」

城取は軽い頭痛を感じて、こめかみを拇指で押して俯いた。四月朔日の言う通りだったとしたらどうなる？　誤認逮捕か。澤柳と布山の接点が浮かんで来ないのは、それ故か。

四月朔日の言う通り、ふたつの事件が関連しているとしたら？　城取は顔を上げた。

「澤柳と石曾根に接点があるか調べてみよう」

捜査員たちは口を真一文字に結んだまま、頷いた。

アポクリファの章Ⅲ　主の御前に

§1

約束の時間の十分前にプールホールの扉を押し開けた。先日のふたりは既《すで》に来ていた。隅の台で球を撞《つ》いている。背の低いほうの順番で、キューの素振りをしながら狙いを定めている。太ったほうがそれを眺めていたが、仁科に気付いて不敵な笑みを浮かべた。しかし、仁科に付き添っている者を見ると、途端に笑みを消した。警戒するように顎《あご》を引く。背の低いほうがキューを振り出して、球のぶつかり合う乾いた音を響かせる。彼は満足げに、太ったほうに顔を向けた。連れが自分のプレイを見ていなかったことに気付いて、視線を追い、仁科たちを振り向いた。

背の低いほうも、仁科の付き添いを見て、動揺の色を浮かべた。だが、自身を鼓舞《こぶ》したのか、眼が据わった。尻のポケットから学生証を抜き出して、仁科の顔の前で振る。

「金と交換だ」

金森が『てるてる坊主』をハミングしながら、仁科の肩に当たって前に出た。背の低いほうを見下ろす。金森が発する筋者の気に圧《お》されて、背の低い男は後ずさりした。だが、直ぐにビリヤードテーブルに退路を塞《ふさ》がれた。太ったほうも、いまにも後ずさりしようとするように腰が退《ひ》けている。

「俺が面倒見てる者に何してくれてるんだ」

「別に。ただ賭けの金を払って貰《もら》う約束だから」

「そんなもの、無効だ」

「いや、でも約束だから」必死の形相。

「莫迦《ばか》野郎、賭け自体が違法なんだから、そんなもの、許されるわけがないだろ」

「いまさらそんなこと言われても。そんなの卑怯じゃないですか。そういうことはプレイの前に言って貰わないと困ります。そういうことを言い出す人だと判っていたら、ほかの人とプレイしたのに」

眼だけは逸らさず、まくしたてた。だが、ビリヤードテーブルに追い込まれて、敗《ま》け犬の遠吠えにしか聞こえない。

「こいつは返して貰うぜ」

金森はパッと手を出して、仁科の学生証をつかんだ。

「あ」

背の低い男は短く叫んだだけで、抗《あらが》うことができなかった。素直に学生証を離した。

「ほらよ」

金森は仁科を振り向いて、学生証を放る。

「取り返して遣《や》ったんだから、爺《じじい》に余計な話をするんじゃねえぞ」

仁科は無言で頷く。

金森は、おどおどしたふたりを振り向く。

「お前ら、金が欲しいんなら、俺の仕事を手伝わせてやる。堅気《かたぎ》の者に勧める仕事じゃねえが、お前らには向いてる仕事だ」

ふたりは互いに顔を見合わせる。

金森はカウンターの中に眼を遣る。

「木村ってのはあいつか」

「いえ、今日はまだ来てないみたいです」

「そうか。運が良い奴だな。いたら締めてやったのにな」

「そんなこと、しないでください」

咄嗟《とっさ》に出した声は、自分でも驚くほどの大きな声だった。

「莫迦。お前の為にするんじゃねえよ。仲間を裏切るなんて奴、俺はどうしても許せねえんだ」

金森のような人たちは、仲間に対して特別の感情を持つことを美徳にしているのだろうと思ったが、それを口にはしなかった。しかし金森は仁科の考えてることを読んだようだ。

「そんなんじゃねえよ。昔、爺たちがな、俺のことを生命《いのち》を張って守ってくれたんだ。相手は最悪な裏切り者さ。あの爺、いまじゃ棺桶《かんおけ》に半分足を突っ込んでるが、昔は相当気骨のあるお節介野郎だったんだぜ」

金森は吐き棄《す》てるように言って口を捩《よじ》ったが、その顔は何処《どこ》か誇《ほこ》らしげにも見えた。

「ほら、用が済んだら行け。俺はこいつらに話がある」

「まさか」

「心配するな。木村なんて野郎を待ち伏せするわけじゃねえ」

一抹《いちまつ》の不安を覚えながらも、金森の言うことを信じることにして、ひとりでプールホールを後にした。いままで関わりたくないと思っていた金森に、まさか助けて貰えるとは思いもしなかった。

あの晩、嬰児《えいじ》を押し付けられている金森を目撃したことが幸いした。食事に誘われ、その場で嬰児のことを菊原には絶対に話すなと念押しされたのだ。一方的に自分の言い分を通してでも、反故《ほご》にされると思ったのか、代わりに仁科に貸しを作ろうとした。困っていることがあったら言ってみろと言われた。それでも賭け球の件を言い出すのは躊躇《ためら》われた。何かひとつくらいあるだろうと、しつこく言われて、講演会に菊原を誘いたいのだと言った。

金森は難しい顔をした。

「そいつは無理だな。爺に来て欲しかったら、日にちをずらさねえと」

「それはできません。もう決まったことですから」

「日曜日だろ」

「はい」

「日曜日は教会に行ってる」

「え」

菊原がキリスト教を信仰しているとは夢にも思わなかった。

「知らなかったのか」

「はい」

「だろうな。そうじゃなかったら日曜に誘ったりなんてしねえわな。クリスチャンにとって日曜礼拝に行かないっていうのは、盗むとか殺すとかに匹敵《ひってき》するくらいのことだ」

「そうなんですか」

日曜礼拝がそれほど重要なことだという認識を持っていなかった。

「俺に訊くな。訊くなら爺に訊け。お前、遥子に気があるのか」

不意に遥子の名を出されて、心臓の鼓動が激しくなった。

「遥子もクリスチャンだ。ふたりともプロテスタントだけどな」

勿論、それも知らなかった。しかし、遥子がクリスチャンだと聞くと、クリスマス・イブに彼女との距離が縮まったことには何かしらの意味があるのだと思い込みたくなる。

「プロテスタントとカトリックの大きな違いを知ってるか」

「ルターの宗教改革で生まれたのが、プロテスタントなんですよね」

「そんなことはどうでも良い。聖母マリアを信仰の対象とするかどうかってことさ。カトリックはマリアを信仰して、祝日を設けている」

「そうなんですか」

「ああ」金森は口を歪《ゆが》めた。「俺が一番嫌いな日だけどな」

聖母マリアの祝日を嫌うとは、金森はきっとサタンの側にいるのだろう。『オーメン』を思い出して訊ねた。悪魔の子は六月六日生まれ。

「好きなのは、六月六日ですか」

金森は眉根を寄せ、思案するように小首を傾《かし》げる。

「強いて言うなら、九月八日だな」

「何の日ですか？　金森さんの誕生日ですか」

「俺のじゃない」

「それじゃ誰の？」

「自分で考えろ」

「『てるてる坊主』と関係あるんですか」

金森は、一瞬、怯《ひる》んだように眼を見開いた。

「どうしてそう思う？」

「いつも、ハミングしてるから」

「そうか？」

金森は眉を顰《ひそ》めて、嘯《うそぶ》いた。

「毎年、お祝いしてるんですか」

「しねえよ」

仁科が訝《いぶか》しく思って首を捻《ひね》ると、金森は弁解するように付け加えた。

「一世紀や半世紀じゃ長過ぎるか。ま、四半世紀に一回くらいなら、祝って遣ってもいいか」金森は口元に笑みを浮かべた。「爺と遥子を呼んだら、どんな顔をするかな。遥子のために、長野の池田町でパーティでもするか」

何の話だ。だが遥子が一緒のパーティなら、ぜひ参加したい。

「僕も行きます」

「覚えていたら勝手に来い」首を捻る。「四半世紀って何年後だ」

「二十五年です」

金森は菊原と旧知の間柄らしい。遥子のことも古くから知っているのだろうか。

「遥子さんとは、古くからのお知り合いなんですか」

「遥子は、ガキの頃からしょっちゅう、爺のところに遊びに来てたからな。ひねたガキで、ちっとも俺に懐《なつ》かなかった」思案するように眉を寄せる。「二週間くらい泊まってたこともあったな。遥子の両親が事故で死んだときだったか。慰《なぐさ》めるつもりか、何だか知らねえが、毎晩、爺が聖書を読んで聞かせていた。遥子がクリスチャンになったのは、爺の影響だ」

ビールを呷《あお》ると、真顔になった。

「あいつ、入院してるんだろ」

「そうらしいです」

「あの気丈夫な婆さんが生きていればな。いろいろと勇気づけて遣れただろうに」

いま、遥子はひとりで病気と闘っている。どれだけ心細く思っていることだろう。その心中を思うと、胸がきゅうっと痛くなった。同時に、賭け球で作った借金なんかで悩んでいた自分の性根を、心の底から情けないと思った。

「ま、遥子は大丈夫だろう」金森は軽い口吻で言う。

「でも、やっぱり心細いですよね」

「遥子はそんなに弱くない。あいつには信仰がある」

「遥子さんのこと、いろいろ詳しいんですね」

「当然だろ。俺は爺に育てられたんだから。あの家で育ったんだ」

「菊原さんとはどういう関係なんですか」

詳しく事情を訊きたかった。だが、他人にする話じゃない、と言ってはぐらかされた。

「そんなことより、俺にして貰いたいことを言ってみろって」

しつこく言われ、また、金森と話してみて、さほど悪い人間ではないのかもしれないと思ったこともあって、賭け球の話をした。すると金森は、ニヤッと笑って「任せろ」と言ったのだ。

そのとき、金森は舎弟らしい男を呼び出して、嬰児を預けた。

プールホールには、金森のソアラで行った。その途中で嬰児のことを訊ねてみた。金森は渋い顔でステアリングを握ったまま、暫《しばら》く無言でいた。やがて重い口を開いた。

「お前には関係ないことだが、爺に妙なこと言われても面倒だから、聞かせてやる。心配しなくていい。ちゃんとした」

「ちゃんと?」

「うちで世話になってる弁護士の先生に頼んだ。特別養子縁組ってのができるようになったらしい。赤ん坊と俺は全くの他人になる。子どもを欲しがってる人のところで、その人の子として育てられる。俺なんかに育てられるより、よっぽどあの子のためになるだろ。先生に聞いた話じゃ、親になるって人は、気の良い夫婦で、旦那は都銀の課長をしてるらしい。子どもができない体質で、前から養子縁組を考えていて、先生に相談してたってことだ。だが、その夫婦の希望は生まれたばかりの赤ん坊で、物心がついたガキじゃ、自信がないってことだった」

金森は、早く話がまとまって良かったと言った。そうじゃなかったら、こんな俺でも情が移っていたかもしれないと言って微《かす》かに笑ったが、その口吻とは裏腹に、笑った顔が寂しげだった。

「絶対、爺に赤ん坊の話はするんじゃねえぞ」

金森は念押しした。どうしてそれほど菊原を気にするのか不思議だった。

「俺はあの文房具屋を隣近所と一緒にして売り払っちまおうと思ってるんだ」

「それって」

金森は不敵な笑みを浮かべる。

「ああ。地上げだ。だがな、俺は本気でそのほうが爺のためだと思ってる。儲からない文房具屋なんてさっさと畳んで、その金で遥子のいるところに引っ込んだほうが、絶対良いだろ」

唯一の身内が側にいてくれたら、遥子だって心強い。

「けどな、爺は頑として首を縦に振らない」

「どうしてですか」

「近所に義理立てしてるのさ。あの辺りには引っ越すのを嫌がる連中が多くって、絶対に売らずにいようって、連合してるのさ。それを崩すのが俺の仕事なんだけどな。爺が崩れれば、ほかの連中も諦めて、後は雪崩《なだれ》みたいになるに決まってる。だからさ。だから爺には、赤ん坊のことを知られたくないんだ」

金森の理屈が判らず、仁科は首を捻った。それを横目に見て、金森が吐き棄てるように言う。

「あったま、悪いな、お前。爺が赤ん坊のこと知ったらどうするか考えてみろ。真っ当な仕事に就けとか何とか、ごちゃごちゃ説教垂れて、あっさり立ち退きに応じるに決まってる。そんなんじゃ駄目なんだ。赤ん坊の所為《せい》で、隣近所への義理を放り出すなんてことして欲しくないのさ。俺は真っ正面から爺を説き伏せる。遥子のところに行くのが、最善の途《みち》だと納得して欲しいのさ」

金森の横顔に眼を遣ると、真顔だった。ひとりで病気と闘う遥子のもとに行かずにいる菊原が、金森の子どものためなら立ち退くのだろうか。納得のいかないものに苛立った。

講演会に来場したのは、仁科たちが直接声を掛けた学生たちだけだった。会場の席は三分の一も埋まらず、寂しい限り。それでも無事開催できたのだから、それを良しとしようと前向きに考えた。来場者には公的骨髄《こつずい》バンク請願の署名をして貰った。これを機に、今後は署名運動にも力を入れて行こうということになった。

講師として招いた研修医は、実際に骨髄移植を受けた人の例をもとに現場を知る医師ならではの話をしてくれた。骨髄移植をしたからといって、治るとは限らないという話は、それで治癒《ちゆ》すると思い込んでいた仁科にとって衝撃的なものだった。

骨髄移植をするには、白血病細胞を死滅させなければならないということは承知していたが、それに必要な抗がん剤は致死量に達する量であり、全身照射する放射線量はチェルノブイリ原子力発電所の復旧作業員の被曝線量の数十倍が必要だという話は初耳だった。過酷な治療なので、それに耐えられるだけの体力が必要で、必ずしも骨髄移植が推奨《すいしょう》されるわけではないと、研修医は厳しい面持ちで説明してくれた。

移植前処置で造血幹細胞の全てを破壊してしまうので、血液は全く作られなくなり、白血球がなくなって免疫機能が低下し、常在菌が生命を脅かすものになってしまうから、一旦前処置を始めたら後には戻れず、移植を実施するしかないのだと聞かされた。想像していたより遥かにリスクが大きい治療法のようだ。移植した後には、ドナーのリンパ球が患者の肉体を異物と認識して攻撃する移植片対宿主病（ＧＶＨＤ）を発症することがあり、それによって肝機能障害や多臓器不全に陥《おちい》って死亡してしまう患者がかなりの割合でいるという話を聞いたときには、胸を締めつけられる思いだった。免疫抑制剤やステロイドでＧＶＨＤを抑制できても、その後白血病を再発する患者もいるのだという。

「しかしこの免疫反応によって、白血病細胞が根絶される効果が期待できます。これを同種免疫反応による抗腫瘍効果と言います。骨髄移植というのは、同種免疫反応の抗腫瘍効果を期待できる治療法なのです。白血病治療の基本は、抗がん剤を投与する化学療法です。しかし化学療法では、ほとんど治癒を期待できない患者さんがいるのも事実で、そのような患者さんにとっては骨髄移植が最後の手段になるのです。ＨＬＡが一致するドナーを直ぐに見つけ出すことができれば、そこに希望が生まれるのです」

研修医は骨髄バンクの必要性を説いて話を締め括ったが、仁科は骨髄移植に過大な期待を寄せていただけに、むしろ不安になった。遥子にとって骨髄移植は最善の治療法なのだろうか。それを確かめたくて、講演会の翌日、菊原を訪ねた。

金森がいたら、どんな顔をすればいいのだろうと思っていたが、それを案ずる必要はなかった。ガラス戸を開けて中に入ると、菊原が事務机の椅子に座っているだけで、客の姿すらなかった。菊原は眼鏡をずり下げ、フレームの上に瞳を覗《のぞ》かせて仁科を見つめた。

「また、お前か」

ひと言だけ言って、背中を向けた。しかし、その声には突き放す色も、鬱陶《うっとう》しがる色もなかった。事務机には新聞が広げられている。菊原は新聞に眼を落として、訊いた。

「講演会はうまくいったのか」

「ええ、まあ」

「うまくいかなかったのか」

「いえ、そんなことありませんが、ただ、思ったより人が集まりませんでした」

「そうか」新聞をめくる。「行けなくてすまなかったな」

「日曜礼拝にいらっしゃっていたんですよね」

菊原は仁科を見上げて、探るような眼つきをした。

「金森さんに偶然会って、それで」

菊原は何か言い掛けるように口を開いたが、思い直したように口を噤《つぐ》んで、新聞に眼を落とした。

「あの」

「何だ」

「化学療法が基本で、骨髄移植が必ずしも推奨されるわけではないと聞きました。遥子さんに骨髄移植は必要なんでしょうか」

虎縞《とらじま》のような白い頬髯《ほおひげ》がピクッと震えた。

「再発だから、抗がん剤も放射線も上限値に達していて、これ以上化学療法を続けるのは厳しい。せいぜい、あと一サイクルが限度だっていうから、骨髄移植に期待するより仕方ない」

致死量の抗がん剤投与と放射線照射のリスク。GVHDのリスク。それらを考慮しても、造血幹細胞を移植するよりほかに手立てがないのなら、それに縋《すが》るしかない。

菊原は呟くように言い足した。

「しかし、移植するかどうか、それを決めるのは遥子だ。周りの人間じゃない」

菊原の突き放したような口吻が、気に懸かった、遥子と離れて暮らしていても嬰児のためなら立ち退くと言った金森の言葉を思い出す。

「少し、冷たくないですか」

「冷たいだと？ 口幅ったいことを言うな」

菊原が声を荒らげた。

「だって、遥子さんの身内は菊原さんひとりだっていうじゃないですか。もっと親身になってあげたって良いんじゃないですか」

「当事者じゃない者が、利いた風な綺麗ごとをぬかすなって言うんだ」

「すいません」菊原の剣幕に思わず謝る。

「自分の生命なんだ。他人の意見に左右されることなく、真摯《しんし》に向き合っていかなければならない。遥子ならそれができる」

「はい」

仁科はあっさりと引き下がるより仕方なかった。

「手紙は出したのか」

菊原に病院の住所を聞いた日、早速手紙を書こうと思って便箋《びんせん》に向かったのだが、筆が進まなかった。入院している遥子に安否を訊ねるわけにはいかない。受験できなかった遥子に近況報告を書くわけにはいかない。結局、当たり障りのないことばかりを慎重に選んで書いたら、あまりに事務的な内容になってしまい、投函するのが躊躇われた。

「まだ、出してません」

菊原は鼻を鳴らした。軽侮されたような気がして、慌てて付け足す。

「会いに行きたいんですけど、面会はできるんでしょうか」

「地固め療法をしてるが、好中球が上がってないから無菌室に入ってる。もう暫く待ってからのほうが良いだろう」

菊原は唇を嚙《か》んで俯いた。その顔を見て、遥子が入院してから、菊原は見舞いに行っているのかと案じた。

§2

梅雨明けは例年より遅く、前期の期末試験の間もどんよりした雲が空を覆《おお》っていた。それでも、七月の末になるとそれまでの空模様は一変して、碧空《へきくう》に現れた眩《まぶ》しい陽が肌をじりじりと焦《こ》がしてくるようになった。重い空に閉塞していた気分が、夏の陽を仰いで軽やかになった。遥子にも蒼天が訪れているに違いない。それを確かめたくて両国に行った。

「血球値の検査結果が良好で、次の週末に外泊できることになったらしい」

「迎えに行くんですね」

菊原は首を振る。

「礼拝がある」

菊原は、そちらを優先するのが当然だと言うように、素っ気なかった。菊原の思考が理解できず、単に冷淡なだけではないかと思ったが、それを詰《なじ》らず、無言でいた。仁科の腹の裡《うち》を察したのか、菊原が弁解するように付け足す。

「東京みたいな人の多い所に連れて来たら、体調を崩すことにもなり兼ねない」

だったら、遥子の家で一緒に過ごせばいいだけのことではないか。そう思ったが、他人が口出しすることではないと言い返されそうな気がした。

「会いに行ってもいいですか」

代わりに、自分の意思を口にした。

菊原はじろりと眼を剝《む》いた。

「好きにするが良い」

北安曇郡池田町は、アルプスの峰とそれに対峙する東山《ひがしやま》の峰に挟まれ、黒部《くろべ》渓谷に端を発する高瀬《たかせ》川の流れに沿って南北に延びる谷間《たにあい》の町だ。

仁科が高瀬川にかかる橋を渡るときには、太陽が東山の遥か上に昇って、アスファルトを焦がし始めていた。けれども、川を渡る風が爽涼の気を運んで来て、肌を刺す日差しを和《やわ》らげてくれた。両岸に広がる針葉樹の林は、風にそよいで生き物のように蠢動《しゅんどう》し、陽の光を反射してきらきらと輝き、暑さを厭《いと》うばかりでなく、美しい煌《きら》めきに瞠目《どうもく》してくれと囁《ささや》いているかのようだった。その眩しさに思わず眼を細める。

遥子が入院する病院は堤防道路の際にある。橋を渡りながら、そのベージュの壁を見上げて、鼓動が速くなっていることを強く意識した。遥子には菊原を通して、九時に迎えに行くと伝えてある。始発の特急では間に合わないので、前夜の「あずさ」で松本まで遣って来た。しかしその先に接続する電車は既に落ちていて、松本駅構内のベンチで仮眠することになった。大糸線の始発に乗ったときには身体の節々に軽い痛みを覚えていた。しかし遥子に会える嬉しさから、信濃松川《まつかわ》駅で下車した途端に、その痛みを忘れた。

正面玄関の自動ドアが開くと、中から冷気が押し寄せた。二キロ足らずを歩いて火照《ほて》った身体が冷やされる。診察時間の前なので、人びとが集うのは各診療科の待ち合いのベンチのほう。ロビーのベンチは閑散《かんさん》としている。エレヴェーターホールを見渡せるベンチに腰掛けた。緊張で震える両手を祈るように重ね合わせる。両手にぎゅっと力を込めると震えは止まったものの、激しく鼓動する心臓はいまにも飛び出してきそう。心臓を宥《なだ》めるように大きく息を吸い、エレヴェーターの扉を見つめる。

そこに遥子が現れたときには、一段と胸が高鳴り、咄嗟に身体を捻って背中を向けてしまった。リボン飾りのついたリネンハットを目深に被《かぶ》っていて、表情は見えなかった。だが、それが遥子であることは直ぐに判った。仁科の顔は熱を帯び、きっと真っ赤になっているに違いない。そんな顔を遥子に見られたくないと思ったら、ますます頰の火照りが激しくなった。発熱して受診を待つ人より赤い顔をしているに違いない。

遥子の姿を眼に留めたい気持ちが、恥じらいに打ち克って、そっと首を巡らせる。

遥子は壁に手を当て、肩で息をするようにしながら、そろりそろりと紙袋を引きずっていた。仁科は弾かれたように立ち上がり、遥子に駆け寄る。

仁科の気配に驚いたのか、遥子は足を止め、びっくりした顔を上げた。丸く見開かれた眼が、仁科だと気付いて安堵したのか、直ぐに黒眼勝ちの柔らかな眼差しに変わる。

彼女の笑みを見た途端、それまでの緊張が解けて、安らぎが胸に広がった。時間も空間もない無辺《むへん》にたゆたう気分。

「ありがとう。来てくれて」

「とんでもない。持つよ」

彼女の手から紙袋を取る。遥子が重そうに引きずっていたので、それなりの重量があるのだろうと思ったら、存外軽くって拍子抜けした。半袖から覗く彼女の腕は、筋肉が落ちてしまって、大分細くなっている。覚束《おぼつか》ない足取りで歩をゆっくりと進めていたのも、脚の筋肉が落ちてしまったからだろう。面差しには、抗がん剤の影響が現れている。クリスマスのとき、背中まで伸びていた彼女の髪は、いまはリネンハットからはみ出すこともない。眉毛も睫毛《まつげ》も薄くなり、透き通るように白かった肌はくすんで、かさついている。

仁科は担《かつ》いでいたデイパックを胸に掛け、彼女に背中を向けて屈《かが》んだ。

「乗って」

つい先ほどまで、眼を合わせることもできないほどはにかんでいたというのに、どこからこんな勇気が湧いてくるのか。我ながら驚いてもいたし、戸惑ってもいた。しかし一方で、遥子に頼られたいという思いを強くしている。

「いいの？」

「うん」

遥子の体温が背中に伝わる。彼女の足を抱えて立ち上がる。紙袋と同様に、拍子抜けするほど軽い。

「仁科君のことは、大伯父さんからいろいろ聞いてるわよ」

「菊原さんが？　何を」

何を言われているのか。良いことではないような気がして、身体が熱くなる。

「骨髄バンクの勉強をしてるって」

「ああ。うん」

「心配してくれてるのね」

仁科は照れ隠しで、敢《あ》えて返事をしなかった。

玄関を出ると、車寄せにタクシーが停まっていた。そこまで行って、遥子を降ろした。

「勝手なこと言って申し訳ないんだけど、行きたい所があるの」

タクシーに乗り込んでから、遥子が我儘《わがまま》を言うのが心苦しいというように眉を寄せて、
仁科をまじまじと見つめた。

「勿論、何処《どこ》だって良いよ」

「教会なんだけど」

「そうだと思った」

遥子は、どうして？　と言うように眼を瞠《みは》る。

運転手に教会に行くよう指示すると、具体的な場所を遥子が説明した。

「遥子さんがクリスチャンだというのは、金森さんに聞いたんだ。菊原さんもそうなんだって？」

「金森さんだってそうよ」

「へえ」

「子どものときに、両親と一緒にミョンドンというところにある聖堂で洗礼を受けたって聞いたことがある」

金森はひと言もそんなことを言っていなかったし、信仰心とはほど遠い人間のようだったから、とても意外に思った。

遥子は襟元に手を入れ、ネックレスを引き出した。その先には、十字架が付いている。

「金森さんに貰ったの」

金森がクリスチャンだと信じさせたかったのかもしれない。でも、金森に十字架は似合わない気がして、ますます訝った。

教会は周囲を田圃《たんぼ》に囲まれた一軒家で、屋根に十字架が立っていなかったら、民家と見《み》紛《まご》う小ぢんまりとしたものだった。

「いまは無牧なの」遥子はドアの鍵穴に鍵を差し込みながら言った。「牧師の先生がいないのよ。だから会員の人たちみんなで協力して運営してるの」

ドアを開けると、身体を退き、仁科に先に入るように促す。遥子の指示に従って、中に足を踏み入れた。民家と変わらぬ玄関なのに、厳粛《げんしゆく》な気が漂っているような気がして、身の引き締まる思いをした。

「廊下を真っ直ぐ行ったところに、礼拝堂があるのよ」

デイパックを左肩に掛け、遥子に右手を差し出す。遥子は少し躊躇ってから、リネンハットを脱ぎ、髪のない頭を曝《さら》け出して、仁科の手を摑《つか》んだ。仁科は遥子に肩を貸して、一緒に廊下に上がった。そのままゆっくりと突き当たりまで行って、戸を引く。六畳間をふたつ並べたくらいの部屋に、四人掛けの礼拝堂椅子が二列に並んでいた。その間を通って、聖餐《せいさん》卓の前まで行き、最前列の礼拝堂椅子に並んだ。遥子は机に肘を突き、両手を組み重ねて俯いた。その手に額《ひたい》を載せる。彼女が祈りを捧《ささ》げている間、仁科はその隣でそっと彼女を盗み見ていた。肩も腕も細く、いまにも折れてしまいそうなほど華奢《きやしや》に見えたが、その横顔は凜《りん》としている。

背後に物音がした。振り向くと、老年の婦人。両腕を後ろに引き、腰を伸ばしている。遥子を見て眼を見開く。

「遥子ちゃん、退院したのか」

遥子は婦人に微笑む。

「外泊許可が出ただけ」

婦人は足を引きずるようにして歩いて来た。通路を挟んだ隣の礼拝堂椅子に腰かける。

「思ってたより元気そうで何よりだ」

「うん。いまはちょっと調子が良いみたい」

「そう。良かった」顔を顰《しか》める。「私のほうは駄目さ」

「どうしたの」

夫人は脚をさすりだした。

「リウマチが酷《ひど》くって。温泉が良いって聞いて、行ってるんだけどね。あんまり良くならない。治って欲しくて行ってるのに、旦那は、どうせ治らないから行くだけ無駄だ、なんて酷いこと言うしね。嫁は嫁で碌《ろく》に家事もしないで出掛けてばかりさ。結局、痛いのを堪《こら》えて、何だって私がしなきゃならない。もう生きてるのも厭になっちゃう」

婦人の恨み事を傍《そば》で聞きながら、何て理不尽だろうと思った。リウマチのことをどうして白血病患者に向かって嘆《なげ》くのか。家族のことをどうして両親も祖母もいない人に向かって嘆くのか。生命に関わる大病を克服しようとしている人に向かって、どうして生きてるのが厭になるなんて言うのか。抑え難い感情が込み上げて来て、大声で喚き叫びたい衝動に駆られた。

しかし遥子は、時折り婦人に向かって労《いた》わるように相槌《あいづち》を打ちながら、端然と愚痴に耳を傾けている。

「遥子ちゃんに話を聞いて貰って、少しすっきりした。ありがとう」

ひとしきり愚痴を言い続け、やっと席を立った。

その後ろ姿を見送りながら、遥子が囁く。

「God bless you.」

その横顔を見つめながら、仁科はある種の感動を覚えていた。遥子は、自分の苦痛を自覚していないかのようだ。

教会を後にして、近くの食堂で昼食をとった。遥子の外泊許可に合わせて、高校の同級生が集まることになっているらしい。それに備えるのだと言って、遥子はあまり食べなかった。

「仁科君も行けるでしょ」

「同級生の集まりでしょ。それはちょっと……」

「同級会ってわけじゃないのよ。ほかにも色んな人が来ると思うから」

遥子が熱心に誘ってくれることを嬉しく思い、応じることにした。

外泊から戻ったら直ちに抗がん剤投与ができるように、遥子はカテーテルを挿入したままだった。逆流した血液が凝固してカテーテルが使用不能になってしまうのを防止するため、カテーテル内にヘパリンを充填《じゅうてん》しなければならないという。その処置のために夕方、一度病院に戻った。朝来たときとは別の道を行き、雨垂れの中にてるてる坊主がいるオブジェの前を通り過ぎた。その先に銅版屋根に煉瓦《れんが》の壁を持った建物があった。

「浅原六朗《ろくろう》文学記念館。てるてる坊主の館よ」遥子が言った。「『てるてる坊主』を作詞した浅原鏡村こと浅原六朗がこの町の出身なの」

ヘパリンロックは五分足らずで済んでしまい、それだけの為に病院に立ち寄ったのが滑稽《こっけい》に思えるほどだった。

遥子のための宴席が用意されていた店は、東山の中腹にあった。同級生たちは既に集まっていて、ホール中央の大きな円形テーブルを二十人ほどで囲んでいた。明らかに遥子より年嵩《としかさ》の人もいて、彼女が言った通り、同級生だけの集まりではないようだった。西向きの窓が開け放たれ、網戸になっていて、一陣の風が舞い込んだ。窓の先に、茜色の空の下に広がる紺青色の有明山《ありあけ》とその後衛の峰を見渡すことができた。高瀬《たかせ》川に沿う家並みには灯りが灯《とも》り始めている。

仁科は遥子のために椅子を引き、彼女が腰掛けるのを待って、隣に座った。

「彼氏?」

遥子の前に座る女性が悪戯《いたずら》っぽく眼を輝かせる。

「いえ、そんなんじゃ」

慌てて否定する。でも、赤い顔を誤魔化すことはできないと思って俯いた。揶揄《やゆ》の言葉を、遥子がどう思ったのか気になって、ちらっと眼を上げると、彼女は頰に手を当て、笑みを浮かべている。

遥子も、少量ならアルコールを呑んでも良いと医師から許可を貰っていたので、全員が生ビールで乾杯をした。遥子はひと口ずつ、啜《すす》るように呑んでいるだけだったが、やがて彼女の白い頰にも赤みが差した。やがて遥子の治療に話が集中するようになった。

「マルクのときは、正直、痛い」

遥子がおどけるように目尻を下げ、唇を突き出す。

「マルクって?」同級生のひとりが訊ねた。

遥子は自分の腰に手を当てた。

「白血病細胞がどうなっているか、定期的に骨髄を採取して検査するんだけど、その骨髄はここに注射針を刺して吸引するの。麻酔を打つんだけど、それでも吸引の瞬間は痛い」

遥子は稚気《ちき》を帯びて顔を顰める。「あとは髄注《ずいちゅう》。これも痛い」

「ズイチュウ?」

「脳とか、中枢神経系に隠れている白血病細胞は、抗がん剤を飲んでるだけでは撃退できないから、脳脊髄液《せきずい》に直接抗がん剤を打つの」背中を丸める。「こうやって背中を丸めて、脊髄に打つんだけど、これも痛い。マルクのほうは終わった後は何ともないんだけど、髄注なんて、終わった後は頭が痛くなっちゃうのよ。こっちのほうが辛い」

「頭痛がするの?」仁科が訊き返す。

「うん。脳脊髄液の内圧が少し変わっただけで、頭が痛くなるらしいの。内圧が大きくなると脳が圧迫されて、とても危ない状態になるんだって。だから髄注のときには抗がん剤を注射する代わりに、その分、髄液を抜き取って内圧が変わらないようにしているのよ。それでも頭痛が起きちゃう」

遥子は茶目っ気を出し、大袈裟《おおげさ》に顔を顰めて笑いを誘った。

「骨髄移植のドナーも、マルクと同じなんだよね」仁科は遥子に同意を求める。「腰に注射して吸引するって聞いた」

それが契機となって、骨髄移植の話になり、やがて骨髄バンクの話になった。

「そうだ」

仁科はデイパックから用紙の束を取り出し、それを配った。

「骨髄バンクの設立を目指す運動をしてて、賛同者の署名を集めているんです。もし良かったら、お願いできますか。お知り合いの方とかにもお話しして、広めていただければ、大きな力になると思います」

「判った」同級生のひとりが用紙に眼を落とす。「できたらここに書いてある住所に郵送すればいいのね」

「はい。お願いします」

仁科は残りの用紙を持って席を立ち、カウンターに向かった。カウンター越しに、骨髄バンク設立運動の説明をして、

「もし良かったら、こちらのお店にこれを置かせて貰えないでしょうか」

と訊ねる。

店員は用紙を手に取って、文面に眼を落とした。

カウンターにいた初老の男性客が、仁科と店員の遣り取りを見て、顔を顰《しか》めた。

「骨髄だか何だか知らないが、他人から貰ってまで生きていたいのかね。どうもそれは違うような気がするな。医療技術が発達して、いままで治らないとされていた病気も治るようになった。しかし行き過ぎると、自然の摂理《せつり》を冒瀆《ぼうとく》することになるんじゃないかな。他人から貰ったもので生き長らえるなんて、寿命ということを無視してると思うな。人倫《じんりん》に悖《もと》ることじゃないのかな」

仁科は冷たい水を浴びせ掛けられたような気がした。咄嗟に遥子を振り向くと、口の端に笑みを湛《たた》えている。彼女は仁科を見つめて、その柔和な面差しを左右に振った。手を返して仁科が座っていた椅子を指し示す。

遥子の指示に従って、自分の席に戻った。円形テーブルを囲む人たちは、一様に作り笑いを貼り付けたような顔をして、凍りついている。

遥子だけが微笑んでいた。彼女はジョッキを取り、黄金色の液体をひと口啜って、堪ら

ないと言いたげに首を捻って、息を吐いた。

「おいしい」

カウンターの客の言葉が一切、聞こえていないかのよう。遥子の様子を見て、ほかの人たちも、安堵《あんど》したように自分のジョッキなり、グラスなりに手を伸ばす。

「ねえ、サザンの新曲聴いた？」

「三年振りよね」

誰かの問い掛けに別の誰かが応じて、とりとめもない話が始まった。誰もが意識して避けていたのか、その後、白血病が話題になることはなかった。いつしか、窓から見えていたアルプスの峰は漆黒の中に沈んで、見えなくなっていた。

くつろぎのひと時が過ぎ、それぞれがタクシーや代行を呼んで、めいめい帰路に就きだした。仁科たちの順番になり、店員が呼びに来た。店員は署名運動の用紙を持っていて、それを差し出した。

「申し訳ありません。趣旨は判りましたので、個人的に署名をさせて戴《いただ》きました。しかし、先ほどのようなお客様もいらっしゃいますので、店頭に置くのはどうぞご容赦《ようしゃ》ください」

「御迷惑であれば、勿論結構です」仁科は用紙の束を受け取りながら訊ねる。「先ほどの人は、良くいらっしゃるんですか」

「大北酒造の社長さんです。うちで大北酒造のお酒を扱わせて貰ってる縁で、良くお見えになります」

タクシーで東山を下った。遥子は少し疲れたのか、ずっと眼を閉じて頭を垂れていた。

タクシーが赤信号で停車すると顔を上げ、窓外に眼を遣って、呟いた。

「他人のものを奪って、生き延びようなんて思ってるわけじゃないんだけどな」

「勿論、そうさ」

遥子は仁科を振り向いた。

「早いか遅いかだけで、それはいずれ誰にでも訪れるものでしょ」

遥子の顔を見つめたまま頷く。

「明日自分が死んでしまうと想像するのは、怖いことだけれども、恐れずにいたいと思うの。主も体験なさったことだから」

仁科は、遥子の瞼《まぶた》が震えているような気がしたが、暗い車中のことなので、見間違えたのかもしれないとも思った。ただ、遥子の声は間違いなく震えていた。

「きっと骨髄移植で治る」

遥子に、というより、自分に言い聞かせるつもりだった。

「骨髄移植を希望した方が良いのかな」

「え」驚いて遥子の横顔にまじまじと見入る。「希望してるんでしょ?」

遥子は首を振った。

「どうすべきなのか判らない。骨髄移植で治るのなら、そうしたい。もっと生きて色んな人と触れ合いたいと思うし、色んなことを勉強したいと思う。けれど移植しても、大変な思いをすることになるだけなのかもしれない。費用が高額になれば、両国の大伯父さんに余計な負担をかけてしまうことにもなるし」

弱気なことを言うのを初めて聞いて、少なからず動揺した。また、遥子が骨髄移植に希望を見出していないということを知って、頭を殴られたように感じた。菊原の言葉を思い出した。決めるのは本人で、他人が移植で助かるなんて軽々しく言うのは、身の程知らずの偽善でしかない。

住宅地に続く小路の入口でタクシーを降りた。鈴虫と邯鄲《かんたん》の合奏を聞きながら、星灯りの途をふたりで肩を並べて無言で歩いて行く。路傍に座り込む人影があった。遥子はその人影の前に立ち止まった。

「どうしました。大丈夫ですか」

人影がやおら首を上げる。老女だ。眼を凝らすように眉間に皺《しわ》を作って、遥子の顔を見つめる。

「此処《ここ》は何処ずら。道に迷っちまって」

「どちらからいらっしゃったんですか」

老女は首を傾げる。

「判らねえ。忘れちまって」

遥子は老女の傍らに屈むと手を差し出した。

「一緒に探しましょう。少し歩いたら、帰り道を思い出すかもしれません」

遥子は自分の筋力が衰えていることを忘れてしまっているかのよう。仁科も慌てて老女に駆け寄って、老女が遥子の手を摑む前に抱き起こした。

遥子は仁科を振り向いた。

「少し、その辺を歩いてみましょう」

久しぶりに外を歩いて疲れている筈《はず》なのに、そんな素振りを全く見せない。老女を連れて小路を戻り、大きな通りに出た。

「どっちから来たの?」

遥子が老女の顔を覗き込む。老女はひと言唸ったきり、首を捻った。遥子は膝に手を置き、老女と目線を同じにして、そこかしこの建物を指差しながら、あれこれ訊ねる。遥子はとことん老女の相手をするつもりらしい。少し心配になる。

「勝手に迷ったんだろうし、そんなに心配することもないんじゃないかな。あんまり歩き回ったりしたら、身体に障るんじゃないの。早く帰ったほうが良いよ」

遥子はうら哀しい面持ちで首を振る。

「そうね。先生や看護師さんに怒られちゃうかも。けど、お婆さんを放っておくことなんてできない。自分の心配をして、それでほかの人の力になれないなんて絶対に厭。それは主《しゅ》の御心に適《かな》わないことだと思う」

遥子の言葉は仁科の心を打った。

信仰心を持っているわけではない。けれども、遥子の眼ざしに主の奇跡を見たように感じた。幸福な境遇にあれば、主に感謝することはあっても、主を呪うことはない。そのような人が篤《あつ》い信仰心を抱くのは容易であるに違いない。しかし家族を失い、難病に冒《おか》される境遇にありながら、それでも主を呪わない遥子の心根を、どう理解すれば良いのか。自分の不運を嘆くことなく、他人への思い遣りを持ち続ける遥子の生きざまとその純な心根は、主が信ぜよ、讃《たた》えよと命じたところで培《つちか》えるものではない筈。

無論、主がそんなことをする筈はない。全知全能であるのに、主は人間の中に信仰を植え付けなかった。信仰するのかどうか、それは人間たちの自発的な意思に任された。だから不遇な人は、嘆き悲しんで主を呪うことができる。しかし遥子は主を讃えることを止めない。彼女こそが奇跡ではないか。モーゼやイエスの奇跡に心動かされることがなくても、遥子の思い遣りに心打たれずにいることはできないと思った。遥子という善なる人がいるということが、取りも直さず、主の実在を証左するものではないかとさえ思った。信仰心のない仁科でも、遥子とともにいると、つい、主の存在を肯定したくなる。

「でも、それで遥子さんの病気がいまより重くなったりしたら、僕は厭だ」

「ありがとう。でもね、私は家に帰ったらベッドに寝られるけど、このお婆さんは家に帰れないかもしれない。夜露に濡れて過ごさなくちゃいけないのよ」

それならば、三十分だけ老女と一緒に家を探し、それで見つからなければ、遥子の家に老女を泊めてはどうかという提案をして、納得して貰った。

§3

天皇が吐血して重態に陥ってから、その下血量を報じるのがメディアの日課になっていた。皇居前に設けられた記帳所には多数の人が集まり、各地でイベントや祝宴が中止されるなど、自粛ムードが高まり、天皇の容態が国民の関心事のひとつになった。

池田町の教会を再び訪れたのは、ソウルオリンピックが閉会した一週間後のことだった。礼拝堂の椅子に座って、聖餐卓の横に置かれた柩《ひつぎ》を見つめながら、ほんの二ヶ月前に訪れたときのことを考えていた。脳裡《のうり》に、遥子の柔和な面差しがありありと甦《よみがえ》る。しかし、その影を瞼に焼き付けようとすればするほど、悲嘆が込み上げて、胸が内側から千々に引き裂かれる思いをする。その悲しみに耐えられず、彼女の面影を頭から振り払う努力をして、礼拝堂に流れるオルガンの調べに意識を集中した。その日のために、ほかの教会から呼ばれて来た牧師が、柩に向かって立っている。その手には聖書があった。

「わたしは知る、わたしをあがなう者は生きておられる、後の日に彼は必ず地の上に立たれる。わたしの皮がこのように滅ぼされたのち、わたしは肉を離れて神を見るであろう。しかもわたしの味方として見るであろう。わたしの見る者はこれ以外のものではない。わたしの心はこれを望んでこがれる」

牧師は聖書を閉じ、仁科たちを振り向く。

「ヨブ記の十九章第二十五節から二十七節です。ヨブはどんな試練を与えられても、信仰を失わなかった人です」

牧師の指示で仁科たちは立ち上がって、讃美歌四〇五番『神ともにいまして』を歌った。讃美歌の合唱が終わると、牧師は再び聖書を持って、柩の前に移り、それを開く。

「コリント人への第一の手紙、十五章五十節から五十八節。

兄弟たちよ、わたしはこの事を言っておく、肉と血とは神の国を継ぐことができないし、朽《く》ちるものは朽ちないものを継ぐことがない。ここで、あなたがたに奥義を告げよう。わたしたちすべては、眠り続けるのではない。終りのラッパの響きと共に、またたく間に一瞬にして変えられる。というのは、ラッパが響いて、死人は朽ちない者によみがえらされ、わたしたちは変えられるのである。なぜなら、この朽ちるものは必ず朽ちないものを着、この死ぬものは必ず死なないものを着ることになるからである。この朽ちるものが朽ちないものを着、この死ぬものが死なないものを着るとき、聖書に書いてある言葉が成就するのである。『死は勝利にのまれてしまった。死よ、おまえの勝利は、どこにあるのか。死よ、おまえのとげは、どこにあるのか』。死のとげは罪である。罪の力は律法《りっぽう》である。しかし感謝すべきことには、神はわたしたちの主イエス・キリストによって、わたしたちに勝利を賜《たま》わったのである。だから、愛する兄弟たちよ。堅く立って動かされず、いつも全力を注いで主のわざに励みなさい。主にあっては、あなたがたの労苦がむだになることはないと、あなたがたは知っているからである」

牧師は聖書を閉じた。仁科たちを振り向き、遥子の病気に触れながら、信仰について語り始めた。

遥子と過ごした時間は、指を折って数えられるほど、僅かなものだ。それだけに、交わした遣り取りのすべてをありありと思い浮かべることができる。遥子の瞳が、声が、次々と甦って、仁科は堪えることができなかった。その後、再び讃美歌の合唱になったのだけれども、仁科は嗚咽《おえつ》するだけで歌うことができなかった。献花の列に並んだときには、ハンカチを眼に当て続けていなければならなかった。

教会内では飲食が禁じられていたので、食事は近くの公民館に用意されていた。移動する会葬者の列の末尾について、仁科も公民館に向かった。途中、天を仰ぐと瑠璃《るり》色の空に綿毛のような雲が幾つも叢《むら》がって、冷ややかな凜《りん》とした空気とともに、秋の匂いを顕示している。此処で遥子と過ごした夏から時が移って、連続した季節のひと齣《こま》にいる筈。なのに、遥子がこの世にいないというだけで、時間の連続を感じることができない。遥子の死とともにかつての世界が閉じられ、代わりに異世界に紛れこんでしまったかのような心地がしていた。

公民館では、畳敷きの部屋に長机が連なり、その上にオードブルの入った円形の大皿が並べられていた。皿と皿の間にできたスペースは、瓶ビールやオレンジジュース、「鹿島正宗」と書かれた日本酒の一号瓶で埋められている。端の座布団に座って、何気なく一号瓶を見る。「大北酒造」の文字が眼に入った。途端に身体が熱くなる。カウンターにいて、遥子の眼の前で骨髄バンクを批判した男。どうしてあの男の酒が、あるのか。一号瓶を取り上げ、庭に叩き付けてやりたい衝動に駆られた。

どうして、無神経な言葉で人を傷つける者より、他者を気遣える人の方が先に逝《い》ってしまうのか。どうして難病と闘う人のほうが、それを非難する人より先に逝ってしまうのか。主はどうしてこんなにも不公平なのか。

遥子は最期まで骨髄移植に希望を見出そうとはしなかったという。それを望んだとしても、適合するドナーを探し出すのに手間取るばかりで、間に合うことはなかったのかもしれない。しかし、どうして迷ったまま逝ってしまったのか。どうして誰も遥子に自信と希望を与えることができなかったのか。主はどうして遥子に沈黙していたのか。

遥子の言葉と手の先に、主を感得した仁科だったが、彼女がいなくなるのと同時にその思いは消えた。どうして主は隠れてしまったのか。

菊原が喪主の挨拶をしている間、仁科はそんなことを堂々巡りに考えていた。

ビールの栓が抜かれ、そこかしこで酌《しゃく》が始まった。気が付くと、仁科のところには先日会った遥子の同級生が来て、ビール瓶を傾けている。やおらグラスを取り上げて、ビールを注いで貰う。何か話し掛けられたが、上の空で、何を言われたのか判らなかった。ビールをひと口含んで、グラスを置いた。斜め前から伸びてきた手が一号瓶の首を摑むのが眼に入った。頭頂部を脂光りさせた恰幅《かっぷく》の良い男だ。隣の男に一号瓶を傾けている。

「そんなの呑むなよ」

思わず、声を荒らげていた。薬缶頭の男は一号瓶を傾けたまま、鳩《はと》が豆鉄砲《まめでっぽう》を食らったような顔で、仁科を見つめる。

「どうしたのよ」

遥子の同級生が、その場を取り繕《つくろ》うように苦笑しながら、仁科の肩を叩《たた》いた。

「すいません」彼女は薬缶頭を振り向いて会釈する。「ちょっと、酔っちゃったみたいで」

同級生は薬缶頭に笑顔を向けていたが、男が手にしている一号瓶に気付いて頰《ほお》を強張《こわば》らせた。仁科に顔を戻して呟《つぶや》く。

「そういうこと」

仁科は握った拳を力任せに腿《もも》に打ち付けて、席を立った。公民館を飛び出して、何処に向かうというのでもなく、脈絡なく途《みち》を選んでひたすら歩いた。

何処をどう回ったのか、やがて教会の十字架が見えてきて、足を止めた。十字架を見上げて、腹の裡《うち》で罵《ののし》った。どうして不公平なのか。どうして沈黙しているのか。どうして隠れているのか。一体、何のための信仰なんだ。何のための主だ。仁科は遥子が信仰していた主を、腹の底から呪っていた。

暫くの間、仁科は下宿に籠《こも》ったままだった。授業にも出ず、サークル室にも顔を出さなかった。幹事長の高城が心配して電話をくれたが、まともな受け答えができなかった。石田と滝沢が様子を見に来て、外に連れ出された。彼らに遥子の話をしたことはない。けれども、白血病に罹患《りかん》している知人がいることは話したことがある。ふたりとも、遥子が危篤に陥ってからの数日間の、ただごとではない仁科の様子を見ていたので、何が起きたのか勘付いているようだった。三人で喫茶店に入って、ダブルヘッダーの二試合目で近鉄が優勝を逃したとか、オリエント急行が航送されて来たとか、当たり障りのない話をした。仁科に気を遣《つか》っているのか、ふたりとも骨髄バンク運動のことは一切、口にしなかった。

「ひとりで部屋に閉じ籠っていたら、鬱《うつ》になっちゃうから、たまには部室に顔を出せよ」

別れ際に滝沢に言われた。言葉が出て来なくて、愛想笑いで返すしかなかった。

部屋に戻って、今更ながら、机の上に礼服を放り出したままにしていたことに気付いた。ハンガーに掛けようと思って、上着を取り上げ、ポケットが嵩張《かさば》っていることに気付いた。手を入れると、預金通帳と印鑑。訝しく思いながら、預金通帳の名義を見ると、「瀧川遥子」とある。どうして遥子の通帳を、仁科が持っているのか。全く心当たりがなかった。まさか、遥子の死に動揺して、知らぬ間に持って来てしまったのか。全身の血がさあっと引いて行くような心持ち。直ぐに返さなければ。

預金通帳と印鑑をジーンズの尻ポケットに突っ込む。部屋を飛び出した。

菊原の文具店を訪ねるのは、遥子に会いに行った後、彼女の様子を伝えるために行ったとき以来。葬儀のとき、菊原は牧師や葬儀社との打ち合わせで忙しそうにしていたので、碌に言葉を交わす暇もなかった。

久しぶりに見る菊原は、突然老け込んでしまったかのよう。身体付きはひと回り小さくなり、頭に黒いところはなくなって、すべて白髪に変わっている。

仁科の顔を見ると、店の奥に歩いて行き、土間から上がってガラス戸の内に消えた。どうして相手にされないのか判らず、戸惑っていると、鎖《くさり》を手にして戻ってきた。

「形見だ」

そう言って、握った手を開いた。十字架だった。側面に複雑なケルト文様風の意匠が施されている。

「いえ、僕は信仰していませんから」

むしろ恨めしく思っている。受け取るわけにはいかないと思った。

「むしろ菊原さんにこそ、それは相応《ふさわ》しいんじゃないですか」

菊原は事務机に向かった。抽斗《ひきだし》を引いて、中から鎖を引き摺り出す。その先には同じ文様を側面に持つ十字架がある。

「同じものを持っている。信仰を強いるつもりなんてさらさらない。信じる必要はない。十字架を持つこと自体、偶像崇拝だと言う人もいるくらいだから、厳格な意味で受け取る必要はない。これは遥子の意思だ」

仁科は瞳を寄せて、菊原の顔を見つめる。

「お前に貰って欲しいと書き遺していた。キリスト教云々じゃなくて、遥子が大切にしたものとして持っていて貰いたい」

菊原の言葉に吸い寄せられるように、右手が前に出る。左手を添え、両手を皿のようにして、差し出す。両掌にずしりとした重量が伝わった。高価な貴金属を使ったものなのかもしれない。

「あの」

「何だ」

「こんな高価そうなものを貰っちゃいけないんです。そんな資格、ないんです」

菊原は眉根を隆起させて、仁科の瞳をまじまじと見据える。

「どういうことだ」

左手に十字架を握り締め、右手を尻に回して、ポケットから通帳と印鑑を引き抜いた。

菊原に侮蔑《ぶべつ》されるのを覚悟して、差し出す。しかし菊原は、眉ひとつ動かさなかった。

「とんでもないことをしたって言うか。けど、僕には覚えがなくて。どういうわけか、ポケットにそれが入っていて。今日まで黙っていたのも、ずっと気付いていなかったからで、その、自分でも知らずに持って来てしまったようなんです。盗るつもりなんて勿論、なかったんですけど」

我ながら、言い訳じみたことを言っていると思った。覚悟を決めて来たとはいえ、それでも心臓が縮みあがっている。

「そんなもの、ここに持って来られたって困る」

「でも、遥子さんのですから」

菊原は眉を顰める。

「覚えてないのか」

「はい」

「それは遥子の同級生たちのカンパだ」

カンパ？　カンパで集めた金ということか。

菊原は頬の髯を揺らした。

「国内でドナーが見つからないのなら、アメリカに行くしかない。そうなれば、高額の費用が必要になる。それで、みんなでカンパをしたらしい。しかし、もはや、移植もできなくなった。だから、せめて骨髄バンクの設立に役立てて欲しいって、お前に託《たく》したんだ」

仁科は首を捻った。そんな話を聞いた覚えはない。

菊原は苦笑して、世話が焼けるというように頭を振った。仁科の眼を見つめる。

「どうして『鹿島正宗』に文句を言ったんだ」

公民館で声を荒らげたときのことか。

「すみませんでした」

「謝れと言っているんじゃない。理由を訊いてるんだ」

「骨髄移植をしてまで生きていたいのかって、遥子さんの前で言った人間がいて、それが大北酒造の社長だっていうから」

「遥子は、必ずしも骨髄移植を望んでいたわけじゃない」

弱気な遥子の言葉が脳裡に甦る。

「骨髄移植をする勇気を持てずにいたようでした」

菊原は鹿爪らしい顔で、首を振る。

「どう生きるべきか、思い煩っていただけだ」

どう生きるべきか？　菊原の顔に見入る。菊原は虎縞《とらじま》の髯を爪先で引っ掻《か》く。

「ヨブの話を知っているか」

「詳しくは知りません」

「旧約聖書の『ヨブ記』の話だ。ヨブは主とサタンに試された。略奪と落雷と熱風で、一日の内に家畜も財産も子どもも失った。それでも、主を讃え続けたため、更に試され、重い皮膚病を患うことになった。ついにヨブは自分の生まれた日を呪い、生まれたことを嘆き、死ぬことを望むようになる。主に自分をうち滅ぼしてくれと願うようになる。しかしヨブは決して自ら生命を絶つことをしない。主は与え、主は奪う。生殺与奪の権限は主のものなのだ。どんなに苦しくても生きることから逃げることは決して許されない。自ら死なないこと、それが信仰なのだ。主なき死は安息ではなく、永遠の地獄でしかない。主の御手による死であれば、安息がある。遥子は骨髄移植が成功しなかったときのことを考えていたのだろう。リスクがあると知って、移植し、それが失敗したならば、それは主の御手による死なのか。それとも移植で助かるかもしれないと知っていながら、それをせずに死んだら、それは主なき死なのか。真摯に生きたいと願えば願うほど、答えは遥子の前から遠退いて行った」

「しかし、結局、間に合わなかった」

「骨髄バンクの運動はどうするんだ。カンパの金を託されたんだろ」

仁科は通帳を見つめながら、記憶を辿る。いつ渡されたのか、どうしても思い出せない。

「『鹿島正宗』の件で、会葬者に文句を言ったときだ」

ハッとした。あのとき、確かに遥子の同級生が仁科の傍らにいて、何か話していたような気がする。

「ポケットに突っ込まれながら、気付かなかったとは、ほとほと呆れ果てる。遥子の同級生たちの意思がその中に入ってる。それをお前は預かったんだ」

通帳を見つめる。

「どうすれば良いんでしょう」

「骨髄バンク運動に使えば良いだろ。それとも、遥子が死んだら関係ないと思っているのか」

胸が痛かった。骨髄バンクの設立を目指すとなれば、それは特定の誰かのものであって良いわけがない。勿論、それは承知している。しかし、遥子に必要のないものに、それまでと同じ関心を抱き続けることができないのも事実。

「続けるのも止めるのも、お前の自由だ。しかし止めたとしたら、それは偽善ですらない。病気で苦しむ人たちを莫迦にする背信行為だ」

仁科は左手の十字架に眼を移した。

「それは勝海が拾って来たものだ」

「金森さんが？」

遥子から金森もクリスチャンだと聞いた。

「あいつはカトリックだ。プロテスタントはロザリオなんて持たないが、カトリックはロザリオを持つ。勝海は浦上天主堂《うらかみてんしゅ》の廃墟が取り壊されると聞いて、長崎まで行ったんだ。廃墟の土から、原爆に焼かれて真っ黒になった金属の塊が覗いているのを見つけて、掘り出した。勝海はそれをロザリオの残骸《ざんがい》だと思った。それで抛《ほう》り出すことができずに持ち帰って来た。俺には真っ黒な鉄屑にしか見えなかったけどな。その鉄屑を、あいつは加工業者に持ち込んで、四つの十字架にしたんだ。遥子が生まれたとき、あいつはその内のふたつを、貰ってくれと言って持って来た」

仁科は十字架の輝きに見入る。

「これは金森さんが作ったもの……」

「勝海は褒《ほ》められた人間ではないが、両親が信仰していたものを信じたいと思う心を持っている。その思いだけは、変わらずに持ち続けている。お前にも、そういうものが必要なんじゃないか」

「骨髄バンク運動が、僕にとって、それだということですか」

菊原はそれには応えず、仁科の瞳をまじまじと見つめ返してくるだけだった。

§4

そこかしこに銀杏《いちょう》の葉が積もって、大学構内の道が黄色一色に染められるようになっていた。天皇の容態に配慮して各地で祭事を自粛《じしゅく》する動きが見られる中、早稲田祭は、例年通り開催された。来場者がひしめき合って、歩くのもままならないほどだったのは、ほんの二週間ほど前のこと。晩秋から冬に差し掛かる頃合いになると、学生の姿が減り、構内は幾分閑散としたように感じられた。銀杏で彩られた道だけが鮮烈な精彩を放っていた。

学生たちは、天皇の不例に無関心でいたわけではなかった。構内に記帳台を設ける学生がいて、それに反対する学生もいて、お互い譲らず、衝突して、警備員が間に入る騒動が起きたこともあった。誰もが、昭和の終わりが直ぐそこまで近付いていることを承知しており、戦争と高度経済成長に彩られた時代の終焉《しゅうえん》に立ち会えることに軽い興奮を覚えていた。

遥子の通帳を骨髄バンクの実現を目指している団体に託した後も、仁科は度々、菊原文具店を訪ねるようになっていた。遥子が亡くなったのに、菊原を訪ねる頻度はむしろ増えていた。たぶん、それは遥子が何を考え、何を思っていたのか知りたかったからだ。菊原なら、ここに遥子の思っていたことが記されていると言って、聖書を開いて指し示してくれるのではないかと期待していた。菊原に期待するだけでなく、幾度となく図書館に通って、「ヨブ記」を何度となく読み返した。

十二月になると、街のそこかしこにイルミネーションの灯りが眼につくようになり、JR東海が、『クリスマス・イブ』の旋律《せんりつ》に乗せて、新幹線のCMを頻《しき》りと流すようになった。仁科には電車で会いに行きたい人も、ホームで待ってくれている人もいない。遥子と知り合えた聖夜のできごとは、いまでも色褪《いろあ》せることのない思い出なのだけれども、それはもう決して手の届かない遠い過去のもの。

心にぽっかりと穴が開いている。つい、両国に足が向いてしまう。十二月二週目の土曜日は雲が垂れ込めた肌寒い日だったにも拘《かか》わらず、吉良《きら》祭と元禄《げんろく》市が多くの人を呼び寄せ、本所松坂町は殷賑《いんしん》を極めていた。露店のテントを横目に見ながら、人の波を縫って、菊原文具店に向かった。

途中で、金森に出会《でくわ》した。思い詰めたように眉間に皺を寄せていた。祭りの賑わいからひとり取り残されているかのよう。露店に集まる人が行く手を阻《はば》んでいることを気に懸ける様子もなく、アスファルトに眼を落としたまま、他人の群れに弾かれ、押し遣られ、ふらふらと仁科の前に遣って来た。仁科に気付いて眼を上げたが、何も言わずに脇を抜けて行こうとした。

「菊原さんは、此処を離れる必要がなくなりましたね」

金森は足を止め、仁科を見つめる。

「地上げなんてしませんよね」

金森は頬を引き攣《つ》らせた。

「するさ。必ずな」

仁科は眼を剝いた。

「いままで言ってたことと違うじゃないですか。菊原さんに遥子さんのところに行って欲しいからだって言ってたじゃないですか」

金森は口を捩《よじ》った。

「賭け球のふたり、覚えてるか」

「え」

意表を突かれ、金森の顔に見入る。

「使えねえのを我慢して面倒みてやってたってのに、手を嚙みやがった。うちと敵対してる組に、住人たちから取った委任状を持って行きやがったんだ。もし向こうの組で地上げの話がまとまったりしたら、厄介《やっかい》なことになる。うちも向こうも、上の組織同士でいがみ合ってる。敵対する組に横取りされたなんてことになったら、エンコで済む話じゃない。俺だけじゃなく、組長《おやじ》も簀巻《すま》きにされる」金森は憂鬱そうに眉を顰めた。「絶対に、うちで地上げするしかないんだ」

「そんな理由で、菊原さんから店を取り上げるんですか」

「それができなきゃ、向こうの組長の魂《タマ》を取るしかない。そのくらいのことをしなきゃ、上は許してくれない」

金森は険しい顔で唇を嚙むと、再び、気が抜けたような足取りで歩いて行った。

菊原文具店のガラス戸を開けると、中は薄暗く、営業していないかのようだった。菊原はいつものように事務机のところにいた。しかし傍らまで行っても、人が入って来たことに一向に関心がないかのよう。振り向きもしない。憮然《ぶぜん》たる面持ちで肩を落とし、金森以上に消沈しているよう。

「何かあったんですか」

菊原は虚《うつ》ろな眼で首を振り、俯く。遥子の葬儀でも決して項垂《うなだ》れる姿を見せなかったのに、悄然《しょうぜん》としている。

「何があったんですか」

不穏なものに忍び寄られ、身も心もそれに搦《から》め捕られてしまったかのように見えた。

「菊原さん、どうしたんですか」

項垂れたまま、憑き物を振り払うかのように頻《しき》りと頭を振るきりで、何も応えない。

「クリスマスはどうするんですか」

「ヨブ記」を読むようになって、仁科の心境に少しずつ変化が生じていた。遥子が亡くなったときの空虚な心持ちを、「ヨブ記」が埋めてくれたのだ。遥子が亡くなったとき、心から嘲《あざけ》り、罵《ののし》った主。その主に救いを見出そうとしているのだから、皮肉なもの。

ヨブは自らに課された過酷な試練を通じて、信仰を揺るぎないものにした。それは主にとって意義のあるものだった。何となれば、主はサタンとの賭けに勝ったのだから。願いの成就を当てにした信仰はサタンが嘲笑する。けれども、対価のひと欠片《かけら》すら望まない信仰はサタンを退散させる。主は幸福を餌にした信仰を望んではいないから、誰も不幸と失望から逃れることはできない。人だけでなく、主でさえもそれらから逃れることができないことは、ヨブの時代よりずっと後になって、十字架にかけられたイエスが示してくれた。人生が不公平だからといって、主が不公平だと思ってはならない。主もまた不公平の中にいるのだ。

「クリスマスには毎年、礼拝に行ってる」

菊原は項垂れたまま答えた。

「一緒に連れて行って貰えませんか」

菊原は弾かれたように首を上げ、視線を宙に彷徨《さまよ》わせてから、仁科を見つめた。

「信仰に関心なんてなかったんじゃないのか」

「いまは少し興味を持っています」

「そうか。行きたいのなら、朝、此処に顔を出せば良い」

「はい。お願いします」

一年前の聖夜は、遥子を間近に感じることができた日だった。一年後のその日、仁科は菊原とともに燭火《しょっか》礼拝に出席した。菊原に連れて行かれた教会は赤煉瓦を積み上げた大きな会堂で、礼拝堂に続くホワイエの壁面には端から端までステンドグラスが続いていた。中庭の灯りがそこに差し込み、美麗な色彩模様を描出している。昼であれば、そこを透る陽光が、その色彩をもっと鮮やかなものにしていただろう。

集まった人たちの数は、優に数百を超えていそうだった。オルガンの調べが堂内に響き渡って、「イザヤ書」の数節が朗読された。キャンドルが点火されると、黄色の淡い光が揺蕩《たゆた》う陰影を生み、幻想的な雰囲気に包まれた。全員が起立して『諸人《もろびと》こぞりて』を合唱し、開会の祈りが捧げられた。

「六ヶ月目に、御使ガブリエルが、神からつかわされて、ナザレというガリラヤの町の一処女のもとにきた。この処女はダビデ家の出であるヨセフという人のいいなづけになっていて、名をマリヤといった」

牧師が「ルカによる福音書」の朗読を始めた。どうして遥子が夭逝《ようせつ》したのか。その答えを牧師のひと言ひと言の中に見つけ出そうとして、一心に耳を傾けた。

実家に帰省して年末年始を過ごした後、高崎駅で「あさひ」に乗ったのは、一月七日の朝だった。東京駅に着き、階段を降りてコンコースに出ると、陰鬱な面持ちの人たちが無《む》尽蔵《じんぞう》に押し流されていた。その人たちは皆、号外を手にしている。見出しの白抜き文字が見え、それで天皇の崩御《ほうぎょ》を知った。人の流れが丸の内口に向かっているのは、皇居を目指しているのだろうか。その流れに飲み込まれないように用心しながら、山手線内回りと京《けい》浜東北線《ひんとうほく》が向き合うホームに向かう。

日本はいま、遥子が亡くなったときに仁科が感じたのと同じような時間の不連続を感じているのかもしれなかった。明日もまた陽が昇り、月曜日には登校、出勤が待っていて、いつも通りの生活が続いて行くことに変わりはないのだけれども、「昭和」が終わってしまったことに、それぞれがそれぞれの感慨を抱いているに違いなかった。

半世紀余りの間に、大恐慌、戦争、終戦、復興、高度経済成長と目まぐるしく変遷《へんせん》した時代が終焉した。仁科より長く生きている人のほうが、思うところは大きいに違いない。そう思いながら、ホームの人の顔を見回すと、いつもにも増して、年輩の人たちばかりが目立つ。皇居に集う人たちだろう。現人神《あらひとがみ》と信じた人が亡くなったことは、仁科の想像を遥かに凌駕《りょうが》する大きな衝撃なのだろう。これから皇居に行こうとする人たちの中には、出征して復員した人も少なくないのではないか。「アジア太平洋戦争」は「応仁《おうにん》の乱」と同様に、教科書の中のできごと。だが、出征した人と同じ時代に生きているのだ。

土産の焼き饅頭《まんじゆう》を持って両国に行った。

菊原文具店は新年の休みが続いているのか、ガラス戸の内に白い木綿《もめん》のカーテンが掛かっていた。店が閉まっているときには、何処から入れば良いのだろうと思いながら、左右に眼を配る。隣の店舗と隙間なく連なっていて、玄関なり裏口なりに続く途は見当たらない。軽く拳を握って、折った中指でガラスを叩いてみた。

「菊原さん、仁科です」

幾度か呼び掛けたが、応える声はない。日を改めて出直そうと思い、爪先を歩道に向けた。そのまま足を踏み出すつもりが、何故か胸騒ぎを覚えた。ガラス戸を見つめる。手を掛けて引いてみた。開くまいとする抵抗があったが、それは鍵によるものではなかった。その証拠に、数センチの隙間ができた。上下に均等に力が伝わるように建て付けに気を遣いながら引く。ガラスが揺れて音を立てる。仁科が通れるだけの隙間ができた。

カーテンを払い退けて中に入る。照明の灯りはなく、カーテンが外の光を遮っているので、ガラス戸の隙間から差す薄曇りの陽光だけが、闇を切り裂く唯一の手掛かり。

「菊原さん、いらっしゃいますか」

土間を踏んで奥に進む。鍵も掛けずに留守にしているとは思えない。奥のガラス戸まで行き、もう一度、菊原の名を呼ぶ。それでも何も反応がない。訝しく思いながら耳を澄まして、奥の気配を探る。

微《かす》かに呻《うめ》き声が聞こえた。地獄の深淵を覗き込んでいるかのような不快で不気味な声。悪魔が発したのかと思われるような耳障りな呻き。

聞き違いではないのか。耳に神経を集中する。しかし不審と不安が渦巻《うずま》き、心臓の鼓動が大きくなって、邪魔をする。中腰になってガラス戸に耳を寄せる。

先ほど聞いたと思った呻き声は、幻聴に過ぎなかったのか。鼓膜に全身の神経を集約させる。息を殺し、瞳を閉じる。けれども呻き声は二度と聞こえてこなかった。腰を起こして、ガラス戸にまじまじと眼を凝《こ》らす。立ち去ってはならないような予感がしていた。妙な胸騒ぎを覚えていた。

少しの躊躇いの後で、靴を脱ぎ、板敷きのステップに足を掛けた。掛けた足を軸にして身体を引き上げ、ガラス戸に指を伸ばす。辺りがしんと静まりかえっているだけに、早鐘を打つ自分の鼓動が体内から直接、聴覚神経に響き、その音に急かされ、焦燥感に駆られ、卒倒しそうな気がした。しかし一方で、開けた途端に魔物が飛び出して来るのではないかと思ってしまうほどの恐怖を感じていて、指を戸に掛けたまま尻込みする。しばし中の気配を窺《うかが》っていた。

眦《まなじり》を決して、肘を引き、戸を右に滑《すべ》らせる。滑車がレールを滑る音がし、緋色のどろっとした液体が眼に飛び込む。思わず息を呑んだ。その液体はバケツの水をぶちまけたかのように畳を覆い、油彩絵具のような厚みをもって四方八方に飛散している。その液体の先に、菊原が胡坐《あぐら》を掻《か》いて項垂れている。腹部には、緋色の染みが広がり、そこに置いた菊原の手も、その色に染まっている。液体に染まった手から柄が覗いているのが見えた。全身の血が一気に退いていくような気がした。頭が真っ白になり、その場に腰から崩れ落ちた。

「ううっ」菊原の口から呻き声が漏れる。

ハッとして我に返り、両手両膝を突いて、緋色の液体を突っ切り、菊原に向かう。手と膝《ひざ》にぬるっとした感触が伝わってきたが、顧《かえり》みている余裕なんてない。乃木希典《のぎまれすけ》や『こころ』『阿部一族』が脳裡を過《よぎ》った。

——殉死《じゅんし》だと？

明治じゃないんだ。昭和だっていうのに。まして菊原はクリスチャンではないか。自殺なんて決して許されない。それはイエスが降誕するずっと以前から禁じられていたことではないか。菊原自身が言ったことだ。自ら死なないこと、それが信仰だと。ヨブは死を願いながらも、決して自ら生命を絶たなかったから、主に愛されたのではないか。主なき死は安息ではなく、永遠の地獄でしかない。主の御手による死であれば、安息がある。菊原が自分で言ったことではないか。

「菊原さん」

傍らまで辿り着いて呼び掛けると、菊原は顔を上げ、眼を開いた。

「いま、救急車を呼びます」

手首を摑まれた。

「このまま逝かせてくれ。それにもう間に合わない」

「どうして！　どうしてこんなこと」

怒りにも似た感情が込み上げて来て、思わず怒鳴りつけていた。感情の堰《せき》が切れ、絶望と悲嘆が無尽蔵に押し寄せる。それが涙となり、止め処《とど》もなくほとばしり出る。菊原が銀色のものを放り出した。チェーンの先に十字架が付いているのが判った。

――信仰を棄てたのか。

仁科は靄《もや》の中に迷い込んでしまった気分だった。大声で叫びたい気分だった。

「主を裏切るなんて」

菊原が項垂れたまま、絶え絶えに言う。

「そうしてでも……守らなきゃならないものが……ある」

「信仰より大切なものなんてあるんですか」

思わず訊き返す。

「テニアンで、……地獄を見た」

「判りました。もう喋らないでください」

しかし菊原は止めなかった。眼は開いているものの、その瞳にはもはや光が宿っていないようだ。

「生き恥曝《さら》すなと言われ、……死ぬことが名誉だと教えられた。降伏は許されなかった。……玉砕以外に……選択肢はなかった。我々軍人だけじゃない。義勇隊も居留民も……みんな、自決した。互いに互いを……銃で撃ち、カロリナス台地の崖から、……海に向かって……飛び込んだ」

「もういいです。判りました。喋らないでください」

仁科は菊原の手を取って握り締める。

「勝海を守り抜かなきゃならない」

――金森を？

菊原の細い声を聞き取ろうとして、彼の口元に耳を寄せる。

「俺たちはただ、それだけを目的に……生き抜いた。……捕虜収容所で、……従軍牧師に会った。死ぬのは名誉なんかじゃない。そんな当たり前のことを……真面目に諭《さと》す人間に……初めて会った。俺たちは……間違っていなかったと思った。勝海を死なせない。それが、俺たちの……」

声が途切れたので、ハッとして首を起こし、菊原の顔に見入る。菊原は喘《あえ》ぐように大きく息を吸い込んでいた。

「あいつは……」

再び話し始めたので、慌てて耳を寄せる。

「あいつは、敵対する組と……諍《いさか》いを起こす気でいる。そんなことに……なったら、あいつは……殺されちまう。あいつの生命は……死んでも守り抜く。それが、テニアンのスコールに誓った約束だ」

「信仰を棄ててまで守る約束……」

菊原はいまにも消えそうな掠れた声で続ける。

「土地の取り合いで……生命の遣り取りまでやろうなんて、莫迦気《ばかげ》てる。そんなの、あの戦争と……同じじゃないか。満州《まんしゅう》やサイパン、テニアンを取り合った……。莫迦気ている」

「もう、いいです。喋らないでください」

菊原は止めなかった。話し続けることが、最期に果たすべき義務だと、思っているかのよう。

「この土地を……ほかの誰かに売ったところで……、今度はそこに行って……揉め事を起こすだけのこと。……誰の手も届かないものにしちまえばいい。……そう思って、国に寄付しようと思った……が、断られた。だったら、俺が死ぬよりほかに仕方ない。身内は遥子だけだった。……ここを相続する者は誰もいない。……相続者がいない土地は……国のものだ」

「それで、こんなことを……」

「俺たちは罪を犯した。……罰せられなければならないと思いながら、……ずっと生きてきた。……昭和が終わったいまが……そのときだ」

顔を上げ、菊原の顔を見つめる。涙の中で、菊原の面影が陽炎《かげろう》のように揺れている。菊原の呼吸は細くなっていて、いまにも途切れそう。

「遥子さんは最後まで闘ったっていうのに。こんなことして、遥子さんに顔向けできないじゃないですか」頭を掻きむしる。「違う。彼女と同じ場所に行けない。彼女に会えないじゃないですか。会いたいでしょ。会って、よく生き抜いたって、褒めてあげたいでしょ。遥子さんだって、そう言って欲しい筈です」

腕を伸ばして菊原が放り出した十字架を摑む。それを菊原の手の中に埋める。

「信仰を棄てないでください。遥子さんのところに逝ってください」

もう菊原には仁科の言うことに応えるだけの体力は残っていないようだった。遥子を愛した人は、主の御前にいなければならない。ほかに選択肢なんて思いつかない。仁科は菊原の腹部に突き刺さったナイフの柄を両手で握り締めた。それを押し込むつもりで手を掛けた。けれども、それはできなかった。譬《たと》えようのない感情が怒濤《どとう》のように押し寄せて来て、大粒の涙がぽとりぽとりと手の甲に落ちる。

——あなたは自殺なんてしてない。僕が手に掛けたんです。

遥子が信じ、菊原も信じた主に向かって、心の裡で叫ぶ。

──あなたの僕《しもべ》を殺した私を罰してください。あなたの僕は永遠にあなたの僕です。サタンに託すことなく、あなたの御前に迎え入れてください。

両手に力を込めた。

カノンの章Ⅳ　「てるてる坊主」の見立て

§1

陽の光を求めて、梅雨空を覆《おお》う厚い雲に切れ間を探すような心持ちだった。捜査員たちは次の手を模索していたが、手詰まり感は如何《いかん》ともし難い。石曾根茉莉江の行方は杳《よう》として知れず、手掛かりすら得られない。澤柳と石曾根隆夫の間に接点があるのではないかと疑って、澤柳の交友関係、趣味嗜好《しこう》を洗い直してみたものの、その線上に石曾根が浮上することはなかった。

石曾根隆夫の戸籍を辿《たど》ると、埼玉県行田《ぎょうだ》市から転籍していることが判り、そこに居住していた可能性が高いため、千国を含む捜査員四人を行田市に向かわせることにした。石曾根について何らかの情報が得られるかもしれないというのが、垂《た》れ込めた雲に覗《のぞ》く微《かす》かな光明だ。

大町署には、東京で得た情報を逐一《ちくいち》報告して協力を仰《あお》いだ。茉莉江の行方および澤柳と石曾根の関係を探ることに捜査員を割いていることも伝えた。

それに対して越谷は批判的だった。電話の向こうから、越谷の憫笑《びんしょう》が漏れた。

「勾留期限まで二週間しかないってのに、そんな思い付きの見込み捜査なんかすべきじゃないでしょ。それより別の被疑事実で、布山を再逮捕した方がましでしょ」

送致した以上、布山は黒でなければならない。補充捜査で、布山を追い詰めなければならない。それは重々承知している。勾留期限間近になっても打つ手が見つからなければ、福田和美への秘密漏示の教唆《きょうさ》で、布山を再逮捕するより仕方ない。再逮捕で勾留期間を最大二十三日間延長できる。布山の勾留期限が近付く中、捜査員たちの顔は日ごと、いつ晴れるとも知れない空のようになっている。

一週間が経過した。捜査方針を見直すべく、早朝からホテルの会議室で捜査員たちと意見交換していると、スマホに着信があった。越谷からだった。

「澤柳の銀行口座を調べていて、ちょっと気になることがありました」

受話口から聞こえる越谷の声は重く、気になるものを見つけたとは到底思えないような口吻。

「どんなことでも構わない。気付いたことがあったら上げてくれ」

「石曾根の本籍が護國神社だって聞いたものですから」

「澤柳は普通恩給を受給していました。出征していたものと思われます」

「その通りだ」

「出征？」

なるほど、澤柳の年齢であれば出征していても何ら不思議はない。だが、護國神社とは無縁の筈。護國神社は戦死者を祀《まつ》るものだから。

「しかし澤柳は戦死していない」

城取が言うと、越谷が無愛想な調子で言った。

「してたら今ごろになって殺されたりしてませんからね。当然、護國神社には祀られていません」

仮に澤柳の出征と、石曾根の本籍が護國神社であることに、何らかの関連があったとしても、その裏を取るのは極めて困難であると言わざるを得ない。終戦から六十有余年を経過したいま、澤柳の出征当時を知る者が果たしてひとりでもいるのか。県庁の健康福祉部か厚労省援護局に照会すれば、軍歴証明書くらいは出して貰《もら》えるだろう。それで澤柳がいつどこに出征したのかは判る。しかし、それで直《ただ》ちに石曾根が本籍を護國神社においたこととの関連が判明するわけではない。

越谷は城取が思案に暮れていることなど、意に介さない様子で続ける。

「澤柳は昭和一六年に歩兵第五十聯隊《れんたい》に召集され、満州に駐屯した後、テニアンに転戦し、昭和十九年八月二日の緒方敬志《おがたたかし》聯隊長の玉砕攻撃に参加。辛くも生き延びて米軍の捕虜となり、戦後に帰還しています」

驚いて、思わず声を大きくした。

「軍歴証明書を入手したのか」

「いえ」越谷は抑揚のない声で言う。「文化財センターに行って調べて来ました」

「文化財センター？」

そんなところでどうして澤柳の軍歴が判るのか。

「もしやと思って行ってみたら、召集令状の受領書から復員したときの記録まで、しっかり残っていました」

召集令状が残っていた？

もしや。

思い当たることがあって訊ねた。

「旧北安曇郡社村か」

越谷は意表を突かれたかのように一瞬、押し黙った。

「澤柳の実家のことを言ってるんですか。捜査資料にあった筈です」

城取は唇を嚙《か》む。そうだった。澤柳が住んでいた池田町の家は、姉の嫁《とつ》ぎ先で、澤柳が生まれ育った家ではない。澤柳の姉は旧社村から隣村の旧池田町村に嫁いでいたのだった。澤柳が旧北安曇郡社村に居住していたのなら、召集令状が残っていても不思議ではない。

ポツダム宣言受諾の三日後、軍首脳部は戦争責任を問われることに鬼胎《きたい》を抱き、全国の市町村役場に対して兵事記録の焼却処分を命じた。一万八百二十を数える市町村役場の兵事係の中には、この命令に逆らって兵事記録を家に持ち帰り、その後数十年の間、家族にも知られぬよう、密かに保管し続けた人がいる。全国で五例確認されており、旧社村がそのひとつ。旧社村の兵事係を務めていた人が亡くなった後、兵事記録が文化財センターに寄託されたのだ。

「兵事記録を調べて判ったんですが、澤柳と一緒に五十聯隊に入隊した者が、社村にもうひとりいます。菊原邦文という人物です」

「存命しているのか」

「さあ、どうでしょう。歳は八十八ですから生きてても不思議ではありませんが、何処《どこ》にいるのか判りません」

「社じゃないのか」

「兵事記録にある住所は、いまは建築会社の資材置き場になっています」

「土地を手放して転居したということか。市民課で引っ越し先が判るんじゃないのか。問い合わせてくれ」

「既にやってます」苛立《いらだ》った声。「市民課には菊原の除籍簿しかありません」

「転籍してるのか」

「ええ。戦後間もなく東京都内に」

「判った。こちらで調べてみる。転籍先を教えてくれ」

「ちょっと、待ってください」紙片の擦《す》れ合う音が、受話口の先に聞こえる。「ああ。これだ」

越谷は両国の住所を読み上げた。

電話を切ると早速、捜査員たちに越谷の話をした。

「早速、当たってみましょう。石曾根が護國神社を本籍にしている以上、澤柳の出征は無視できないと思います。もし、菊原という人が存命していれば、何かしら聞き出せるかもしれません」

戌亥が一同を見回した。捜査員たちはめいめい頷く。

「石原」

城取が呼び掛けると、石原が弾かれたように顔を上げた。

「両国まで出掛ける」

「はい」

「私も」

四月朔日が片手を上げていた。

越谷から聞いた住所地に行くと、そこには五階建のマンションが建っていた。一階にはコンビニエンスストアが入り、二階より上が居住スペースになっているようだった。

「このマンションに住んでるんでしょうか」

石原が上の階を見上げる。

「どうかな」

城取はコンビニエンスストアに足を向けた。

店内に入って、レジカウンターの中を見る。ピンク色のオーバルフレームの眼鏡の娘と眼が合う。

「菊原さんという人の家を捜しているんだが、知らないかな」

眼鏡の娘ははにかむように口元を緩め、首を捻《ひね》る。

「上のマンションの大家は、この店のオーナーなのかな」

「違うと思います」。レンズの中の瞳を大きくし、長い黒髪を揺らす。「東都《とうと》開発だって聞いてますけど」

「東都開発？　不動産関係かしら」

四月朔日が怪訝《けげん》そうに呟《つぶや》く。

「菊原さんという人が住んでいるかどうか、判る人はいないだろうか」

「ちょっと待ってて貰えますか」

上目を使って懇願するように言い、飛び跳ねるようにしてバックヤードに向かった。少し待っていると、でっぷりと太った男が現れ、城取を見て会釈《えしゃく》した。髪の薄い頭を傾《かし》げる。カウンターの外に出て、神妙な面持ちで訊ねる。

「どのような御用件でしょうか」

「菊原邦文という方を捜しています。上のマンションにお住まいではないでしょうか」

「申し訳ありません。個人情報になりますので、どなたがお住まいかということはちょっと、申し上げられません」

「それはそうよね」四月朔日が独り言《ご》つ。

城取は内ポケットから警察手帳を抜き、それを開いて徽章《きしょう》を見せる。男の顔つきが変わって、困惑したように目尻を下げた。

「警察の方ですか？　何か」

「心配なさるようなことはありません。菊原さんという方に伺いたいことがあって、捜しているだけです」

「そうですか」

不安げな面持《おもも》ちで言って、俯《うつむ》く。

「そういう方はいらっしゃらないと思います」

「確かですか」

「ええ」

「本当に?」

念を押すと、顔を上げ、眉根を寄せた。

「会社に聞けばはっきりしますが」

「会社?」

「ええ。東都開発です」

「ここのオーナーだとか」

「国有地の払い下げがあって、弊社で落札しました」

「なるほどね。それでオーナーは東都開発ということなのね。やっぱり不動産関係か」

男は四月朔日をちらっと見て頷く。

「そうです。このコンビニも東都開発が経営しています。ビルを建てたとき、二階より上を賃貸マンションにして、一階は事業者に貸すつもりでフロアをぶち抜きにし、テナントを探したんですが、なかなか折り合いがつかなくって。結局、東都開発でコンビニエンス事業に参入することになったんです。私はテナントを見つけられなかった責任を取る形で、この店の店長を任されました」

「会社に問い合わせれば、賃借人のことはすべて判るということですか」

「ええ。菊原さんという名前に、聞き覚えはありません。ここには、いらっしゃらないと思います」

「念のため、会社に確認して貰えますか」

「判りました」

男はバックヤードに戻った。

暫《しばら》く待っていると、紙片を手にして戻って来た。

「賃借人の一覧を送って貰いました。やはり菊原さんという方の名前はありません」

Ａ４の用紙を受け取り、部屋番号と氏名を記載した表に眼を這《は》わせる。菊原の名前がないことを確認して、礼を言って、外に出た。用紙を返した。通りに並ぶ家屋を見渡すと、近年になって建てられたと思われるビルが多いようだ。東都開発がビルを建てる以前のことを知る者が、どこかにいるだろうか。

「この一帯が国有地だったのかしら。それなら、もっと大きな不動産業者が落札して、もっと大きなビルを建ててる筈よね」

四月朔日はコンビニのビルと左右の建物を見比べながら、怪訝そうに首を傾げている。

城取は通りに眼を戻して、建ち並ぶビルの入口を順番に見回した。焼き鳥屋の看板を掲《かか》げる店は閉まっている。運送会社の看板を掲げるビルの前にはトラックが停まっている。少し先に眼を遣ると、ハンガーラックや陳列台を歩道まではみ出させて衣料品を陳列している店がある。

ハンガーラックには星条旗柄のシャツとベルボトムのジーンズを無秩序にぶら下げてあり、陳列台にはストローハットやらウェスタンベルトやらを雑多に積んである。どれも古着のようだ。

「ああいうの、私は無理ね。どんな人が着るのかしら」

四月朔日が無遠慮な声を出す。

陳列台の脇を抜けて店に入った。カウンターには、黒色のTシャツの上にダンガリーシャツを羽織った若い男に値踏みするような眼つきでじろりと睨《ね》め付けられる。四月朔日の声が聞こえて、気分を害しているのかもしれない。

「菊原邦文という人を捜している。知らないかな」

男は口を尖《とが》らせ、無言で首を振った。

「この辺りに住んでいたと思うんだが」

「幾つくらいの人?」

「八十八だ」

男は口元を歪め、鼻を鳴らす。

「うちは年寄りなんかが来る店じゃないから」

「近所の噂《うわさ》話くらいは耳にするんじゃないのか」

「聞いたことないね」

　男は、話は終わったと言わんばかりに顔を背け、壁に留めた伝票の束を見つめた。何も訊き出せそうになかったので、早々に退散することにした。

　再び歩道から通りを見渡す。

「あの家は古くからあるんじゃない?」

　四月朔日が通りの反対側を指差した。指し示したほうに眼を遣ると、ビルに挟まれて平屋建ての家がある。板壁は煤《すす》けたように黒くなっていて、窓には連子《れんじ》子《こ》を差し込んである。

「行ってみましょう」石原がその家を見つめる。「この辺りのことに詳しいお婆ちゃんがいそうな気がします」

　城取は石原の先入見に苦笑しながら、確かにその通りの老女が住んでいそうな家だと思った。

「行ってみよう」

　左右に眼を配って、車の往来がないことを確認して駆け出す。玄関ドアの脇に、バスの降車ボタンを思わせるシンプルな呼鈴のボタンがあった。それを押した。

現れたのは老女ではなく、初老の男だった。菊原邦文を捜していると言うと、眉を寄せ、城取、石原、四月朔日と、三人の顔を順に見回した。

「あんたたち、菊原さんとどういう関係なの」

城取は警察手帳を取り出して、男に見せた。

「長野県警？」

尚も訝しげな面持ちになって、警察手帳を見つめる。

「詳しいことはお話しできませんが、ある事件の捜査で、菊原さんの証言が必要になるかもしれないので捜しています」

男は漸《ようや》く警察手帳から眼を逸らし、城取に眼を向けた。眉根を寄せて、まじまじと見つめるので、睨《にら》みつけられているような気がする。

「本当に警察？」

しばらく警察手帳に見入っていたのに、城取の身分を疑うのか。

「勿論《もちろん》。そうです」

「だったら、どうして菊原さんのことを知らないんだ」

「どういうことでしょうか。菊原さんは警察関係者なんですか」

「そうじゃない」

城取の胸に不審が広がる。

「殺されただろ、あの人」

「殺された？」

城取は男の顔を凝視した。


両国の警察署に行き、刑事課を訪ねた。課長に招じ入れられ、課長席まで行くと、空いている席から椅子を持って来るように言われた。二人で課長席の傍《かたわ》らに椅子を並べて座った。澤柳の事件について概略を話し、補充捜査のために上京しているのだと説明した。

「被害者と接点のある人物が浮上し、その人に話を訊くつもりでした。ところが、その人は二十五年前に殺害されていたことが判りました」

刑事課長は、険《けわ》しい面持ちで首を傾げる。

「二十五年前？」

「昭和天皇が崩御《ほうぎょ》した日。その日に殺されたそうです」

課長は眉を顰《ひそ》めた。

「そりゃまた、とんだ日だ」

「その事件の概要を知りたいんですが……」

課長は渋い顔でぶっきら棒に答える。

「異動で顔ぶれも変わっちゃってるからな。二十五年も前の事件、知ってる奴なんていないだろうな」

不意に、何か閃《ひらめ》いた顔になって、机から受話器を取り上げる。

「ああ、俺だ。忙しいところ、すまないが、ちょっと教えてくれ。昭和天皇が崩御した日に殺しがあったらしいが、知ってるか。……誰？　ああ、あの人か。もう退職してるな。話を聞くのは無理か。何？　連絡が取れる。……そうか。判った。後でまた連絡する」

課長は受話器を置くと、城取を見つめた。

「警務課に昔のことにやたらと詳しい奴がいて、そいつが事件のことを知ってた。まめな男で、ちょっとでも面識のある人間には年賀状を欠かさない。天皇崩御の日にあった殺しを担当した刑事とも、未だに年賀状の遣り取りをしてるそうだ。もし会いたいなら、話をつけてくれるって言ってるが、どうする」

城取は膝《ひざ》を乗り出した。

「お願いします」

§2

石曾根隆夫が行田市に居住していたことが判り、それがその夜の捜査会議の主要テーマになった。会議室のエアコンの目標温度は二十八度に設定されていたから、決して肌寒いわけではなかった。けれども、千国は相変わらず、ネクタイを締め、上着を着ている。良く見ると、額には汗が浮いていたが、本人はそれを意に介する様子もなく、手帳に眼を落として報告を続けた。

「石曾根は二〇〇七年の九月まで、さきたま病院の救急救命部の部長をしていました」

「医師だったのか」

戌亥が弾かれたように身体を乗り出す。千国がその声の大きさに驚いたのか、ビクッと肩を竦《すく》め、物怖じするような眼を戌亥に向けた。

「石曾根隆夫は医師か」戌亥が重ねて訊く。

「はい。二〇〇七年九月に、病院を辞めましたが」

戌亥は城取に顔を向けた。

「主任……」

城取は頷く。

「石曾根は、腰椎穿刺《ようついせんし》の知識も技量も持っていたに違いない。しかし自分の腰椎に針を差し込むなんてことができるとは思えない」

「そうですね」

戌亥は眉根を寄せ、考え込むように渋面をつくる。

「あの、続けて良いですか」

千国が俯き加減で、瞳だけ城取に向けた。

「ああ。続けてくれ」

千国は安堵したように、ひと息ついて手帳に見入った。

「石曾根隆夫は医療過誤で患者の家族に訴えられています」

「手術ミスか」

千国は首を振る。

「病院的には否定しています。最善を尽くした結果であり、決して医療ミスではない、というのが病院側の見解です」

「そうは言ったって、石曾根さんを辞めさせたってことでしょ？　トカゲの尻尾切りみたいなものでしょ」

四月朔日が忌々《いまいま》しげに言って、頬を膨《ふく》らませる。

「いえ、違います」千国が慌てた様子で声を上ずらせる。「手術の後、ずっと無断欠勤していて、そのまま失踪したそうです」

「失踪？」戌亥が眉間の皺《しわ》を濃くする。「逃げたってことか。それじゃ医療過誤があったってことじゃねえか」

千国が困惑したように目尻を下げ、首を傾げた。

「その手術は、どんな患者にどんな風になされたんだ」

「患者は六十七歳の男性でした。利根川《とね》で釣りをしていて溺《おぼ》れたんです。別の釣り人の通報で、捜索が行われ、川底に沈んでいるのを消防隊員が一時間後に発見しました。心肺停止状態だったそうです。直ちにさきたま病院に救急搬送され、心肺蘇生処置が施されました。それによって心拍は再開したものの、自発呼吸はありませんでした。当時、石曾根と一緒に処置に当たった看護師には石曾根は脳死を危惧して、処置に当たっているように見えたそうです。石曾根は開頭手術を実施して、冷水ブランケットで身体を覆いました」

「脳低温療法か」

城取が独り言つ。戌亥がもの問いたげな顔を向ける。

「どんなものなんですか」

「数日間、体温を三十二度前後まで下げておくんだ。血液が冷たくなって、血流が脳を冷却する効果が高まり、結果として脳が保護されることになる」

戌亥は千国に眼を遣る。

「石曾根はそれをやったが、患者を助けられなかったんだな」

千国は戌亥を見つめて首を振る。

「いいえ。患者は助かりました」

「助かっただと？　だったらどうして訴えられてるんだ」

「一命は取り留めたものの、遷延《せんえん》性意識障害、いわゆる植物状態になってしまったんです」

戌亥が苦虫を嚙み潰したような顔で呟く。

「そういうことか」

千国は手帳に眼を戻した。

「脳低温療法というのは、脳的には良くても身体的には良くない治療法だと言われているそうで、血小板が減ったり、心肺機能に負担が掛かったりで、バイタルチェックがとても大変な治療法なのだそうです。その分、医療費は大変なことになります。病院はこの患者の治療費として一千万円を請求しました。家族は、そんなの払えるかって、なったらしく、支払いを拒否、訴訟に持ち込みました。患者本人的には、植物状態になるような治療をされて尊厳死する権利を奪われ、家族的には、とても支払えない高額の医療費を請求された上に、介護の負担を背負わされたっていうのが、主張というか、あれですね。裁判では、脳低温療法の選択が適切であったかどうかが争点になっています。通常、脳低温療法は高齢者や脳圧が高い患者には実施しないそうです。患者の年齢が六十七歳であったことと、開頭手術を実施していることから、脳圧が高かったと推定できること。この二点が問題視されています」

四月朔日が思案するように眼線を上げる。

「脳低温療法を実施していなかったら、どうなっていたのかしら」

「死んでいた。きっと脳死になり、数日の内に心停止していただろう」

城取が抑揚をつけずに言う。四月朔日は唇を噛んで頭を振った。

「死の淵にある人にできる限りのことをして、生き長らえさせたってことでしょ？　そのために訴えられるなんて、納得いかないわね」

「余計なことをせず、そのまま死なせてくれれば良かったというのが、家族の本音だろう」

四月朔日が厳しい眼つきで睨みつけた。

「あなたねえ。人の生命を何だと思ってるの。死んでくれれば良かったなんてこと、あるわけないでしょ」

越谷にも、人の生命を何だと思っているのかと言われたことを思い出した。千国によれば、越谷は警察官の職務に忙殺されることを理由にして、認知症の母親の介護を放棄しているらしい。当事者でなければ判らない苦労があるに違いない。

「綺麗ごとならいくらでも言える。植物状態の看護がどれだけ家族の負担になっているのか。それを知りもしない第三者が、安易に口出しすべきじゃない」

「口出しって何よ」

四月朔日が食って掛かったが、それを無視した。

「ほかには？」

千国は刑事らしい鋭い眼つきになって、城取を見つめた。

「石曾根は院長の娘と結婚していました」

「何？　茉莉江のほかに」

戌亥が驚いたように声を大きくした。

「はい」別の捜査員が立ち上がった。「妻子に話を訊いて来ました」

その捜査員が手帳に眼を落とした。それを合図にしたように、千国が着席した。

捜査員によると、石曾根は院長に気に入られ、婿養子になったのだという。

「妻の話では、石曾根は脳低温療法の患者が回復しないことに酷《ひど》く落ち込んで、傍目《はため》にも気の毒なくらいで、まるで生きる気力を失くしてしまったかのようだったそうです。病院にも行かず、一日中、部屋に籠《こも》りっ放しでいたそうです。いずれ時が経てば、職場に復帰するだろうと思っていたそうなんですが、ある時家を出て行ったきり、戻らなかったということです」

「家を出た後の足取りは？」

戌亥の問い掛けに、捜査員は首を振った。

「いまのところ、不明です。何処で何をしていたのか判りません。葛西の方の石曾根の戸籍には、妻子の名前がなかったので、妻に戸籍を取って貰い、それを見せて貰いました。すると、二〇〇九年九月十一日に石曾根は離婚して、妻の戸籍から除籍されていました」

「元の、石曾根家の戸籍に戻ったわけだな」

　戌亥が訊ねる。

「はい。離婚届は石曾根が一方的に提出したらしく、妻は離婚されていたことを知らずにいたそうです」

「それじゃ、家族は石曾根が死んだことも知らずにいたのか」

「いえ。生命保険会社から連絡があったそうです。保険金の請求手続きについて案内をされたそうです。契約は二十年以上前、妻を受取人にしてなされたものでしたが、二〇〇九年九月十三日に、石曾根は改姓届を出し、そのとき、受取人を長男に変更したようです。長男は仙台《せんだい》の大学病院の循環器内科に勤務しています」

　城取は眉を顰めた。

「石曾根が死んだことを、生保に連絡した者がいるということか」

「生保のほうでは、親族から問い合わせがあって、折り返したと言ってるようです。しかし、親族の誰もそんな問い合わせをしていないと言ってます」

「前妻たちには、失踪した石曾根が、何処でどんな風に死んだのか、知りようがないしな」戌亥が顔を顰《しか》めた。「第一、離婚を知らずにいたくらいだからな。石曾根が死んだことなんて、知りようがなかった筈だ」

「九月十一日というと、茉莉江と結婚する直前だな」

「患者を植物状態にしたことと、茉莉江に心臓を提供したことは関係あるでしょうか」

戌亥が眉を顰めて、城取に顔を向ける。

「現時点では不明としか言いようがないな」

「あの」捜査員が口を挟む。

「何だ」戌亥が訊き返す。

「石曾根は常日ごろ、自分が医療を志し、特に救急救命に携わったのは、父親の影響だと言っていたそうです」

「石曾根の父親は医者だったのか」

戌亥は関心なさそうな口吻で訊ねた。

「いえ。戦時中、衛生兵に選抜されていたそうです。北安曇郡池田町から応召しています。五十聯隊の隊付衛生兵だったそうです」

戌亥が顔色を変えた。城取を見て、唇を震わせる。

「石曾根も繋がりました」

翌日の昼過ぎ、城取は石原と四月朔日の三人で石川島《いしかわじま》公園の親水《しんすい》テラスに行った。両国の警察署が手筈を整えてくれ、そこで警視庁の元刑事と落ち合うことになっていたのだ。

現れた男は痩《や》せぎすの年輩の男で、身に纏《まと》うグレーのワイシャツは、ぺしゃんこになっスラックスの中に突っ込まれていた。ベルトを締めた腰回りはやけに華奢《きやしや》で、スラックスの中には肉体はおろか、腰椎すらなく、実は空っぽなのではないかと疑いたくなってしまうほどだった。武骨な皮革製のショルダーバッグを肩に掛けていたが、そのベルトは厚く頑丈《がんじよう》そうで、華奢な肩には不似合いだった。

「こんな所にお呼び立てして申し訳ない」言いながら会釈をした。「孫がいるので、家の中では物騒な話をしたくないものですから」

「判ります」

理解を示すと、右手を差し出す。

「小田沼《おだぬま》です」

「城取です」

石原と四月朔日が順に握手して挨拶を終えると、小田沼はベンチの隅に腰掛け、空いたスペースに座るよう、城取にすすめた。四月朔日は隣のベンチに腰掛け、城取たちに膝を向けた。石原は立ったままでいた。

小田沼はショルダーバッグから大学ノートを取り出し、膝に載せた。ピンク色の表紙が擦り切れ、煤けたように黒ずんでいる。長く使い込んだものらしい。

「正直、あの事件は引っ掛かっている」

「何かあるんですか」

小田沼は右手で自分の胸を差し、渦《うず》を巻くように手首を回した。

「ここに何か引っ掛かっているような、落ち着かない、不快な気分なんです。ストンと腑に落ちてないんですよ」

小田沼は眉根を寄せ、眼を細める。酸っぱいものを口に含んだときのように唇をすぼめると黙り込んだ。城取は無言で小田沼の顔を見つめ、次の言葉を待った。やがて、小田沼が口を開いた。

「あれは、天皇陛下が崩御した朝でした。左翼も右翼も動いて騒動が起きるかもしれないということで、私たち刑事課の人間も警戒しているように言われていました。そこに派出所の巡査から緊張した声の電話です。人を殺したと言って、出頭して来た者がいるというんです。私たちは、騒動の発端かと思って緊迫して、派出所に向かいました。すると、真っ青な顔をした若者がいて、僕が殺した、僕が殺したって言い続けているんです。こっちがちょっと怖くなってしまうようなただならぬ様子でした。その若者に現場を訊いて案内させると、そこは文房具屋で、売り場を突っ切った奥が居住スペースになっていたんですが、そこに大きな血溜まりがありました。その中に腰を落とし、壁に凭《もた》れ掛かって項垂《うなだ》れる人がいました。ひと眼見て、死んでると思いました。若者に向かって、お前がやったのかと訊くと、そうだと言うので、その場で緊急逮捕しました。仁科哲弥という学生でした。

取り調べは私がしました。いまでも腑に落ちないのは、供述にあやふやな点があったからです。

殺されたことにしないといけないから殺した。それが被害者のためだと言うんです。訳が判りません。物盗りか、怨恨か、いろいろ疑いました。しかし、被害者の身体にも仁科の身体にも打撲痕や圧迫痕がなく、また、室内にあったものは整然としていて、摑《つか》み合いや取っ組み合いをした痕がどこにもありませんでした。仁科は、取っ組み合いなどせずに、いきなり刺したのだからそういう痕跡がないのは当然だと言いました。しかし私には、いきなり刃物を持ち出したというのが、どうも自然な成り行きだとは思えませんでした。

凶器の刃物を持っていた理由を訊ねると、卓袱台《ちゃぶだい》の上にあったと答えました。どうしてそんなところにあったのか訊ねると、被害者が林檎《りんご》の皮を剝《む》いてそのままにしていたのだろうと言います。凶器は柳刃包丁でした。台所には果物ナイフがあり、不自然に思ったので、柳刃包丁で林檎を剝《む》いたりしないだろうと言うと、一瞬、ぎくりとしたように顔を歪《ゆが》めたんですが、直ぐに真顔になって、被害者は刃物の用途を考えて使うような人ではなかったと言いました。私は、ひょっとしたら、仁科は凶器が柳刃包丁であることを知らずにいたのではないかと勘繰りました。柄の部分だけ見て、果物ナイフだと思い込んでいたのではないかと思ったのです。だとすると、仁科は誰かを庇《かば》っていることになる。それを疑って、仁科の交友関係を洗ったんですが、菊原文具店と接点のある人間が浮かんできませんでした。

菊原文具店の土地に絡《から》んで、ふたつの暴力団が衝突していて、抗争に発展しそうだという情報もありましたから、その争いに巻き込まれたのかもしれないと疑ってもみました。だとしたら、どうして仁科に暴力団を庇う必要があるのかという話になってしまうんですが、生安課に協力して貰って暴力団を探ったところ、菊原が死んで途方に暮れているのは、ほかならぬ暴力団のほうだと判りました。

凶器には仁科の指紋がありましたし、本人が自分が殺したと言って出頭して来ているわけですから、さっさと送致しろと上に言われ、結局、仁科の供述をそのまま調書にして送致しました」

小田沼は顔を顰めて、首を捻った。

「腑に落ちないというのは、仁科のほかに犯人がいると思っているということですか」

小田沼は唇を噛んで、隅田川の川面《かわも》を見つめた。

「いや、犯人は仁科でしょう。それは間違いないと思います。しかし、仁科は何か隠している。何を隠しているのか、それが未だに気になっているんです。仁科を送致した翌年、異動になり、ほかの署に移り、定年になるまでさらにふたつ署を変わりました。その間も、仁科のことは、ずっと引っ掛かっていました」

城取の胸に竹内事件が過《よぎ》った。小田沼も城取と同じように、追い遣ることのできない蟲《むし》を胸に飼っていて、折りに触れてそれが蠢動《しゅんどう》するので、未だに悩まされ続けているのに違いない。蟲を封じる唯一の方法は、百パーセント犯人であると言い切れる自信を得られるまで送致しないでいることだ。しかし、その自信を得られぬまま、布山を送致してしまった。

「仁科は被害者とどういう関係だったんでしょうか」

「文房具を買いに行って知り合ったと言うだけで、詳しいことを話そうとはしませんでした。店主と客の関係だと言い張っていました。仁科は文京区に住んでいましたし、大学は早稲田ですから新宿区です。どうして両国の文房具屋まで行ったのか訊ねると、両国に用事があって出掛けたときに、たまたま入って、気に入ったので、それ以後も利用していたのだと言いました。近隣への聞き込みで、仁科が菊原文具店を時々訪れていたことは確認が取れました。それほど頻繁《ひんぱん》に訪ねていたわけではないようでしたから、客と店主の関係だと仁科が言うのは、その通りなのだろうと思いました」

仁科にしか判らない論理で、つきあいの浅い相手を刺してしまったのか。

「天皇が崩御した日ってのは、引っ掛かりますね」

「ええ」

「菊原は出征して松本聯隊にいました。仁科はそのことを何か言っていませんでしたか」

小田沼は眼を瞬かせた。

「いえ。何も」

「澤柳駿一、もしくは石曾根隆夫という名前に心当たりはありませんでしょうか。仁科が口にしていたとか」

小田沼は訝しげに首を捻る。

「聞き覚えはありません」

「そうですか。仁科はいま、どうしているんでしょう」

小田沼は首を振って俯いた。

「判りません。仁科は起訴され、有罪になりました。未成年でしたから、不定期刑、五年以上十年以下の判決でした。十数年前には出所している筈です。いまだったら、隠していたことを包み隠さず話して貰えるかもしれませんが、会いに行こうなんて思いません。行ったって、迷惑がられることは判っていますから。新しい人生を始めているところに、取り調べた刑事が行くなんてこと、しちゃ駄目なんですよ」

「仁科が何処に住んでいるのか、知ってるんですか」

その気があれば、仁科に会いに行けるような口振りだったので訊くと、小田沼は口を真一文字にした。

「いえ。捜そうとも思いません。しかし、実家の住所は知っていますから、捜す気になれば捜し出せると思います」

「実家を教えて戴《いただ》きたい」

小田沼は城取の顔にまじまじと見入った。教えるべきか否か、逡巡《しゅんじゅん》しているようだった。

「仁科に何か訊きたいことがあるんですか」

「いま、我々が捜査している事件の背後に、歩兵五十聯隊が見え隠れしています。被害者は菊原と一緒に召集され、一緒に松本聯隊に入隊しているんです。ふたりとも殺されているのは単なる偶然なのか、それとも繫がりがあるのか。それを確かめたいんです」

「ふたつの事件の間には、二十五年の月日が流れています。関係があるとは思えません」

城取は小田沼の顔を真っ直ぐに見つめた。

「百パーセントの自信を持って、送致したいんです」

小田沼は、眉根を寄せて城取の眼をまじまじと見返す。唇を嚙むと膝の大学ノートに眼を落とし、表紙を開いた。

「判りました」

石原に命じて、小田沼が言う住所を書き留めさせた。小田沼はノートを閉じると、ゆっくりとベンチから立ち上がった。

「お役に立てればいいが」

「有益な情報をありがとうございました。きっと活用いたします」

立ち上がって一礼すると、小田沼は平たい背中を向け、隅田川の風にそよぐ葉のようにひらひらと歩き去って行った。

その背中を見つめながら、四月朔日が呟いた。

「みんな泣こう」

それを聞き咎《とが》めて、城取が四月朔日を見下ろす。

「何か」

四月朔日がベンチから城取を見上げる。

「いま歌われている『てるてる坊主』は実は二番から始まっているの。浅原鏡村が作詞した一番は忘れ去られているの。一番の歌詞には、みんな泣こうとあるのよ。昭和天皇が崩御した日なら、みんな泣いていたのじゃなくて」

城取は四月朔日の顔にまじまじと見入った。

「まさか。菊原の殺しから澤柳の殺しまで、繋がっていると言うのか」

四月朔日は頭を振った。

「そんなこと、私には判らない。けれども、私には『てるてる坊主』が無縁だとは思えないのよ」

「歌詞を全部知っているのか」

「勿論」

城取は石原を振り向く。

「教授に歌詞を訊いて書き取っておいてくれ」

「自分で書くわよ」言いながら立ち上がって、四月朔日が石原に足を踏み出す。「ノート、貸して」

一、てるてる坊主てる坊主
　あした天気にしておくれ
　もしも曇ってないてたら
　空をながめてみんななかう

二、てるてる坊主てる坊主
　あした天気にしておくれ
　いつかの夢の空のよに
　はれたら金の鈴あげよ

三、てるてる坊主てる坊主

あした天気にしておくれ
わたしの願いをきいたなら
あまいお酒もたんとのませう

四、てるてる坊主てる坊主
あした天気にしておくれ
それでも曇ってないてたら
そなたの首をチョンと切らう

ノートから顔を上げると、四月朔日は神妙な顔で城取を見つめた。

「仁科って人に会わないといけない」

四月朔日に言われるまでもなく、そうするつもりだ。

「早くして。誰かの首がちょん切られる前に」

「何を言ってる」

「三番まではその通りになっている。四番が起こらないなんて言えないでしょ」

城取は四月朔日の顔にまじまじと見入った。

§3

例年より二週間ほど早く梅雨が明けると、途端に猛暑になった。高崎駅のホームに降り立つと、暑い空気の塊が十重二十重《とえはたえ》に連なって、暴力的な熱を以て襲い掛かって来た。

仁科の実家は箕輪《みのわ》城跡の近く。諏訪《すわ》神社の参道前でタクシーを降り、溶けてしまわないのが不思議に思えるほど熱くなったアスファルトを踏んで、北に向かう。熱放射が容赦《ようしゃ》なく照りつけてきて、肌はじりじりと焦《こ》がされ、頸筋と額に当てたハンカチは直ぐに濡れそぼち、呼吸は荒くなって咽喉《のど》が張り付きそうだった。

石原は喘《あえ》ぐように肩を上下させ、黙々と城取につき従って来ていたが、四月朔日のほうは太陽を呪う言葉をぶつぶつと吐いて、足を鈍《にぶ》らせ、やがて大きく遅れだした。城取と石原が仁科の家に辿り着いたとき、四月朔日は優に数百メートルは遅れていた。

門柱に仁科とあるのを確認して、庭に足を踏み入れる。大きな柿の木があり、勃々《ぼつぼつ》たる葉が稠密《ちゅうみつ》して、緑陰が玄関前アプローチの敷石を跨《また》いでまだら模様を描いている。そこを過ぎるとき、肌を刺す熱の刺激が幾分和《やわ》らげられ、ひと息つける思いだった。

玄関引戸の前に立って、呼鈴を押し、来訪を告げた。家の中の様子を窺《うかが》うつもりで耳を澄ますと、どこで鳴いているのか、しゃわしゃわと蟬《せみ》の声が聞こえる。ややあって引き戸が開き、白髪頭の男が顔を出した。縦じまのカッターシャツを着て、袖を捲《まく》りあげている。

「長野県警の城取と申します」

名乗ると、男の顔が途端に険しくなった。幾分顎《あご》を引いて、眼窩《がんか》に影を作った。警戒の色を眼に浮かべる。

「仁科哲弥さんとお会いしたい」

男はハッとしたように眉を跳ね上げた後、直ぐに眼窩を再び窪《くぼ》ませた。

「哲弥が何かしでかしたんですか」

「ある事件で、哲弥さんの証言が必要になるかもしれないと思っています」

「証言……」

男は引戸の間に首を突き出して、辺りに潜む者がいないか確かめるように、左右に眼を配った。城取に眼を戻すと、低い声で言った。

「こんな所では何ですから、どうぞ中へ」

男が背中を向けた。後に続くつもりで引戸の内に足を踏み出して、四月朔日が来ていないことを思い出した。門柱を振り向いて待っていると、不愉快そうに顔を顰めて、四月朔日が現れた。

「定年退職してから、私は野良仕事をしてるだけなんですが、妻のほうはパートに行ってるもので」

仁科孝義《たかよし》は弁解するように言って、麦茶の入ったガラス器をそれぞれの前に置いた。藺《い》座《ぐさ》布団に腰を落ち着けると、扇風機に手を伸ばして、首振りする範囲を調整した。エアコンの吐き出す冷風が、扇風機に掻き回されて城取の頬に吹きつける。

「すると哲弥さんは、刑が明けるまではここにいたんですね」

城取は、孝義が台所に立っている間、中断していた話を再開した。仁科哲弥は、高崎の実家を帰住地にして、川越《かわごえ》少年刑務所を仮出獄していたらしい。

「ええ。川越から出て来て、一年あまりですか。毎日、朝早く家を出て、八ッ場《やんば》ダムの道路工事に行って、夜遅くに帰って来ていました。朝が早くて夜遅い仕事に就いたのは、近所の人と顔を合わせたくなかったからなのかもしれません」

石原が手帳にペン先を滑《すべ》らせているのを確認して、城取は孝義の顔に見入る。

「いついなくなったんですか」

孝義は眼を伏せた。

「刑の満了日です。仮出所が終わるのを待っていたんでしょう。いまは何処で何をしているのか……」

「ご存知ないんですか」

「ええ」孝義は藺座布団の上で居心地が悪そうに、身体を揺らす。「もう何年も会っていません」

「連絡は？」

孝義は頭を振って、俯く。

「毎年、年賀状だけは来ます。住所も名前もなく、ひと言、謹賀新年とあるだけですが、その字で哲弥だと判ります。年に一度、何処かで無事に暮らしているのだと判る唯一の便りです。きっと哲弥は、自分がいたんじゃ、妻も私も肩身の狭い思いをすると思っているんでしょう。そんな必要はないんですけど……。哲弥がしたことを知る者は、この辺りにはいませんからね。お世話になった保護司も、いまはもう亡くなってるんです。事件があったときは、天皇陛下が亡くなって、そのことばかりが報じられ、東京の事件が高崎で報じられることはありませんでしたし、何より哲弥は未成年でしたから、事件そのものを知る人も、この辺りにはいないでしょう。哲弥はここにずっといても良かったんです」

孝義は眉根を寄せ、口を真一文字に結んだ。

「しかし、出て行ってしまった」

「私のせいです。私がここにいて良いんだと、はっきり言わなかったせいです。哲弥が朝早く、夜遅いのを良いことに、近所にも親戚にも、一緒に暮らしていることを敢《あ》えて言わずにいました。中には、哲弥を見掛けたという者もいましたが、そんな話が出たときには、休みが取れて帰省してるんだって言い張っていました。大学を出て、東京の会社に就職したことにしていたんです。帰省にしては、ずっといて、おかしいだろうと疑う者もいましたが、リストラされて帰って来たのを隠して、取り繕《つくろ》ってるんだろうと勝手に邪推する者もいて、助かりました」

「そんな風にされていたら、誰だってここは自分がいるべきところではないと感じるわよ」

四月朔日が険しい眼を孝義に据えている。また余計な口出しを始めたと思って、気を揉み、四月朔日を睨みつける。

「教授、そういう話は……」

四月朔日を諌《いさ》めかけると、孝義は自分が庇われていると早合点したらしく、城取を遮《さえぎ》った。

「良いんです。その通りです。私がいけないんです。ここには居場所がないと哲弥が感じていたのだとしても、仕方ありません。私は、哲弥が何を考えているのか判らず、向き合うのも怖かったんです。だって、あんなことをする子だとは思わなかったし、どうしてあんなことをしたのか、どんなに考えても判らない。何日も何日も思い悩み、眠れない日を過ごしました。それでも判らない。人と言い争うような子じゃないと思っていました。それなのに……」

孝義は唇を嚙んで頭を振った。忌避すべき禍殃《かおう》に取り憑かれ、それを追い払おうとしているかのよう。孝義が口を噤《つぐ》むと、扇風機の風切音が、ひと際大きくなったように感じられた。

「菊原邦文さんについて、何か聞いていませんか」

孝義は項垂れたまま首を振る。

「どんなことでも結構です。何か思い出しませんか」

「判りません。全く」

「哲弥さんは、歩兵五十聯隊について何か言ってませんでしたか」

孝義は意表を突かれたような顔をする。訝るように眉を顰めた。

「五十聯隊？　何ですか、それ」

「菊原邦文さんは、戦時中、松本聯隊に召集されていたんです」

「それと哲弥と関係があるんですか」

「いえ。いま我々が捜査している別件に関係しているんです。哲弥さんがそのことで、何か事情を知っているのかどうか知りたいんです」

「そうですか」孝義は首を傾げる。「軍隊の話なんて一切……」

「ここに帰って来てからではなく、それ以前はどうですか。話に出ませんでしたか」

「面会でってことですか」孝義は首を振る。「そんな話は全然」

「最初に面会に行ったのはいつですか」

「事件から三週間くらい経ってからです。弁護士の先生から、公訴が提起されたから面会できるようになったと教えられて、拘置所に行きました」

「そのとき、何を話したのか覚えていますか」

「ええ。まあ。ちゃんと食べているかとか、眠れているかとか、そんなことです」

「哲弥さんのほうから何か言ってきませんでしたか」

孝義は虚を衝《つ》かれたように首を伸ばし、直ぐに口を捩《よじ》って、視線を外した。

「何かあったんですね」

「いいえ、別に。ただ、ちょっと、妙なことを言われたもので……」

「何を言われたんですか」

「いや、まあ、いいじゃないですか」

言いにくそうに口を濁す。

「調べれば判ることですが、できれば、あなたの口からお伺いしたい」

きつい口調で言うと、孝義は眉間の皺を濃くした。渋い顔で唸《うな》っていたが、やがて重い口を開いた。

「こんなことを言うのは、本当にお恥ずかしい話なんですが……哲弥は……後悔してないって言ったんです」

「どういうこと？」四月朔日が口を挟んだ。

「私たちに迷惑を掛けることになったことは済まないと思っているが、菊原さんを殺したことは後悔してない。そう言ったんです」

「まあ」

四月朔日が眼を丸くして、口に手を当てる。

「私だってびっくりしました。思わず、何を言ってるんだって怒鳴りつけていました。私たちなんかどうだっていいけど、人ひとりの生命を奪って何を開き直ってるんだって言って遣りました。ところが、哲弥は悟り切ったように落ち着いた顔で、菊原さんの魂は救済された筈だって言うんです」

「魂の救済？」

城取は、澤柳の柩《ひつぎ》に掛けられていたビロードに金糸の十字架があったことを思い出していた。

「ええ。そう言ったんです」

「哲弥さんは、精神世界とか心霊主義のようなものを信じていたんですか」

孝義が答える前に、四月朔日が横から口を挟んだ。

「カルトに嵌《はま》っていたとか？」

孝義は思案するように首を傾げる。

「カルトってわけではないんですけど……。うちは代々、浄土真宗本願寺派の門徒です。哲弥が子どものころには、お取越《とりこし》や永代経《えいたいきょう》に一緒に連れて行っていました。何だってほかの宗教にかぶれたりしたのか」

孝義は肩を落とすと、溜息をついた。

「ひょっとして、哲弥さんはクリスチャンになったんですか」

孝義は、驚いたように眉を跳ね上げた。

「どうしてそれを？」

「いえ、何となくです」

柩の件は言わずにおいた。

孝義は憂鬱《ゆううつ》そうに続けた。

「魂の救済だなんておかしなことを言ったってことは、いまから思えば、あのときにはもうかぶれていたのかなあ。生命を奪っておいて、魂も何もない。そんな勝手な言い草が許されるわけがないって言って遣りました。しかし哲弥は、地獄に落ちる覚悟で死んでいく人をそのままにできなかったなんて言うんです。代わりに自分が罰せられるのは仕方ないとも言ってました。もう、訳が判らないですよ。魂だの、地獄だの、頭がおかしくなったんじゃないかと思いました。しかし、哲弥は大真面目な顔をしていて、自分の息子ながら、ちょっと怖くなりました」

小田沼からその種の話を聞いていなかったので、怪訝に思った。

「哲弥さんは、取調べでもそう言っていたんですね」

「いえ。言ってなかったようです。言っていたら、反省してないってことになって、求刑がもっと長いものになっていたんじゃないでしょうか。弁護士の先生に確認したんですが、調書には、そんな記述は何もなかったそうです」

「哲弥さんがクリスチャンになったと気付いたのは、いつのことですか」

「川越から帰って来てからです。隠れて聖書を読んでいるらしいことに気付いて」

「隠れて読まなくたって良いじゃない」四月朔日が声を大きくした。「悪いことしてるわけじゃないんだし」

孝義は苦い顔になる。

「先ほども言いましたが、うちは浄土真宗の門徒ですから」

浄土真宗は阿弥陀《あみだ》仏だけに帰依《きえ》せよと説き、ほかの仏、菩薩《ぼさつ》、神を礼拝することを許さない。国策として国家神道が推進された時代には、門徒たちは非合理に眼を瞑《つむ》って家に神棚を置いたという。戦後、神棚を祀る門徒はいないだろう。弥陀一仏帰依は教義の根幹であり、八百万《やおよろず》の神を敬《うやま》うことすらしない。ましてキリスト教の神が許される筈もない。

「聖書を読むことを許さなかったから、哲弥さんは隠れて読んでいたということね」

四月朔日が事情を聞いて言い返すと、孝義は不愉快そうに眉を顰め、頬を強張《こわば》らせた。

「川越でかぶれたのかと思っていたんです。ああいう所には宗教教誨《きょうかい》というのがあるんですよね。その影響だと思っていましたが、とうの昔にかぶれていたのかもしれません。事件を起こしたのも、そのせいかもしれない。だって、そうじゃなかったら、魂だの地獄だの、言わないでしょ」

孝義は忌々《いまいま》しげに口の端を吊り上げ、座卓の一点を見つめる。

「事件のときには、クリスチャンだったということですか」

城取はその点をはっきりさせたかった。澤柳の柩には、やはり何かしらの意味があるのかもしれない。

「聖書を隠し持っているのを見たわけじゃないけど、後から思えば、年末年始に帰省して来ていたときから様子が変でした。何だか沈み込んでる感じだったし、体調がすぐれないと言って、除夜会《じょやえ》にも元旦会《がんたんえ》にも行かなかったんです。門徒にとっては大事な行事だというのに」

この事件のキーワードはクリスチャンなのか。菊原を殺した仁科がクリスチャンだとして、それは澤柳の柩とどう繋がるのか。絡み合った糸の端を見つけるような心持ちで思案する。

「仁科さん」

四月朔日が呼び掛ける。孝義は物思いに耽《ふけ》っていたようだ。テーブルの角を見つめていた。ハッとして四月朔日を見つめる。

「『てるてる坊主』で何か思い当たることはありませんか」

「てるてる?」

孝義は訝るように眉根を隆起させ、四月朔日にまじまじと見入る。

「てるてる坊主です。知りませんか。童謡です」

孝義は首を捻る。

「知ってますよ、童謡は。それがどうかしたんですか」

「それを知りたいんです」

四月朔日がしれっとして言うと、孝義は呆気にとられたように口を開けた。

「教授、口出しするのなら、外の、炎天下で待っててくれないか」

四月朔日は鳩が豆鉄砲を食らったような顔をする。

「何を言ってるのよ」

眉を吊り上げ、口を尖らせる。それを無視して孝義を見つめる。

「哲弥さんが親しくしていた人を教えていただけませんか」

孝義は困惑したように眉を寄せ、思案するように天井の一隅を睨んだ。

「親しい人と言われても……哲弥がここにいたのは、高校を卒業するまでと、川越から戻ってからの一年余りですからね。高校のときの友だちなんかとは、もうとっくに疎遠になってしまっているでしょうし、八ッ場の現場にそんな人がいたのかどうか」

「連絡を取り合うような人はいないということですか」

孝義は頷きかけたところで、何かに思い至ったらしい。ハッとしたように眼を大きくした。

「ちょっと、待っててください」

腰を浮かせると、襖《ふすま》に向かった。慌てた様子で襖を開け閉めして、部屋を出て行った。

「どういうつもりなのかしら」

四月朔日には、孝義に思うことがあるらしい。

「ご機嫌、斜めですね」

石原が揶揄《やゆ》するように言うと、彼女は怒りの矛先《ほこさき》を石原に向けた。

「あなた、どうしてそんな呑気な声を出してるの」

「すいません」

石原が慌てて肩を竦めたが、四月朔日は、構わずにまくし立てる。

「未成年の少年が起こした事件なら、保護者にだって責任の一端はあるでしょ。それなのに、クリスチャンになったのが悪いみたいな言い方をして、まるで誰かに唆《そそのか》されたのが悪くて、自分には関係ないって言ってるみたいじゃない。周りの人たちには、取り繕うことばかり言って、自分の子どもがいなくなったって、知らん顔してたわけでしょ。事件に向き合おうとしてないのよ。何かの災難に巻き込まれたくらいにしか思ってないんじゃないかしら」

「教授、そのくらいにしてくれ。聞こえたらまずい」

「いいわよ、聞こえたって」

「捜査の邪魔だって言ってる」

四月朔日は鼻に皺を寄せ、プイと顔を背けた。

やがて、孝義が封筒の束を抱えて戻って来た。片手に抱えたそれらを、顎の先で押さえ込み、もう一方の手で襖を閉めた。藺座布団に崩れるように膝を突くと、抱えた封筒を座卓にぶちまけた。

「これは?」

封筒の山から孝義の顔に眼を移す。

「昔は手紙を出すにも制限があって、親族からの手紙じゃないと哲弥の手元に渡らなかったんです」

仁科が川越少年刑にいたころは、監獄法が施行されていた。それが改正されて刑事収容施設法が施行されたのは、二〇〇六年のこと。受刑者に手紙を郵送できる者に制限がなくなったのはそれからで、監獄法の時代には、親族表に氏名のある者にしか手紙のやり取りは許されていなかった。

「私たちの手紙に一緒に入れて欲しいと言って、持って来る人がいたんです」

城取は封筒のひとつを手に取った。ほかの封筒の文字と見比べると、どれも同じ人が書いたもののようだ。封筒を裏返すと、橘弥生とあり、それと並んで青梅《おうめ》市の住所が記載されている。

「早稲田でボランティアサークルに入っていたようで、そこの先輩だそうです。哲弥が人を殺すなんて信じられない。何かの間違いじゃないかって、ずっと言ってくれてました」

「哲弥さんのほうから、この方に手紙を出すこともあったんでしょうか」

「いいえ。哲弥からの手紙は一通もありませんでした。私たちにも寄越さなかったくらいです」

単に筆不精なだけか、それとも何かしらの覚悟があってのことか。仁科は弥生からの手紙をどう受け止めていたのだろう。

「ここを出て行くとき、哲弥さんは弥生さんからの手紙を全て置いて行ったんですか」

「多分。もっとも、何通あったのか数えていませんから、幾つか持って行ったとしても、私には判りませんが……」

城取は孝義をちらっと見て手紙を見つめる。

「読んでも？」

「ええ」

その手紙の書き手・橘弥生は、公的骨髄バンクを支援する団体のボランティアをしていて、血液難病患者とその家族に医療情報を提供しているようだった。そういう趣旨のことが書かれていた。もう一通、別の手紙に眼を通すと、そこにも骨髄バンクのことが書かれていた。

「哲弥さんは骨髄バンクに関心を持っていたんですか」

「そのようです。その手紙を書いた弥生さんて方がうちに見えて、初めて知ったんですが」

骨髄バンク。——骨髄の移植。

親族優先提供の不正。——心臓の移植。

ふたつの移植に関連があるのか。城取は考えを巡らせて、ハッとした。

茉莉江は心臓移植の前に骨髄移植を受けていた。五十嵐医師はそう言っていた。

——石曾根茉莉江だ。

城取は孝義の顔にまじまじと見入る。

「石曾根茉莉江という名前に心当たりはありませんか」

孝義は思案するように眉根を隆起させ、城取の眼を見つめ返す。

「誰ですか」

「聞いたこと、ありませんか」

「ありません」

城取は封筒の山に眼を落とした。

「哲弥さんがここにいたとき、弥生さんが訪ねて来たことがありますか」

「いいえ」

「本当に？」四月朔日が怪しむように訊く。「こんなに手紙を出してるんだから、普通は会いに来るんじゃないの」

「哲弥は休みの日、何処かに出掛けて行くことがありました。そのとき、外で会っていたとしても、私には判りません」

「なるほどね。そういう会話はなかったわけね」

四月朔日は皮肉を言ったつもりなのだろう。しかし、孝義がそれに気付いた様子はない。

「哲弥さんは東京で、弥生さんと一緒に骨髄バンクに関わっているのではないでしょうか」

城取が訊くと、孝義は首を傾げた。

「どうでしょうか。弥生さんと違って、哲弥にはそういうことに没頭する理由がありませんから」

「没頭する理由？」

「哲弥には、身近に白血病になった人がいません。弥生さんは、小児白血病の子の家庭教師をしていたことがあるそうです」

「哲弥さんがいなくなってから、弥生さんと連絡を取ったことがありますか」

「いいえ。元々、手紙を預かるだけの関係で、特別付き合いがあったわけではありませんから」

城取は封筒を裏返して、橘弥生の名前と住所を脳裡《のうり》に刻《きざ》んだ。

「未だに判りません。浪人までして折角、早稲田に入ったって言うのに、全てを棒に振るなんて」

孝義が恨み事を言うように呟いていた。

§4

東京に戻ると、その足で青梅市に向かった。疲弊《ひへい》し切った様子だったので、四月朔日には戻ったらどうかと言った。だが、一緒に行くと言い張ったので好きにさせた。

青梅線河辺《かべ》駅で下車して、タクシーの運転手に橘弥生の住所を告げた。運転手は微塵も躊躇《ちゅうちょ》することなく、青梅線の北側に広がる住宅地に向けて、ステアリングを切った。十分ほど乗って、車線のない細い路地でタクシーを降りた。夕方だというのに、陽はいつまでも暮れる気がないかのように赫奕《かくやく》としていて、路地に籠る熱が冷める気配は全くない。

電柱の番地表示を確認しながら、ブロックの塀伝いに進むと、橘の表札があった。

呼鈴を押して待つと、年輩の女が顔を出した。長野県警の専務警察官であることを告げると、女は怪訝そうに眉を顰めた。

「弥生さんの知り合いの方が、長野で起きたある事件について、何らかの事情を知っている可能性があります。その方の行方が判らないものですから、もし、弥生さんがご存知なら、と思いまして」

「弥生はここにはいません」

弥生は町田《まちだ》市の高校で英語を教えていて、いまは町田市内の賃貸マンションに住んでいるのだという。

「連絡してみます」

女は家の中に引っ込んだ。暫くして、電話の子機を耳に当てて、出て来た。

「午後八時までは退勤できないと言ってます」

子機を耳から外し、送話口に手を当てて、城取を見つめる。

「構いません」

女はひとつ頷いて、子機を耳に当てる。

「それでも良いって言ってるわよ」

女が話をまとめてくれて、弥生と町田駅前の百貨店のカフェで、八時半に落ち合うことになった。

橘弥生は肩が細く、華奢《きゃしゃ》で、格別背が低いわけでもないのに、小柄な印象を受ける女だった。指環やネックレス、イヤリング等の装身具は何ひとつ身に着けていないものの、眼鏡のテンプルに七宝焼で描いたステンドグラスの柄があり、それによって、彼女の控え目な美しさが引き立てられていた。眼鏡の奥の瞳は凜《りん》としていて、強い意志を感じさせるものだった。

「仁科君は三年ほど前、突然姿を消してしまいました。それ以来会っていません」

弥生はアイスティーに手を付けることなく言った。城取はストローを口から外し、アイスコーヒーのグラスを手元から遠ざける。

「どうして突然、いなくなったんですか」

弥生は視線を右上に向けて俯いた。辻褄《つじつま》の合う理由を考えているように見受けられたが、口を衝《つ》いた言葉はそうではなかった。

「判りません。何も言っていませんでしたから」

「いなくなるまでは、頻繁に会っていたんですね」

「頻繁ではありません。仁科君は製本会社に勤めていて、夜勤があったり、休日出勤があったりで、なかなか会えず、連絡も取れなくって。お互い休みが合ったときには、私がお手伝いしているボランティア団体に手を貸してくれるよう、お願いしていたんです」

「骨髄バンクの関係ですか」

「ええ。仁科君が東京に出て来たと聞いて、ずっと声を掛けていました。実際に私たちの活動を見学して貰うこともありました」

「どうして仁科さんを誘ったんですか」

「え」

弥生はレンズの奥の瞳を大きくした。意表を突かれて戸惑っているよう。

「仁科さんは血液の病気の人を身近に知らないから、そういうことに関心を持つ筈がない。そう言っている人がいます」

弥生の瞳が収縮して、真っ直ぐに城取を見つめる。

「仁科君に、はっきり訊いたわけではありませんし、訊いてもはぐらかされてしまうので、確証があるわけではありませんが、恐らく、仁科君は大切な人を血液の病気で亡くしています」

城取は弥生の瞳を見据える。

「そうなんですか」

「私の……女の勘です」

「なるほど」

城取が素っ気なく言うと、弥生は気色ばんだ。

「莫迦《ばか》にしないでください」

「そんなつもりはない」

弥生は眉根を寄せ、俯いた。

「私はずっと後悔してるんです。あのとき嘘をついていなかったら、あのとき勇気を出していたらって、未だに後悔し続けていることがあるんです」

彼女は悲痛な面持ちで、口を真一文字に結んだ。

「そういうこと、誰だってあるんじゃないかしら」

四月朔日が口を挟む。

「誰だって？　そうかしら」

弥生は顔を上げると、四月朔日を真っ直ぐに見据えた。

「私の家の近くに、身体が弱く、学校を休みがちの女の子がいました。私は高校生のとき、その子の母親から頼まれて、勉強を見てあげていました。

文化祭の準備で帰りが遅くなったとき、その子の家に行くのが億劫《おっくう》になり、体調が優れないので行けないと嘘をつきました。文化祭が終わるまでは行かずにいようと思って、その後、しばらくその子の家に行きませんでした。数日経って、母親から連絡があり、もう来なくても良いと言われました。私の身勝手に飽き飽きして断ってきたのだろうと思い、気まずくって、私はその子の家に近寄りませんでした。

その子が小児白血病だったと知ったのは、それからずっと後になってからのことです。知らなかったとはいえ、私はその子の葬儀にすら行かなかったんです。

もし、あのとき嘘をついていなかったら。もし、勇気を出して断られた理由を訊きに行っていたら。ずっと、そういう後ろ暗い思いを抱いてきました。何かに縋《すが》りたい一心で、私はボランティアをしているんです」

「仁科さんも、きっとそうだと？」

弥生は愁いを帯びた眼で城取を見つめる。

「学生時代、骨髄バンク運動をしようと言い出したのは仁科君です。私は、仁科君には助けたいと思っている人がいるのだと直感しました。親近感を覚えたんです。小児白血病に苦しむ女の子に寄り添うことのできなかった私だからこそ、そう感じたのだと思います」

城取は女の勘というのも莫迦にはできないのかもしれないと思った。山勘の類ではなく、女性ならではの分析力があるのかもしれない。

「すると、仁科さんは骨髄バンクに関心を持っていたということですね」

「はい」

「ボランティアに従事していたんですか」

弥生は眉根をかすかに隆起させ、小さく首を振った。

「彼が私たちの活動に興味を抱いていることは明らかでしたが、遂に手を貸すとは言いませんでした」

「それはどうして？」

「やはり……あの件がありますから」

弥生は躊躇《ためら》いがちに言って、眼を伏せた。

「川越にいた件ですか」

彼女は無言でこくりと頷いた。

「引け目を感じていたということですか」

「そうだと思います。生命を紡《つむ》ぐことに関わる資格がない、そう言っていました」

「あなたは、彼が事件を起こしたのは、何かの間違いじゃないかって言ったそうですね」

「いまでも信じられません」

被疑者の周辺の人間に話を訊くと、大抵の者が、あの人がそんな大それたことをしたなんて信じられないと言う。しかし、弥生は表層的な印象で言っているのではなく、真に仁科が人を殺したとは思っていないようだった。

「そのことで、仁科さんと話したことは？」

弥生は遠慮がちに首を振った。

「ありません。お互い、どちらも、その件を話題にすることはありませんでした。ただ……」

「ただ？」

弥生は眼を伏せ、細い肩の間に顎を引いた。城取は、それまで華奢でありながら芯《しん》の強さを感じさせていた女が、不意に儚《はかな》げになったように思った。しかし彼女の声は相変わらず凛としていて、芯の強さを感じさせるものだった。

「仁科君が起こした事件は、結局、彼の大切な人と関係があるのかもしれないと思っています」

「それも、女の勘……」四月朔日が呟く。

「ええ」

「仁科さんが姿を消した理由は判らないと仰いましたね」

「はい」

「その大切な人は関係してないんでしょうか」

弥生は思い当たることがあるのか、一瞬瞳を大きくし、それを気取られないようにしようとするかのように眼を伏せた。

「知っていることがあったら、話してください」

「いいえ、その人は関係ないと思います」彼女は小さく首を振った。「仁科君はある若い女性の病状を気に懸けている様子でした。通常、患者さんやご家族に会いに行くとき、仁科君を連れて行っても、彼は余所余所《よそよそ》しい態度を取ることが多かったんです。事件のことで引け目を感じているのか、患者さんひとりひとりに入れ込むことより骨髄バンクの制度を支援することのほうが大事だと考えていたのか、それは判りません。しかし、ある患者さんとご家族のことは気にしていて、私に病状を訊ねてきました」

「もしかしたら、その患者さんに大切な人の面影を重ねていたとか？」

四月朔日が口を挟んだ。すると、石原が相槌《あいづち》を打つように言った。

「特別な人だったんですね」

「特別というか、特殊な患者さんではありました。それで、仁科君が関心を持ったのかもしれません」

「特殊というと？」

城取は身体を乗り出した。

「骨髄移植が成功して、白血病は治癒したんですが、抗がん剤や放射線の副作用で心筋症を発症してしまっていたんです」

城取は雷に打たれたように感じて、弥生の顔にまじまじと見入った。石原も手帳から顔を上げて弥生の顔を凝視している。四月朔日さえも眼を丸くしている。そのただならぬ気配に、弥生は眼を瞬かせた。

「何か？」

「その患者さんというのは、まさか石曾根茉莉江さんでは？」

「石曾根？　いいえ、早坂茉莉江さんです」

早坂は茉莉江の旧姓だ。


仁科哲弥を重要参考人として捜索することになり、捜査員たちは色めき立っていた。

城取は、橘弥生に話を聞いた日の翌朝、仁科が勤務していた製本会社、居住していたアパートに捜査員たちを赴《おもむ》かせた。アパートの大家と居住者たちからは、目ぼしい情報を得ることができなかった。製本会社から仁科の写真を入手することができた。それは三年前の研修会で撮られた集合写真だった。その画像データは直ちに全捜査員のケータイに送信され、仁科の顔だけ切り取って引き伸ばしたプリントアウトが、順次、捜査員たちの手に渡って行った。

夕方になって、越谷から電話が入った。

「布山の家から押収したファックス電話機ですが、鑑識係に指紋の採取をして貰いました」

大北酒造と酒商高田に電話したのが布山でないのなら、別の何者かがそれをしたということだ。

「それで?」

「鑑識が大分粘《ねば》ってくれました。染料試薬を工夫して、掠《かす》れて消えそうな指紋をALS光源に浮かび上がらせてくれました。布山の指紋ではないものが、六個ありました」

越谷によると、大町署の鑑識係は直ちに採取した指紋の画像データを県警本部鑑識課に送信した。本部鑑識課がそれを遺留指紋照合装置にかけると、県警本部とオンラインでつながる警察庁の指掌紋照合処理装置は、遺留指紋の候補者として仁科哲弥を弾き出したのだという。

「科捜研の研究員が、仁科の指紋パターンと遺留指紋の鑑定をしました。三つは左示指《じし》のもの、ふたつは左環指《かんし》のもの、ひとつは左中指《ちゅうし》のものだと言っています。いずれも十二個のマニューシャ《特徴点》が一致していて、間違いないそうです」

複数の異なる指紋が出たのなら、柩や油紙にあった布山の指紋とは次元が異なる。

「酒商高田と大北酒造に電話したのは仁科か」

城取が呻《うめ》くように言うと、すかさず越谷が応じた。

「きっと、そうでしょう。布山と仁科は共犯関係にあるということです。仁科を逮捕すれば、布山だって白を切ってはいられなくなる」

県警本部の田所鑑識課長から、さらに有力な情報がもたらされた。信濃大町駅の防犯カメラに、やたらとカメラを意識してちらちらと眼を遣る不審な男の画像があった。鑑識課が画像鮮明化処理を行って、その男の顔を記録していたものの、それが誰なのか不明だった。仁科哲弥の手配写真が回って、その男が仁科に酷似していることが判った。さらに、大町市内のスーパーの防犯カメラにも、同じようにカメラを意識する不審な男が映っていることが判り、こちらも画像鮮明化処理を行った。その男も仁科に酷似していた。どちらの画像も、澤柳が殺されたと思われる時期のものであり、その頃、仁科が大町市内にいた可能性が濃厚になったということだ。

　仁科が事件に関与していることは、ほぼ間違いないと思われる事実が次々と明るみに出る。重要参考人というレベルではなく、被疑者として指名手配しても良いくらいに疑わしい。

　しかし、そのことが城取を不安にした。

　防犯カメラに、自分をアピールするかのようにこれ見よがしに映っていたのが解《げ》せない。これ見よがしに布山の固定電話だけから、クレームの電話を入れ続けたのも解せない。その通信記録が残るファックス電話機に指紋を残しているのも解せない。そもそも仁科に辿り着いたのは、石曾根の本籍地が長野縣護國神社になっていたのがきっかけ。そこから歩兵五十聯隊、菊原邦文の情報を得て、仁科哲弥に辿り着いた。仁科は、警察が自分に辿り着くように意図して手掛かりを残しているかのよう。

――何故だ。

仁科とは逆に、布山への疑惑は増していない。柩と油紙の指紋以外に、布山を被疑者とする証拠は出て来ない。捜査が進むに従って、仁科が被疑者として浮上してきたのとは、正反対。

――陽動。

城取は冷たい水を浴びせ掛けられたような気がして、身体を震わせた。額に冷たい汗が浮く。

捜査の眼を逸らすために、仁科は布山を囮《おとり》として使ったのではないか。布山を囮とするために、偽造指紋を作り、それを使ったのではないか。布山の固定電話から執拗《しつよう》にクレームの電話を入れているのも、囮が理由なら納得がいく。ならば布山は白だということになる。誤認逮捕だ。

城取は唇をきつく噛んだ。唇が切れた感触があったので、食指の先で触れてみた。鋭い痛みが走って、直ぐに指を離した。指先に血が付着していた。

――仁科は何を企《たくら》んでいるのか。

仁科に布山を犯人に仕立て上げるつもりはない。捜査の眼が自分に向くように、手掛かりを幾《いく》つも残している。一体、何故だ。最終的に、布山が釈放され、自分が逮捕されることを意図しているかのようだ。それまでの間、自分の近辺から捜査員を遠ざけておきたいのか。

――てるてる坊主。

四月朔日が主張する『てるてる坊主』の関連が脳裡を過った。いままで被害者は三人。しかし歌詞は四番まである。仁科はもうひとり殺すつもりでいて、それまでの時間稼ぎをしたかったのではないか。四番の歌詞を呟く。

「そなたの首をチョンと切ろう」

冷たい汗が額から落ち、頬を伝った。指先を顎に当てて、それを拭い去る。

重要参考人として仁科に任意同行を求めると決めたときには、捜査の終了が見えたと思った。しかし本当にそうなのか。四月朔日の言う四番目が起きないと言い切れるのか。一刻も早く仁科の身柄を確保しなければ、奈落に突き落とされてしまうやも知れない。

夜になって草間から電話が入った。

「塔原専務の意識が戻った。しばらく安静が必要になるが、生命の危険は去ったそうだ。後は、仁科だけだ。こっちのことは心配しないで、仁科の確保に全力を尽くせ」

草間は朗《ほが》らかな声で言った。その声が朗らかであればあるほど、城取は眼の前の奈落が大きくなっていくように感じた。

そもそも、戦無派の仁科が、一体、どんな経緯で五十聯隊の生存者を殺し回っているのか。身柄を確保して本人に質《ただ》すより仕方ないというのが、懸案。

アポクリファの章Ⅳ　十字架の邂逅

§1

拘置《こうち》されて間もない頃、接見に来た弁護士が、教会の信徒たちによって菊原の葬儀がしめやかに行われたことを教えてくれた。菊原は生前、都内の霊園と契約をしていて、そのことを牧師に話し、召天《しょうてん》後のことを教会に託《たく》していたのだという。

弁護士から、菊原の霊園が何処《どこ》にあるのか聞いていたので、出所後は直ぐにそこに足を運んだ。以後、月命日には必ず菊原の墓を訪ねた。菊原の墓は、芝台《しばだい》に黒御影石《くろみかげいし》の棹台《さおだい》を埋め込んだだけのシンプルな洋風の墓だった。金箔の十字架が中央上部にあり、右下には聖書の一節が刻まれている。

ヨハネによる福音書第十一章二十五節

わたしはよみがえりであり命である。わたしを信じる者は、たとい死んでも生きる。

仁科は結局、菊原の腹部に刺さる刃物の柄を握り締めただけで、それを深く刺し貫くことも引き抜くこともできなかった。そのとき、菊原は既に絶命していたのかもしれず、そうだとすると、菊原は自殺したことになってしまう。菊原の断末魔に仁科が関わっているのでなければ、彼の魂は神の御前に招かれることはない。永遠の命を得て、遥子とともに祝福されることはないのだ。それが耐えられなかった。菊原には遥子の側にいて欲しいといまでも願っている。それが仁科の信仰。

ヨブは自分の身に起きていることが、主とサタンの賭けに端を発しているとは夢にも思わず、ましてその勝敗が自身の行いに懸かっていることなど、知る由《よし》もなかっただろう。「ヨブ記」は、人の世の営みがどれほど強く主の世に影響を与えているのかということを教えてくれている。仁科が人の世で罰せられたことは、主の世に強く影響している筈《はず》。仁科は、自分が菊原殺害の罪を一身に背負えば、それは取りも直さず、菊原を自死の罪から免《まぬか》れさせることになると信じていた。川越少年刑で宗教教誨《きようかい》を受けている内に、それは確信へと変わった。菊原の死が自死でなければ、菊原は主を裏切ってはいないことになり、死んでも生きる命を約束されるのだ。

ヨハネによる福音書第十五章十三節
人がその友のために自分の命を捨てること、これよりも大きな愛はない。

菊原の死について沈黙を守り通すこと。それが仁科の決意。

出所して間もなく、橘弥生を訪ねた。仁科のことを案じて、手紙を送り続けてくれていたので、一度挨拶《あいさつ》に行かなければならないと思っていた。仮出所したことを伝えていなかったので、弥生はとても驚き、同時にとても喜んでくれた。弥生が、菊原の殺人に疑義を抱いていることは手紙の文面から明らかだった。不用意なことを言わぬよう、何を聞かれても、菊原の件については沈黙を守り通すつもりでいた。しかし、そんな仁科の胸の内を察したのか、弥生は事件について何ひとつ訊ねなかった。

弥生は骨髄バンクを支援するボランティア団体で活動していて、その団体で一緒に活動して欲しいと誘ってくれた。けれども、その団体に加わる勇気を持つことができなかった。ボランティア団体にだって、前科のある者に眉を顰《ひそ》める人はいる筈。それを恐れたのも一因だが、尻込みした一番の理由は、人殺しと罰せられる道を選択した者が生命を紡《つむ》ぐことに関わって良いわけがないと思ったこと。自分のような者が関わると、骨髄移植の善意を汚してしまうような気がしてならなかった。

刑期の満了日が来て、仮出所が終わると、高崎から東京に出て、職を得た。弥生の誘いは断り続けていたが、骨髄バンクによって救われる生命には関心があったので、機会があれば、患者を訪ねる弥生について行き、弥生のすることを見守った。

早坂茉莉江に会ったのは、四年前のこと。弥生に電話で誘われた。

「心臓病で入院している人のお見舞いに行くんだけど、一緒に行かない？」

「心臓病？　骨髄移植とは関係ないですよね」

弥生は声を落とした。

「彼女、急性リンパ性白血病だったの。骨髄移植で治ったんだけど、抗がん剤の副作用が出た。心筋症になってしまったの」

彼女の病状は心臓移植が必要なほど重篤《じゅうとく》なのだと聞いて、呆然とした。骨髄移植の苦しみを乗り越えて白血病を克服したというのに、またもや生命の危険に関わる病に罹患《りかん》し、今度は心臓の移植が必要なのだという。まるで、主とサタンがヨブに代わる被験者を見つけ出したかのようではないか。

数日後、弥生について病室に入って行くと、ベッド脇のスツールに腰掛けていた小太りの女が立ち上がった。飾り気のないグレーのブラウスに、チャコールグレーのスラックスを穿《は》く、化粧っ気のない地味な中年の女。弥生の顔を見て破顔し、深々と頭を下げた。弥生は持参したガーベラとライラックの花束を手渡して、仁科を紹介した。

「仁科さん。学生のとき、ボランティアサークルで一緒だったんです。いま、彼にまた一緒に活動しようって誘っているところなんです」

「そうですか」

女は弥生にしたように、仁科にも深々と頭を下げた。女の態度に恐縮して、何度も繰り返し頭を下げ返した。

後で知ったのだが、女の名は美智代といい、茉莉江の母親だった。聞けば、茉莉江に四六時中付き添う生活を長く続けているらしい。そのためか、顔はやつれ、茉莉江の祖母だと言われても納得してしまうほど、老けて見えた。

ベッドをちらっと見ると、まだあどけなさが残る若い女が鼻腔《びくう》にカニューラを挿入して微《かす》かに寝息を立てている。それが茉莉江だった。地味な母親と異なり、細面で人目を惹《ひ》く面差《おもざ》しをしている。

美智代の案内で談話室に移動した。窓際の日当たりの良い席に腰掛けた。

「骨髄が適合するドナーだって、簡単には見つからなかったのに、心臓となると……」

美智代は肩を落とした。

弥生は美智代の手を取って、両手で包み込むように握り締める。

「弱気にならないでください。茉莉江ちゃんは白血病に打ち克《か》つほどの強い生命力を持っているんです。きっと良くなります」

美智代は弥生の眼を見て、頷《うなず》く。

「勿論《もちろん》、私もそうなると信じています。でも、骨髄移植が年間千二百件も行われているのに対して、心臓移植は年間十件足らずしか実施されていない。それだけドナーが足りていないんです」

弥生は美智代の細い眼を真っ直ぐに見つめて頷き返す。

「きっと、順番が回って来ます。信じて待ちましょう」

美智代は顔を歪《ゆが》めて俯《うつむ》いた。息苦しくて喘《あえ》いだように見えた。

「待機してる人は二百五十人もいるんですよ。単純に計算すると二十五年間も待たなければならないんです。二十五年間！　しかし茉莉江の心臓は持って三年だと言われています」

「この前、補助人工心臓の話をなさっていたじゃないですか。心臓移植までの間、心臓の負担を軽減できるって。それならもっと長く待っていられるんじゃないですか」

美智代は唇を嚙《か》み、険しい顔で首を振る。

「あの後、詳しい話を先生に聞きました。現在、日本で保険承認されているものは、茉莉江に装着するには大き過ぎるそうです。コード類が身体を貫通するので、そこから感染症になる危険も大きいと仰っていました。いまのよりもずっと小型で、装着したまま日常生活が送れるものを目指して、開発を進める企業があるそうですが、それが臨床使用されるまで、少なくとも二、三年は掛かるだろうということでした。二十五年よりは短いけれど、三年も待っていたら、茉莉江の心臓はいまよりずっと弱ってしまっているでしょう。小型の補助人工心臓ができても、それを装着できないかもしれません」

美智代は溜息《ためいき》を漏《も》らした。

傍《かたわ》らでふたりの話を聞いているだけだったが、いつしか全身の震えを抑えることができないほどに動揺していた。白血病は遥子の生命を奪った病気で、最も忌《い》むべき病。茉莉江は、それを克服したというのに、その治療に起因して、新たに生命の危険にさらされる病気になってしまっている。こんなことがあっていいのか。人生はどうしてかくも不公平なのか。

病室に戻ると、茉莉江が眼を醒《さ》ましていた。弥生に気付いて満面に笑みを浮かべる。美智代がベッドの傍らに行き、半身を起こすのに手を貸した。

「無理しなくていいわよ」

茉莉江が顔を顰《しか》め、体を起こすのも辛そうなのを見て、弥生が慌《あわ》てて言う。

「大丈夫」

茉莉江は息を切らしたような掠《かす》れ声で言った。美智代が茉莉江の背中にクッションを入れて細かく位置を調整した。姿勢が安定して楽になったのか、茉莉江は安堵《あんど》したように息を吐いた。弥生に笑顔を向けて訊く。

ちょっと期待しちゃった」


「先生の彼氏?」

茉莉江の視線が仁科に移った。

「違うわよ。何言ってるの」弥生が慌てて否定する。

「何だ。違うのか。残念」

「何? 何で茉莉江ちゃんが残念なの」

「先生のそういう話、聞いたことないから。ちゃんとそういう人がいるのかと思って、ちょっと期待しちゃった」

「駄目よ。私なんてもう小母《おば》さんなんだから」

弥生が仁科をちらっと見て、茉莉江に向き直る。

「仁科君よ」

茉莉江が頭を下げたので、仁科も会釈《えしやく》を返す。美智代が地味な印象なのとは対照的に、茉莉江は眼鼻立ちがくっきりとして、派手な印象。

「学生のとき、一緒にボランティアをしてたの。また一緒にやらないかって、いま誘ってるところなの」

茉莉江は眼を細くして口元を綻《ほころ》ばせた。

「それじゃ、これからは仁科さんも来てくれるの」

自分の不運に落胆しているか、そうでなくても長年の闘病生活に疲れ切っているのではないかと思っていたので、彼女の屈託のない笑顔に少し戸惑った。言葉に詰《つ》まっていると、弥生が助け船を出してくれた。

「仁科君はいつも遅くまで仕事をしてるし、夜勤もあったりして忙しいの。私みたいに頻《ひん》繁《ぱん》には来れないかもね」

「そうなの？　じゃ、来れるときに来て」

仁科はぎこちない笑顔を作って頷いた。

ひと月後、弥生と一緒に再び茉莉江の見舞いに行くつもりでいたら、弥生の受け持つクラスの生徒にトラブルがあって、弥生が抜けられなくなった。

「仁科君ひとりで行って」

「え」

茉莉江と打ち解けて、場を盛り上げることができる気がしなかった。

「誰も行かなかったら、茉莉江ちゃん、がっかりするから」

弥生に背中を強く押される形で、ひとりで茉莉江を見舞うことになった。

病室に入って行くと、美智代は席を外していて、スツールが空いていた。ベッドでは茉莉江が上体を起こし、眼の前に何かしらぶら下げて、それに見入っている。声を掛けようとして足を踏み出し、しかし、茉莉江の表情を見て、雷に打たれたような気がして思わず立ち止まった。

茉莉江は、眼元に影を宿し、唇を震わせていた。頬《ほお》には一条《ひとすじ》、光るものが伝っている。その顔は不安と恐怖に打ちひしがれている人のそれだった。その顔こそが茉莉江の心を正確に映したものに違いなかった。以前見せていた屈託のない笑顔は、美智代を心配させないための虚勢だったか。美智代が席を外し、周りに誰もいなくなったときだけ、茉莉江はひとり、死の恐怖に向き合っていたのだった。

仁科は立ち尽くしたままでいた。茉莉江が気付く前に、踵《きびす》を返して引き返そうと思ったくらい。それもできず、ただ突っ立ったままでいた。茉莉江の顔を見ていることができなかったので、視線を逸《そ》らし、いつしか俯き、床のカーペットを見下ろしていた。

「仁科さん？」

茉莉江の声にハッとして顔を上げた。

「あ、やっぱり。来てくれたんだ」

茉莉江の顔は蕭索《しょうさく》とした枯野《かれの》を思わせる寂しげなものだったが、思わず息を呑むようなさきほどまでの影は、消えていた。愛想笑いをしようと思ったが、うまく笑顔を作ることができなかった。

「そんなところに立ってないで、こっちに来れば」

「うん」

茉莉江に促《うなが》されて、ベッドの傍らに立つ。会話のきっかけを探して、そこかしこに視線を彷徨《さまよ》わせていると、布団の上に置いた茉莉江の手が眼に入った。彼女は両掌をお椀のように屈曲させ、さきほど眼の前にぶら下げていたものを、その中にそっと包み込んでいる。それから眼を離すことができなかった。それに引き寄せられ、一心に見つめる。

「これ？」

茉莉江は仁科の眼前にそれをぶら下げた。仁科は手を伸ばして、先にぶらさがっているものを指に載せた。

「そんなに珍しいの？」

一意専心にそれに見入る仁科を茶化すように、茉莉江が言う。ハッとして我に返り、食い入るように茉莉江の瞳を見つめた。我知らず、鬼気迫る眼つきをしていたらしい。茉莉江は顔を曇らせた。

「怖い」

仁科は襟元のボタンを外して十字架を引き出し、首に掛けたチェーンを外した。十字架を掌に載せて茉莉江に差し出すと、彼女は息を呑んだ。

「見せて」

彼女は真顔になって、仁科の十字架と自分のそれとを、一心に見比べた。

「凄い。全く同じ。横のデザインも全く一緒」茉莉江は眼を丸くして仁科を見上げる。

「どうしたの？」

「昔、ある人に貰《もら》ったんだ。君はそれを何処で？」

茉莉江は小首を傾《かし》げる。

「子どものときから持ってるんだけど、何時ごろ、どうして手に入れたのか、覚えてないの。けれど、私のお気に入りで、いつも身に着けている。ちょっと落ち込んだときとか、寂しいときに、じっと見つめていると、何だか安らぐ気がするの」

「君はクリスチャンなの」

茉莉江は静かに首を振る。

「そういうわけじゃないの。だからクリスチャンの人に、こんなこと言ったら、怒られちゃいそうだけど。……仁科さんはクリスチャンなの？」

仁科は視線を逸らし、小さく唸《うな》った。

「大切に思っていた人がクリスチャンだったから、その人の思いを理解したい、その人に近づきたいと思ってるんだ。別に、教会に行ったりしてるわけじゃないから、正確にはクリスチャンとは言わないと思うけど、聖書は良く読んでる」

茉莉江は不安そうに仁科の顔を覗き込む。

「大切に思っていた、って言った？」

「そう言った？　勿論《もちろん》、いまだって大切に思ってるよ」

茉莉江に向かって、遥子が病死したとは言えない。

背後に人の気配を感じて振り向くと、美智代が花瓶を両手で支えて部屋に入って来るところだった。美智代は仁科の顔を見て、意外だと言うように少し眉を跳ね上げた。直ぐに頭を下げたが、花瓶を持っているので、この前のように深々と、というわけにはいかなかった。

「ねえ、ねえ、お母さん、見て」

茉莉江がベッドの上で、いまにも飛び上がろうとするかのような勢いで、身体を伸ばす。

「何、そんなにはしゃいで。おとなしくしてないと、直ぐ息切れするでしょ」

美智代が茉莉江を諌《いさ》めながら、ベッドの向こう側に移動して、窓際のテーブルに花瓶を置き、紫陽花《あじさい》を取り上げる。

「でもね、これ。私の十字架と仁科さんの十字架、全く同じものなの。こんな偶然てあるのね」

美智代の手が停まった。背中を向けたまま、しばらく微動だにせずにいた。

「お母さん?」

茉莉江が怪訝《けげん》そうに眉を顰める。

「え。何? 何か言った」

美智代は、いま初めて茉莉江の声を聞いたとでも言いた気な様子で、振り向いた。茉莉江は怖《お》ず怖《お》ずと声を落とす。

「私の十字架が仁科さんのと一緒なの」

「そう」

美智代は笑みを浮かべたが、その笑顔は、無理に笑おうとしたかのように、ぎこちないものだった。

仁科の胸中には不安が広がっていた。茉莉江が何処でどのようにして十字架を手に入れたのか知れないが、それは菊原のものに違いなかった。金森が浦上天主堂の廃墟の中に見つけた鉄屑《てつくず》を持ち帰って、十字架に作り直したもの。ほかに同じものがある筈はない。恐らく、美智代は生前の菊原を知っている。それで菊原の十字架が茉莉江に渡ることになったのか。美智代はきっと、仁科が同じものを持っていると聞いて、仁科の素性に思い至ったのに違いない。すなわち、菊原を殺した人間だと。

仁科はいたたまれない心持ちになっていた。後ずさりして、身体を翻《ひるがえ》し、廊下に駆け出した。エレヴェーターホールの前で膝《ひざ》に手をついた。肩で息をしながら、自分は主《しゅ》に試されているのかもしれないと思った。

「仁科さん」

呼び掛けられて顔を上げると、美智代だった。

「あの……」美智代は言いにくそうに切り出す。「どうしてですか。どうして、そんなに慌てているんですか」

「いえ、別に……」

口籠《くちごも》った。背中が汗ばんだのは、決して暑さのせいばかりではない。

「何か知ってるんですね。何を知ってるんですか」

何を言わせたいのだろうか。菊原を殺したのは自分だと言わせたいのか。仁科は未成年だったから、犯人について詳しく報道されていない。美智代は犯人に恨みを抱いているのかもしれない。それなのに、犯人が誰なのか判らず、苛立っているのかもしれない。

「十字架はあなたのものなんですか」美智代が声を落として訊く。

「いえ、譲《ゆず》って貰いました」

美智代は訝《いぶか》るように眉根を隆起させた。

「どなたに?」

「大切に想っていた人のものです」

「その人はどなたです?」

やはり美智代は菊原の事件を知っているのだろう。

「もう、いません」

美智代は目尻を下げ、不安げな面持《おもも》ちで仁科の顔に見入る。

「あなたが茉莉江の実の……?」

何を訊かれているのか判らず、仁科は首を傾げた。しかし、美智代には仁科の不審を気に懸けている様子は全くない。

「茉莉江は何も知りません。どうか仁科さんの胸の中だけにしまっておいてください」

「ちょっ、ちょっと待ってください。何を仰《おつしや》ってるんですか」

「え。あなたではないんですか」

美智代は顔を上げ、細い眼を最大限に見開いて仁科を見つめる。茉莉江とは全く似ていないその顔を見ていて、仁科には思い当たることがあった。十字架を持っていたのは、菊原だけではない。

「茉莉江さんの誕生日は、昭和六十三年の六月ですか」

美智代は、見開いていた眼を元の通り細くした。こくりと頷いた。

「やっぱり、あなたが？」

「違います。私ではありません。全く見当外れな思い違いをなさっています」

美智代はキョトンとして、眼を瞬いた。仁科は声を落として訊ねる。

「十字架は、その……最初から一緒に？」

「はい。信仰しなくてもいいけど、大人になってもずっと持ち続けさせて欲しいというのが、向こうの方の条件でした」

――金森がそんなことを。

§2

菊原の墓を濡れ布巾で拭いていると、背後から声を掛けられた。振り返ると、白髪を刈り込んだ初老の男が立っていた。半袖シャツから覗く腕は、太く筋肉質。大木のように太く堅そうな体幹には、メッセンジャーバッグを巻き付けている。相手を訝しんで無言でいた。


「仁科哲弥さんかい？」

「毎月、月命日に墓参りに来てる。……違うかい？」

仁科の事情に詳しいようだ。立ち上がって、相手と向き合う。

「失礼ですが、どちらかでお会いしていますか」

「いや。初めてだ。だが、君のことをずっと探していた」

「私を？」

「ああ。まあ、本当に会いたいのは別の人間なんだが。その人は何処にいるのか、さっぱり判らない。君なら、多分、知ってるだろうと思って」

「誰に会いたいんですか」

「月命日にここに来れば、君には会えると思った。思った通りだった」

男は石曾根隆夫と名乗った。埼玉県行田市で緊急医をしていたと言った。

「救急救命にずっと誇《ほこ》りを持って、やってきた。専門の脳外《のうげ》じゃ誰にも負けない自信だってあった。毎日毎日、手技を磨《みが》いて、新しい術式の研究だってしていた。長時間の手術に耐えられるよう、身体だって鍛《きた》えていた。それだけ救急救命に人生を捧《ささ》げてきた。それだけが私の生きる意味だった。しかし……」石曾根は酸っぱいものを口にしたような顔をした。「生命を救って訴えられた。自分じゃ何も間違ったことをしてない。そう思ってたのに、院長も事務長も私を非難する。余計なことをしなきゃ良かったなんて言う。見殺しにしたほうが良かったとでも言いたげに。……もう、何が何だか判らない。いままで脇目もふらず一心に走って来たせいか、私はどっと疲れてしまった。何だかもう、生きるのも厭《いや》になってしまった」

石曾根は頭を振ると、頽《くずお》れるようにその場に腰を下ろして胡坐《あぐら》を掻《か》いた。疲れ切った人のように、肩を竦《すく》めて項垂《うなだ》れる。舞台葛石《かずらいし》の上から石曾根を見下ろして訊ねる。

「誰の居場所を知りたいんですか」

石曾根は顎を上げ、下から仁科を見上げる。

「金森勝海だ。知ってるだろ」

「金森……」

医師だという石曾根が金森の名前を口にしたので、茉莉江に関係することではないかと疑った。

「どうだ。知ってるかい」

仁科は首を左右に振った。

「もう何年も会っていません。何処にいるのか、全く……」

「そうか、まあ、そうだな。そうだよな」

石曾根は再び肩の間に頭を落とす。

「あの……」

布巾を持ったまま、舞台葛石から芝生に降り、通路に出て石曾根の前に立つ。

「早坂茉莉江さんのことですか」

「誰？」

石曾根は頭を上げると、首を捻った。

「早坂、茉莉江さん。心臓の病気で入院している」

石曾根は尚も訝るように眉を寄せる。

「君は仁科君じゃないのか」

「仁科です」

「菊原さんを殺した？」

あからさまな訊きように驚きながら、素直に頷く。

「そうか。間違いないんだな。……いや、君のことは父の日記に出ていたんだ。名前は知っていたが、顔までは判らないから」

「私のことが日記に?」

石曾根はこくりと頷く。

「父は十年前に亡くなった。遺品を整理していて、日記を見付けたんだ。菊原さんは父の戦友だったらしい。父は菊原さんの葬式に行って、会葬者にいろいろ訊いて回ったようだ。それで、仁科哲弥という青年が菊原さんを殺したのだと知ったらしい。日記にそうあった。金森勝海という男のことも日記に書いてあった」

「どうして金森さんに会いたいんですか」

「私が医師を志したのは、父の影響なんだ」

石曾根の父親・省一郎《しょういちろう》は歩兵五十聯隊の隊付衛生兵を務めていたのだという。病院付衛生兵とは異なり、隊付衛生兵は医学の知識に乏《とぼ》しく、負傷兵の傷にヨードチンキを塗ることくらいしかできないのだと、石曾根は言った。

「戦争なんだから、負傷するくらいで済む筈もない。遺体を収容するのも衛生兵の仕事だった。軍隊手帳と靖國神社の門鑑で、その屍《しかばね》がどの部隊の誰なのか特定しないといけなかった。誰が戦死したのか判ると、今度は遺骨にしないといけない。それも衛生兵の仕事だった。大きな穴を掘って、そこに薪《まき》を並べ、その上に遺体を安置する。その上に薪を積んで、また遺体を安置する。そうやって三段の火葬場を作ったそうだ。輜重兵《しちょうへい》とともに屍衛兵《しかばねえいへい》に指名されると、松明《たいまつ》で火をつけ、遺体が焼かれるのをじっと見ている。その間、遺体が突然生きているように立ち上がったり、火の中を歩いたりするらしい。しかしそれはほんの僅《わず》かな間だけで、直ぐに首が落ち、身体が崩れて穴の底に転がって行く。父は酒に酔うとそういう話をした。衛生兵なのに、戦友を助けることができなかった。戦友を焼くだけだった。そう言って口惜しがっていた。そんな話を聞いて育ったからだ。私は人の生命を救う仕事に就きたいと思った」

「そのことと金森さんが関係あるんですか」

石曾根は仁科を見上げた。

「そう先を急がせないでくれ」

石曾根は口を窄《すぼ》めると、メッセンジャーバッグを外し、胡坐を掻いた脚の間にそれを置いた。蓋《ふた》を撥《は》ね上げ、ジッパーを引いて、中からノートを取り出す。

「これが父の日記だ」

石曾根が差し出したノートの表紙は、紅茶に漬《つ》けたように薄茶色に変色していた。

皇紀二六〇四年七月二八日

爆撃機の音。爆弾の音。機銃掃射の音。右にも左にも上にも、轟音《ごうおん》が迫れり。鉄帽を阿弥陀被《あみだかぶ》りにし、亀の如《ごと》く首を伸ばして様子を窺うに、数間先で一尺おきに礫《つぶて》が跳《は》ね上がるが眼に入れり。

§3

石曾根省一郎は、鉄帽を目深に被り直し、熱い地面に頬を押し付け、固く眼を閉じた。地面に腹這《はらば》いになったまま、機銃掃射の音が通り過ぎるのを待った。しかし、それが通り過ぎて行っても、直ぐに爆弾の投下音が近付き、息つく暇もない。ひと度遠ざかった掃射音が再び戻って来て、礫の跳ね上がる音が、間近に聞こえる。

「ぎゃっ」

悲鳴を聞いて、頬を地面につけたまま首を捻り、鉄帽の庇《ひさし》から眼を凝《こ》らす。右前方に臙脂《えんじ》色に染まる大腿部が見えた。思わず、首を浮かせ、その兵を凝視する。

「澤柳さん」

大声で叫んだが、爆音ばかりが轟《とどろ》いて、自分の声が届いているのかどうかも定かではない。機銃の音が彼方に遠退いた隙に、ここぞとばかりに飛び起きて、一気に澤柳駿一に駆け寄った。

「澤柳さん、大丈夫か」

耳元で怒鳴ると、腹這いになったまま、首を捻って顔を向けた。真っ黒に日焼けした顔に白い眼だけが爛々《らんらん》と輝いている。その眼を細くして、目尻を下げ、喘《あえ》ぐ。

「……衛生兵殿。助かった」

「タコ壺まで下がるぞ」

省一郎は、澤柳の腋《わき》に手を差し込み、両脚を踏ん張った。そのまま後ろに引きずろうとして、腰を落とすと、右方から兵長の怒鳴り声が飛ぶ。

「衛生兵、そんな奴は放っておけ。小隊長殿を見に行け。この先だ」

怒鳴り声に眼を向けると、ぎらぎらした眼が省一郎を睨《にら》みつけている。返答する前に、省一郎から眼を離し、機銃が迫る方に向きを変えた。雄叫《おたけ》びを上げて、九九式軽機を腰の位置に構え、突進して行った。

「石曾根、小隊長の、ところに、行け」

澤柳が喘ぎ声で言った。

砲爆撃の音に打ち消されぬよう、腹の内から声を張り上げる。

「澤柳さんを置いては行けない」

「兵長の命令だぞ」澤柳は一喝する。

「同郷の者の屍衛兵をしたくはない」

澤柳の言うことに逆らい、彼の腋を抱えて後ずさった。爆撃音を裂いて、爆弾が落ちるときに発するヒューヒューという、笛を吹くような音が絶え間なく聞こえる。米軍の投下する爆弾は、地面で破裂して焔《ほのお》を上げ、忽《たちま》ち猛火となって、ジャングルさえも焼き尽くしてしまうのだった。焔に包まれる前にタコ壺に戻ろうと思って、無我夢中で澤柳を引きずった。

米軍の猛攻は止まず、テニアン市街の防衛線を突破され、守備隊は後退して、カロリナス台地の手前に新たな防衛線を築いた。

一九四四年七月三一日、省一郎はテニアン市街南の戦闘に参加。味方の兵が次々と斃《たお》れていく中、辛くも生き残り、夕刻、カロリナス台地まで撤退した。

その夜、突撃を前に、緒方《おがた》聯隊長の訓示があった。

「陸海軍、協同一致奮戦敢闘するも、将兵相次ぎ斃れ、テニアン守備の任を果たし得ず。畏《おそ》れ多くも天皇陛下の聯隊を預かり、勇敢な部下将兵を指揮しながら、斯様《かよう》な事態と相成り、小官、慙愧《ざんき》に堪え得ず。この上は光輝ある軍旗と共に最後の突撃を敢行し、米鬼に一撃を加え、太平洋の防波堤となる所存である。共に玉砕する覚悟ある者は、小官に続け」

誰もが、軍衣破れ、疲弊していた。しかし、どの顔にも、死んで大義に生きるという決意が現れている。誰言うともなく「海行かば」の斉唱が始まった。

海行かば水漬《みづ》く屍《かばね》
山行かば草生《くさむ》す屍
大君《おおきみ》の辺《へ》にこそ死なめ
かへりみはせじ

午後十時、歩兵五十聯隊は玉砕覚悟で出撃した。カロリナス台地を最終防衛線と定め、これを死守するため、全軍、果敢に突撃した。されど、艦砲射撃と爆撃機の支援を受ける米軍の優勢を崩すことはできず、怒濤《どとう》の如く押し寄せる猛攻の波に、兵は次々と飲み込まれて行った。

守備隊の兵たちは、そこかしこに、ぼろきれのように、或《ある》いは焼け木杭のような屍となって転がっていた。赤い筈の血の色は、火に焼かれて、松脂《まつやに》のように黒くなっている。黒い血が辺り一帯に広がって、さながら粘《ねば》っこい泥濘《でいねい》のよう。人とも知れぬものが、幾重にも重なり合って、転がっているのを見ても、もはや何の感慨も湧いてこなかった。その姿は、数分、いや、数秒後の省一郎自身の姿。無惨な死に様を見ても、憐《あわれ》みの情が湧くことなんてない。

省一郎は、意思を持たず、ただ本能に従って生きる虫けらのようになって、洞窟から洞窟へ、ただ撃っては駆け、撃っては駆け、弾薬尽きてからは白刃《はくじん》を手に、ただ闇雲に軍剣を振り回して敵陣に切り込んで行った。

気が付くと、東の空が白み、砲爆撃の音が止んでいた。その静けさは、最終防衛線が遂に陥落し、テニアン全島が米軍のものになったことを雄弁に物語っていた。

夜になって、米軍が祝宴でも始めたのか、歓喜する声が辺りに谺《こだま》するようになった。日《ひ》の出《で》神社の方には、灯りが煌々《こうこう》と灯っている。米軍が日本軍の飛行場に手を加え、拡張工事をしているらしい。拡張工事が完了したら、日本本土に爆撃機を飛ばすことが可能になる。日本列島が、テニアンのような猛火に晒《さら》されることになってしまう。テニアンの敗戦は、米軍の日本本土空襲が可能になったことを意味している。

八月二日になると、砲爆撃の音は完全に止み、時折り、銃を発砲する音が響き渡るほかには、海から吹きつける風の音が聞こえるだけになっていた。歩兵第五十聯隊は壊滅した。生き残っているのは僅かひと握りの者だけだろう。

省一郎は洞窟から這い出して一帯を見渡す。島は、一本の草木すら残さず、灰燼《かいじん》に帰してしまった。米軍の監視に用心しながら、水を求めて辺りを徘徊する。昼過ぎに伝令に出くわした。

「伝令。緒方聯隊長の命令です。動ける者はすべからく、軽装夜襲の準備をして、一八時、カロリナス台地南東側に集結せよ。以上です」

指定の場所に集まった三百余名は、全員、顔に困憊《こんぱい》が色濃く滲《にじ》み、口を利くのも億劫《おっくう》なのか、誰も一言も発しなかった。音が出るのを防ぐため、それぞれがそれぞれの鉄帽に布を巻き、軍靴を脱いで、地下足袋に履き替え、軽装夜襲の装いになる。夜闇の中でも、それぞれの位置を把握できるように、それぞれが肩から白襷《しろたすき》を掛ける。前日までの戦闘で、弾丸を撃ち尽くしてしまったので、誰しも、武器は軍剣ただひとつ。省一郎は、三百余名の兵士たちとともに、焦土の上に腹這いになり、じっと時が来るのを待った。

一九〇〇《いちきゅうまるまる》時。小隊長が無言で手を振った。それを合図に、省一郎は前列の兵に続いて、匍匐《ほふく》前進を始める。ザザー、ザザーと焼けた岩を擦る音が、前後左右に聞こえる。一寸、また一寸の寸刻みで、敵陣を目指す。

二三〇〇《ふたさん》時。敵陣を囲んで息を潜《ひそ》め、米兵が就寝するのを待ち続けていた。

二四〇〇時。緒方聯隊長が歩兵五十聯隊の軍旗を奉焼し、それが燃え落ちるのを合図に、省一郎はほかの兵たちとともに立ち上がり、鬨《とき》の声を上げた。白刃振りかざして米陣地に斬り込む。米兵たちは、寝込みを襲われ、怖れ慄《おのの》いた顔で「ゴースト、ゴースト」と叫び、逃げまどう。それを次々に斬り殺す。しかし、それもほんのひと時のことで、米軍は直ぐに態勢を立て直し、銃器で反撃してきた。軍剣のみで、銃火器で武装する米兵と対等に戦える筈もなく、瞬く間に味方の屍の山が累々《るいるい》と築かれていった。

意識が朦朧《もうろう》としていた。風が頬を撫《な》で、焼け焦げた臭いと血の臭いが鼻腔を刺激した。ドクン、ドクンと血管が脈打つ音が耳の底に聞こえ、右肩と左膝に痛みが走る。米兵に、一太刀、二太刀、振りおろしたのは覚えている。軍剣を振り上げながら、突進して行くと自分に向けられる銃口があった。そのとき見た銃口が、ありありと記憶に刻まれている。しかし、その銃に撃たれたのかどうか、定かではない。記憶はそこで途絶えている。撃たれたのだとしても、それは右肩か左膝を掠めただけで、致命傷にはならなかったらしい。意識が回復するにつれ、自分の状況が判った。

――生き残ってしまった。

戦陣訓に曰く、生きて虜囚《りょしゅう》の辱《はずかしめ》を受けず。しかし、弾薬は尽き、手榴弾もなく、軍剣すら折れ、自決するにも武器は残っていない。

ボロ雑巾のようになった身体を引きずって食べ物を求めて徘徊した。居留民の婦女子が次々と、カロリナス台地の崖から、海に飛び込んでいるという話を耳にした。自分も海の藻屑《もくず》となろうと決めていたわけではない。だが、その話を聞くと、憑かれたように真っ直ぐにそこを目指した。軍人が死ねば靖國神社に合祀され、天皇陛下に御親拝戴《いただ》ける。婦女子が死んだところで、誰に拝んで貰えるのだろう。彼女たちを守れなかったことに責任を痛感する。

崖に辿《たど》り着くと、婦女子たちは皆、既に飛び降りてしまったのか、そこに人影はなかった。

崖の際に立って、遥か下で白い波頭が泡立つ海を見下ろしていると、大声で呼ばれた。

「石曾根衛生一等兵殿」

振り返ると年少の兵だ。

「貴様は確か……」

「菊原二等兵であります。澤柳上等兵と同じ社村の出であります」

「おお。澤柳さんの。あの方も立派な最期を迎えられたのであろうな」

「いいえ。生きておられます」

「何」

「住民と共に洞窟に隠れておられます」

「自決しないのか」

「澤柳上等兵は生きろと仰せです」

「何、生きろだと」

いやしくも皇軍の武人たる者、敗残の恥辱を曝《さら》せる筈はない。奇異なことを聞いて耳を疑う。

「米鬼と戦って死ぬのならともかく、自決して靖國に行くなど、恥ずかしいと思わないのかと仰せです。自決した者が、戦って死んだ兵と同様に陛下の御親拝を戴いて良いわけがないとおっしゃっています」

戦陣訓に書かれていることと違う話に訝りながらも、菊原の案内で澤柳が潜んでいるという洞窟に向かった。

澤柳上等兵は左大腿に血の滲む包帯を巻き、洞窟内に横たわっていた。包帯の隙間に動くものがあり、眼を凝らすと、それは蛆《うじ》だった。洞窟にはほかに、ひと組の家族と海軍の士官、それに五十聯隊の曹長がいた。

その朝鮮人家族は、「金森」という日本風の家族名を創氏として届け出ていた。父親の明博《ミョンバク》と母親の恩珠《ウンジュ》の間に、十歳になる勝海と乳飲み子のふたりの子どもがいた。明博が長崎の造船所に徴用され、一家揃《そろ》って日本本土にやって来たのだという。しかし明博は、力仕事への適否を問う工場の検査で疑問符をつけられた上、ひたすらハンマーで丸太を叩く「体つくり」で肩を脱臼してしまい、作業部門への配属前に、徴用解除されてしまった。途方に暮れていたところ、南洋興発が移民募集しているのを知り、藁《わら》にもすがる思いで応募、テニアンに来て、さとうきび栽培をしていたのだという。

省一郎は、折れてしまいそうなほど痩せ細った明博の体躯《たいく》を見て、さとうきびの栽培にも向かないのではないかと思った。恩珠のほうも痩せて骨ばっていた。浅黒い顔をしているのは明博の仕事を手伝っていたからだろうか。

一緒にいた士官は、盛岡南部《もりおかなんぶ》家に繋《つな》がる血筋だという北《きた》少尉だった。海軍兵学校を出たばかりだというから、歳は菊原とさして変わらない。北少尉に付き従っていたのは、省一郎と比べても、だいぶ年長の高山《たかやま》という曹長だった。数十人の米軍を斬ったという九八式軍刀は自弁で誂《あつら》えたという。自慢げに語るわりには、その軍刀には脂《あぶら》が巻いていないし、刃こぼれもない。

「ここにおいてやっても良いが、代わりに水と食料の調達をしっかりとやって貰う」

高山は省一郎を睨みつけて、開口一番、命令口調で言った。

「自決しないんでありますか」

高山は腹立たしげに眼を剝《む》いた。

「北少尉はこの島の奪還を考えておられる。己が生命は、その日まで北少尉に預けることにした。いまは雌伏のときだ。ただじっと耐え、反撃の機会を窺うのみ。貴様が自決したいのなら、それを止めやしない。勝手に死ねばいい」

澤柳も同じことを考えているのだろうか。彼が横たわっている一隅に眼を遣《や》ると、じっと眼を閉じているばかりで、何を思っているのか見当もつかない。蛆がもぞもぞと包帯の上を動いているのに、それを気にする気配すらなく、もはや死んでいるのではないかと疑った。

僅かばかりの食べ物を分け合う生活が始まった。島の唯一の水源であるマルポ井戸は米軍に押さえられてしまっている。だが、季節は雨季に入っていて、スコールがあるので水には困らなかった。食料は洞窟の中にいるだけでは手に入るべくもなく、外に探しに行かなければならない。米兵に見つからないよう、岩に身を隠しながら、食べ物を探しに出掛けるのが日課になった。

出掛けるのは、省一郎と菊原、明博の三人。澤柳は脚を負傷しているし、恩珠は乳飲み子を抱えている。このふたりが洞窟から出られないのは仕方ないとして、北と高山が食べ物の調達に行けない理由はなかった。洞窟内の実権は高山が掌握しており、若年の北が高山に意見することはなかった。

空襲前には畑であったと思しきところに行き、土を掘り返して、タロ芋を六個見つけた。それを持ち帰ると、全て高山に取り上げられた。高山は士官の北の代行だと言って、各自にタロ芋を分配したが、それは平等ではなく、明らかに高山の取り分が多く、次いで多いのが北の分だった。下士官の取り分のほうが多いのに、北は不平も不満も口にしない。不遜な下士官がいなければ、自分の取り分がもっと少なくなってしまうことを承知しているのだろう。

食べ物を探して徘徊し、テニアン町南側付近まで行くと、腐敗臭が風に乗って運ばれて来た。腐敗臭のする方に足を向けると、無数の腐った死体が放置されていた。腐敗するときのガスが体内に充満しているのか、どの死体もぱんぱんに膨《ふく》れ、太くなった顔に無数の蛆がわいていた。良く見ると蜂《はち》の子みたいで、美味そう。

「天皇陛下万歳」

蛆に手を伸ばし掛けたところで、彼方に叫び声が上がり、その直後に爆発音が轟いた。軍人が手榴弾を余らせているわけはないから、それは民間人がしたことに違いなかった。カロリナス台地に後退するとき、民間人の求めに応じて、多くの軍人が自爆用の手榴弾を譲り渡したのだ。五十聯隊が全滅した後、洞窟に隠れていた民間人の家族たちが、ひと組、またひと組と自爆の道を選んで行く。米軍は拡声器やビラで繰り返し投降を勧奨《かんしょう》していたが、民間人は米帝を鬼畜だと信じ込んでいる。誰も投降なんてしない。

背嚢《はいのう》に蛆を入れ、戻る途中でヤモリを一匹捕まえた。しかしそれらは焼くと小さく縮んでしまい、とても空腹を満たせるような代物ではなかった。

「上官にこんなものしか食わせられないなんて、恥ずかしいと思わないのか」

高山はヤモリをひとりでぺろりと食べ、省一郎たちを睥睨《へいげい》して声を張り上げた。明博はびくっと首を竦めて後ずさりしたが、省一郎は奥歯を噛み締め、直立不動でいた。先に高山の拳を頰に受けたのは菊原だった。その鈍い音が耳の底に残っている間に、省一郎の頰にも拳が飛んだ。

「米鬼の食い物を盗って来い」

高山に命じられ、暗くなってから菊原とふたりで洞窟を出た。米兵に遭遇したとき、明博は足手纏《まと》いになりそうだったから、おいて行くことにした。

ラッソー山の山裾を伝って北に向かうと煌々と灯る灯が見えた。砲爆撃に晒された航空隊司令部の建物が、夜闇の中にぼうと無惨な姿を浮かべている。エンジン音や槌《つち》を打つ音が聞こえてくるのは、工事をしているのだ。しばらく様子を窺《うかが》う。夜通し工事を続けるつもりなのか、音が止む気配が全くない。電灯の灯が明る過ぎて、それ以上近付くのは到底無理だった。

手ぶらで戻ると、高山に罵詈雑言《ばりぞうごん》の限りを浴びせられ、何度も頰を打たれた。明博と恩珠は、高山の暴力から勝海と乳飲み子を匿うように、肩を密に寄せて震えていた。北は傍観しているだけだったが、澤柳は足を引きずって、石曾根たちの前に這いずり出て、高山を睨み上げた。

「貴様も同罪だ」

高山は澤柳の頬に向かって拳を振り下ろした。

蛆は蜂の子より脂分が多く、量を食べると胸が焼ける。かと言って、少しでは到底空腹を満たすことはできない。少し遠くまで行って食べ物を探そうと思い、翌朝は、空が白み始める前に洞窟を出た。米軍が上陸して来るまで、そこかしこにいた牛や鶏はどこに消えてしまったのか。大地を焼き尽くす例の爆弾にやられ、炭になってしまったのかもしれない。

腹を満たせるものを持ち帰ろうと思うと、いつしか足は速くなり、駆け出していた。その分、用心が足りなかった。不意に空缶のぶつかり合う音が早朝の静寂を破った。

――しまった。

と思ったときには、機銃掃射の音が轟いていた。慌てて身体を翻し、逸散走りに駆け出す。後ろに悲鳴を聞いたが、振り返る余裕などなかった。洞窟とも壕《ごう》とも知れぬ穴があり、そこに転がり込むようにして飛び込んだ。身体を丸くして、足を抱える。全速力で走った直後で、身体は酸素を欲していたが、息を殺してじっとしていた。

どのくらいの間、そうしていただろうか。波音が聞こえていることに気付いた。機銃掃射の音はとうに止んでいる。オコジョが巣穴から顔を出して耳をそばだてるように、そっと首を伸ばして耳を澄ます。危険はなさそう。穴から這い出して立ち上がると、直ぐ近くの別の穴から菊原が這い出した。

「明博はやられました」

菊原がぽつりと言って口を結んだ。

「そうか」

明博が逃げ遅れ、犠牲になったことで、省一郎たちは命拾いしたのかもしれなかった。洞窟に戻って、米軍に遭遇したことを高山に報告した。明博が一緒に戻って来なかったので、恩珠は悪い予感を抱いているようだった。彼女のほうからは何も訊ねて来なかったが、菊原が彼女に向かって静かな口吻《こうふん》で明博の最期を話した。途中から、恩珠は声を殺して嗚咽《おえつ》していた。母親のただならぬ気配を察したのか、乳飲み子が恩珠の腕の中で泣き声を上げた。

「黙らせろ。米鬼に気付かれるだろうが」

高山が声を荒らげる。その怒鳴り声で、乳飲み子はさらに声を大きくした。

「黙らせられないのなら、殺せ」

恩珠の嗚咽は、繭《まゆ》から紡ぐ糸のように細く長いものになった。

「お前がやらないのなら、俺が殺してやる」

高山が恩珠に向かって足を踏み出した。勝海がその前に立ちはだかって両手を広げる。

高山は、草でも払うかのようにぞんざいに勝海を払い倒し、恩珠の肩に手を掛けた。しかし、突然そこで動きを止めた。

「その子に手を出したら、撃つ」

澤柳が高山の額に銃口を押し当てていた。

「貴様、何の冗談だ」

高山は腹の底から怨念を絞り出すような声で呻《うめ》く。

「冗談ではない。本気だ」

「弾が残っている筈はない」

「自決用に一発だけ残していた」

「そんなハッタリ、通用すると思ってるのか」

「試してみるか」

澤柳が引鉄《ひきがね》の指に力を加えた。しかし弾は出ず、その刹那、澤柳は顔色を変えた。澤柳は二度、三度と引鉄を引いたが、鈍い金属音がするだけで発砲音が轟き渡ることはなかった。高山が笑みを漏らした。

「武器の整備もできてないへぼが、偉そうな口を利きやがって」

高山は腰の剣に手を伸ばしながら澤柳を睨みつける。しかしその剣が抜かれることはなかった。菊原が高山に身体をぶつけていた。菊原が身体を退くと、高山の腹部には短刀が刺し込まれていた。高山は短刀を見て愕然としたように顔を歪め、菊原に眼を遣って口を開きかけたが、ひと言も発しない内に腰から頽れた。それまで隅のお気に入りの岩に腰掛けていた北は、突然金切り声を上げて立ち上がり、何やら叫んで、洞窟を飛び出して行った。

恩珠はもともと口数の少ない女だったが、明博が死んでからは一段と口数が減り、話し掛けても首を振ったり頷いたりするばかりで、滅多に言葉を発しなくなった。時折り、岩に向かって両手を組み合わせ、一心に祈りを捧げていることがあり、何に祈っているのだろうと、眼を凝らすと、そこには十字が刻まれていた。恩珠はまた、朝でも晩でもひとりで何やらぶつぶつと呟《つぶや》くようになり、最初の内は念仏でも唱えているのかと思ったが、十字の印に祈っているのなら念仏のわけがなく、勝海にお前の母親は何を唱えているのかと訊いてみた。

「聖母マリアに祈っている」

勝海によると、日本が真珠湾を襲撃した十二月八日は「無原罪の御宿り」の祝日だったから、マリアは怒り、故に日米戦での死者にマリアの執《と》り成しはなく、明博を含め、この戦争で死んだ者が煉獄《れんごく》から救済されることはない。恩珠はそれで悲嘆に暮れているのだという。マリアの執り成しを望むのなら、「聖母被昇天」の八月十五日に戦争を終わらせるよりほかに道はなく、それで、恩珠は八月十五日の終戦を願って、マリアに祈りを捧げているのだという。

食べ物の調達は、日を追ってますます難儀していった。屍の大多数は爆弾の火で焼かれて炭になった。腐肉は少ないので、蛆だって無尽蔵に発生できるわけではない。南洋桜の葉では飢えを凌《しの》げず、腹を膨らませるためにスコールの雨水ばかり飲んでいた。しかし洞窟の中が水浸しになってしまうので、決してスコールは有り難いものではなかった。スコールが降り出すと、省一郎は「てるてる坊主」を口ずさんでいた。その内、勝海も省一郎と一緒になって歌うようになった。「海行かば」を歌う子どもなんかより、「てるてる坊主」を歌う子のほうが余程愛らしい。

碌《ろく》に食べ物がないためか、恩珠の母乳が出なくなった。乳飲み子は弱々しく泣いて空腹を訴えるのだが、与えて遣る乳は何処にもなかった。ほどなく、赤ん坊は死んでしまった。

一九四四年八月十五日になっても、戦争は終わっていなかった。

米軍は頻《しき》りと投降を勧奨するばかりで、積極的に攻撃を仕掛けて来ることはなかった。しかし、陣地の近くには空缶が張り巡らされ、踏み入って空缶を鳴らした者は、忽《たちま》ち機銃に薙《な》ぎ倒されてしまうのだった。

食べ物を探してラッソー山に入り、土塁の上を歩いていると、こちらを見上げる米兵ふたりに遭遇した。覚悟を決め身構えた。しかしふたりの米兵は肩に掛けた機銃を外そうともせず、ただ無言で見つめてくるだけだった。やがて手を上げ、手招きした。

「呼んでいるんでしょうか」

菊原が米兵に眼を遣ったまま、不安げな声で訊く。

「投降させるつもりなのさ」

「油断させておいて、近寄って行ったらズドン、てことかもしれません」

「いずれにせよ、いま直ぐに撃ってくることはなさそうだ」

土塁の端まで歩いて飛び降り、陰に身を隠した。米兵は英語で何か叫んでいたが、発砲してくることはなかった。


一日歩いて、収穫なく戻ると、澤柳が洞窟の前に倒れ込んでいた。

「どうかしたんですか」

抱き起こすと、険しい眼を海の方に向けて応える。

「恩珠が勝海を連れて出て行った。思い詰めた顔をしていた」

「判りました。探しに行って来ます」

菊原とふたりで海岸に向かった。さとうきびも椰子《やし》もマンゴーもバナナも焼き尽くされ、視界を遮《さえぎ》るものは何もなく、何処までも見通しが利く筈。なのに、夜の帳《とばり》が下り、空と海が群青色に変わっているので、辺りは杳《よう》としていて人影があっても判らない。注意深く眼を凝らして進む。銃声が轟いた。菊原と顔を見合わせ、脱兎の如く地面を蹴った。

両手を突き出して膝をつく人影があった。駆け寄ると、勝海だった。

「どうした」

肩を揺すると腕を伸ばしたまま、仰向けに倒れた。雲の切れ間に月が現れたのか、勝海の顔を照らし出す。瞳を大きく見開き、唇をわなわなと震わせている。

「石曾根一等兵殿」

「何だ」

菊原は、地面に横たわる人の傍らに片膝をついて、その人の顔を覗き込んでいる。

「恩珠です」

「何」

慌てて、菊原の隣に膝をつく。月明かりが苦悶する恩珠の顔を浮かび上がらせる。口から臙脂の液体が流れ出し、同じ色の染みが胸に広がっている。ハッとして、勝海を振り向く。

勝海は天に向かって腕を伸ばしていた。その両手にあるのは拳銃だった。省一郎は拳銃を取り上げようとしたが、勝海の指は凍りついてしまったかのようで、それを外すのに苦労した。やっと外して、それを彼方に放り投げた。

「お前、母親を撃ち殺したのか」

怒鳴りつけても、勝海は硬直したままだった。勝海の頬を平手で殴ると、正気を取り戻したように眼を細め、大声で泣き出した。

それからしばらく、勝海は泣きじゃくっていた。洞窟に戻って、何があったのか訊くと、勝海は少しずつ、ひと言ずつ、事情を話した。勝海は恩珠に、一緒にお父さんのところに行こうと言われたのだという。兵士の屍を漁《あさ》れば、弾を込めた拳銃のふたつやみっつ、きっと落ちている筈だから、それを二挺《ちょう》拾って来いと言われた。言われた通りに持って行くと、恩珠は一挺取って、もう一挺を勝海に委ねた。互いに互いの胸に狙いをつけて発砲した。……筈だった。恩珠の死体を改めると、勝海の言う通り、拳銃を握っていたが、発砲した痕跡はなかった。実際、恩珠は心中するつもりでいたのかもしれない。聖母被昇天の日に戦争が終わり、マリアの執り成しがあると信じている様子だったから、戦争が続いていることに絶望したのかもしれない。自らの手を汚すことを企てたのは、それ故だろうか。しかし我が子に向かって引鉄を引くことはできなかったのだろう。

菊原は泣きじゃくる勝海を抱き締めた。

恩珠の亡骸《なきがら》はラッソー山の麓《ふもと》に埋め、拾って来た木切れを十字に組んで、墓標とした。

キリスト教式の葬式は、どうすれば良いのか判らず思い悩んでいると、菊原が、クリスマスのようにすれば良いんじゃないかと言った、勝海と一緒に「ジングルベル」を歌った。歌っている途中で、スコールが降り出し、いつものように「てるてる坊主」を歌い始めると、勝海も省一郎と一緒にそれを歌った。しかし、勝海は途中で顔を歪め、項垂れ、嗚咽し、その場に膝を突いて泣きだした。省一郎は心を打たれ、澤柳や菊原と顔を見合わせた。彼らも省一郎と同様に、当たり前のことに思い至って、胸を衝《っ》かれた思いでいるようだった。

省一郎たち三人は、テニアンの戦闘で、何人もの上官、同僚兵の死に直面したが、哀悼の意を以て、それらに向き合うことはなかった。勝海が泣き腫らすのを見て、死は惜別と悲哀で縁取られていて、簡単に受け入れられるものではないという当たり前のことに、改めて気付かされた。死は、本来、靖國とは無縁のもの。それに思い至って、省一郎たちにとっても、恩珠の死は特別なものになった。

「俺のせいだ。あの時、ふたりが出て行くのを止めていれば……」

澤柳が口惜しげに言って、口を真一文字に結んだ。

「それを言うのなら、我々だってそうです。洞窟から出掛けていなければ、彼女を止められた。出掛けるべきじゃなかった」

菊原が自分を呪うように吐き棄てる。

「確かにその通りだ。八月十五日。恩珠が待ち焦がれた日が来ても、何も変わらず、恩珠の様子はおかしかった。それなのに、恩珠をおいて出掛けてしまった」

省一郎は泣きじゃくる勝海の背中を見下ろした。

「この子を連れて、日本に帰ろう。俺たちは生き抜くんだ。この子を死なせないのが、これからの俺たちの任務だ」

菊原が嘆息する。

「国体を護持しろ、そのために死ねと言われても、それを疑問にすら思わなかった。しかし、そんな大義のためにみんな死んで、後には何が残るんだろう。そんなの、祖国と言えるんだろうか」

澤柳が頷き、苦り切った顔で言う。

「そんなの祖国じゃない。祖国が国民に死ねなんて言っちゃいけない。国民が死に絶えてどうして国が残るっていうんだ。俺たちは国を守ってるつもりでいたけど、人殺しの道具にされてただけなんじゃないのか。もう嫌だ。こんなの嫌だ。こんなの、もう終わりにしたい。

「しかし、俺たちを人殺しに駆り立てた連中を、ぶん殴って遣りたい」

「しかし、俺たちにできることなんて、たかが知れてる」省一郎が呟く。

「せめて、ここで泣いてるひとつの生命を守り抜くことくらいだ。それで人殺しの罪滅ぼしになるわけじゃないけど……」

菊原が呟くと、省一郎が後を引き取った。

「ああ。罪滅ぼしになんかならない。しかし、二度とこんな過ちは犯さないという意志だ。眼の前のこの生命を守り抜くことが、俺たちにできる唯一の決意表明だ」

もはや「自決」の二文字はなかった。戦陣訓の教えを下らぬ莫迦《ばか》げたものだと思い始めていた。三人は勝海の背中に自分の掌を押し当てた。

「お前のことは俺たち三人が守り抜いてやる。生命《いのち》に代えても、お前のことは俺たちが守り抜く」

§4

残暑が厳しいからだろう。そのカフェは、効き過ぎだと思うくらいにエアコンの設定温度を低くしていた。肌寒さを覚えて、仁科はアイスコーヒーを注文したことを少し後悔している。石曾根のほうは、冷房の効き過ぎを見越したかのように、ホットコーヒーを注文していた。

「つまり、この日記を読んで金森さんに興味を持ったということですか」

石曾根はカップをソーサーに置き、仁科の瞳をまじまじと見つめる。

「父は、生命に代えてでも金森さんを生かすと決意したと書いている。生命を守る。これは、私が医師を志したときの気持ちと同じだ。父がどんな思いで、金森さんに接していたのか、直《じか》に会って訊いてみたい。正直、私は医師という職業に辟易しているんだ。これから先、どうすれば良いのか、それは金森さんと話せば判ると思うんだ」

石曾根は日記をぱらぱらと繰り、目当てのページを探し当てたのか、途中で手を止めた。日記に出ているのは、子どものころの金森だ。暴力団の構成員になったと知ったら、どんな顔をするだろう。金森が闇社会に足を踏み入れたのは、母親を殺したという暗い過去を持つが故なのかもしれない。菊原たちがどんなに癒《いや》そうとしても癒すことのできない傷を、金森は負ってしまったのだ。

仁科は日記を読んで、石曾根とは別の感慨に耽《ふけ》っている。漸《ようや》く菊原を理解できたと思っていたのだ。地上げに起因する暴力団の抗争から金森を守るのであれば、ほかにも方法があった筈。天皇が崩御した日に生命を絶とうとしたのは、単に金森を守るのが目的だったのではなく、自らを罰する意味があったのに違いない。首を吊るとか、飛び降りるとか、典型的な自殺の手段を用いなかったことが、それを如実に物語っていると思えてならない。昭和の終わる日を待って、高山を刺し殺した罪を償《つぐな》うため、それと同じ方法によって自らを罰したのだろう。殉死だ。だが、現人神ではない。昭和だ。戦争の時代。昭和に殉死したのだ。石曾根の日記を読んで、それを確信した。テニアンで菊原のしたことは、緊急避難であって罪に問われるべきことではないように思われる。だが、菊原自身は罪悪感を背負って戦後を生きていたのだ。時代の終焉《しゅうえん》に自らの人生の幕を下ろした。

高山のほうは英霊として靖國に祀《まつ》られているのだろうか。国体を守るために生命を捧げた者として。最も非道な者を神とするのは、サタンをあがめるのと変わらない。菊原に天皇に寄せる心情があったとしたら、靖國の親拝を止めてしまった点においてだろう。

ローマ人への手紙第十三章四節

彼はいたずらに剣を帯びているのではない。彼は神の僕《しもべ》であって、悪事を行う者に対しては、怒りをもって報いるからである。

「ここだ。投降したときのことを記してある」

石曾根は開いたノートを仁科に向けた。そのページにちらっと眼を遣って応えた。

「読みました」

省一郎たち三人は、洞窟の暮らしを続けていたら、いずれ餓死することになるのは必至だと考えていた。金森の生命を守るため、彼らは洞窟を出て投降した。

菊原がプロテスタントになったのは、捕虜収容所で従軍牧師に出逢ったのが契機らしい。金森はそれ以前からカトリックだった。両親と一緒に明洞《ミヨンドン》で洗礼を受けたことは、遥子が話していたし、省一郎の日記にもその旨、言及する個所がある。プロテスタントとカトリックの違いこそあれ、洞窟を出た彼ら四人は、クリスチャンとして戦後を過ごすことになるのだった。死ぬことが名誉だという戦陣訓よりも死ぬなという教義のほうが、菊原たちには、遥かに得心のいくものだった。キリスト教の教えは若い下級兵の心を捉えたのだ。捕虜収容所で自由と民主の気風に触れた彼らは、日米の間には物量の差を論ずる前に、もっと大きな格差があることも知った。

玉砕を命ずる国に未来がある筈はない。一億総玉砕して国体を堅持したところで、その国体は一体誰のために何のために存在するのか。日本の言葉も、慣行も、すべてこの世界から消え去る。ひとりひとりの生命を軽んじて国体護持を説く不合理と、それに逆らうことのできない不合理。不合理で人権を蔑《ないがし》ろにする国に未来がある筈はない。日本が米国に勝てる筈はなかった。

「父の日記によれば、金森さんは捕虜収容所で日本人だと言っていたようだ。朝鮮人だと言えば、いろいろと優遇されただろうに」

「三人と離れたくなかったんでしょう」

「復員後、金森さんは菊原さんについて東京に出て行ったから、父の日記に出て来なくなる。だから戦後の金森さんのことは、日記じゃ全く不明だ。少し調べてみたんだが、菊原さんが亡くなった後、金森さんは何処かに行ってしまったらしい」

「そうなんですか」

仁科も初めて聞く話。金森は闇社会と密接な繋がりを持っていたから、あるいは何かしらのトラブルに巻き込まれて消されてしまっているかもしれない。

「君が唯一の手掛かりじゃないかと思っていたんだが」

「残念ながら……」

石曾根は溜息を吐く。

「いまの私は恩珠の心境だ」

「え」

石曾根の俯き加減の顔をまじまじと見つめる。

「生命を救うことこそが私が生きてあることの意味だった。それを否定されたら、絶望するしかない。私は気付いたら、職も家族もなげうって放浪していた。放浪しながら考えに考えた。私はもう医療の現場には戻れない。そんなモチベーションを維持できない。四六時中、救命のことを考え、人生を捧げてきたんだ。それを失ったら、人生に絶望するしかない。恩珠はきっとあの年の八月十五日に終戦になると信じていた。明博が死んでも、赤ん坊が死んでも、聖母の被昇天の祝日である八月十五日に戦争が終わっていれば、マリアの救いに縋《すが》って、前を向いて行けただろう。だが、一年早かった。戦争が終わったのは次の年の八月十五日だった」

心が折れている人間が、折れていると言うだろうか。仁科は、石曾根は殊更《ことさら》に自分は滅入っていると強調することで、仁科の出方を試しているのかもしれないと思った。

「父は戦場で人の生命を守ると決意した。その決意に直に触れたいんだ。金森さんに会うことだけが、いまの私の希望なんだ。恩珠が聖母被昇天の日に希望を託したのと同じだ」

仁科は逡巡し、石曾根の様子を暫くじっと窺っていた。茉莉江のことを話しても良いだろうか。医師であれば、守秘義務がある。職業柄、口は堅い筈。不用意に秘密を口走るようなことはしないだろう、とは思う。

「ちょっと、会って欲しい人がいるんですが……」

茉莉江の素性は明かさずに、ふたりを引き合わせようと思った。

石曾根は顔を上げ、眼を瞬いていた。

「私に会わせたい人？」

早坂美智代に、知り合いの医師を連れて来たいと言うと、訝るように眉を顰めた。

「心臓の有名な先生なんでしょうか」

「いいえ。脳外科です」

彼女は小首を傾げた。

「迷惑なら良いんです」

美智代の様子を見て、直ぐに撤回しようとした。きつい眼を向けられた。

「いえ、待ってください。ほかの病院の先生のお話を伺えるのなら、是非」

弥生を信頼する分、仁科のことも信頼しようと思ったのか、セカンドオピニオンを期待できると思ったのか、いずれにしても美智代は、石曾根が茉莉江に会うことを承諾した。

石曾根は無論、何故茉莉江に会わなければならないのか怪しんでいたが、茉莉江の病状は石曾根の職業意識を刺激したようだ。強い関心を示し、是非会ってみたいと言った。

早速、日程を調整し、石曾根を連れて茉莉江に会いに行った。

美智代は茉莉江に何と説明していたのか、それは判らない。ベッドに上体を起こして石曾根にぺこりと会釈した茉莉江の表情は、緊張したそれだった。

「具合はどうですか」

石曾根が医師の顔になって、茉莉江に訊ねた。

「大丈夫です」

石曾根は茉莉江と話した後、美智代とも話した。心臓外科は自分の専門分野ではないと前置きして、主治医が、心臓移植以外に有効な治療法はないと考えているのなら、その通りだろうと言った。

面会を終え、病院を出たところで、石曾根を近くのカフェに誘い、そこで種明かしをした。

「あの娘は金森さんの娘です」

「え」

二階の窓ガラスに向かって括《くく》りつけたカウンター席で、ほかに客はなかった。石曾根は弾かれたように仁科に顔を向け、指に引っ掛けたカップを落としそうになった。

「あの娘はそのことを知りません。早坂夫婦の実の娘だと思っています。だから話しませんでした」

「彼女が……」

そう言ったきり、石曾根は絶句した。考え込むように窓外の景色に眼を向ける。

「金森さんが付き合ってた人は、赤ん坊を置いて逃げたんです。金森さんは困った挙げ句、弁護士に相談したみたいです。ちょうどその頃、特別養子縁組という制度ができたみたいで、その制度を使ったと聞きました。普通養子ではないので、あの娘と金森さんの血縁関係を証明するものは何もありません」

石曾根はぼんやりとした眼をガラス窓の先に向けたままでいて、仁科の言葉を聞いているのかどうかも判らなかった。

石曾根からふたたび連絡があったのは、それからひと月ほど経ってからのこと。人気のないカフェの二階の席で落ち合った。窓に向かって設《しつら》えたカウンター席に座ると、隔離されたように誰の視線からも遮られた。

「茉莉江ちゃんを助けたい」

石曾根はいきなり切り出した。

「心臓外科は専門外では？」

石曾根は険しい面持ちで仁科を見据え、左右に首を振った。

「医師としてではない。ドナーとして助けたい」

「え」

石曾根は声を落として、破天荒な計略を話した。それは、茉莉江との婚姻届を役所に提出して戸籍上の配偶者関係を築き、親族優先の臓器提供をするというものだった。仁科は、その突拍子もないアイディアに言葉を失う。

「心臓の提供って……。石曾根さん。あなた、死ぬってことですよ」

石曾根は鹿爪らしい顔で頷く。

「私はあの娘に、自分の生命を投げ出す」

「なっ」

後ろを振り向き、誰もいないことを確認してから石曾根に向き直って、声を落とす。

「何を言ってるんですか」

「決めたんだ」

「決めたって」

「父の決意を私は受け継ぐ。金森さんの生命を受け継いだ茉莉江ちゃんを、私は生命に代えて守る」

「判って……何を言ってるのか、判って……」

言葉に詰まりながら、石曾根の顔に見入る。神妙な顔で、真っ直ぐ仁科の眼を見つめ返す。

「実を言うと、それほど純粋な気持ちではない。言うならば、私は恩珠の心境なんだ。生きてるのが嫌になった。人はいずれ必ず死ぬ。早いか遅いかっていうだけのことだ。人生には生きる価値があると思ってる奴はいくらでも生きて行けば良い。しかし私は、この先、何年生きたって、自分の人生を良くなんてできない。だって、そうだろ。人生を捧げてきた救急救命で訴訟を起こされたんだから。私はもう、生ける屍なのさ」

「訴訟を起こされたくらいで……」

「真剣に生きていない人間には判らないさ。例えば、君のような人間にはね」

仁科は腹が立って言い返した。

「不真面目に生きているつもりはありませんが」

「真面目に生きていたら、前科なんかつかないだろ」

言い返すことができず、口籠《くちごも》った。石曾根は、暫く仁科の顔をまじまじと見ていたが、

「それ見ろ」と見下すように顎を上げる。

「私は、遊び呆けている級友たちを尻眼に、一分一秒を惜しんで勉強して医学部に入ったんだ。勿論、医学部でも必死に勉強して、国家試験に合格した。研修医になってからは、決して気を抜かずに邁進《まいしん》してきた。口幅《くちはば》ったい言い方をすれば、私はエリートさ。いままで挫折を知らずにきた。人生は挫折の繰り返しで、それを乗り越えて行くことに意味があるなんて言う者もいる。しかし、それは私の人生ではない。だから、私は少し早く人生を終わらせようと思う。どうせ死ぬのなら、せめてこの生命、誰かのために役立てたい。判ってくれとは言わない。理解してくれなくても良い。ただ、協力してくれ。私ひとりでは不可能なんだ。だが、君が協力してくれればできる」

石曾根は、事前に採血した彼の血液を、彼の腰椎《ようつい》に注射して欲しいと言った。

遥子が髄注《ずいちゅう》の話をしていたことを思い出した。脳脊髄液の内圧が少し変わっただけで、頭が痛くなる。内圧が大きくなると脳が圧迫されて、とても危ない状態になる。だから髄注のときには抗がん剤を注射する代わりに、その分、髄液を抜き取って内圧が変わらないようにしている。それでも頭痛が起きる。遥子はそう言っていた。石曾根は自分の血液を注射して内圧を変えるのだと言っている。

「それでどうなるんですか」

「蜘蛛膜下出血《くもまくか》だ。それで脳死する」

仁科はもう一度、背後に眼を遣り、誰もいないことを確認して、石曾根に眼を戻した。

彼の瞳を見据えて、声を落とし、しかし詰《なじ》るような口吻で言う。

「殺してくれと言ってるんですか」

石曾根は真顔で頷き、妙に凜《りん》とした声で言った。

「人を殺したことのある君にしか頼めない」

「冗談じゃない」

「心配しなくても大丈夫だ。これを殺人だと気付く救命医はいない。私は定期的に自分の脳をＭＲＩ撮影しているから、自分の頭に三ミリ大の未破裂脳動脈瘤があることを知っている。普通なら経過観察の大きさだが、それが破裂したって不思議なことではない。だからこそ、この方法を思い付いた。君は捕まることを心配する必要はない」

「人を殺すなんて……。そんなこと、できるわけない」

石曾根は拳を握って、仁科の肩を突く。

「今さら何を聖人君子みたいなことを言ってるんだ。君は、過去に菊原さんを殺してるじゃないか」

「あれは……そんなんじゃないんだ」

「君と菊原さんの間に何があったのか知らないし、知ろうとも思わない。どんな理由があれ、君が人殺しであることは事実だろ。大抵の人なら乗り越えることのできないモラルハザードを、君は易々《やすやす》と乗り越えることができるじゃないか」

菊原の事件の真相は決して口外しない。それが仁科の決意。だから反論できない。石曾根は、ほら見ろ、言い返せないだろと言うように顎を上げる。

「いずれ死ぬ生命なら、せめて彼女のために役立てたい。君が私の頼みを聞き入れないのなら、私は無意義な人生を無意義に終えるだけだし、彼女も助からない。君が私を殺すのであれば、彼女は助かり、私は無意義な人生を有意義なものとして終えることができる」

「あなたの本来のご家族のことは、どうするんですか」

「妻は腕の良い外科医に興味があっただけで、いまの私になんか、全く興味がない。息子にはもう、何もして遣れないが、代わりに生命保険を遺す。妻の実家から離れて、開業したければ、その資金になるくらいの額は下りるだろう」

伊達や酔狂《すいきょう》で言っているのでないことは、石曾根の鹿爪《しかつめ》らしい顔を見れば判る。ひと月の間、考えに考えて出した結論なのだろう。ひと月の間、その思いを胸に抱いていて、もはやそれを自分の義務のように思っているのかもしれない。しかし、仁科には石曾根の言うことを肯《うべな》うことはできなかった。口を真一文字に結んで視線を外し、俯いて、拒否の表示をした。

出エジプト記第二十章十三節
あなたは殺してはならない。

ヨハネの第一の手紙第三章十五節
あなたがたが知っているとおり、すべて兄弟を憎む者は人殺しであり、人殺しはすべて、そのうちに永遠のいのちをとどめてはいない。

仁科には無論、石曾根を憎む心持ちなどない。だからと言って、憎悪を持っていれば良いというものでもないであろう。

「ここで私が死んだら、君は終生、後悔することになるぞ」

石曾根が脅《おど》すような口吻で言う声を聞いて、顔を上げた。自分の胸にナイフを突き立てている。

「何をしてるんですか！」

「このまま心臓を突いたら、心臓死だ。臓器の移植はない。彼女は助かる機会を失うことになる」

まともな人間のすることではない。石曾根はそれだけ本気なのだ。ナイフを握る石曾根の手に見入った。その手が菊原の手を脳裡《のうり》に蘇《よみがえ》らせた。自身の腹に刃物を突き刺していたあの手を。

――巡り合わせなのかもしれない。

茉莉江と知り合ったのは、偶然ではない。弥生の行く先について行けば、当然、骨髄移植を必要とする人と知り合いになるから。しかし、心臓移植が必要なときに知り合うことになったのは、数奇な巡り合わせだと思えてならない。仁科が川越少年刑に収監されていなければ、茉莉江とは、もっと早く、骨髄移植が必要なときに知り合っていたのかもしれない。

ヨハネによる福音書第十五章十三節
人がその友のために自分の命を捨てること、これよりも大きな愛はない。

石曾根の手に向けた視線を、やおら上に移動して、彼の顔に見入る。

「仮に心臓移植がうまくいったとしても、それが自分のために敢《あ》えて生命を落とした人によるものだと知ったら、彼女はそれこそ、恩珠の心境になるんじゃないでしょうか」

石曾根は険しい面持《おもも》ちで首を振った。

「彼女がそれを知ることはない。無論、レシピエント側の協力なしに親族優先提供はあり得ない。だから両親には話す。話すけれども蜘蛛膜下出血の既往症があり、再発の可能性が高いとしか言わない。意図的にそれを引き起こすなんて話はしない」

仁科には同意したつもりはなかったが、石曾根はその後、着実に準備を進めて行った。

早坂夫婦にしてみれば、藁《わら》にも縋る思いだったろう。偽装結婚が公正証書原本不実記載罪に当たると承知していながら、石曾根の提案に同意した。石曾根が死亡した後、茉莉江の戸籍を早坂夫婦の元に戻し、石曾根との姻族関係を終了、早坂一家ごと区外に転籍させれば、将来、茉莉江が自分の戸籍謄本を取っても、婚姻していた事実に気付くことはない。いわゆるバツが戸籍につかない。

石曾根は行田市役所に離婚届を提出した。妻の欄は仁科が署名した。さきたま病院長の戸籍から離れ、その際、新しい本籍地を何処にすべきか思い悩んでいた。石曾根が婿養子になる前の戸籍は、父親・石曾根省一郎の死亡とともに除籍になってしまっていたので、新たに戸籍を編成する必要があった。

「父の決意を受け継ぐんだ。父の決意と縁のある所にしたい。しかしテニアンてわけにもいかないしな」

「ならば、五十聯隊の兵営があった所はどうですか」

調べると、五十聯隊の兵営があった直ぐ間近に長野縣護國神社があることが判った。兵営のあった所は信州大学や松本美須々ケ丘《みすずがおか》高等学校の敷地になっている。護國神社には、五十聯隊にいて戦死した人が祀られていて、こちらの方がよりテニアンに縁が近いのではないかということになり、石曾根は神社の住所地を本籍地とした。

石曾根は、茉莉江との婚姻届を提出し、着々と計略を進めて行き、その傍ら、腰椎穿刺の技術指導を仁科に施した。のっぴきならない状況になりつつあったが、それでも仁科は、いざそのときになれば、石曾根が変心するのではないかと淡い期待を抱いていた。しかし、石曾根の変心を期待するということは、茉莉江の心臓移植が遠退くということである。仁科はふたつの生命の間でジレンマに陥っていた。

その日は案外早くやって来た。というより早過ぎた。いまだ覚悟ができていない内に、改正臓器移植法が施行されてしまったのだ。

決行の場所を東京駅構内にしようと提案したのは、仁科だ。石曾根は簡易宿所を転々として、住所不定だったが、書類上は婚姻後に早坂夫婦の家に同居したことになっていた。しかし、早坂家で蜘蛛膜下出血になった場合、救急車の要請をするのは当然、早坂夫婦になる。レシピエントの両親が救急車を呼ぶのは要らぬ疑惑を呼ぶことになり、搬送先の救命医が念入りに石曾根の身体を調べて、本来であれば気付く筈のない腰椎穿刺の痕《あと》に気付いてしまうかもしれない。それを心配した石曾根は、第三者に救急車を要請させるつもりでいた。外出先で倒れることが計略の成功には必須であると考えていたのだ。また、心肺停止状態が長く続くと、臓器は新鮮でなくなってしまうから、救急車を要請する第三者は石曾根の急変に直ぐに気付かなければならず、且《か》つ直ちに救急車を呼べなくてはならない。つまり、人通りの多い所を決行場所に選ばなければならない。仁科が東京駅構内を提案すると、石曾根はそれに直ぐに賛同した。

「『銀の鈴』である必要はないがな」

「石曾根さんの覚悟を金森さんに伝えたい。だから金森さんが好きだった『てるてる坊主』の歌詞になぞらえようと思うんです」

仁科の感傷に石曾根は賛同していない様子だった。けれども、敢えて否定はしなかった。金森は生きているのか死んでいるのかも判らないが、もし生きていれば、「銀の鈴」を「金の鈴」に見立てたことに関心を示して姿を現すやもしれない。可能性はほとんどないが、仁科は少しだけ、それを期待していた。

その日、仁科は車椅子を折りたたんでバッグに入れ、打ち合わせた時間に、東京駅構内の身障者用トイレに行った。ドアをノックして、石曾根の名を呼ぶと、ラッチボルトの外れる音がした。ドアを開け、身体を滑り込ませると、直ぐにドアを閉め、鍵をかけた。

石曾根はこころなしか緊張した面持ちをしている。挨拶を交わすことなく、近寄って行くと、紙片を手渡された。

「保険会社の連絡先だ。親族を装って電話して、仙台の息子に連絡を入れるように言ってくれ」

紙片を受け取ると、彼は床のタイルに腰を下ろして、シャツを捲《まく》り上げた。そのまま身体を横に倒し、右半身を下にして、膝を抱え込んだ。

「さあ、やってくれ」

後戻りはできなかった。バッグから穿刺針を取り出し、石曾根の背中の前に蹲《うずくま》る。左手の親指を彼の腰椎に当て、棘突起《きよくとつき》を触診した。棘突起の中央と拇指《ぼし》の中央を合わせる。拇指がそこからずれないように用心しつつ、眼の高さを穿刺針と同じにして、針と床が平行になっているのを確認する。拇指の個所を目標にして、息を殺し、一気に穿刺針を刺し入れる。麻酔を打っていないので、石曾根は苦痛を堪《こら》えるように身体を硬くしたが、仁科の手元が狂うほどではなかった。

針をゆっくりと刺し込んでいくと、やがて針の先に抵抗があった。棘間靭帯に突き当たったのだ。一旦、手を止め、穿刺針が垂直に刺さっていることを確認してから、さらに刺し込む。黄靭帯に到達したと思われるところで、内針を抜き、髄液が流出していないか確認して内針を戻した。ゆっくり進めては内針を抜き、髄液流出の有無を確認しては内針を戻してまた進める。それを繰り返している内に、髄液が流出してきた。穿刺針を左右に九十度ずつ回転させると、いずれの方向にも髄液が流出した。その間、石曾根は呻き声を漏らすだけで、針を刺し込まれる苦痛にじっと耐えていた。

仁科は穿刺針をそのままにして、バッグを引き寄せ、中からアルミのケースを取り出した。ケースの蓋を開け、そこに収まる注射器を見つめると、シリンジ越しに見える緋色の液体がそこから溢《あふ》れ出て、怒濤《どとう》となって仁科を飲み込もうとする幻想に襲われた。頭を振って、幻想を追い遣り、注射器を穿刺針に付属している三方活栓に垂直に差し込んだ。三方活栓のハンドルを回転させて流路を開いてから、プランジャを押し込むと、緋色の液体が穿刺針を通って石曾根の体内に入って行った。

カノンの章V　テニアンの空は晴れたか

§1

三井はソファの背凭《せもた》れに腕を回し、脚を組み換えた。肩を解《ほぐ》すように首を回す。

「で？」

「は？」

背中を丸めて、ちょこんとソファに座る草間が、弾かれたように首を伸ばす。真っ直ぐに三井を見つめる。

「どうするつもりなのかって、訊いてるんだ」

三井は草間を見ようともせず、首を回し続ける。

「それはもう、仁科を逮捕します」

三井は首を止め、眼を見開いて草間を怒鳴りつけた。

「当たり前だ」

東京駅構内の防犯カメラの映像に鮮明化処理を施《ほどこ》して、石曾根の車椅子を置き去りにして行った男が仁科であるらしいことも、新たに判った。

「はっ。すいません」

草間は上着のポケットからハンカチを引っ張り出すと、恐縮し切った様子でそれを忙《せわ》しなく額《ひたい》に当てる。

「布山の件だ。どうするんだ」

三井は苛立《いらだ》った様子で言い、草間を睨《にら》みつける。

「布山は既に送致していますから、後は検察の判断に従うより仕方ないかと……」

三井は城取に視線を投げた。

「お前の報告だと、布山はシロなんだろ」

「仁科の共犯だとは思えません。ふたりが接触していた痕跡はありません。仁科に嵌《は》められたと見るべきでしょう」

「だったら、誤認逮捕ってことだろ」

「はい」

「仁科を逮捕して、それでお仕舞いってわけにはいかないだろ」

草間がハンカチの手を止めて、三井を見る。

「まだ不起訴になると決まったわけじゃありません。検察は布山を起訴するかもしれません」

「しねえよ。次席検事から苦情の電話があった。被疑者を送致しておいて、別の人間の逮捕状を取って、指名手配してるのはどういうことだってな。事前に説明がないのはおかしいだろって、散々文句を言われた」

草間は顔を顰《しか》めて俯《うつむ》く。三井は顎《あご》を上げて口を捩《よじ》った。

「共同正犯てことで良いのかって皮肉を言われた。共犯の逮捕状を取るんなら、事前に説明してる。共犯じゃないから、説明なんかできないってんだ。それを判ってて言うんだから腹が立つ」

「申し訳ありません」

草間が深々と頭を下げた。次席検事の苦情は自分の所為《せい》だと言っているも同然。草間は俯いたまま続ける。

「たとえ検察が不起訴にしても、県警としては、何もすることはないものと思料致します」

「何も?」

「はい。捜査員たちが職務を全うした結果であって、無理に自白を強要したわけでもありませんし、無論、証拠の捏造《ねつぞう》もしておりません」

「違法性はなかった」

草間は顔を上げ、明瞭な声で応える。

「はい」

「真犯人の罠《わな》に引っ掛かっただけのこと」

「はい」

「特に悪いことをしたわけじゃなく、間抜けだっただけのことだから、多少のことには眼を瞑《つむ》ってくれって言うんだな」

草間は再び俯き、ハンカチを額に当てる。

「そういうことは……」

「県民が納得すると思うか」

「いえ、まあ……」

「知事の思う壺じゃねえか。セーフコミュニティの推進を潰《つぶ》すなんて、なおさら難しくなった。そう思わないか」

「はあ……まあ……。申し訳ありません」

草間はもう一度頭を下げたが、三井はそれを気に留める素振りも見せず、城取に顔を向ける。

「知事が送り込んできた教授はどうだ。捜査の邪魔になってないか」

「多少は邪魔ですが、支障を来す程ではありません」

三井は舌打ちをする。

「あの教授が何か問題を起こせば、知事の任命責任を問えるんだがな。そのときには、熨《の》斗《し》を付けて突き返して遣る」

「てるてる坊主」を持ち出して、菊原の殺しから澤柳の殺しまで、繋《つな》がりがあると言い出したのは、四月朔日だった。捜査員が気付かないことに彼女が気付いたのだと言ったら、三井はどんな顔をするだろう。

「あっちはどうなった?」

「あっちと申しますと……?」

草間がへりくだるように声を落とし、言葉尻を濁す。

「大北酒造の専務だ」

草間は膝《ひざ》を打った。

「それは問題ありません。既に退院して自宅療養しております」

「最悪の事態を脱したわけか」

「はい。雪中酒の件では賠償を求められることになりそうですが……」

三井は不愉快そうに顔を顰めた。

「しかし、こう度々不測の事態が発生するのは問題だな。現場の士気に関わる」

「仰《おつしや》る通りでございます」

「誰かに責任を取って貰《もら》わなきゃならない」

「え」草間は眼を剝《む》いた。「責任、ですか」

「そりゃそうだろ。大北酒造が不渡りを出した件、布山を誤認逮捕して送致した件。知らん顔して押し通せって言うのか」

「いえ」草間は眼を伏せて俯く。

「責任は、現場の指揮を執《と》っていた私にあります」

城取が言うと、草間が驚いたように顔を上げた。

「お前が？」

三井が無愛想な口吻《こうふん》で訊き返す。

「はい。いかように処分して戴《いただ》いても結構です」

三井は城取の顔に見入った。

「何処《どこ》に異動になっても文句はないんだな」

「はい」

「判った。いずれにしても、事件が片付いてからだ。仁科の確保に全力を尽くせ」

「はい」

「行け」

立ち上がって、深々と頭を下げる。草間も慌てて立ち上がって、城取に倣《なら》う。ふたりで刑事部長室を出ると、早速、草間が声音を低くして、話し掛ける。

「どうしてあんなことを言った」

「あんなこと?」

「何処への異動でも構わないなんて」

「私の異動で事が収まるのなら、僥倖《ぎょうこう》というものでしょう。今回の事件は世間の注目を集めてしまいましたから」

仁科を全国に指名手配する前後、別に心臓移植を狙って脳死させた疑いもあるという情報が漏れ、新聞、テレビ等のマスメディアが強い関心を示し、連日、報道合戦を繰り広げている。何処から聞き出したのか、未成年のときに両国の刺殺事件を起こした者だということも知れ渡っていた。ワイドショーは、四月朔日と同じように、三つの事件を関連付けるものは「てるてる坊主」だと言って騒いでいる。

草間が険しい顔を向ける。

「戌亥たちが納得するかな。部下に相談もなく進退伺いみたいなことを口走りやがって」

布山享に被疑事実がないと考え、仁科哲弥を被疑者として指名手配した。それを三井に報告するために、城取だけ長野に戻って来た。戌亥たちはまだ東京にいる。本来は、布山の起訴に必要な証拠を得るための補充捜査が目的だったが、いまは仁科を確保することが目的になっている。

「後任に誰を推挙するつもりだ」

草間が眉を顰《ひそ》めて訊ねる。

「越谷なら適任だと思います」

「越谷？　あいつを」

一課の部屋に戻ると、カウンター越しに田所鑑識課長が城取の席に座っているのが見えた。草間が訝《いぶか》るように眉根を寄せ、城取を振り向く。田所は城取に気付き、挨拶代わりに右手を上げた。草間は、俺には用はないのかという顔で課長席に向かう。

「何か進展があったんですか」

「先に報《しら》せておこうと思ってな」

「はい」先を促《うなが》すように頷《うなず》く。

「仁科は県内にいる」

「え」田所の顔にまじまじと見入る。「確かですか」

「松本駅の防犯カメラの映像に、それらしい人間が映っている」

「それはいつの映像ですか」

「二日前だ」

「前と同じように、これ見よがしにカメラ目線ですか」

「いや。今度のは違う。たまたま映り込んでいるんだ。遠くに小さく映っているから、鮮明化処理に手間取ると思うが、俺は仁科だと思う。背格好も歩き方も似ている」

「鮮明化処理にどのくらい掛かりそうですか」

田所は自分の腕時計に眼を遣《や》った。

「一時間、いや、四十五分くれ」

城取は軽く頷いてから、田所の眼を見つめる。

「なるはやでお願いします。こっちは、田所課長の勘を信じて、捜査を進めることにします。松本駅から何処に行ったのか判りませんか」

「いま、ほかの駅の防犯カメラをチェックしてる」田所は立ち上がって、城取の肩を叩いた。「判ったら、直ぐに報せる」

片手を上げ、離れて行く田所の背中に向かって、会釈《えしやく》した。

——そなたの首をチョンと切らう。

四人目の犠牲者は長野県内にいるのか。県内の何処に？

——首をチョン切る場所。

そんなところが長野県内にあるのか。四月朔日ならば思い当たる場所があるかもしれない。城取は草間の席を振り向いた。

「課長」

声を掛けると、草間がきょとんとした顔で見上げる。

「四月朔日教授の連絡先を知りませんか」

「お前、知らないのか」

「はい。聞いてません」

「教授のお守りは、お前の仕事なんだから、連絡先くらい控《ひか》えておけ」

草間は口を尖《とが》らせて天井を仰いだ。記憶を手繰《たぐ》り寄せようとしているのか、眉根を寄せて首を傾《かし》げる。直ぐにハッとしたように顔の緊張を解くと、抽斗《ひきだし》を引き摺《ず》り出した。しばらく中を漁《あさ》って、声を上げる。

「あった」

名刺を一枚摘み上げ、顔の前で振る。城取は席を立って、課長席に行き、机越しにその名刺を受け取った。

「お前にやる。俺は教授に用はない」

異動になったら、四月朔日とも離れることになる。今にして思えば、刺激的な体験だった。

自席に戻って受話器を取る。名刺の電話番号に連絡を入れる。

「城取です」

「あら、どうしたの」

仁科が県内にいるらしいと話してから、「てるてる坊主」について訊ねる。

「四番の歌詞は、首をチョン切るだったな」

「そうよ」

「県内で首をチョン切るとしたら何処だろう。判るのなら教えて貰いたい」

「うーん。そうね……」

そう言ったきり、彼女は黙り込んでしまった。

「知らないのか」

「待って。急かさないで。いま考えてるんだから」

四月朔日はたしなめるように言ったが、どうやら彼女にも思い当たるものは何もないらしい。

「何か思い付いたら、連絡をくれ」

電話を切って思案する。

──誰の首をチョン切るつもりなのか。

大町署に電話して、越谷を呼び出した。仁科が県内にいるらしいと言うと、越谷は大して驚いた様子も見せずに言った。

「妙ですね。長野県警が指名手配してることを知らずにいるんでしょうか」

「そんな筈はない。恐らく、次の被害者が県内にいるんだ」

「次の？　仁科は誰を殺すつもりなんですか」

「それを知りたい。菊原と澤柳は歩兵第五十聯隊にいた。石曾根は父親が五十聯隊にいた。いずれも松本五十聯隊に関係している。ならば、次の被害者も松本五十聯隊に関係している人間の筈《はず》だ。文化財センターの資料で、仁科が狙っている人間を突き止められないだろうか」

越谷は押し黙った。そのまま待っていると、ぽつりと言った。

「判りました。調べてみます」

「頼む」

田所が戻って来たのは、その三十分後。城取の席まで足早に真っ直ぐにやって来た。

「仁科だ。間違いない」

「松本駅の防犯カメラ？」

訊き返すと、田所は城取を見つめたまま、頷く。城取は椅子に座ったまま課長席に身体を向ける。

「課長、仁科は県内にいます」

「何だと」草間が首を伸ばす。「確かなのか」田所が口を挟む。

「松本駅の防犯カメラに映っていた」

草間は眉を顰めて唸《うな》った。

「どういうことだ。長野県警が指名手配してるのを承知してて、長野に来たっていうのか。舐《な》めてるのか」

腹立たしげに言って、田所に眼を遣る。

「松本にいるってことですか」

「いや、松本駅にいたということです。松本駅から何処に移動したのか、そこまでは把握できていません」

草間は唇を嚙《か》む。

「松本から何処に行った。長野、上田《うえだ》、小諸《こもろ》の東北信《とうほくしん》ってことはないな。東北信なら『あさま』を使うだろ。松本ってことは『あずさ』を使ったってことだ。中南信《ちゅうなんしん》か」

「中南信に捜査員を集中配備させましょう」

城取が言うと、草間は弱り切ったように顔を顰めた。

「無茶言うな。木曽《きそ》から伊那《いな》・飯田《いいだ》まですべてカバーするなんて無理だろ」

§2

車窓の先に眼を遣ると、生育した緑色の稲が重なり合って、一面、草原が広がっているかのよう。その先には、水色をしたアルプスの峰が連なり、稜線《りょうせん》のひと際濃い色が、夏の空と峰々とを峻別《しゅんべつ》している。遥子に会うために遣って来たあの日と同じ景色が広がっている。遥子が亡くなり、菊原が逝《い》った。石曾根が死に、澤柳が続いた。思いがけず、彼らの死に立ちあうことになってしまい、その度に、胸を締めつけられる苦痛を味わった。人を殺《あや》めるとはこういうことで、きっと、サタンに魂を削《けず》り取られているのだと思った。

石曾根を殺害した後、仁科は罪の意識に苛《さいな》まれ、親しい人と顔を合わせることができず、弥生の前から姿を消した。製本会社には退職届を出し、アパートを引き払い、進んで罰を受けたいと願いつつホームレスのような生活を続け、方々を転々としていた。自首することができたなら、どんなに気が楽だったろう。しかしそれは、石曾根の死が内因死でないことを明かすことであり、警察が茉莉江のもとに行くということだ。事実を知って、茉莉江が動ぜずにいられるとは到底思えない。仁科には、ただひたすら主の罰を求めて祈り続けることしかできなかった。

弥生との親交を断ち切る一方で、早坂夫妻との連絡は断つことができなかった。茉莉江の容態が気に懸《かか》ったからだ。彼らは、脳動脈瘤の破裂を再発させて石曾根は脳死したのだとしか思っていない。まさか殺害されたとは露ほども思っていないのだ。けれども、茉莉江に書類上だけの結婚をさせてしまったことに後ろめたさを感じているので、仁科との連絡を、弥生には秘してくれている。

術後三日目に連絡を入れると、美智代は震える声で、発熱と倦怠感《けんたいかん》が続いていて茉莉江の容態は芳《かんば》しくないと言った。急性拒絶反応が重いのではないかと、仁科は心配したが、六日目の電話では、免疫抑制剤の投与量を増やしたおかげで快方に向かったと聞いて、胸を撫で下ろした。

その後、茉莉江は重篤《じゅうとく》な感染症に陥《おちい》ることなく、一般病棟に移った。ヨブのように次々と試練に立ち向かわされるのではないかと、内心心配していただけに、退院が決まったと聞いたときには、心の底から喜び、思わず大きな声で叫んでいた。

「おめでとうございます」

「ありがとうございます。本当に石曾根さんには感謝しています。仁科さんにも大変お世話になりました」

電話の先に深々と頭を下げる美智代の姿がありありと浮かぶ。

仁科の罪悪感は決して薄らぐものではなかったが、早坂一家に灯りが灯されたことを素直に喜んだ。退院後は定期的に、様子を伺う電話を入れ、茉莉江の無事を確認した。

いつしか茉莉江の無事を確認するのが、ささやかな愉しみになっていた。受話器越しに美智代の幸福に満ちた声を聞き、茉莉江の朗らかな笑顔を想像することが、罪悪の意識に苛まれ続ける仁科の唯一の慰めだった。遥子には叶わなかった病気の平癒。それを、茉莉江が叶えている。そう思うだけで胸が熱くなった。

暗雲が垂れ込めたのは、移植から三年を経た今年。四月のことだ。公衆電話の受話器から聞こえる美智代の声は、上ずっていた。

「先月、布山という胡散臭《うさんくさ》い身なりの人が来ました。心移植を早めるために偽装結婚したんじゃないかって疑ってます」

仁科には、電話ボックスの中が俄かに暑くなったように感じられた。

――どこで嗅ぎ付けたのか。

掌《てのひら》にじわりと汗が浮き、受話器を落としそうになった。

「兎《と》に角《かく》、その男には二度と会わないようにしてください」

「そのつもりです。いまビジネスホテルに潜《ひそ》んでいます」

仁科が殺人の罪に問われるのは仕方ない。しかし茉莉江だけは守らなければならない。

「対策を考えます。しばらくそこでじっとしていて下さい」

とはいえ、仁科ひとりで手に負える問題ではない。そもそもの発案者である石曾根は既に死んでしまっている。弥生に事情を打ち明けて相談に乗って貰おうかとも思ったが、その考えを直ぐに追い払った。一途な気性の弥生が、仁科より遥かに思い悩むことになるのは眼に見えている。茉莉江すら知らない秘密を弥生が知る必要はない。事情を話すことができる者がいないか、一心に考えを巡らせ、澤柳駿一に思い当たった。

石曾根が金森に会おうと決意して、最初に訪ねたのは澤柳だったらしい。菊原は既に死んでいたので、省一郎のもうひとりの戦友を訪ねたのだと言っていた。澤柳の住所は、父の省一郎の年賀状を調べて判ったらしい。しかし澤柳は石曾根の期待に応えることはできなかった。復員してから後、ずっと田舎に引き籠《こも》ったままで、省一郎や菊原とは手紙の遣り取りを続けていたものの、金森との交流はなく、当然、金森の消息に関して全く情報を持っていなかったのだ。だからこそ仁科のところに来た。

澤柳に茉莉江たちを匿《かくま》って貰おうと思いついた。それまで、無論、澤柳とは面識がない。けれども石曾根や金森の名前を出し、事情を話せば、きっと理解を得られるに違いないと思った。石曾根が遺した手帳に、澤柳の住所があったので、早速訪ねた。ところが、澤柳は突拍子もないことを言い出した。大峰《おおみね》高原の染井吉野が薄紅色の花弁を咲き誇らせる五月の連休明け、澤柳を訪ねたときのこと。

生前の菊原を知っている縁をたよりに、石曾根が仁科に会いに来たことと、彼が自分の心臓を提供するために偽装結婚して死んだことを話した。心臓移植手術は成功し、その後の経過も良好だが、偽装結婚を嗅ぎ付けられてしまった。ついては、茉莉江たちを匿って欲しいと頼んだ。

「無論、匿うのはやぶさかではない。しかし、いずれ、その記者は信州の山中に、その娘が暮らしていると気付いて、追いかけて来るんじゃないのか。記事が出れば、ほかの記者たちも興味本位で追いかけ回すようになる。そうなったら、もう何処に隠れていても、いつ見つかるか、びくびくして暮らさなきゃならなくなる」

「そんなことになったら、一番傷つくのは移植を受けた本人です。彼女自身は、石曾根さんの計略について何も知らないっていうのに」

澤柳は神妙な顔で頷く。

「そうならないように、彼女を完全に守らなければならない」

「はい」

「記者を遠ざけよう」

「それができれば一番良いんですが」

「戦時中なら不穏な者は特高が捕まえてくれた」

「いまは言論の自由があります」

「無論だ。だが法を犯した者は警察が捕まえてくれる」

仁科は考えを巡らせる。

「布山は、多少、強引な取材をしてるかもしれませんが、違法と言えるようなことをしているでしょうか」

「微罪でなんか捕まったって、直ぐに出て来るから駄目だ。布山には人を殺して貰う」

「え」

澤柳は、布山の犯行に見せかけて自分が死ぬと言い出した。仁科の話を聞いて、自ら生命を絶とうとした石曾根に触発されたのかもしれない。

「わしはもう、充分に生きた。わしみたいな年寄りが、恩給と年金を貰って生き永らえていたんじゃ、若い者に申しわけない。これからの時代は、金森の娘のような若い者が、羽ばたいて行かなきゃならない。若い者たちに、次の日本を託《たく》すんだ。もう二度と、人ではなく、国を守れなんて言い出す日本にしないために。わしみたいな大正生まれの遺物が、いつまでも若い世代の負担になって、邪魔なんかしてちゃいけないんだ。金森のことはずっと菊原に任せっ切りにしていた。その埋め合わせもしたい」

テニアンの洞窟で、高山を殺そうとしたのは澤柳だった。銃に不具合がなければ、高山を射殺していた筈。仁科は、澤柳も菊原同様、自分自身を罰しようとしているのかもしれないと思った。しかし仁科は反対した。

「何も澤柳さんが死ぬ必要はありません。それに、いくら何でも、布山に殺人の罪を着せるというのは、ちょっと……」

「秘密を暴いて人を不幸にしようとする布山が悪いんだ。移植を受けた娘がどうして自分が移植を受けられたのか、その経緯を知って、果たして前を向いて生きていけるだろうか」

茉莉江は取り乱すかもしれない。自分の知らないところで勝手に事を進めた両親や仁科を恨むだろう。人間不信に陥っても不思議ではない。

仁科の顔を見て澤柳は口の端を綻《ほころ》ばせた。

「どうだ。布山がしようとしていることは、人殺しに匹敵するほどの大罪だろ。牢屋に入れて、反省させたほうがいい」

「石曾根さんの日記を読みました。あなたもクリスチャンになっている筈です。自分から死ぬなんて、主に対する裏切りじゃないですか」

「自殺するなんて言ってない。お前が殺してくれればいい」

「できません」言下に言う。

「だったら、布山を殺すか」

澤柳には一分も悪びれた様子は見受けられなかった。

「いえ、それは論外でお願いします」

澤柳は、老人に特有の頑固な性質を備《そな》えているようだった。仁科がどんなに反対しても、布山を殺人犯に仕立て上げる案を翻《ひるがえ》そうとはしなかった。

「時間がないんだろ。早くしないと週刊誌に出ちまうぞ。迷ってる暇はない。さっさと手を打たなきゃならない」

「もう少しだけ、考えてみましょう」

澤柳は眼を見開いて、じろりと睨みつける。

「ならば明日、また来い。それまでに考えを整理しておく」

翌朝、もう一度訪ねると、澤柳は、玄関前に停めた軽トラックの下に潜《もぐ》り込んでいた。声を掛けても何の応答もない。不審に思って、軽トラックの下を覗き込んだ。息を呑んだ。澤柳の直ぐ横に電動ジャッキがあり、そのリモコンは澤柳の右手に握られていた。軽トラックのアンダーバーにでも固定しているのだろうか、柳刃包丁が垂直にぶら下がり、その先端が澤柳の胸を突いていた。澤柳は軽トラックの重量を利用して、自分の胸に包丁を刺したのだ。

信仰を棄《す》てたのか、地獄に落ちても平気なのか、澤柳はどういうつもりで自死をしたのだろう。いまとなっては判らない。彼にとって、戦場で金森を守ると決意したことは、たとえ地獄に落ちようとも全うしなければならない約束だったのかもしれない。菊原にとってそうだったように。

澤柳の右手からリモコンを抜き取って、電動ジャッキを始動させた。車体が浮き、柳刃が澤柳の身体から抜けたところで、ジャッキを停止させた。車体の下から遺体を引き摺り出し、その刺傷の痕を見て驚いた。どうやら、正確に心臓を貫いているようだった。苦しむことなく、一気に逝ってしまいたかったのか。澤柳は柳刃の切っ先を、自分の心臓に当てて、ジャッキを降ろしたらしい。

澤柳が自死してしまったので、彼の案を実行に移さなければならなくなった。そうでなければ、彼が自死した事実を全く無意義なものとしてしまうことになる。家の裏に、野沢菜漬けに使っていたものだろうか、空の漬物桶があったので、その中に遺体と業者から買って来たドライアイスを一緒に入れてから策を練った。

どうやって布山に罪をなすりつけよう。鹿児島地裁で指紋の捏造《ねつぞう》が争われた事件があったことを思い出した。指紋が捏造できることをそれで知った。石曾根が死んだときと同様に「てるてる坊主」に拘《こだわ》りたいと思った。生きているなら、金森に全て話したい。歌詞の「甘い酒」が頭に浮かぶと、その連想で大北酒造の社長のことを思い出した。遥子の眼の前で、骨髄移植を自然の摂理に反すると言った男だ。あの男にひと泡吹かせてやりたいと思った。葬祭用具をネット通販している会社に、澤柳の住所を使って柩を注文した。

美智代に布山の話を聞いた後、暫《しばら》く様子を探っていたので、布山が玄関外の洗濯機の槽に鍵を隠していることを知っていた。取材旅行にでも行くのか、布山が大きなスーツケースを引き摺って外出した隙に、その鍵を使ってアパートに忍び込んだ。指紋がついたヘアブラシを盗み、インターネットで見つけた業者に送ると、簡単に指紋スタンプを作成してくれた。

布山に罪をなすりつけることに、一抹の躊躇《ためら》いがあったので、非通知で警告の電話を入れた。

「臓器移植の取材を止めなければ逮捕されることになる」

布山は烈火の如《ごと》く怒って、怒鳴った。

「脳死移植なんて、神を冒瀆する行為だ」

それを聞いて、計画を実行に移す決心をしたのだった。石曾根や澤柳、菊原や遥子のことさえも、悪しざまに言われたように思った。布山より、ずっと主に近い人たちのことを。

澤柳の家で柩を受け取り、遺体を納めてから蓋の裏に指紋スタンプで布山の指紋を押し付けた。死後硬直は既に緩解していて、澤柳を柩に入れるのに骨が折れることはなかった。夜中に澤柳の軽トラに柩を載せて大北酒造の雪室《ゆきむろ》に向かった。雪を掘るときには、新品の長靴とレインコートに身を包んで、糸くずひとつ残さぬように用心した。布山より先に仁科が疑われてしまっては、元も子もない。同じ理由で、漬物桶は解体して燃やし、庭の血は洗い流した。

東京に戻ると、布山はまだ取材旅行から帰って来ていなかった。布山がより強く疑われるように、布山の電話を使って大北酒造に理不尽なクレームを入れることを思いついた。大北酒造だけでは着目されないかも知れないと思ったので、大町市内の酒屋にもクレームを入れた。執拗で異常だと思わせるため、布山が帰って来るまで、一週間続けた。

信濃松川駅で電車を降りて、遥子が入院していた病院まで歩いた。少し頭痛が酷《ひど》くなっているような気がした。病院から、ふらふらと覚束《おぼつか》ない足取りで、遥子と歩いた道をひとり歩いた。あの日のことがありありと脳裡《のうり》に甦《よみがえ》る。仁科が池田町にいることに、警察が気付くのに時間は掛からないだろう。それまでに事を成し遂げたかった。腕時計に眼を遣る。時計バンドが擦《こす》れるところに点状の痣《あざ》ができていた。

山中の澤柳の家まで歩いて行ったら、疲労困憊するのは眼に見えていたが、警察に足取りを摑《つか》まれる恐れがあるので、タクシーを使うわけにはいかない。

§3

松本駅の防犯カメラが仁科を捉《とら》えてから、ひと月余りが過ぎた。その間に、地検は布山を釈放し、新聞やテレビは捜査本部を批判した。批判の声はネットで拡散して市井《しせい》に広がっていき、三井を苛立たせた。捜査本部は、仁科を指名手配したものの、その足取りを見失い、未だ、逮捕できずにいた。草間は毎日、三井に怒鳴られ、見る間にやつれた顔になった。

大町署の講堂にはホワイトボードが持ち込まれ、その板面いっぱいに中南信地区の地図が貼り出されていた。捜査員たちはホワイトボードの前に、幾重もの垣を築《きず》いて、それぞれが地図に眼を凝《こ》らしている。そこには、捜査員が聞き込みで得た情報や、駅や市庁舎などの公共機関、コンビニエンスストアや量販店などに設置してある防犯カメラの映像を解析して、赤色や紺色の丸印を書き込む筈だった。仁科の目撃情報があった地点に印をつけて、仁科が潜む地域を絞り込んでいく筈だった。しかし、目撃情報は、松本駅の防犯カメラを最後に途絶えてしまっていた。

「何処に消えたんでしょう」

戌亥が眉根を隆起させ、険しい顔で呟く。

「どうして逮捕できない。一度、誤認逮捕してるんだから、さっさと逮捕しないと、汚名返上できないぞ」

草間がサインペンで地図を叩《たた》きながら、大きな声を出す。地図を見つめてハッとする。

「おい、大北地域が手薄じゃないのか」

「明日から重点的に回ります」

大町署の捜査員が言う。草間がその署員を睨みつけた。

「何だ、まだ回ってないのか」

「無理ですよ」越谷が口を挟んだ。「いままで中南信全域に散らばっていたんですから、手が足りるわけがない。それに、捜査本部のあるところに寄り付くわけがないからって、人員配置を薄くしたのはどなたでしたっけ」

草間は咽喉《のど》を詰まらせたような顔をして、地図に顔を向ける。

「よし。明日からは大北地域に人員を割く」

各班の地区割りをして、散会した。捜査員たちが退室して行った後で、最後に城取が廊下に出ると、越谷が壁を背にして立っていた。

「異動になるそうですね。噂《うわさ》になっています」

「事件の片がついてからの話だ」

「石曾根茉莉江の件は、警視庁にやらせるつもりはないんでしょ」

「無論だ。こっちで道筋を付けたんだから、警視庁だって文句は言えまい」

「立件は文書偽造で？」

城取は越谷の眼を真っ直ぐに見つめる。

「殺人の立件を目指す」

「できますか？　仮に仁科が血液を石曾根の腰椎《ようつい》に注入したのだとしても、その証拠はありません。石曾根は既に焼かれて骨になってますから、司法解剖もできない」

「ありそうにない証拠を探すのが、俺たちの仕事だ」

「それで出なかったら？　徒《いたずら》に騒いで、石曾根茉莉江を追い込むことになりかねません」

「出るまでやる」

越谷は声を荒らげた。

「そうじゃない。やる必要なんてないって言ってるんです。心臓移植が成功して、新しい人生を歩み出しているのなら、そっとしておいてやればいいじゃないですか。何でもかんでも、立件すれば良いってものじゃないでしょ」

「警察官とは思えぬ物の言いようだな。聞かなかったことにしておく」

立ち去ろうとして、足を踏み出すと、腕を掴まれた。

「塔原のことがあったばかりなのに、何も反省してないんですか。行き過ぎた捜査で、他人を不幸にしても平気なんですか」

「職務に専念する。それだけのことだ」

越谷の手を振り払って、歩き出した。後ろから越谷の怒鳴り声が追いかけて来た。

「あなたは異動なんてする必要はない。私が辞めます」

立ち止まって、越谷を振り向いた。激した感情を抑え切れないというように、両腕を振って仰《あお》いでいる。

「布山を逮捕したのは私です。私が責任を取るのが道理でしょ。後悔なんてしませんよ。こんな行き過ぎた捜査をして、自殺にまで追い込んで平気でいる人たちには、正直、うんざりなんです。あなたが石曾根茉莉江さんを追い込むのも良しとするのなら、私は彼女を守る側に回ります」

城取は無言で背中を向け、歩き出した。

階段を降りると踊り場に四月朔日がいた。

「私は誤魔化されないわよ」

気位の高そうな顔。じっと見つめ返す。

「表面上は警察の論理に従っているけど、その実自分の論理を優先させる。あなたはそういう人よ。そうじゃなかったら、直ぐに布山さんを逮捕していた筈。茉莉江さんのことだって、本当は追及するつもりなんてないんでしょ」

「あるさ」

「そう言うでしょうね。ねえ、彼女が心筋症を発症したのっていつか知ってる？」

「五十嵐ドクターが待機期間は二年五ヶ月だったと言っていた」

「逆算すると、二〇〇七年八月。イスタンブール宣言の前よ。心移植が必要だと言われたとき、早坂夫妻は、海外渡航も考えたんじゃないかしら」

城取は、無言で四月朔日の瞳を見つめる。

「イスタンブール宣言で、臓器移植のための渡航は中止せざるを得なくなった。しかし、移植後、布山が現れた。奇しくも逃げるための渡航を実行した。あなただって、そう思っているのじゃなくて。海外のどこかにいる人から事情を聞くなんてできないわよ」

城取は応えず、四月朔日の脇をすり抜け、階下に向かった。

翌日、講堂に行くと、四月朔日がいて、ホワイトボードの地図に眼を凝らしている。

「大北を回るのね」

「いままで手薄だったからな」

「だったら池田町じゃない？」

四月朔日の顔を覗き込んだ。

「どういうことだ」

「だって池田町は『てるてる坊主』の町だから。作詞した浅原鏡村が池田町出身なのよ。『てるてる坊主の館』っていう文学記念館だって町内にあるのよ」

また「てるてる坊主」かと思いながら訊き返す。

「首をチョン切る場所もあるのか」

四月朔日は小首を傾げた。

「それはどうかしら。ちょっと考えてみたんだけど、金の鈴は東京駅構内で、甘い酒は雪中酒を埋めたところじゃないといけなかったかもしれないけど、首をチョン切るなんて、何処でもできるんじゃないかしら。きっと池田町の何処かで切るのよ」

城取は四月朔日の顔にまじまじと見入った。一か八か、池田町全域に捜査員を入れるという手もある。直ぐに草間に連絡を入れようとして、ハッとした。池田町なら、ほかの何処よりも潜伏に適した所がある。石原を探して、講堂内を見回した。窓際の席に地図を広げ、戌亥と一緒に、それに見入っている。

「石原」

呼び掛けると、顔を上げた。

「プントエヴァを裏口に回してくれ」

「了解です」

石原は飛び跳ねるような勢いで立ち上がり、講堂から駆け出して行った。戌亥が地図から顔を上げ、指示を待つように、城取を見つめている。

「イヌさん」

「はい」

「澤柳の家に行ってみる。待機しててくれ」

「了解しました」

城取は講堂を出て、階段を駆け降りた。

池田町内に潜伏するのなら、澤柳の家が最適。澤柳がいなくなったことに、近隣住民が気付かなかったくらいだ。ほとんど他人が寄り付かないし、万一、寄り付く人間がいたら、藪《やぶ》の中に隠れて、遣り過ごせば良い。死体が澤柳だと判明した直後は、鑑識課員や捜査員が何人も出入りしていたが、いまは立番すら置いていない。

石原の運転で県道を南下し、池田町に入って暫く進んで東に折れ、山道に入った。車も人も通らない道を上へ上へと進んで行く。幅員は狭くなり、舗装はしてあるものの、車体を傷つけ兼ねないほどに樹木の枝や竹が張り出している。その道の途中でプントエヴァを降り、藪に入った。澤柳の家の方角を見定め、身体を低くし、枯木や枯葉を踏んで音を立てぬよう腐心しながら、森を縫って進む。

澤柳の家の裏手に出た。石原を右に回らせ、城取は左手から玄関に回り込んだ。その間、家の中に神経を傾けていたが、人の気配を感じることはできなかった。

玄関の引き戸を開け、中に踏み込んだ。廊下に上がって、居間の襖《ふすま》を開ける。部屋は小奇麗に片付いていて、捜査員たちが後にしたときとは様子が違っている。居間を横切って、勝手に出た。流し台に近寄って、シンクを覗き込むと、水滴がある。水きり籠に立て掛けた俎板《まないた》を見ると、湿っている。籠の中のグラスにも水滴が残っている。

城取はスマホを取り出し、戌亥に電話した。

「つい、先ほどまで、何者かが澤柳の家にいたようだ」

「仁科ですか」

「恐らくな。鑑識を寄越してくれ」

「判りました」

「それと、課長に連絡して、捜査員を全員、池田町に入れるように言ってくれ」

「ローラー作戦ですね」

「ああ」

§4

「あづみ野池田クラフトパーク」は池田町の東の斜面に広がる公園。広大な敷地は一面、芝生に覆われて牧場と見紛《みまが》う。その中腹に東屋《あずまや》があり、その中のベンチ脇に、人の背丈くらいの大きな木彫りのてるてる坊主が立っている。仁科はてるてる坊主の隣に座って、西の峰を見晴るかした。

有明山が従える稜線の上には雲が広がり、その下に覗く空は茜色に染まっている。雲の下端は黄金色に輝き、雲の上端は銀色に輝いている。雲を中心に四方八方に光の束が弾け飛ぶ線が描出されていて、その美しさに、仁科は見惚れた。まさにヤコブが夢に見たという天使の梯子《はしご》のよう。

仁科が全国指名手配された数日後、地検は布山を嫌疑不十分として釈放した。新聞やテレビは連日、澤柳の事件ばかりか、石曾根の事件についても報じ始めている。しかし、ドナーの氏名もレシピエントの氏名も伏せられていたし、布山の記事に比べれば遥かに当事者への配慮が窺《うかが》われる内容で、胸を撫で下ろした。早坂夫妻がそれらの情報から娘を遠ざけるであろうことを考え合わせると、いまはまだ、茉莉江が真相を知ってしまう心配はしなくても良いのではないかと思った。しかし、釈放された布山は再び茉莉江の記事を書こうとするだろう。ただ、それだけが気懸かり。茉莉江たちは南国の島で療養している。布山に彼女たちを探し出せるとは思えない。いままでの取材を基にして、当て推量の記事を書かれたら、そのほうが更に迷惑。

それが、茉莉江たちにどう影響するのか考えると、胸を締めつけられる。しかし、もはや相談できる人が誰もいないし、指名手配の身となった上、残された時間も短い。それに、仁科にはほかにすべきことがある。そのため、警察の捜索が済んだ後は、他人の寄りつかない澤柳の家に潜り込んで、じっと息を潜めていたのだ。ひと月余りの間、長野県警の管轄下に隠れていることはリスクが大きかったけれども、金森に会う機会を逃さないためには、そうしているより仕方なかった。遠くに逃げたりしたら、その日に、戻って来ることができるかどうか自信がなかった。それほど仁科は疲れ切っていた。

仁科は、天使の梯子から眼を離すと、ベンチに身体を横たえた。眠気に襲われ、上体を垂直に保っているのも辛いほどだった。少し歩き過ぎたのかもしれない。額に手を当てると、掌に熱が広がる。瞼《まぶた》が重く、眼を開けていられない。

——金森は約束を覚えているだろうか。それとも、他界してしまっているだろうか。

もし生きているのなら、是が非でも会いたいと思った。会って伝えなければならないことがある。遥子と菊原が手を貸してくれる。きっと、金森は現れる。

——言わなきゃ、会って……。

睡魔が意識を奪いにきた。

「おい。おい、起きろ」

遠くに声を聞いて、まどろみから引き戻された。薄眼を開けると、初老の男に顔を覗き込まれている。ベンチに寝転んだまま、その男の顔に焦点を合わせる。ハッとして、身体を起こそうとしたが、力が入らなかった。

「約束、覚えていたんですね」

ベンチに寝転んだまま、下から男の顔を凝視する。年相応に老けていたが、眼鼻立ちに金森の相貌をうかがうことができた。

「四半世紀も昔の話。覚えてるわけないだろ」

「でも、来てくれた。今年、二十五年後の九月八日、金森さんの好きな日」

「好きだなんて言ってないだろ」

「言いました。誰かの誕生日だからって。調べたら、聖母マリアの誕生日だった」

「サンフランシスコ講和条約の調印日だ」

仁科は寝転んだまま、顎を引く。

「不思議ですよね。日米戦争は、聖母マリアに試されていたかのようだ。開戦日の十二月八日は無原罪の御宿りの祝日で、終戦日の八月十五日は聖母被昇天の祝日。金森さんが嫌いだと言った聖母の祝日は、八月十五日のことですか。石曾根省一郎さんが日記を残していました」

金森は少し驚いたようだった。ハッとしたように眼を見開いた後で、眉根を隆起させ、透かし見るように眼を細める。

「読んだのか」

「はい」

金森は憫笑するように口元を歪《ゆが》めた。

「びっくりしたろ。俺は、お袋を撃ち殺したんだ。そんな日を祝日だなんて思えるわけがない」

「聖母の誕生日を好きな日だと言ったのも、判るような気がします」

金森は鼻を鳴らす。

「俺は、お袋の誕生日を覚えてないんだ」

金森の中で、マリアの誕生日は母親の誕生日に置き換えられているのではないかと思った。聖母の誕生日に、プロテスタントの遥子と菊原を呼んでパーティを開くと言った稚気《ちき》は、母親に対する心情からだろう。聖母を敬うカトリックのほうが金森にはしっくりとして、それは譲れないところだということを、プロテスタントのふたりに示したかったのかもしれない。

「お前、すっかり有名人だぞ。テレビで連続殺人の犯人だって騒いでる」

苦笑するより仕方なかった。

「菊原の爺《じじい》のほかに、澤柳さんもやったんだって？」

「そういうことになってるんですね」

「違うのか」

「雪の中に埋めただけです」

金森は口角を吊り上げて、ニヒルな笑みを浮かべる。

「そんなことだろうと思った。お前、本当は菊原の爺だって殺してないんだろ」

「いいえ。あれはやりました」

金森は、仁科の瞳をまじまじと見据える。心の底まで見通そうとする眼に見つめられて動揺し、思わず視線を外した。白状してしまったようなもの。

「まあいい。済んだことだ」

金森がアルプスの稜線に眼を向けたので、話を変えた。

「場所は池田町っていうだけで、詳しくは決めてなかったのに、どうしてここにいるって判ったんですか」

金森は、西の峰を見たまま応えた。

「ワイドショーが盛んに『てるてる坊主』に見立ててるって言ってる。その被疑者が仁科哲弥だっていうじゃねえか。おかげで二十五年後にパーティを開こうって話したことを思い出しちまった。俺に思い出させようとして、歌詞に見立てるなんて、手の込んだことをしたのか」

その通りだ。金森が生きているのなら、伝えなければいけないことがあるとずっと思っていた。金森は仁科に眼を向ける。

「『てるてる坊主』には四番まである。四番目はお前自身のつもりでいたんだろ。三人も殺した凶悪犯なんだから、最後はてめえで落とし前をつけるってのが、筋だろ。てるてる坊主の首をチョン切って、その後で死ぬつもりでいるんじゃないかって思ったのさ」

金森は木彫りのてるてる坊主を振り向き、その頭を叩いた。

「切るのなら、こいつは手頃だしな。俺はこの町内に、ほかにどんなてるてる坊主があるのかしらないから、切るのならこいつだと思って、ここに来た」

「僕もそうです。ネットで調べたら、そのてるてる坊主が出てきました」

「お互い、この町に詳しくなくって良かったな。考えが一致した」

仰向けのまま、顎を首の付け根に押し当てて、金森を視界に入れる。

「あなたに話さなければいけないことがあります。あなたの娘さんに会いました」

金森は眉を顰め、険《けわ》しい顔つきをした。

茉莉江が心臓移植を必要としていたことと、石曾根省一郎の息子が自分の心臓を提供したことを話した。その間、金森は薄く眼を閉じて、無言で話を聞いていた。

「そんなことがあったのか」

「それをライターに嗅ぎ付けられてしまいました。澤柳さんは、その記者を殺人犯に仕立て上げることを思いついたんです。記者を逮捕させて、取材も連載もできないようにしようと目論んだんです」

「菊原の爺も澤柳さんも、死に場所を探していたってわけだな」

「死に場所を……」

金森は口を真一文字に結んで、ベンチから離れ、東屋の前に行き、アルプスの峰を見渡した。仁科はベンチに寝転んだまま、首を捻って、金森の背中を見つめる。金森は低い声で語り出した。

「テニアンは地獄だった。米軍の艦砲射撃や爆撃は徹底していて止むことはないし、日本軍は軍人にも民間人にも玉砕しろと言う。誰もが虫けらみたいに死んでいった。人の生命の価値が信じられないくらい薄かった。俺たちはそこで生き延びようと思った。それは無論、間違ったことだったとは思っていない。けれども、死んでいった何千もの人たちに対して、後ろめたさを抱かずにいられるわけがない。捕虜になったときも、終戦になって復員したときも、戦後の高度経済成長期も、バブルのときも、平成になってからも、心の底に、暗く薄ら寒いやましさを抱えて生きてきたんだ。何処でどんな風に死ねば、テニアンで死んだ人たちに申し開きができるのだろうってね。俺は軍人じゃなかったし、朝鮮で生まれたから判らないが、菊原の爺はそう言っていたぜ」

「生き残った後ろめたさ……」

「ああ。澤柳さんだって、きっとそうだったんだろう。これが最後のチャンスだと思ったんじゃないのか。戦後、何をしてきたのかってことだろ。テニアンで死んでいった者たちに申し開きができることをしてきたのかってことじゃないのか。歳食って、いつ死んでもおかしくない澤柳さんが一番恐れたのは、何も残さなかったと思いながら、ひとりでひっそりと孤独死することだったんだろうな。死んでも誰にも気付かれず、ただ骨が朽《く》ちていく。そんな死に方は誰だって嫌だろ。死んだと直ぐに気付いて貰え、それで誰かの役に立つのなら、多少、死期を早めるくらいのことはするさ」

金森の声はいつしか涙声に変わっていた。

「クリスチャンなのに……」

「地獄に落ちる覚悟で死んでいったのさ。南の島なんかじゃなくって、故郷で死ねただけ、儲けものだろ」金森は口を噤《つぐ》んだ。ややあって、続ける。「テニアンじゃ、石曾根さんがしょっちゅう『てるてる坊主』を歌っていた。よっぽどスコールが嫌いで空が晴れるのを待ち焦がれてるのかと思っていたが、違ったな。『てるてる坊主』はこの町で生まれた人が作ったんだってな。石曾根さんは故郷を思って歌っていたんだな」

しかし、布山が再び記事を書き始めたら、石曾根や澤柳の覚悟は意味のないものになってしまう。

金森は眼頭を押さえて、やおら仁科を振り向いた。

「ちんけなライターを黙らせるのは、他愛もない。問題は警察だ。ワイドショーが騒いでるくらいだから、警察だって徹底的にやってくる」

「茉莉江ちゃんが全てを知ってしまったら……」

仁科は唇を嚙んだ。金森が落胆したような口吻で言う。

「週刊誌やワイドショーを遠ざけ、できることなら親子三人で海外に移住することだな」

それよりほかに途《みち》はないのかもしれない。しかし仁科には、その手助けをして遣ることのできる時間が残されていない。

「もうひとつ、あなたに言わなければならないことがあります」

金森は眉を顰める。

「遥子さんと茉莉江ちゃん。どうしてこのふたりが白血病を発病したのか考えていました。白血病というのは、それほど珍しい病気ではありませんが、あなたの周りにいた人が立て続けに発病するというのは、度が過ぎていると思いました。けれど、そうじゃなかった。ちゃんと理由があった。あなたが浦上天主堂から持ち帰ったものです」

金森は自嘲《じちょう》するように薄ら笑いを浮かべた。

「親子で日本に来たとき、最初に行ったのが長崎だった。両親も俺も、ソウルの明洞大聖堂で洗礼を受けていた」

「無原罪の御宿り大聖堂……」

仁科が呟《つぶや》くと、金森は頷いて続ける。

「俺たちはクリスチャンだったから、長崎に着いたとき、最初に浦上天主堂に行って記念写真を撮ったんだ。その教会が原爆でやられちまった」

「ほぼ爆心地です」

「天主堂の廃墟を取り壊すって聞いて、いても立ってもいられなかったんだ。あのときは俺もまだ、ガキだったから、妙にセンチになっちまってな。第一、俺はテニアンで、米軍が飛行場を作っているのを見てるんだぜ。あのテニアンの飛行場から飛び立った『ボックスカー』が長崎に『ファットマン』を落としたんだ。両親と妹が死んだテニアン。その島を飛び立ったB29が、家族の思い出の地に原爆を落としたんだ。だから何でもいいから持ち帰って来たかった」

「それは鉄屑《てつくず》なんかじゃなかった。きっとロザリオだったんです。銀の」

仁科は襟元に手を入れて、中から十字架を引き摺り出した。それを顔の上に掲げて見つめる。

「遥子さんが持っていたものを、形見分けで貰いました。企業の研究所に頼んで成分分析をして貰いました。思った通り、原爆の中性子で放射化され、放射性同位体に変わっていました。半減期が四百十八年と長い放射性銀です。今でも放射能を持っています。放射線量は僅《わず》かで、直ちに害のあるものではありません。しかし遥子さんは、長年肌身離さず持ち続けていました。茉莉江ちゃんも、これと同じものを持っていました」

「養子に出すとき、一緒に持たせた」

「菊原さんはプロテスタントだから、十字架を身につける風習はなく、抽斗に入れっ放しにしていたから被曝しなかった。同じプロテスタントでも、身につけることを禁じられているわけではないから、遥子さんは身につけていた。そのために被曝し、茉莉江ちゃんはお守りのように思って身につけていた。だから被曝した。僕には、そう思えてなりません」

「つまり」金森が声音を落として言った。「遥子を殺したのは俺、というわけだな。それで恨みつらみを募《つの》らせ、俺に仕返ししたかったってとこか」

仁科は首を捻って、金森を見た。首を振って続ける。

「とんでもない。あなたに言いたかったのは、検査を受けて欲しいということだけです。菊原さんは、あなたは十字架を四つ作ったと言っていました。あなたと両親、妹の分として作ったんでしょう。しかし三つを手放した。後ひとつ残っている筈です。あなただって被曝している筈です。でも元気そうで良かった」

「良かった? 俺は遥子を殺したんだぜ」

「みんな、菊原さんも、石曾根さんも、澤柳さんも、あなたを守ることだけを考えた。あなたの代わりに茉莉江ちゃんを守って死んでいった。だから、僕も、あなたにはいつまでも生きていて欲しい。あなたは決して、他人から敬《うやま》われるような人ではないし、むしろ疎《うと》まれる人だということは、充分承知しているつもりです」

「莫迦《ばか》にしてるのか」

「それでも、あなたは菊原さんたちの思いを背負っているから。だから、あなたは病気とか、事故とか、そんなことで死んじゃいけないんです。だから念のために、検査を受けてください」

金森は苦笑して俯いた。

「お前は受けたのか」

「受けなくたって、こんな状態ですからね。発病していることに厭《いや》でも気付きます」

「俺に会うために、潜伏していて、医者にも見て貰ってないってわけだ」

「はい。もしここで金森さんに会えなくても、てるてる坊主の首を切って、その傍《かたわ》らに僕が死んでいれば、新聞やテレビが取り上げて僕が白血病だったと報道してくれるでしょう。それを何処かで金森さんが知れば、金森さん自身にも発病のリスクがあると気付いてくれるに違いないと思っていました」

§5

池田町内に捜査員を集め、住居や店舗、公共施設を虱潰《しらみつぶ》しに捜索させると同時に、要所要所に捜査員を配し、連絡を待った。しかし、読みが外れたのか、有力な情報は何も入って来なかった。

陽が西に傾こうかという頃になって、「あづみ野池田クラフトパーク」に歩いて行く人影があり、それが仁科に似ていたという情報が入った。城取は捜査員たちに連絡を取って、東山に向かわせるとともに、自らもそこに向かった。

城取は、芝生に寝そべってオペラグラスを東屋に向けた。ベンチに寝転んでいる男は間違いなく仁科哲弥だ。一緒にいる初老の男は、堅気《かたぎ》とも思えない雰囲気を纏《まと》っている。だが、城取には見覚えがない。仁科はあの男の首をチョン切るつもりなのか。しかし、仁科は寝転んだまま、起き上がろうともせず、男を襲う素振りを全く見せない。暫く様子を窺っていて、ハッとした。仁科は他人の首ではなく、自分の首をチョン切るつもりなのではないか。だから寝転んだままでいるのではないか。

立ち上がって、上着の襟《えり》に隠したマイクに向かって確保を命じた。四方から捜査員たちが姿を現し、東屋に近付いて行く。

周りから近付く男たちに気付かないわけもないのに、東屋のふたりに動じる素振りはなかった。仁科はベンチに横になったままだし、初老の男はその傍らに腰掛けているだけ。ほかの捜査員たちとともに、城取は東屋の前に立った。ベンチに寝ている男を見下ろした。初老の男を見て訊ねる。

「仁科哲弥さんですね」

「ああ。いま寝てるんだ。もう少し寝かせてやってくれないか」

男は突然、咳き込んで口に手を当てた。咳が収まって、手を放すと、唇に赤いものが付着していた。男の掌に眼を凝らすと、そこにも血が付いている。

「お身体の具合が悪いんですか」

「ちょっとな。しかし、仁科が起きても、このことは言わないでくれ」

仁科を見ると、従容とした穏《おだ》やかな顔をしていた。一陣の風が来て、仁科の髪の毛を揺らし、その髪の毛が頬に落ちた。それでも仁科は眼を開けなかった。満足げに眠っているように見えた。

解　説——社会派テーマとミステリー的趣向の融合

文芸評論家　円堂都司昭《えんどうとしあき》

本書『原罪《げんざい》』の著者である遠藤武文《えんどうたけふみ》は、二〇〇九年に『プリズン・トリック』で第五十五回江戸川乱歩《えどがわらんぽ》賞を受賞し、作家デビューを果たした。応募時に「三十九条の過失」と題されていたその元原稿は、遠藤が初めて書いた小説であり、受賞決定後に改稿しグレードアップを図ったうえで『プリズン・トリック』と改題され、出版された。内容は、交通刑務所内で密室殺人事件が起きるというものだ。政治汚職も関連してくる同作は社会派と呼んでいいテーマを含んでいたが、同時に密室という、いかにもミステリー小説らしい趣向を中心に据《す》えてもいた。現実世界の問題を踏まえた社会派の側面と、魅力的な謎と意外な結末からなるミステリー小説としてのフィクションならではの面白さ。遠藤武文は二つの両立を目指すところから出発した作家である。その延長線上で生まれた成果が、『原罪』といえるだろう。

酒造会社が酒を埋《う》めて寝かせておくために積み上げた雪室《ゆきむろ》から、心臓を刺された死体が西洋風の柩《ひつぎ》に入れられた状態で発見される。事件はやがて、脳死した夫の心臓が妻に移植された不審な事例との関連をみせるだけでなく、昭和天皇崩御の日に起きた過去の刺殺事件とも結びつく。そのような物語が展開される本書は、二〇一三年発表の『原罪』の文庫化であり、長野県警捜査一課の城取圭輔《しろとりけいすけ》を主人公にしたシリーズの第二作にあたる。

第一作の『天命の扉』（二〇一二年）では、県庁での定例議会中に照明が消え、議員が射殺される事件が発端となった。議場にいた誰かが凶弾を発射したはずなのに銃を発見できず、犯人を特定することもできない。また、事件にあわせて、絶対秘仏である善光寺《ぜんこうじ》の本尊を公開せよという脅迫文が寄せられる。城取は事件捜査にあたるが、犯人が市民多数を巻き込む形で起こした次の事件で妻の麻美《あさみ》を亡くす。同作には、銃発射をめぐるトリックや暗号のような形で作られた脅迫文など、ミステリー的な仕掛けがあちこちに用意されていた。

同時に『天命の扉』では、主人公の刑事が所属する組織の硬直性や閉鎖性といった警察小説の定番的な描写に加え、県知事がセーフコミュニティを推進しようとしていると設定されていた。それは地域生活の安全を守るために新たな本部を設置し、強い権限を持たせようとする構想であり、県警本部の既得権益を揺るがす施策でもある。したがって、事件捜査の最中にも、知事と県警の間ではたびたび摩擦《まさつ》が発生する。同作の社会派的側面だ。

シリーズ第二作の『原罪』では、セーフコミュニティ推進が決定した結果、信州大学の四月朔日香織《わたぬきかおり》が、知事の特命として捜査に同行する。三十前後にしかみえない若さで社会心理学の教授である彼女は、捜査陣にとっては邪魔でしかない口出しを繰り返し、城取を苛立たせる。また、本作では死体発見現場である雪室に貯蔵された酒の扱いをめぐり、酒造会社側と城取の間で険悪なやり取りがされる。この場面をはじめ、城取は捜査に熱心であると同時に気難しさも目立つ。妻を失った哀しみを仕事にぶつけているためでもあるだろう。もちろん『原罪』だけでも独立した物語として楽しめるが、前作とはここで触れたような連続性もあるので、未読の方には本書の後に『天命の扉』に手を伸ばすことをお勧めしたい。

『原罪』では、骨髄移植や脳死による臓器移植といった医療問題、太平洋戦争の戦場における理不尽で悲惨な状況を通して、命の意味が問い直される。一方、なぜか死体を詰めた柩が酒とともに雪のなかへ埋められていたという、フィクションとしては魅力的な発端で開幕した一連の事件が、やがてある歌と関連しているとわかってくる。本作でも生命の価値という社会派的テーマと、見立て殺人というミステリー的な趣向が組みあわされているのだ。

また、善光寺の秘仏が大きなモチーフとなった『天命の扉』では、仏教伝来など日本における宗教受容をめぐる議論が、後に作中のある人物の性格形成を考えるうえで大きな意味を持った。これに対し、『原罪』には、キリスト教を信仰する人物が複数登場する。本作は、城取たちによる現在の事件捜査を追う「カノンの章」と、昭和末期に仁科哲弥《にしなてつや》という青年が白血病を患う瀧川遥子《たきがわようこ》と出会ったことから始まる「アポクリファの章」が交互に語られて進む。アポクリファとは「聖書」に加えられなかった外典を指す言葉なので、カノンは「聖書」の正典を意味する言葉として選ばれたのだろう。『原罪』というタイトルも当然、キリスト教で考えられている原罪を踏まえているはず。『天命の扉』でも『原罪』でも、宗教に関する記述は、登場人物の行動の理由にかかわっていると同時に、ミステリー小説としての妖しい雰囲気づくりに役立っている。

城取圭輔が活躍するシリーズは『原罪』以後も書かれており、本作発表の翌年の二〇一四年には短編集『龍の行方』がまとめられている。『原罪』では、関係者への聞き込みに同行して警察の仕事を妨害するかのごとき発言を連発する四月朔日教授が、意図せずして城取たちに捜査のヒントを与える結果になった。『龍の行方』は、そのやりとりを定番化して書かれている。四月朔日教授は事件に遭遇するたび、八面大王《はちめんだいおう》や鬼女紅葉《きじょもみじ》、霊犬早太郎《れいけんはやたろう》といった地元の伝説との類似を指摘し、民俗学的な蘊蓄《うんちく》を聞かせる。事件の本筋とは関係ないとも思われる彼女の話は、なぜか城取の捜査に示唆《しさ》を与え、事件解決に結びつく。

ホームズには、彼をよく理解するワトソンという友人がいて捜査にもよく付きあっていた。この人間関係はミステリー小説のひとつのパターンとなっており、名探偵がワトソン役と呼ばれる相棒を帯同することが多い。これに対し、四月朔日は城取の立場を理解しないばかりでなく、基本的にあまり他人の話を聞かず、自分の言いたいことばかり喋《しゃべ》っている。名探偵のような洞察力はないが人柄はいいという通常のワトソン役＝相棒からはほど遠い。それなのに、まぐれ当たりのように彼女の言葉が助言として働くことが繰り返される。『龍の行方』所収の五短編は、『原罪』にみられた城取と四月朔日の関係の滑稽《こっけい》さを一種のお約束にしたシリーズ内シリーズとなっていた。

一方、二〇一五年発表でシリーズの長編第三作『サブマージ』には、四月朔日は登場しない。同作では城取が、地元選出で入閣が予定される代議士の身辺調査を命じられる。不正献金の疑いがかけられたその人物は起訴されなかったものの、秘書が二人続けてスクーバダイビングの事故で死んでいた。同作にも靖国《やすくに》神社問題が一つの要素として盛り込まれているが、宗教は大きなモチーフではない。『原罪』で戦争体験が描かれていたように、台湾《たいわん》出身者が多く登場する『サブマージ』でも戦時中からの日本と台湾の関係が物語に影を落とす。そうした現実の歴史を踏まえた社会的テーマと、連続したダイビング事故の謎解きというミステリー的興味からなる作品である。

著者の歴史への関心という意味では、二〇一六年に非シリーズ作品の『狙撃手のオリンピック』が発表されている。警察官となったがライフル射撃に優れていたため、モスクワ五輪を目指すことになった神稲貴之《くましろたかゆき》。新左翼活動家となり、テルアビブ空港乱射事件の被疑者として逮捕された経験がある荻窪克巳《おぎくぼかつみ》。政治的色分けでは右と左を象徴するといえる二人が、長野五輪開会式でのテロ計画で対峙《たいじ》するストーリーだ。敗戦後に復興をなしとげたその区切りとして一九六四年の東京五輪が催《もよお》されたことが語られ、その後に開かれた五輪への言及でも歴史の推移が意識されている。男二人の行動を描いたサスペンス小説としての面白さがありつつ、この国の戦中戦後も風刺した力作だ。

一方、遠藤武文のミステリー的趣向については、「フラッシュモブ」が本格ミステリ作家クラブ編『ベスト本格ミステリ2014』に選ばれたことも記しておきたい。毎年刊行されているこのアンソロジーは、ミステリー小説のなかでも特に謎解きや意外性を重んじる本格ミステリーの作家たちの団体が、その年の優秀な本格ミステリー作品を選んで編んでいる。二〇一四年の優秀作の一つとされた「フラッシュモブ」では、遠藤武文にとって城取圭輔と並ぶ警察小説のシリーズ・キャラクターである安孫子《あびこ》弘《ひろし》が名推理を披露する。プロポーズされる女性へのサプライズとして、大勢が主役男女二人を囲み踊っている最中に参加者の一人が殺される。犯人死亡で終わったはずの同事件から安孫子警視正がダイイング・メッセージを発見し、隠されていた真相を暴く短編だ。ミステリー作家としての遊び心が現れた同作は、遠藤の短編集『フラッシュモブ　警察庁情報分析支援第二室〈裏店〉』（二〇一四年）にも収録されている。

ここまでみてきたように、遠藤武文にとって現実を見すえた社会派のテーマとフィクションならではの楽しみであるミステリー的趣向は、創作の両輪であり、城取圭輔シリーズはそれら二つが融合した好例なのだ。城取は、上層部がなかったことにしたがる捜査上の疑問点を掘り起こしたりするが、必ずしも正義に固執《こしつ》して孤立するわけではない。逆に警察の論理に則《のっと》って、事件関係者に非情とも感じられる態度をとる場面もある。時には、意外な優しさもみせる。なかなか複雑な人物なのだ。

現時点でのシリーズ最近作『サブマージ』は、城取の転身を告げるようにして終わっている。著者にはぜひ、新たな城取像を作りつつシリーズを継続してもらいたいものだと思う。

《参考文献》
『心臓移植』松田暉監修　布田伸一・福嶌教偉編　丸善出版
『白血病からの生還』大谷貴子著　リヨン社
『神に失望したとき』フィリップ・ヤンシー著　山下章子訳　いのちのことば社
『死体の視かた』渡辺博司・齋藤一之著　東京法令出版
『案外、知らずに歌ってた童謡の謎』合田道人著　祥伝社
『松本連隊の最後』山本茂実著　角川書店
「サイパン燃ゆ」執筆　ウイリアム・H・スチュアート
「WHO〈セーフコミュニティ〉モデルの普及に関する研究」執筆　白石陽子　立命館大学政策科学15巻
「地方自治体における〈セーフコミュニティ〉活動の意義と限界」執筆　白石陽子　立命館大学政策科学16巻
「108mAgを用いる新しい原爆中性子評価」執筆　小村和久　放射化学ニュース第13号
「証言記録　市民たちの戦争」NHK戦争証言アーカイブス
《引用文献》
『口語訳　大型聖書』日本聖書協会

JASRAC 出 1709984-701

注　本書は二〇一三年十二月、小社から四六判で刊行されたものです。この作品はフィクションであり、実在の人物、事件、団体とはいっさい関係がありません。また、本作の放射線についての記述は、ひとつの可能性を示唆していますが、その結果を立証するものではありません。

――編集部

一〇〇字書評

切り取り線

原罪

購買動機（新聞、雑誌名を記入するか、あるいは○をつけてください）

□（　　　　　　　　　　　　　　　　）	の広告を見て
□（　　　　　　　　　　　　　　　　）	の書評を見て
□知人のすすめで	□タイトルに惹かれて
□カバーが良かったから	□内容が面白そうだから
□好きな作家だから	□好きな分野の本だから

・最近、最も感銘を受けた作品名をお書き下さい

・あなたのお好きな作家名をお書き下さい

・その他、ご要望がありましたらお書き下さい

住所	〒				
氏名		職業		年齢	
Eメール	※携帯には配信できません	新刊情報等のメール配信を 希望する・しない			

この本の感想を、編集部までお寄せいただけたらありがたく存じます。今後の企画の参考にさせていただきます。Eメールでも結構です。

いただいた「一〇〇字書評」は、新聞・雑誌等に紹介させていただくことがあります。その場合はお礼として特製図書カードを差し上げます。

前ページの原稿用紙に書評をお書きの上、切り取り、左記までお送り下さい。宛先の住所は不要です。

なお、ご記入いただいたお名前、ご住所等は、書評紹介の事前了解、謝礼のお届けのためだけに利用し、そのほかの目的のために利用することはありません。

〒一〇一‐八七〇一
祥伝社文庫編集長 坂口芳和
電話 〇三（三二六五）二〇八〇

祥伝社ホームページの「ブックレビュー」からも、書き込めます。

http://www.shodensha.co.jp/bookreview/

祥伝社文庫

原罪《げんざい》

平成29年9月20日　初版第1刷発行

著　者　遠藤武文《えんどうたけふみ》
発行者　辻　浩明
発行所　祥伝社《しょうでんしゃ》
東京都千代田区神田神保町3-3
〒101-8701
電話　03（3265）2081（販売部）
電話　03（3265）2080（編集部）
電話　03（3265）3622（業務部）
http://www.shodensha.co.jp/
印刷所　萩原印刷
製本所　ナショナル製本
カバーフォーマットデザイン　芥 陽子

Printed in Japan ©2017, Takefumi Endo　ISBN978-4-396-34346-0 C0193

祥伝社文庫の好評既刊

東野圭吾　ウインクで乾杯

パーティ・コンパニオンがホテルの客室で服毒死！　現場は完全な密室。見えざる魔の手の連続殺人。

東野圭吾　探偵倶楽部《くらぶ》

密室、アリバイ崩し、死体消失……政財界のVIPのみを会員とする調査機関・探偵倶楽部が鮮やかに暴く！

内田康夫　志摩半島殺人事件

英虞《あご》湾に浮かんだ男の他殺体。美少女海女《あま》の取材中だった浅見は事件の調査を始めるが、第二の殺人が！

内田康夫　汚れちまった道（上）

山口で相次ぐ殺人・失踪。中原中也《なかはらちゅうや》の詩との関連とは？　浅見が親友・松田《まつだ》とともに、類を見ない難事件に挑む！

内田康夫　汚れちまった道（下）

三つの殺人、意外な証言者、不気味な脅迫……敵の影が迫るなか、浅見は山口の闇を暴き出すことができるのか？

内田康夫　氷雪《ひょうせつ》の殺人

エリート会社員の利尻山《りしり》での不審死。「プロメテウスの火矢は氷雪を溶かさない」という謎の言葉に浅見は⁉

〈祥伝社文庫　今月の新刊〉

西村京太郎
十津川警部　七十年後の殺人
二重国籍の老歴史学者。沈黙に秘めた大戦の闇とは？　時を超え十津川の推理が閃く！

遠藤武文
原罪
雪室に置かれた刺殺体から始まる死の連鎖。三つの死が示す真実を刑事・城取が暴く！

加藤実秋
ゴールデンコンビ
婚活刑事＆シンママ警察通訳人
イケメンなのに結婚できない刑事・直哉とバツ2でシングルマザーのアサが難事件に挑む！

葉室　麟
春雷《しゅんらい》
羽根藩シリーズ第三弾
怨嗟の声を一身に受け止め、改革を断行する新参者。鬼と謗られる孤高の男の想いとは？

小杉健治
伽羅《きゃら》の残香
風烈廻り与力・青柳剣一郎
欲にまみれた、富商、武家、盗賊の三つ巴の争い。剣一郎が見た悲しき結末とは……。

坂岡　真
恋はかげろう
新・のうらく侍
女の一途につけ込むワルは許さない！　なまけ者の与力が奮闘努力で悪を懲らしめる。

芝村涼也
鬼変
討魔戦記
瀬戸物商身延屋で起きた惨殺事件。新入りの小僧・市松だけが、忽然と姿を消した……。

原田孔平
紅《くれない》の馬
浮かれ鳶の事件帖
一橋家の野望を打ち砕け。剣客旗本、本多控次郎見参！　早駆け競争に仕組まれた罠とは

五十嵐佳子
読売屋お吉　甘味とぉんと帖
菓子処の看板娘が瓦版記者に!?　無類の菓子好き、読売書きお吉の出会いと成長の物語。

簑輪　諒
最低の軍師
押し寄せる上杉謙信軍一万五千！　北条家に力を貸した幻の軍師白井浄三の凄絶な生涯

井沢元彦
驕《きょう》奢《しゃ》の宴《うたげ》（上）
信濃戦雲録第三部
『逆説の日本史』の著者が描く天下人秀吉の光と陰。戦国―欲と知略、そして力とは？

井沢元彦
驕《きょう》奢《しゃ》の宴《うたげ》（下）
信濃戦雲録第三部
構想・執筆30年の大河歴史小説ここに完結！　戦国の鍵を握る秘仏善光寺如来の行く末は？